KB071043

정도전의 야망

1권

윤만보 장편소설

정도전의 야망

1권

조선왕조의 설계자
정도전의 대권을
향한 야망!

문학공감

소설 '정도전의 야망' 출간에 붙여서

드디어 5년 동안의 노력 끝에, 소설 『정도전의 야망』 1·2·3권을 완성하여 세상에 빛을 보게 되어 정말 감개가 무량하다. 처음 정도전이라는 인물에 대해서 참 흥미로운 사람이라고 생각하고 그에 대한 소설을 한번 써보려고 결심한 것이 그만 불민한 필자에게는 너무 무리한 도전이 아니었는지 그런 생각이 든다. 자료 조사에서부터 부족한 필력과 개인적 시간의 소진 등으로 소설을 쓰면서 어려움을 느꼈던 것이 한두 번이 아니었다. 그래서 몇 번 중간에 걷어치워 버릴까 하는 마음이 들었으나 공부를 하면 할수록 정도전의 사상과 행보, 열정 등 그에 대한 인간적인 매력에 빠져들었고, 또 그가 활약했던 시대적 배경 속에서 벌어지는 권력투쟁 과정과 그 속에서 속절없이 당하면서 살아야만 하는 민초들의 억울한 삶 등 드러내놓지 않으면 안 될 여러 사정들이 지금까지 이 소설을 계속 쓰게 만든 동력이 되었다.

『정도전의 야망』은 600여 년 전 고려 말의 혼란기를 거치면서 조선(朝鮮)이라는 새로운 나라를 건립하는 데 크나큰 역할을 한 '정도전(鄭道傳)'이라는 실존 인물의 생장 과정과 그 주위에서 일어나는 정치적 상황, 관련된 인물, 시대상 등을 배경으로 하여 그려진 소설이다. 600년 전 그때의 상황을 볼라치면 도저히 고려는 나라라고 할 수 없는 지경에 이르러 있었다. 나라를 경영하는 임금과 조정 대신들조차도 제 살기에만 급급해서 그들에게서 민생을 보살피고 나라를 생각해주기를 기대한다는 것은 거의 불가능했다.

그러한 때에 정도전은 세상을 바꾸겠다는 이상을 품고서 백성들 사이에서 전쟁 영웅으로 떠오른 이성계를 찾아가서 새 나라의 임금으로 만들어주겠다고 장담한다. 그 후 두 사람은 만남을 반복하면서 서로에게서 희망을 찾아갔다. 정도전은 자신의 장담대로 이성계를 새 나라의 임금으로 만들기 위한 책략을 꾸몄고, 이성계는 정도전에게서 고조를 도와 천하를 통일한 한나라의 건국 공신 '장자방(張子房)' 못지않은 지모를 발견하고 그를 대권가도의 동반자로서 중용했다. 그들의 바람은 10년의 세월을 거치면서 이성계가 위화도 회군 이후 권력의 핵심으로 떠오르면서 마침내 뜻을 이루게 되었다.

정도전은 이성계가 나라 경영에 대해서 자문을 구했을 때 이렇게 조언했다.

"나라와 백성을 위하는 생각과 방법이 각기 다르니 제자백가(諸子百家)의 소리가 나는 것입니다. 하나 그들은 적이 아니니 조화를 이루시고 완급을 조정하여 일을 처리하시면 무리가 없을 것입니다. 임금이 겸손하시면 백성이 존귀하게 되는 것이옵니다. 백성을 업신여기는 나라는 오래갈 수 없습니다."

정도전의 치국(治國) 사상의 중심은 사직보다 임금보다 백성을 중히 여기는 '민본(民本) 사상'이었다. 그는 이것을 기회가 있을 때마다 역설했다.

"민(民)은 지극히 약하지만 폭력으로 협박하려 해서는 안 된다. 또 지극히 어리석지만 꾀로써 속이려 해서도 안 된다. 민심을 얻으면 민은 군주에 복종하지만, 민심을 잃는다면 민은 군주를 버린다. 민이 인군(仁君)에게 복종하고 버리는 데에는 털끝만큼밖에 차이가 없다."

이처럼 정도전이 백성에 대해 갖는 애정은 거의 경외하는 수준이었다.
역사 속 인물 정도전은 벼슬을 하는 지도자, 관리들이 어떤 자세로 일해야 하는지도 가르치고 있다.

"백성은 먹는 것을 하늘로 삼고, 나라의 살림은 백성으로부터 나오는 것이다. 남의 음식을 먹는 자는 남을 책임져야 하고, 남의 옷을 입는 자는 남의 근심을 품어야 한다. 그런데도 그 고마움을 모르고 자리에 연연하며 유유자적 즐기려고만 한다."

이는 국민의 손에 의해 선출되었으면서도 '겉으로만 입에 발린 소리를 하며 정작 국민의 뜻은 저버린 채 별도의 일을 꾸미는 등 국민을 실망시키는 일만 하는' 이 시대 나라 살림을 맡고 있는 공무원들에 하는 책망의 소리이기도 하다. 정도전의 이러한 정신이 바로 600년이 지난 오늘날까지 훌륭한 정치가로서 추앙을 받는 이유이다.
정도전은 또한 극한의 상황에 처해 있으면서도 불굴의 의지로써 이를 개척하여 목표를 이룬 입지전적인 인물이기도 하다. 전기 작가 월터 아이작슨(Walter Isaacson)이 스티브 잡스(Steve Jobs)의 전기를 쓰면서 평가하기를 "세상을 바꿀 수 있다고 생각할 만큼 미친 사람들이 결국 세상을 바꾼다"고 했다. 정도전은 바로 그러한 인물이었다. 정도전은 권력자의 미움을 받아 귀양까지 간, 희망이 없는 그곳에서도 결코 좌절하거나 포기하지 않았고, 오히려 스스로 변화의 주인공이 되어서 치열하게 환경을 개척하여 마침내는 세상을 바꾸고자 하는 자신의 목표를 이루어낸 사람이다.

또 다른 의미에서 나는『정도전의 야망』을 꿈과 희망을 잃고 암울한 시대를 살고 있는 우리 젊은 세대에게 권하고자 한다. 젊음이란 미래에 대한 무한한 가능성과 도전정신 그리고 열정을 품고 있는 세대이기에 비록 현실은 장래에 대해 어떠한 장담도 해주지 못하여 희망은커녕 암울하기만 한 삶이더라도 열정을 잃지 않고 쉼 없이 도전하고 때를 기다리다 보면 언젠가는 웅지(雄志)를 펼칠 기회를 얻을 수 있기에 하는 말이다.

하고 싶은 말은 많지만 서문에 너무 장황하게 늘어놓는 게 잔소리꾼의 허풍 같아서 더할 말은 작품 속에 남겨놓으려 한다.

끝으로, 부족한 사람에게 글을 쓸 수 있도록 기회를 만들어준 전『한남일보』김선환 국장님과 작품 발표에 많은 노고를 해준 도서출판 지식공감 김재홍 대표님과 김옥경 편집장님께 이 기회를 빌려 감사의 말씀을 드린다.

2016. 7. 7. 새벽에 일어나서
저자 尹萬普

차례

소설 '정도전의 야망' 출간에 붙여서 … 4

1장 길이 없는 곳에서 길을 묻다 … 11

2장 송악에 드리운 먹구름 … 95

3장 굽이치는 예성강, 물결은 거칠고 해는 서해로 지다 … 151

4장 동북에 뜨는 별 … 215

5장 성인과 요승 … 253

6장 권력의 종말과 새로운 시작 … 299

1장

길이 없는 곳에서 길을 묻다

일 러 두 기

『정도전의 야망』을 쓰기 위하여 참고한 문헌들은 다음과 같습니다.

❶ 작품에 등장하는 역사적 사실과 등장인물에 대해서는 인터넷 콘텐츠 『국역 동국통감』, 『국역 고려사』, 『한국민족문화대백과사전』, 『두산백과사전』 한국사 부분을 발췌하여 인용했습니다.

❷ 작품에 등장하는 시와 사건 전개에 필요한 해석은 아래 저서들을 참고했습니다. 좋은 저서들을 통해 깊이 있게 공부할 수 있었고, 작품에 많은 도움을 받게 되어 감사드립니다.

○ 한영우, 『왕조의 설계자 정도전』, 지식산업사, 1999.
○ 조유식, 『정도전을 위한 변명』, 휴머니스트, 2014
○ 김진섭, 『정도전의 선택』, 아이필드, 2013.

• 1

"캐–갱, 캥, 캥, 캥."

갑자기 마당에 매둔 복실이의 짖어대는 소리가 요란하다. 거의 비명에 가까웠다.

정도전은 손에 들고 있던 책자를 내려놓으며 바깥에 귀를 기울였다. 그리고는 앉은걸음으로 몇 걸음 다가가 방문을 빠끔히 열었다. 서너 걸음 떨어진 사립문 가에서 누군가 황급히 달아나는 인기척이 느껴졌다. 도전은 알 듯 말 듯한 미소를 입가에 짧게 띄우다가 이내 눈길을 복실이에게 돌렸다.

'쯧쯧. 네가 오늘 또 밥을 굶게 생겼구나!'

복실이는 도전의 적적한 귀양살이를 달래주기 위해 아랫마을 사는 황 서방이 가져다준 똥개다. 기른 지 벌써 1년이 되었으니 이제 새끼는 면한 셈이다.

언제 풀릴지 모르는 유배 생활, 복실이는 그런 정도전에게 있어 외로움과 억울함, 그리고 기약 없이 이어지는 귀양살이의 답답함을 풀어주는 친구 같은 존재다. 만일 복실이가 없었더라면 도전의 신세는 훨씬 더 고달팠을 것이다.

황 서방의 이름은 연(延)이다. 그는 이런 산골 벽촌에 농사를 지으며 살고 있지만, 여느 농사꾼처럼 무지하지는 않았다.

귀양살이 온 도전에게 "개경에서 귀하게 사시던 분이 이런 벽촌에 어떻게 살겠느냐"며 걱정을 해주는 여간 마음이 고마운 사람이 아니었다.

도전이 처음 이곳에 와서 서툰 솜씨로 싸릿대와 갈대 등으로 초막을 짓자, 동네 사람들을 데리고 와서 흙벽을 발라주고 지붕도 엮어주고 비록 엉성하나마 사립문도 달아주어 사람 사는 모양새를 갖추도록 해준 사람이다. 또한 도전에게 농사짓는 법도 가르쳐주어 집 둘레에 호박이며 수수를 심어서 스스로 양식을 장만할 수 있게 도와주었다. 가끔은 동네 사람들을 데리고 와서 대처 소식을 전해주기도 하고, 말벗도 되어 주었다.

황 서방이 적적함을 면하라고 가져다준 개, 복실이가 끼니를 굶게 된 것은 도전이 아침에 물에 말아 먹던 수수밥 덩어리를 복실이에게 주었는데 동네 악동들이 그것을 빼앗아갔기 때문이다.

'쯧쯧, 말세다 말세야. 사람이 개밥을 뺏어 먹고 연명해야 하다니.'

끼니를 빼앗긴 개도 불쌍하지만, 개밥을 뺏어 먹어야 할 만큼 굶주려 있는 부랑아들이 더 불쌍했다. 굶주림에 지쳐 있는 백성들은 지금 도처에 깔려서 온 나라를 헤매고 있다. 가족을 이끌고, 혹은 가족을 잃고 혼자 떠돌아다니는가 하면, 고만한 어린 것들은 몇 명이 함께 뭉쳐서 패거리를 지어 다니기도 했다.

배고픔 앞에서 그들은 무슨 일이든 했다. 남의 집 부엌을 뒤져서 먹다 남은 밥도 좋고, 보리쌀이나 씨앗을 하기 위해 남겨둔 강냉이, 감자 등 먹을 수 있는 것이라면 가리지 않고 훔쳐 먹었다. 그러다 주인에게 들키면 주먹을 휘두르든가 몽둥이, 낫 등 흉기를 닥치는 대로 집어서 덤벼들고 사람을 해쳤다. 관아에 신고해 봐야 소용이 없었다. 이런 일은 흔히 일어나는 일이고 또 귀찮은 일이라 손을 놓고 있은 지 오래됐다.

무신정권 이래 조정은 백성들의 살림살이를 돌아볼 겨를이 없었다. 수 차례에 걸쳐 침입해온 몽골군을 피해 강화도로 쫓겨 간 조정은 명맥만 겨우 이어왔고 전 국토는 침략군에 의해 초토화되어 버렸다.

이 땅을 지배한 원나라에 해마다 바쳐지는 공물은 그대로 백성들의 짐이 되어 허리띠를 쥐어짰다. 공민왕 대에 들어와서 원나라 세력을 몰아내긴 했지만, 이 또한 백성들에게는 전쟁이었다.

또한 두 차례에 걸친 대규모 홍건적의 침입과 수시로 창궐하는 왜구의 침략은 이 땅에서 백성들이 정착하여 제대로 농사를 지을 수 없도록 만들었다. 왜구의 침략은 특히 삼남 지방에 극심했다. 그놈들은 눈에 보이는 것은 뭣이든지 노략질을 해갔다. 양식거리는 말할 것도 없고 기르는 소, 돼지, 무엇보다도 이듬해 농사지으려고 간수해둔 종자마저도 남겨놓지 않고 가져가 버려 들판은 황무지로 변해 버린 지 오래됐다. 사람까지도 장정은 물론이고 부녀자 어린애 할 것 없이 납치해 갔다.

백성에게 폐해를 주는 것은 전화(戰禍)뿐만이 아니었다. 벌써 몇 해째 흉년이 들어 들판에는 풀조차도 메말랐는데 관리들과 지주들의 패악은 점점 더 극심해져서, 이제 농민들은 더 이상 농사를 지을 의욕마저 잃어버렸다.

가을걷이를 하고 나면 이내 장리 빚을 얻어야 했다. 그러다 한두 해 넘기면 어느새 토지는 빚 놀이를 하는 권문세가의 손에 넘어가 버리는 것이다. 땅을 빼앗기고 소작을 지어봐야 이런저런 명목으로 뜯기고 나면 남는 것은 쭉정이뿐이었다.

겨우살이를 하려고 조금 숨겨놓은 양식조차도 온 집 안을 이 잡듯이 뒤지는 지주의 집사 놈의 쥐눈을 피해 갈 수 없었다. 사정을 해보지만 돌아오는 것은 사정없는 매타작뿐이었다. 차라리 그 꼴 당하느니 농사를 포기하고 구걸을 다니는 편이 나았다.

길거리를 헤매다가 배고픔에 지쳐 쓰러져 죽어가는 사람이 적지 않게 눈에 띄지만 거들떠보는 사람도 별로 없다. 겨우 목숨을 부지한 이들 중에서, 밥술이나 먹고 행세깨나 하는 집을 찾아 들어가 스스로 종살이를 자청하는 사람도 세기가 어려울 정도였다.

정도전이 귀양살이하고 있는 나주 회진현 거평부곡 소재동 산골 벽촌에도 그렇게 돌아다니는 부랑인들이 적지 않게 눈에 띄었다. 오늘 복실이의 개밥을 훔쳐서 도망간 이도 며칠 전에 한 번 도둑질해갔던 부랑아 패거리란 걸 도전은 보지 않고도 알 수 있었다.

'사람이나 짐승이나 생존을 위한 집착은 이렇듯 치열한 것인가!'

도전은 개밥을 빼앗아 간 악동들에 대해서도, 밥을 빼앗기고 저토록 심란하게 짖어대는 복실이에 대해서도 같은 연민을 느꼈다. 그리고 어른으로서, 이 나라를 경영하는 정치가로서 미안함을 느꼈다.

'이 썩은 놈의 세상 언제나 바뀌게 되려나.'

도전은 두 주먹에 힘을 불끈 쥐었다.

'나쁜 놈들! 백성은 이렇듯 도탄에 빠져 있는데 자기들 배는 터지게 처먹고 호의호식하면서 지내고……. 이놈들 너희 세상이 언제까지 갈 것인지 두고 볼 것이야.'

"에이- 퉤."

도전은 개경 쪽에다 대고 목구멍 속 깊은 곳에서 끌어낸 가래침을 확 내뱉었다. 개경에 있는 나쁜 놈들이 한두 놈이 아니어서 더 부아가 났다.

• 2

새 왕이 세워졌다. 전왕 공민왕의 갑작스러운 죽음으로 나라가 혼란스러웠다. 아니, 백성의 생활은 도탄에 빠진 채 그대로인데 정권을 잡으려는 무리들이 혼란스러운 것이었다.

공민왕은 10년 동안 원에 볼모로 잡혀 있으면서 나약한 고려의 현실을 뼈저리게 느껴왔다. 집권 초기에는 고려의 자존심을 세우고 무신난(武臣亂) 이전의 왕권을 되찾기 위해 여러 가지 개혁정치를 펼쳤었다.

비록 몽골에 의해서 고려왕으로 선택됐지만, 몽골의 작패를 물리치고 그 지배에서 벗어나고자 철령 이북을 실질적으로 지배하던 쌍성총관부를 공략하여 이 땅에서 쫓아내 버리고, 친원파 기철 일당을 척결하고 내정간섭을 하던 정동행중서성(征東行中書省)을 폐지했다. 또 인재 등용을 위해 과거시험제를 정비하여 신진 세력을 대거 정계에 진출시킴으로써 국가의 새 틀을 다져나가고자 했다. 비록 요승 신돈에 의해서 추진되긴 했지만, 전민변정도감을 설치하여 토지개혁도 추진했다.

그런 그가 말년에는 정사는 신돈을 비롯한 이인임 등 간신들에게 맡기고 신변을 경호케 한다는 구실로 자제위(子弟衛)를 설치하여 귀족의 가문에서 미소년을 뽑아다가 측근에 두고 유희와 동성애에 몰두하는가 하면, 후궁 익비를 범하도록 하는 등 패륜을 일삼다가 내시 최만생과 자제위 소속 홍륜 등 미소년들에게 시해를 당하고 만 것이었다.

이때 공민왕의 갑작스러운 죽음을 재빨리 알아차린 것이 이인임이었다. 이인임은 왕의 죽음을 감춘 채 공민왕의 모후인 명덕태후 홍씨의 승인을 받아 우를 왕으로 옹립했다.

신왕 우의 나이 불과 열 살이었고 명덕태후는 몽골이 임명한 충혜왕의 후궁으로 육십이 넘은 노인이었다. 그녀의 측근에서 정권을 감당할 사람은 아무도 없었다. 권력은 자연스럽게 이인임 일파에게 쏠려갔다. 임견미, 우현보, 지윤, 염흥방 등은 이인임과 손을 잡거나 그를 추종하는 작자들이었다.

'나쁜 놈들.'

도전은 앞에서 무엇인가 숙덕거리며 한데 어울려 가고 있는 이인임과 지윤, 임견미를 발견하고 속으로 욕을 하면서 걸음을 멈추었다. 그리고는 옆길로 돌아서 지나갔다.

임견미가 그를 보았다.

"아니 저놈이, 저놈 삼봉 아닌가? 감히 대감을 보고 인사도 없이."

"놔두게, 아직 젊은 객기가 덜 삭아서 그럴 테지."

이인임은 구태여 불쾌한 표정을 감추지는 않았지만, 위엄을 잃지 않은 목소리로 말을 막았다. 생각 같아서는 붙잡아다 물고를 내고 싶지만 맞상대하기가 싫었다. 삼봉은 아주 귀찮은 존재였다.

원나라에 공민왕의 갑작스러운 죽음과 신왕이 옹립되었음을 고하는 문제를 두고 며칠째 도당(都堂)[1]에서 토론을 하고 있는 중인데 이 문제에 정도전이 제일 걸리적거렸다. 정도전 한 사람쯤이라면 무시해버리면 될 터이지만 그의 뒤에는 정몽주, 이숭인, 박상충, 김구용 같은 신진사대부들이 있었다. 그중에서 정도전이 제일 극성이었다.

정도전의 벼슬은 정사에 적극적으로 참여할 정도로 높지는 않았지만, 성균사예로 있었던 직을 이용하여 유생들을 끌고 다니면서 세를 과시하고 있었다. 정도전은 이 문제로 원로대신과 맞섬으로써 어느덧 젊은 유생들, 나아가 신진사대부들의 대표 주자로 부각되어 있었다.

1) 조정의 높은 대신들만 모여서 중요한 국사를 논하던 곳.

오늘은 왕을 모신 어전회의 날이다.

원로대신뿐 아니라 벼슬이 낮아도 중요한 직책을 맡은 이는 참석할 수 있었다. 전의부령(典儀副領) 종3품에 올라 있는 정도전은 유생들을 대표해서 회의에 참석하러 가는 중이었다.

어전회의는 시작부터 자못 팽팽한 긴장감이 돌고 있었다. 정몽주의 자리는 중간쯤이었다. 그 밑으로 이숭인, 박상충 등도 보였다. 정도전은 말석에 시립했다.

원로대신을 대표해서 이인임이 임금에게 고했다.

"실로 이 일은 시급을 다투는 일이옵니다. 원나라는 수대에 걸쳐서 우리 고려가 사대해 온 나라이옵니다. 국가나 사람이나 의리를 저버려서는 아니 되옵니다. 그동안 우리는 원나라의 은혜를 입은 것이 한두 가지 아닐진대 잠시 국력이 쇠하였다고 이를 저버려서는 아니 되옵니다."

이인임의 원에 대한 치사는 계속되었다.

시립해 있는 신하들은 이인임의 기세에 눌려서 아무 말도 못 하고 듣고만 있었다. 정몽주까지도 잠자코 있었다. 오직 말석의 정도전만이 눈을 부라리고 이인임을 쏘아보았다.

'저런 쳐 죽일 늙은이 같으니라고, 뭐라고? 원나라에 은혜를 입어왔다고?'

정도전은 이인임의 아룀을 들으며 분을 못 이겨 눈에 핏발까지 세웠다.

"전대 왕께서는 잠시 간신들의 농간에 의하여 원을 멀리하고 명을 새로운 대국으로 섬기려고 하였던 것입니다. 하나 명은 아직은 우리 고려가 대국으로 섬기기에는 너무나 부족한 점이 많습니다. 원나라는 지금은 잠시 북쪽으로 밀려나 있지만 아직은 대국으로서의 면모를 잃지 않고 있습니다. 하루속히 원에 칙사를 보내시어 선왕의 불행과 새로운 전하의 등극을 알리고 고명을 받아와야 합니다."

이인임이 아뢰는 동안 열 살배기 어린 왕은 멀뚱히 듣고만 있다가 말소리가 길어지자 하품도 하고 귀찮은 듯 손가락으로 귀를 파내기도 했다.

'도대체 무슨 소리를 하는지, 왜 이러는지 모르겠다.'

도움을 청하려는 듯 뒤를 돌아봤다. 용상 뒤에는 길게 발이 드리워져 있고, 그 뒤에 나이 든 명덕태후 홍씨가 궁녀들의 안마를 받으며 앉아 있었다. 어린 왕을 대신해서 섭정을 하고 있는 태후도 이제는 이 논란이 길어지는 것이 귀찮아졌다.

원로들이 알아서 하게 놔두면 되는데 젊은 사대부들이 뭘 안다고 저렇게 기를 쓰고 반대를 하는지 이해가 되지 않았다.

태후는 이인임에게 모든 정사를 맡겨놓았다. 처음에는 아들인 공민왕의 불행한 소식을 듣고 새 임금을 지명하려고 했을 때 태후는 왕요를 마음에 두고 있었다. 왕요(훗날 공양왕)는 왕실의 후손임이 명백하나, 모니노(우왕)는 공민왕의 아들이 아니고 신돈의 아들이라는 소문이 돌고 있었기 때문이었다.

명덕태후 홍씨로서는 그런 소문이 있는 모니노가 왕실의 대업을 잇는 것이 께름칙하여 당초 반대했던 것이다. 그러나 이인임이 병사를 동원하여 태후전을 에워싸고 친정 가문의 자제 홍륜, 홍관이 선왕 시해 사건에 연루되었으므로 친정 집안을 거덜 내겠다고 겁박하면서, 우로 하여금 왕좌를 잇도록 강요하므로 어쩔 수 없이 윤허했다.

태후는 우를 왕으로 승인하는 대신에 역모 사건으로부터 친정의 멸문을 막은 것이었다. 태후는 형식적으로 어린 왕을 대리하여 섭정하고 있으나 실권은 이인임에게 있었다. 명덕태후 홍씨는 이제 모든 것을 이인임에게 맡겨놓다시피 하고서 편안한 여생을 보장받기로 했던 것이다.

태후는 이인임의 아룀을 별 흥미 없이 듣고만 있었다. 사실 며칠에 한 번씩 열리는 어전회의도 이렇게 뒷전에 앉아 있기만 해도 싫어서 죽을 맛이었다.

“우리 고려는 누대에 걸쳐서 원의 부마국으로서 은혜를 입어왔습니다. 선왕께서는 원의 부마로서 성상의 자리에 올랐습니다. 사위의 부음을 장인의 나라에 고하고 그 아드님의 등극을 외조부의 나라에서 고명을 받는다는 것은 지극히 당연한 일이옵니다.”

이인임의 아룀은 일사천리였다. 다른 사람은 아예 나서지를 않았다. 이미 대세는 정해졌는데 나서서 무슨 소리를 해봐야 괜히 찍히는 일이었다.

도전은 포은만이라도 나서서 뭐라고 부당함을 고하기를 바랐지만 포은은 눈만 지그시 감고 있을 뿐 입은 굳은 듯 다물고 있었다.

‘포은의 성품은 직접 부딪치기를 싫어한다. 또 상대의 체면을 중시하는 사람이다. 여러 신하 앞에서 고위 재상인 이인임의 의견을 대놓고 반대를 하지 않음으로써 체면도 세워주고 직접적인 미움을 사는 것도 피하려는 것이다.’

도전은 이럴 때 명망과 학식을 갖춘 포은이 논리를 펴서 부당함을 고해준다면 이인임도 함부로 못할 텐데, 저렇게 머뭇거리고 있는 태도가 비겁하다는 생각이 들었다.

이인임의 말이 모두 끝이 났다.

“아니 되옵니다. 부당하옵니다.”

잠시 틈이 주어진 순간, 말석에서 고함을 치듯 큰 소리가 터져 나왔다. 모두의 시선이 상감의 뒤쪽 발 속에 가려져 있는 명덕태후의 동정을 살피고 있었는데 반대편에서 벼락같은 고함이 들리니 대신들의 눈길이 모두 그쪽으로 쏠렸다. 고함을 친 사람은 정도전이었다.

“선왕께서는 재위하시는 중에 원나라의 패악을 몸소 느끼시고 배원(背

元)하여 왔습니다. 쌍성총관부를 쫓아내고 정동행성을 폐지하였습니다. 이제 와서 다시 원에 사대하는 것은 선왕 전하에 대한 불충이옵니다. 선왕께서 당하신 불행과 전하의 등극은 마땅히 명나라에 고하여야 합니다. 고려가 원나라에 은혜를 입고 있었다는 사실도 천만부당한 것이옵니다. 원나라는 우리 고려를 부마국이라는 굴레를 씌워 그들의 속국으로 만들어놓고 해마다 감당할 수 없는 공물을 요구하고 수탈해갔습니다. 오늘날 백성들이 굶주림과 도탄에 빠져 있는 것은 따지고 보면 저들의 수차례에 걸친 침략 때문에……."

"아니 저자가!"

사태 파악을 한 대신 중 한 명이 이인임의 안색을 살피며 도전의 말을 가로막았다. 다른 대신들도 다 같이 이인임의 심기를 살피며 웅성거렸다.

"저자를 끌어내라! 고얀 것, 여기가 어느 안전이라고 하품(下品)인 주제에 감히 나서는 게야?"

임견미가 나서며 고함을 쳤다.

이인임의 낯빛이 창백하게 변했다. 억지로 분기를 가라앉히려는 모습이 역력했다. 그러나 직접 나서서 무슨 말은 하지는 않았다.

정1품의 품계에 올라 있는 그가 직접 맞상대하는 것은 체면을 구기는 일이었다. 임견미, 지윤 등 따르는 추종 세력들이 알아서 해줄 것이다. 잠자코 있더라도 그들이 눈엣가시 같은 저놈에게 본때를 보여주려 할 것이다.

'지금 고려에서 나, 이인임의 눈치를 보지 않을 자가 누가 있겠는가?'

정도전은 이내 호위 무사들에게 끌려나갔다. 태후는 원로들이 다시 도당에 모여서 중론을 모으라는 명을 내리고 나가버렸다.

• 3

그런 일이 있었다는 것이 소문으로 쫙 퍼졌다.

"역시 삼봉이야, 결기가 살아 있어."

"포은 대감도 못해낼 일인데 삼봉이 잘한 거야."

신진사대부와 성균관 유생들 사이에서는 도전의 행동이 무용담으로 회자되었다.

그때 명나라의 사신으로 와 있던 채빈이라는 자가 부랴부랴 도망치듯 명으로 돌아가는 일이 벌어졌다. 보고를 받은 이인임은 정신이 확 들었다. 채빈이라는 놈이 자기 나라로 돌아가서 황제 주원장에게 이 모든 사실을 고해바친다면 큰일이었다.

그렇지 않아도 선왕의 죽음에 대해서 의문을 갖고 갖가지 억측을 해대며 고려를 압박하던 명나라인데 고려가 다시 명백히 복원(復元) 정책을 펴고 그 주동자가 이인임이라는 사실을 고해바친다면 명나라 황제는 필시 보복을 하려고 들 것이다. 그 책임을 자신에게 물을 것은 뻔한 일이었다.

'이왕에 이렇게 된 일. 갈 데까지 가보자.'

이인임은 명나라 사신을 죽여 버려야겠다고 마음먹었다. 그리고는 사태를 덮어두는 게 일신을 위해서 좋겠다는 생각을 했다.

"김의를 불러오너라."

이인임은 명나라 사신의 동태를 파악할 겸 신변을 호위케 했던 무사 김의를 불러 단단히 지시했다.

"채빈이라는 놈이 예성강 나루를 벗어나기 전에 죽여야 한다!"

원나라에 사신을 보내는 일은 도당에서 이인임을 추종하는 세력들이 모여서 일방적으로 추진을 해버렸다. 이미 태후로부터 도당에서 중론을 모아 건의하라고 명이 떨어졌는데 더 이상 정몽주, 정도전과 같은 젊은 간원들과 맞닥뜨릴 필요가 없었다. 이인임, 우현보, 지윤, 염흥방 등이 모여서 발문까지 짓고 사자까지 선택하여 태후에게 사후 보고를 했다. 태후는 별말 없이 윤허를 해주었다. 이로써 일은 일단락 지은 듯했으나 속으로는 여전히 내홍을 앓고 있었다.

복원을 주장하는 원로 세력은 가급적이면 친명 세력을 건드려 긁어 부스럼 만들기를 삼가는 것이 상책이라고 여겼으나 반대 세력, 특히 기를 쓰고 반대를 하는 정도전에게 본때를 보여주지 못하고, 체면을 구긴 데 대한 분함은 여전히 남아 있었다. 이인임 등이 반대 세력에 대해 강력한 제제를 못하고 있는 이유는 아직은 자신들의 힘이 공고하지 못하다는 것을 알고 있기 때문이었다.

궁중 곳곳 또 지방에까지 전왕의 세력이 만만치 않게 버티고 있다는 것을 알기에 이쯤에서 봉합하는 것이 낫다고 생각한 것이었다. 그래서 어전에서 정도전이 반대하고 면박을 한 것에 대해서도 불문에 부치기로 했던 것이다.

그러나 정도전의 경우는 달랐다. 정도전이 원로대신들 앞에서 그것도 어전에서 당당히 소신을 밝혔다는 사실은 신진사대부, 특히 유생들 사이에서는 소문이 파다해서 그의 명망을 한결 높여주었다. 정도전은 어느덧 그를 추종하는 세력을 만들었고 그들의 우상이 되어 있었다. 정도전 또한 그런 분위기를 모르는 바 아니었다.

'좀 더 분위기를 몰고 가야 하는데…….'

그러나 벼슬아치들이 문제였다.

이색과 정몽주, 이숭인 등은 이쯤에서 더 움직이지를 않으려고 했다. 그들은 더 이상 원로들과의 싸움을 원치 않았다.

지금 세(勢)는 이인임 일파들이 쥐고 있는데 더 이상 그들을 자극하는 것은 위험한 일이라고 생각한 때문이었다. 이쪽의 주장은 확실하게 인식을 시켜주었고, 이쯤 했으면 사대부의 중심으로서 또 전왕을 모셨던 신하로서 의리를 지킨 것이고 체면은 세웠다고 생각했다.

"포은, 이대로 가만있어서는 아니 되오. 그동안 선왕께서 이룩해놓은 고려의 자주가 저자들에 의해서 허사가 되어 버렸지 않소?"

정몽주를 중심으로 임박, 박상충, 이숭인, 정도전이 빙 둘러앉아 있는 중에 도전이 분개하여 내뱉듯이 말했다. 도전의 말 속에는 좀 더 적극적으로 나서지 않는 정몽주를 힐난하는 뜻이 담겨 있었다.

포은은 아까부터 눈을 지그시 감은 채, 아무 말도 하지 않고 좌중이 하는 말을 듣고만 있을 뿐이었다.

"포은이 나서서 이 일을 막았어야 하는 건데 이제는 물 건너간 일이 됐지 않았소?"

도전의 말투는 어느새 포은을 원망하고 있었다. 이숭인 등은 포은의 얼굴만을 바라보고 있었다. 그들의 맏형뻘인 정몽주가 무언가 지침을 내려주기를 바랐다.

촛불의 일렁임이 포은의 얼굴에 그림자를 지었다가 사라지곤 했다. 그런 포은의 모습에서 누구도 꺾지 못할 고집스러운 진중함이 느껴졌다.

"삼봉!"

침묵하던 정몽주가 무겁게 입을 열었다. 모두의 눈이 포은의 입에 맞추어졌다.

"삼봉, 기어이 영웅이 되려는가?"

"무슨 말씀인가요?"

"대세는 이인임 일파가 쥐고 있는 것을 세상이 다 알고 있지 않은가? 이미 저들은 하고자 하는 일을 다 하고 있네. 그런데 삼봉의 말대로 더 나아간다면 희생을 각오해야 하네. 저들이 지난번 일로 체면을 구겼음에도 삼봉을 그대로 두고 보는 것은 우리 신진사대부들이 다시 뭉칠까 봐 우려하기 때문이야. 이때 또 누군가가 나서서 불을 지핀다면 어쩔 수 없이 희생이 따라야 할 것이야. 목숨도 내놓아야 할 것이야. 진정 영웅이 될 텐가?"

포은의 묵직한 말은 삼봉에게 영웅이 되도록 이참에 희생을 각오하고 덤벼보란 뜻 같기도 하고 섣불리 나서면 목숨도 부지하지 못할 것이라고 협박을 하는 것 같기도 했다. 그러면서 포은 자신은 더 이상 나아가지 않겠다는 뜻을 전달하는 것같이도 들렸다. 포은의 얼굴에서 촛불이 한층 더 깊게 일렁였다.

"영웅이라……. 포은 형님은 더 이상 문제를 만들지 않겠다는 말씀이군요."

도전은 포은의 눈을 맞바로 보며 박듯이 말했다. 분위기가 무겁게 돌아가자 이숭인이 끼어들었다.

"삼봉 형님. 포은 형님의 말씀은 이쯤에서 시기를 좀 더 두고 보자는 말씀 같은데……."

이숭인은 유유자적하는 선비다. 그는 시빗거리를 만들지 않는 유순한 성격의 사람이다. 이색의 문하에서 정몽주, 정도전, 박상충, 윤소중, 하륜 등과 같이 수학할 때 그는 논쟁이 심각해져 분위기가 무거워지면 으레 분위기를 바꾸는 중재자 역할을 잘해냈다. 그러면서도 그는 언제나 정몽주의 편에 서곤 했다.

"허, 이 집에 술이 나올 때가 됐는데."

이숭인은 밖에다 대고 술상 채비를 재촉했다.

"술상 들여가겠습니다."

때마침 밖에서 술상을 대기하고 방 안의 동정을 살피고 있던 정몽주 아내의 말소리가 들려왔다.

• 4

'영웅이 되고 싶냐고?'

도전은 정몽주의 집에서 홧김에, 또 오랜 교우들이 위로하느라고 권한 술을 먹고 온몸이 절어 비틀걸음으로 집으로 가면서 포은이 한 말을 몇 번씩 곱씹었다. 포은에게 더 이상 기대할 것은 없겠다는 생각이 들었다.

신진사대부와 유생들에게 미치는 영향력으로 치면 도전은 포은에 훨씬 못하다. 포은이 이 일에 좀 더 적극적으로 나서준다면 좋으련만 포은은 앞으로 닥칠 파장을 예측하고 몸을 사리는 것 같았다.

'그렇다! 포은은 지금 몸조심을 하고 있는 것이다.'

포은은 여태껏 친명파의 대부로 사대부 세력을 이끌면서 충분히 체면치레를 해왔다고 생각하고 있는 것 같았다.

포은은 벼슬이 성균관 대사성 고위직에 이르러 있고 집안도 영일 정씨 집안으로 대대로 벼슬을 해왔다. 어렸을 때부터 수재 소리를 들었고 이루어놓은 학문적 업적도 대단하다. 모나지 않은 성격으로 원로대신과 사대부 사이에서 두루 인정을 받으며 순탄한 길을 가고 있는 사람이었다.

포은은 정도전보다 다섯 살이나 많았고, 그런 포은을 도전은 형님같이, 때로는 스승같이 따르고 존경해왔던 것이다.

그에 비해 도전은 어떠한가? 아직도 말직을 벗어나지 못하고 있는 벼슬. 선대로 보아도, 대대로 지방 향직으로 지내다가 선친 정운경 대에 이르러서야 겨우 중앙에 진출하여 형조상서의 벼슬에 올랐다.

그러나 천성이 꼿꼿하여 줄을 대지 못하는 성격으로 인맥을 형성하지 못하고 늘 한직으로 밀려다녔던 부친이었다. 그래서 벼슬살이를 하고 있음에도 살림 형편은 도전의 대에 이르렀어도 곤궁하기 이를 데가 없었다. 거기에다가 도전에게 멍에처럼 따라다니는, 어미가 종의 여식이었다는 사실은 도전이 벼슬길에 순탄하게 나아가는 데 여간 걸리적거리는 것이 아니었다. 포은과는 도저히 비교되지 않는 삶이었다.

그러나 지난번 어전에서 도전이 당대의 권세가 이인임에게 굽힘 없이 당당하게 맞선 행동이 유생들에게 널리 퍼져 정몽주 이후에 유림을 이끌어 나갈 차세대 주자로 존경을 받기에 이르게 된 것이다. 학문의 깊이도 정몽주와 견주어 조금도 뒤처지지 않는다는 것을 스승인 이색도 인정한 바 있었다.

'그래, 이 기회에 내가 나서야 한다. 세상의 모든 일은 때가 있는 법이다. 포은의 말대로 영웅이 되는 거야. 그래서 젊은 사대부를 중심으로 하는 이상 정치를 펼쳐보는 것이야!'

도전은 더 이상은 포은에게 기대지 않겠다고 결심했다. 그러나 그 길이 여간 험난하지 않으리라는 것도 예상되는 일이었다. 그렇더라도, 설사 이 일에 목숨을 내주는 한이 있더라도 물러서지 않으리라고 도전은 굳게 결심했다.

도전은 밤하늘을 한번 쳐다보았다. 그믐이 가까운지 달이 쏟아질 듯이 기울어 있다. 먼 곳에서 비추는 달빛은 겨우 지척을 분간할 정도였다.

'저 달이 차려면 아직도 한참을 더 기다려야 하겠지……. 보름달이 되면 이 밤길이 좀 더 훤해지겠지.'

도전은 혼잣말을 중얼거리면서 어두운 밤길을 휘저어갔다.

"대감마님, 약주가 좀 과하신 것 같습니다."

도전은 송학산 밑 집 어귀에 다다랐다. 생각이 깊어 어느 틈에 집에 가까이 다다랐는지도 몰랐다. 골목 어귀에 나와서 기다리고 있던 종자 칠석이 어둠 속에서도 도전의 걸음걸이를 알아보고 반겼다.

칠석이는 도전의 부 정운경이 물려준 몇 안 되는 노비 중 형제들에게 나눠주고 유일하게 남겨진 놈이다.

'칠석날에 낳았다 해서 복 받으라고 지어준 이름인데 종놈인 주제에 복을 받아봐야 별수 있겠는가? 신분이 유별한데…….'

도전은 가끔 칠석이를 보면서 자신에게 '어미가 천한 핏줄의 자식'이라고 놀리며 상종을 안 하려 하던 우현보의 집안을 떠올렸다.

도전의 외조부인 김전은 원래 중이었는데 부리고 있던 종의 아내와 사통해서 딸을 얻었다. 후에 환속한 김전은 딸을 끔찍이 여긴 나머지 장래를 걱정하여 많은 재물을 지워서 담양 우씨 집안의 우연(禹淵)이라는 사람에게 수양딸로 보냈고, 그녀가 후에 가난한 선비 정운경과 혼례를 치르고 낳은 아들이 도전이었다.

"마님, 대감마님 오셨습니다요."

칠석이가 대문을 밀치며 안에다 소리를 질렀다.

도전이 벼슬살이하면서부터 그나마 초가살이를 면하게 된 볼품없는 집이었다. 그때까지 불을 밝히고 있던 방에서 고만고만한 아이 셋이 쪼르르 달려 나왔다. 예닐곱 살이나 됨직한 큰놈이 인사를 한다.

"아버님, 이제 다녀오시옵니까?"

연이어서 다른 놈들도 형을 따라서 고개를 조아린다. 다른 방에서 인기척을 느끼고 최씨 부인이 나왔다. 가슴에 안겨 있는 젖먹이는 이제 막 잠이 들락 말락 하는지 여전히 부인이 안고 있었다.

"그래 들어가자."

도전은 아이들을 앞세워 방금까지 아이가 글을 읽던 방으로 들어갔다.

"당신도 같이 들어오구려."

부인에게도 권했다. 도전은 방 한쪽에 펼쳐진 책으로 눈길을 주며 기침을 두어 번 했다. 뭔가 할 말이 있을 때 하는 도전의 버릇이었다.

"진이는 요새 무슨 책을 읽는고?"

"예. 소학을 읽고 있는 중입니다."

"그래 기특하구나. 이리 가까이 오너라."

도전은 손을 내밀어 장남의 손을 잡아 무릎에 앉혔다.

"진이는 이 집안의 장남이고 장손이니라. 알겠느냐?"

"네."

맏아들 진은 전에 없이 다정다감하게 대해주는 아버지에게서 사랑을 느끼면서도 새삼스러운 물음이 이상하다는 듯 의아한 눈빛으로 도전의 얼굴을 올려다보았다.

"장남은 어떻게 살아야 하느냐?"

"예. 아버님의 뜻을 받들어 이 집안을 지키며 번성케 해야 합니다."

"아비가 없다면?"

"마땅히 아버님을 대신해서 동생들을 보살피고 어머님을 봉양하며 집안의 기둥이 되는 역할을 다해야 할 것입니다."

"이 아비를 만나서 가난한 살림에 배불리 먹여주지 못하는 것을 원망하지 않느냐?"

"아니옵니다. 부모와 자식 간은 천륜이라 하는데 소자 어찌 아버님을 탓할 수 있겠습니까? 비록 집안이 가난하다 해도 소자는 아버님의 학식과 두루 존경받고 계심을 자랑으로 여기고 있습니다. 그런데 왜 그런 말씀을 하시는지요?"

아들은 아비의 계속되는 질문에 뭔가 이상하다는 낌새를 차렸다.

"아니다. 오늘 술을 한잔해서 그렇다."

도전은 집에 오는 내내 생각한 것을 실천해야 하는 마당에 식구들에게도 뭔가 당부를 해두어야 하는데 속에 있는 말을 다하지 못했다.

최씨 부인은 부자간의 대화를 귀담아들으면서 직감적으로 도전이 '또 무슨 일을 저지르려는가 보다'고 짐작을 했다. 비록 변변치 않은 살림살이지만 어렵게 얻은 벼슬자리인데 순탄하게만 이어갔으면 좋으련만 남편은 그렇지가 못했다. 지난번의 어전에서의 일도 그랬다.

포은 대감에게 맡기고 적당히 하고 말았으면 될 일을 앞서 나섰다가 원로대신들의 미움을 혼자 사게 된 것이 아니던가……. 그 일이 있고 나서 얼마나 마음을 졸였는지 모른다. 그런데 저 양반이 지금 하는 양으로 봐서는 또 무슨 일을 벌일 낌새다.

"밖에서 무슨 일이 있었습니까?"

부인이 도전의 말에 끼어들었다.

"아니, 뭐 포은 형님 집에서 몇이 모여서 시국이 돌아가는 이야기를 하며 술을 몇 잔 하고 왔소이다."

도전은 짐짓 미안한 표정을 지으며 별일 없었다는 듯 얼버무렸다. 그리고는 속마음을 들키기라도 한 듯해 얼른 자리에서 일어섰다.

"그만 잡시다."

최씨 부인은 그런 도전의 태도에서 뭔가 앞일에 벌어질 불길한 예감 같은 것을 느꼈다.

5

잠잠하던 원나라와의 관계에서 다시 정국을 시끄럽게 하는 계기가 발생했다. 북원에서 사신이 온다는 것이었다.

이때 중원(中原)은 주원장이 세운 명나라에 의해서 통일이 되었고 원나라는 광활한 대륙을 호령하던 면모는 없어지고 북쪽 몽골의 초원 지방으로 밀려나 북원이란 이름으로 겨우 명맥만을 유지하고 있는 상태였다. 그러한 곳에다 대고 아직도 사대를 하겠다며 신왕 즉위에 대한 고명을 받겠다는 고려의 정책은 북원으로서는 여간 고마운 일이 아니었다. 그동안 배원 정책을 펴온 공민왕의 죽음 또한 반가운 일이었다.

북원은 서둘러 고려에 답례 사신을 보냈다. 고려의 의견을 전적으로 받아주는 것을 넘어 이제는 협조를 구해야 하는 처지에서 보내는 사신이었다. 북원의 입장에서 보면 풍전등화 같은 국가의 운명을 고려에 기대보기로 하고 고려가 군사를 일으켜 명을 쳐주기를 바라는 뜻에서 보내는 사절단이었다.

그러나 아직도 중원의 정세에 어두운 고려의 권신들은 종래와 확연하게 달라진 원의 태도에 감읍하면서 서둘러서 그들을 맞을 준비를 하고 있었다.

이 일로 연일 어전에서 회의가 열렸다. 정도전은 이에 맞서 김구용, 박상충 등과 함께 소를 올렸다.

"지금 중원은 명나라가 통일을 이루어 대국을 다스리고 있습니다. 원나라는 이제 쇠퇴 일로에 있는 나라이옵니다. 지금 다시 원과의 관계를 회복한다면 이는 훗날 반드시 명의 보복을 받게 되옵니다. 우리 고려는 선왕께서 영민하시어 지난 100년 동안 원의 지배를 받던 것을 물리치시고 국권을 회복하고자 하였습니다. 그런데 이제 와서 몇몇 권신들이 주장하여 또다시 원과의 관계를 되돌리려고 하는 것은 선왕에 대한 불충일 뿐 아니라 화를 자초하는 일이옵니다."

"원의 사신을 맞는 일은 옳지 않은 일이옵니다. 이러한 어리석은 일을 도모하고 있는 이들은 그들이 비록 원로대신이라 할지라도 벌하여 주소서."

도전은 원의 사신을 맞아들이는 일이 불가하다는 것을 넘어 그 일을 도모하는 자를 벌하라고 고했다. 이제 이인임 등 친원 세력과 정면 대결을 벌여보자는 심산이었다.

이러한 소식은 성균관 유생을 비롯한 전국의 유림에 삽시간에 퍼져나갔다. 유생들은 연일 대궐로 몰려와 정도전과 함께 읍소를 했다.

"어허 저런 고얀 것들 좀 보게나. 뭐라? 벌을 주자고? 젊은것들이 뭘 안다고 국사를 논하는 대신들의 자리에까지 쫓아와서는 저 난리인가? 정말로 몹쓸 자로고."

원로대신들은 젊은 선비들의 소를 객기로만 치부했다.

"정도전 저자가 지난번 회의에서도 소란을 피우더니만 이번에도 또 주동을 하여 저 난리니 가만두어서는 안 됩니다."

지윤이 정도전을 탓했다.

"어떡하면 좋겠소?"

이인임이 물었다.

"확 목을 베어 버리는 것이 어떨는지요?"

무장인 임견미가 나서며 말했다.

"죽이는 것은 곤란하지. 사태가 더 커질 수도 있으니까."

"제가 한번 삼봉을 만나서 달래볼까요?"

염흥방이 이인임의 말에 이어서 말했다. 염흥방은 눈치가 빠른 사람이다. 세태에 따라 이쪽저쪽으로 잘 옮겨 다니며 양다리를 걸치면서 영화를 쫓아다니는 사람이다.

그는 정도전의 사람됨을 잘 알고 있었다. 정도전이 실력을 두루 갖춘 사람이고 젊은 사대부들의 지지를 받는 주자라는 것을 익히 알고 있었다. 그는 거침없는 성격의 정도전에게 찍히지 않도록 개별적으로는 원만한 관계를 유지하기를 원했다.

권신들의 회의에서 일단 염흥방이 정도전을 만나보는 것으로 의견이 모아졌다.

염흥방은 하인을 시켜서 술과 음식을 넉넉하게 준비하도록 했다. 그리고 생활이 궁핍하다고 하니 가족들을 위해 쌀과 고기, 명주 옷감도 얼마간 준비하여 저녁 무렵 송학산 기슭 도전의 집으로 찾아갔다. 도전은 염흥방이 찾아온 것에 대해서 별 흥미가 없었다.

"웬일이시오, 국사에 바쁘신 높으신 대감께서?"

염흥방이 권세가들과 어울려서 친원하는 것이 배알이 꼴려서 마당에 세워둔 채로 정도전이 물었다.

"이거 참, 아무리 그래도 객이 찾아왔는데 집 안에라도 좀 들어오라고 해야지. 허허."

염흥방은 개의치 않고 사람 좋은 척하며 농을 했다.

"아이구, 대감마님 어서 안으로 드시지요. 손님을 마당에 서 있도록 해서야 되겠습니까?"

도전의 처가 나서며 염흥방을 사랑방 겸으로 쓰는 안방으로 안내했다.

"으흠- 흠 이쪽으로."

방으로 안내한 도전의 태도가 영 어색했다.

"벼슬살이하신 지가 좀 되셨는데 형편이 아직도……?"

염흥방이 방 안을 휘둘러보며 말했다.

"대감 같은 분이야, 높은 벼슬에 땅마지기가 상당할 테지만 나라의 녹봉만으로는 이만큼도 지내기가 수월치 않더이다."

도전은 염흥방이 권세를 이용해 힘이 닿는 데로 백성의 땅과 재물을 거둬들이고 있음을 알고 뼈 있게 인사를 받았다.

두 사람은 도전의 처가 내온 술상을 사이에 두고 염탐을 하듯 별 말없이 술잔을 기울였다. 도전은 염흥방이 이곳을 찾아오면서 재물을 싣고 온 것을 보아 그가 자신을 회유하러 왔다는 것을 진작 눈치채고 있었다.

'간에 붙었다, 쓸개에 붙었다 하는 간사스러운 자 같으니라고. 네가 나를 찾아온 속셈을 모를 줄 알고? 네가 누리고 있는 권세가 어디 얼마나 가는지 두고 볼 것이야.'

도전은 염흥방이 속내를 드러내기를 기다리면서 또다시 한 잔을 들이켰다.

"……."

"삼봉, 내가 삼봉의 성품을 잘 아오."

드디어 염흥방이 찾아온 목적을 드러냈다.

"지금 시중 대감을 비롯한 원로대신들이 원나라의 사신을 맞고자 하는 것이나, 삼봉이 배원을 주장하는 것이나 다 같이 나라를 위하는 것 아니겠소."

염흥방은 뚫어지라 쳐다보고 있는 도전의 눈길을 피하기라도 하듯 술 한 잔을 더 비우고 다음 말을 이어갔다.

"이 나라의 국정은 원로대신들이 논하여 비록 미령하시지만 전하의 윤허를 받아 처리하는 것인데 삼봉이 나서서 이래라저래라 해야 할 일은 아니라고 보오."

"그럼 대감은 지금 국정이 바로 가고 있다고 보시오?"

염흥방의 설득조의 말에 도전은 대들듯이 말했다.

"……."

"중원을 통일하여 지배하는 신흥대국 명을 멀리하고 이미 기력이 쇠하여 존망이 위태로운 원나라를 붙들고 아직도 사대하겠다고 고집을 부리는 것이 대세에 맞는 일이라고 보오? 또 선대왕께서 배원하여 이 땅에서 그들의 세력을 몰아내고 자주의 틀을 마련하고자 하였거늘 그분의 아드님이 대통을 잇고 있는 이 나라가 능의 봉분에 풀도 나기 전에 그 정책을 뒤집는 불충을 하여서야 되겠소이까?"

도전은 자신을 설득하려는 염흥방의 논리가 가소롭다는 듯 말소리에 힘을 주며 대꾸를 해주었다.

"내 말은 그게 아니라……."

염흥방은 한발 물러섰다.

"내 말은 국사는 원로대신들이 정하는 것이니 삼봉이 나선다고 해결될 일이 아니라는 뜻이오. 삼봉의 생각과는 다르더라도 주장이 과하여 원로대신들의 미움이라도 받게 되면 신상에 여러 가지로 좋지 않을 수도 있으니 이쯤에서 물러나고 원로대신들의 체면을 살려주라는 뜻에서 하는 말이외다."

염흥방은 논리로는 상대가 안 되니 은근슬쩍 협박조로 말을 돌렸다.

"죽이기라도 하겠다는 겁니까? 벼슬을 내놓을까요?"

"지금 이 나라에서 이 시중의 뜻을 거스르는 사람은 아무도 없어요. 삼봉만이……."

"대감도 친원을 하는 것이 옳지 않다고 생각은 하고 계시는 것 같구려. 다만 이 시중의 뜻을 거스르지 않으려고 동조를 하는 것이지."

"어허, 이 사람. 말조심하게. 오해를 하고 있구먼."

염흥방은 더 이상 회유가 통하지 않는다고 생각했다.

"이 몸은 이미 각오하고 있소이다."

도전은 단호하게 말했다. 염흥방에게는 정도전의 이 말이 이인임에 대한 도전으로 들렸다.

'삼봉은 지금 이인임에게 싸움을 걸고 있는 것이다.'

두 사람은 몇 잔의 술만을 더 들이키다 헤어졌다.

• 6

염흥방은 도당회의에서 이인임에게 정도전을 만났던 일을 고했다.

"저런저런 쳐 죽일 놈, 일부러 사람이 찾아갔는데 제 놈이 뭐라고……."

지윤이 흥분했다.

"그놈을 진즉에 손을 봤어야 하는 건데!"

이제는 숫제 놈 자를 붙여가며 불쾌함을 드러냈다.

"목을 베어 버려야 합니다."

"사람을 물색해볼까요? 입 무거운 놈으로?"

무장인 임견미가 부리부리한 눈을 굴려 좌중을 둘러보면서 말했다. 그때까지 눈을 감고 침묵하던 이인임이 천천히 입을 열었다.

"삼봉, 그 사람 영리한 자요. 그런 그가 내게 지금 싸움을 걸고 있다는 사실을 여러 대감들은 명심해야 하오."

"싸움을 걸어요? 삼봉 그놈이 감히 이 시중께?"

이인임의 말뜻을 이해하지 못하겠다는 듯 지윤이 물었다.

"그렇소이다. 지금 내게."

이인임은 뭔가 결심이 선 듯 입을 앙다물며 말했다. 좌중은 이인임이 무슨 뜻으로 이런 말을 하는지를 알기 위해서 침을 삼키며 다음 말을 고대하고 있었다. 염흥방만은 이인임의 말뜻을 알아들은 듯 눈을 감고 깊은숨을 들이쉬었다.

'수시중 대감이 뭔가를 결심하였구나!'

“삼봉을 영접사로 보내야겠소.”

이인임은 원나라 칙사를 맞을 사절로 삼봉을 보내겠다고 말했다.

“아니 그게 무슨 말입니까? 삼봉을 영접사로 보내다니?”

“그자는 배원하는 자인데 어떻게 사절로 보낸다는 말씀이오?”

“안 될 말이오. 그자가 동의하지도 않을 것이오.”

모두가 부당하다고 이구동성으로 떠들었다.

“자, 그만들 하시고 내 말을 들어보시오.”

이인임이 좌중의 말을 가만히 듣고 있다가 말했다.

“삼봉이 원나라와 가까워지는 것을 죽기보다 싫어하는 자라는 것은 다 알지 않소?”

“그러니까요, 그래서 수시중 대감의 의중이 더욱 궁금한 것이외다.”

우현보가 물었다.

“삼봉을 영접사로 책봉하면 그자는 분명 거절할 것이오, 그러나 왕명을 거절하여 살아남을 자가 누가 있겠소?”

“…….”

좌중은 조용해졌다.

‘아하, 바로 이거였구나! 이 시중이 드디어 삼봉이 걸어온 싸움의 대가를 치르게 해주기로 작정했구나!’

염흥방은 혼자서 속으로 짐작했다.

이인임은 ‘정도전이 영접사로 책봉되면 분명 거절을 할 것이고 그렇게 되면 왕명을 거절한다는 불충의 죄를 씌워서 중죄로 다스릴 것’이라고 설명을 했다. 좌중은 이인임의 설명에 모두 고개를 끄덕였다.

“어서 전하의 윤허를 받을 절차를 서두르시오.”

설명을 마친 이인임은 박듯이 말하고 회의를 마쳤다.

‘노회한 늙은이 같으니……. 저런 사람에게 삼봉이 맞싸움을 걸었으니

살아남기가 어렵겠구나.'

염흥방은 도당을 나오면서 태풍이 곧 정도전을 향해 몰아칠 것으로 예상했다. 그것을 비켜가지 못하는 삼봉의 처세가 불쌍하다고 생각하면서…….

• 7

교지를 받아든 도전은 분함을 이기지 못했다.

'이런 죽일 놈들, 기어이 왕명을 빌려 나를 단죄하려 드는구나.'

이인임 측의 공격을 예상은 하고 있었지만, 자신을 원나라 사신을 맞는 영접사로 책봉하리라고는 생각하지 못했다. 도전은 그들이 분명 자신이 왕명을 순순히 받들지 않을 것을 알고 일을 도모했다고 생각했다.

'저들이 왕명을 들고 나왔는데 이대로 따라야 하는가, 아니면 거절을 하여야 하는가?'

도전은 심각하게 고민했다. 왕명을 거부한다면 저들은 불충을 물어 역적죄로 단죄하려고 할 것이다.

'역적죄는 참수나 잘 봐줘도 원행 귀양인데…….'

도전은 왕명을 받아들일까도 생각해봤다.

'그러면 일신상의 안위는 보장되겠지, 그러나 여태껏 이루고자 하던 꿈은 모두 수포로 돌아갈 것이다…….'

자신의 꿈은 지금과 같이 나약한 군주를 앞세워 국정을 마음대로 휘젓는 썩어빠진 중신에 의해 움직이는 고려를 개혁하고 도탄에 빠진 백성을 구하는 것인데……. 그 꿈을 사대부들과 함께 힘을 합해 이루고자 하는데…….

이제 신진사대부를 대표하며 그들 사이에서 추앙을 받고 있는 이때 소신을 접고 왕명을 받아들인다면 이는 그들을 배신하는 것밖에 되지 않는다. 그렇게 되면 자신의 꿈 또한 영영 접어야 한다.

'이 시대에 배웠다고 하는 자가 목숨이 두려워서 시대의 사명을 뒤로 한다면 한낱 필부의 삶과 무엇이 다르겠는가?'

마침내 도전은 결심했다.

'이대로 물러설 수는 없다. 내 한목숨이 끊긴다 해도 멈출 수 없다. 내가 죽임을 당하면 누군가 내 정신을 이어 받아가는 자가 또 나타나겠지…….'

도전은 자신이 지금 하는 일이 희망 없는 고려를 개혁하는 시작이라 생각하고 과감히 부당한 왕명을 거역하기로 했다.

"이보시오, 부인!"

도전은 부인을 불렀다. 최씨 부인은 왕명을 받아든 도전의 낌새가 밝지 않다는 것을 알고 부엌에서 눈치만 보고 있던 참이었다.

도전의 부름에 얼른 방 안으로 쫓아 들어왔다. 그리고는 남편의 기색을 살폈다. 남편은 얼굴이 굳어 있었다.

"내, 궁에 들어가야 하니 의관을 좀 챙겨주시오."

"왕명에 무슨 일이……?"

"죽일 놈들."

도전은 부인의 눈을 피해 궁궐 쪽에다 대고 욕을 뱉어냈다.

"나를 원나라 사신 영접사로 보낸다는구려."

"그리하면 어찌 되는 것이옵니까?"

최씨 부인은 많이 불안해서 목소리가 떨렸다.

"나는 가지 않을 작정이오. 이 길로 궐로 가서 부당하다고 소를 올릴 작정이오."

"그러면 불충이 되는 것이 아닙니까?"

부인의 눈에는 근심이 가득했다.

"그런 셈이오. 그러나 이것은 불충이 아니라 이인임과 같은 자들이 내가 배원 세력의 중심에 서 있는 것을 알고 내가 받아들이지 않을 것을 알면서도 영접사로 임명한 것이오. 왕명을 빌려 나에게 멍에를 씌우려는 것이지. 이것은 임금에 대해서는 불충일지라도 나라에는 충이오."

"……."

"이제 궁에 들어가면 집으로 돌아오기는 틀린 것 같소."

도전은 부인의 손을 가만히 잡았다. 잡고 있는 손등 위로 부인의 눈물이 뚝뚝 떨어졌다.

"꼭 이렇게 원로대신들의 미움을 사면서까지 모나게 살아야겠습니까? 식구들의 안위는 생각지 않으시는지요?"

부인은 울먹이며 애원했다.

"미안하오. 부인, 나라고 처자 권속에게 미안한 생각이 왜 없겠소. 그러나 저들이 하는 짓거리는 이 나라에 나중에 큰 화를 불러들이는 일이고 나는 그것을 막고자 함이오. 내가 하는 일은 나라의 장래가 걸린 큰일인데 어찌 자신의 안위만을 생각하고 가만히 있어야 하겠소."

도전은 결연히 말하면서도 부인의 가슴 타는 심정을 모르는바 아니라는 듯이 얼굴에 흐르는 눈물을 닦아주었다. 도전이 관복을 입는 동안 부인은 애들을 불러들였다.

"절 받으셔야지요. 마지막 인사일지도 모르는데……."

부인은 계속 소리 없이 눈물을 흘리고 있었다.

큰아들 진(津)부터 큰절을 올렸다. 아이들은 사태를 정확히 파악하고 있지는 못하지만, 아버지가 무슨 심상치 않은 큰일을 하고 있다고 짐작은 했다. 큰아들을 따라서 작은놈 유(遊)와 영(泳)도 따라 울먹였다. 젖먹이 담(澹)은 안방에서 세상모르게 자고 있었다. 마지막으로 부인의 절을 받았다. 도전은 칠석을 불러 마님과 아이들을 잘 보살피라고 당부를 하고 집을 나섰다.

• 8

도전은 그 길로 명덕태후가 머무르는 태후전을 찾았다. 어지러운 세상 일과는 담을 쌓고 지내는 여인네들만의 공간이었다.

뜰에는 온갖 기화요초들이 만발해 있고, 기기묘묘한 형상의 수석들로 꾸며놓은 연못에는 어류들이 한가롭게 노닐고 있었다. 이곳에 묻혀 있으면 담장 밖에서 나는 소리는 아무것도 들리지 않는 듯 고즈넉하다.

높이 올려진 기와지붕을 받쳐 들고 있는 아름드리 금강송 기둥에서는 아직도 진한 송진 냄새가 풍겼다. 내전에서 왁자지껄한 여인네들의 걱정 없는 웃음소리가 밖에까지 들려왔다.

세상 물정 모르는 여인네들이 희희낙락 지내면서 벌이고 있는 일들이 세상을 좌지우지하고 있는 것이었다.

도전은 내전 뜰 앞에 엎드려 안에다 대고 큰 소리로 고했다.

"태후마마 소신 정도전, 마마를 뵙기를 청하옵나이다."

내전에서 궁녀들과 담소를 나누던 태후가 들었다.

"저게 누군고?"

"삼봉 정도전 대감인 것 같습니다. 전의부령 직에 있는 자이옵니다."

"그자가 왜?"

태후는 이맛살을 찌푸렸다.

'요즘 원로대신과 원나라와 관계를 개선하는 일로 다툼을 벌이는 자가 아닌가?'

반갑지 않은 자였다.

'저자를 어제 원나라에서 오는 사자의 접견사로 하자는 수시중 대감의 주청에 그리하라고 하였는데 무슨 일이 있는가?'

"들어오라 하여라."

태후는 내키지 않았지만, 사정이나 들어보고자 불러들였다. 도전은 내전으로 들어와서 부복했다.

"태후마마께 이렇게 찾아뵙는 것이 불충인 줄 아옵니다만, 부득이한 사정임을 감안하여 주시옵소서."

"고하라. 내 그대가 원나라 사신 접견사로 명을 받고 있다는 것을 익히 알고 있느니라."

도전과 명덕태후 사이는 서너 걸음의 거리를 두고 있었다.

그사이에 발이 내려져 있어서 태후의 모습은 확실히 보이지 않았으나 목소리는 속일 수 없는 늙은이였다.

"이번 인사의 부당함을 고하고자 합니다."

"……?"

"신은 일찍이 선왕을 모시면서 원나라를 멀리하는 정책을 수행해왔습니다. 또 지금 전하를 모시면서도 한결같이 배원을 주장해왔습니다.

그런데 지금 시중을 비롯한 원로대신들은 선왕께서 승하하시자마자 친원하려 하고 있습니다. 지금 그 일로 온 나라가 들끓고 있습니다. 이는 선왕에 대한 불충일 뿐 아니라 지금의 고려가 취할 합당한 조치가 아니라고 보옵니다. 중원에서는 신흥국 명이 통일을 하고 천하를 지배하고 있습니다. 원은 이제 북쪽으로 쫓겨가 명맥만 대국일 뿐이지 거의 망해가는 나라이온데……."

도전은 이인임 일당이 취하고 있는 복원 정책의 부당함을 조목조목 들며 장황히 설명했다.

"……."

안에서는 제대로 듣고나 있는 것인지 잠잠했다.

"지금은 원의 사신을 맞을 때가 아니라고 보옵니다. 이 기회에 원나라 사신의 목을 베어 원과의 관계를 깨끗이 정리하고, 명과 관계를 이어 가야 하옵니다. 소신의 뜻이 이러한데 어찌 소신더러 원의 사신을 맞이하라고 하시는지요? 명을 거두어 주소서."

"저자가 지금 뭐라 하는고?"

잠자코 듣고 있던 태후가 곁에 있는 궁녀에게 물었다.

"어명을 거두어주시라는 말 같사옵니다."

거두절미하고 궁녀는 말미의 말만 전했다.

"소신이 영접사로 간다면 원나라 사신은 반드시 제 손으로 죽이든지 붙잡아서 명으로 끌고 가겠나이다. 소신의 뜻이 이러할 진데 어찌 영접사의 임무를 수행하겠나이까? 영을 거두어주소서."

도전은 재촉하듯 두 번, 세 번 원나라 사신을 죽일 것을 강조하면서 영접사 발령이 부당함을 고했다.

"그대는 채근하지 마라. 이 일은 이미 도당에서 논해졌거늘, 다시 문제 삼으려 하는가?"

태후는 짜증스런 말투로 말했다.

"소신의 뜻과는 전혀 무관한 처사였습니다. 명을 거두어주소서."

"내 이미 이 일에 관한 모든 것을 이 시중에게 일임하였거늘, 도당에서 다시 의논하든지……."

"부당하옵니다. 도당에서 이 일이 다시 논해져서는 아니 되옵니다. 태후마마께서 친히 살피시어 부당함을 묻고 영접사를 취소하여야 마땅하옵니다."

도전은 고집스레 주청했다.

"어허, 그대는 물러가라는데도 웬 고집인고!"

태후는 사태의 전말도 제대로 파악이 안 되는 데다가 도전의 고집에 싫증이 나서 노골적으로 짜증을 냈다.

태후는 정도전의 고집이 쉽게 꺾이지 않을 것을 알고 궁녀를 시켜서 순군부 군사를 부르라 했다. 도전은 순군에 끌려가면서도 끝까지 영접사 발령을 취소해줄 것을 간청했다.

"태후마마! 고려의 사직에 관한 문제이옵니다. 굽어살피시옵소서. 소인이 영접사로 가게 되면 원나라 사신의 목을 따서 바치겠나이다. 그전에 소인의 목을 베 주소서!"

도전의 주청은 막무가내였다. 도전은 그 길로 순군부 옥사에 갇혔다.

• 9

태후전에서의 일은 삽시간에 도당으로 전해졌다.

"삼봉 그자가 드디어 목숨을 재촉하는군."

지윤이 문젯거리를 해결할 수 있게 되어 시원하다는 듯이 말했다.

"영접사로 가게 되면 원나라 사신을 제 손으로 죽이겠다고 하였다지요?"

임견미가 거들었다.

"제깟 놈이 무슨 배짱으로 그런 말을 함부로 하는 게야? 어명을 거역하다니 역모죄로 다스려야 합니다."

우현보가 이인임의 눈치를 보면서 말했다.

"국청을 열어야겠지요?"

이 기회에 아예 역모죄를 씌워 참하기로 하고 수문하시중인 이인임의 결심을 기다렸다.

"아직은 사태가 확실치 않으니 우선 수시중 대감께서 태후마마를 알현해보시고 난 후에 국청을 차려도 늦지 않을 것입니다."

염흥방은 정도전과 척을 지고 싶지 않은 터라 좀 더 신중할 것을 건의했다.

"……."

"내 태후마마를 알현하고 오겠소이다."

대신들의 의견을 들으며 잠시 생각에 잠겨 있던 이인임이 입을 열었다.

이인임은 노련한 원로대신이다. 그는 자신의 손으로 정도전을 직접 벌주는 것을 원치 않았다. 이 문제에 대해서 자신이 전권을 행사한다면, 정도전을 추종하는 사대부와 유생의 세력들이 "이시중이 지난번 어전에서의 일로 사감을 가지고 정도전을 죽이려 한다"고 강하게 비난해 올 것이라고 판단했다.

정도전을 지지하는 세력들이 단순히 젊은 객기로만 '원과의 관계를 복원하고자' 하는 대신들의 주장을 반대하는 것이 아니라는 사실을 그도 잘 알고 있었다. 정도전을 위시한 사대부 세력들이 저토록 거칠고 당당하게 나오는 것은 자신을 비롯한 구세대를 물리치려는 야심 때문이라고 생각했다. 일종의 정치적 투쟁이었다.

이인임 자신도 선대 왕 시절에는 중원을 통일한 신흥 세력인 명과 이미 쇠망해가는 원과의 관계에서 양다리 외교를 주장한 적이 있었다. 그도 중원의 흐름에 따라 명과 손을 잡아야 한다는 것을 잘 알고 있었다. 그러나 전왕 공민왕의 죽음과 신왕 우왕의 옹립 과정에서 자신이 한 역할을 볼 때 분명히 명에서 문제를 제기하며 책임을 추궁하려 할 것이기에 부득이 원을 택할 수밖에 없었다.

이 과정에서 사정을 알고 있는 명나라 사신 채빈이 몰래 귀국하려 했던 것이고, 명나라 사신이 귀국해서 황제 주원장에게 모든 사실을 고해바친다면 자신은 무사하지 못할 것이라고 생각했다. 이것이 두려웠던 나머지 사람을 시켜 귀국길의 명나라 사신을 주살해 버렸던 것이다. 따라서 이제 이인임은 자신이 목을 내놓지 않는 이상 명과의 관계를 회복할 길이 없으니 원을 선택하는 것은 어쩔 수 없는 일이라고 판단한 것이었다.

'어명을 빌리는 거야. 삼봉 그놈은 어명을 거부한 것이고 태후전에 가서 원나라 사신의 목을 베겠노라고 불온한 언사로 분노를 사서 벌을 받는 것으로 만들어야 해. 정몽주 이숭인 같은 사대부 놈들도 이참에 손을 봐야 해.'

이인임은 이 기회에 왕명을 빌려 자신의 권력을 위협할 정도로 커가고 있는 신진사대부의 세력들도 함께 손을 봐줄 필요가 있다고 생각했다. 그러기 위해서는 사대부들을 실질적으로 이끌고 있는 정몽주 등도 함께 벌을 주는 것이 좋겠다고 생각했다.

'삼봉 그놈이 태후전에서 불충을 저지른 것도 따지고 보면 사대부와 유생의 세력을 믿고 그랬던 것이야. 그 세력이 커지는 것을 더 이상 놔두어서는 안 돼.'

이인임은 태후전으로 향하면서 줄곧 향후 사대부 세력의 발호를 막기 위한 대책들을 생각하고 있었다.

• 10

한편 정도전이 태후전을 찾아가서 영접사 발령이 부당하다고 소를 올리다 순군부 감옥에 갇혔다는 것을 정몽주, 이숭인, 박상충 등 사대부 세력들도 알게 되었다.

'삼봉이 드디어 일을 벌였구나!'

정몽주는 삼봉이 영접사로 발령받고 쉬이 원나라 사신을 맞으러 가지는 않으리라고 짐작은 하고 있었다. 하지만 태후전을 직접 찾아가서 원나라 사신의 목을 베겠다는 불온한 언사를 써가며 태후의 분노를 샀다는 말을 듣고는 가슴이 덜컥했다.

'삼봉이 판을 크게 벌여 놓았어. 그렇지 않아도 이인임 세력이 벼르고

있는 터인데 큰일이 닥치겠구먼…….'

정몽주는 아무리 생각을 해봐도 이번 일로 삼봉이 목숨을 부지하기가 어렵겠다는 생각이 들었다. 경우에 따라서는 이인임의 친원 정책을 반대해온 사대부 세력, 즉 자신을 비롯한 이숭인, 박상충 등도 연루되어 화를 당할지 모른다는 생각이 들었다.

"포은 형님 이대로 가만있어서는 큰일 납니다. 잘못하면 삼봉 형님이 역모죄로 몰려 목숨을 잃게 생겼습니다."

마음 약한 이숭인이 얼굴이 하얘져서 발을 굴렀다.

정몽주가 측근들과 모여서 정도전의 일에 대책을 의논한다는 소문이 알려지자 소장파를 대표하는 사대부 벼슬아치들이 정몽주의 집으로 속속 모여들었다. 예문응교 권근, 전교령 박상충, 좌대언 임박도 왔다. 삼사좌윤 김구용도 보였다. 간관 이첨과 전백용의 얼굴도 보였다. 저마다 사태의 심각성을 알고 의견이 분분했다.

"하륜은 왜 보이질 않지?"

모여든 인사들의 면면을 훑어보던 이숭인이 꼭 참여해야 할 인물이 빠진 것을 발견한 듯 말했다.

"……."

"그자는 이인임의 눈치를 보느라 오지 않을게요."

좌중의 누군가가 말했다.

"아니 동기가 순군부에 잡혀가서 죽게 생겼는데 이런 일에 하륜이 빠지다니?"

이숭인이 말했다. 이숭인은 하륜이 정도전과 함께 이색의 문하에서 동문수학한 의리를 생각한다면 이 일에 그가 빠져서는 안 된다고 생각했다.

"그자는 원래 셈을 잘하는 자 아닙니까? 이인임이 처의 백부이니 나서

기가 그런 거지요."

하륜의 처가 이인임의 동생인 이인복의 딸임을 빗대어 김구용이 말했다.

"그자가 출세하는 것은 이인임이 뒷배를 봐주어서인데 이런 일에 낄 수 있나?"

이첨이 비아냥거렸다.

"천출이 출세하려면 눈치도 좀 봐가며 살아야 할 것이 아닌가? 그자가 이인복의 딸에게 장가를 든 것은 다 집안을 보고 간 게야. 그자는 이인임의 배경을 보고 간 것이지."

김구용이 맞받았다.

하륜을 천출이라 한 것은 그의 외조모가 일찍이 과거에 급제하여 벼슬이 간의대부(諫議大夫)까지 올라간 차원부의 조부 차포은의 측실이었다는 것을 빗대서 하는 말이었다. 장소가 잠시 하륜이 이 일에 참여치 않은 것에 대한 성토장으로 변했다.

그 소리를 듣고 있던 이숭인은 '괜한 소리를 꺼냈나' 하고 후회를 했지만, 한편으로는 하륜이 참석하지 않은 데 대해서는 섭섭함을 금할 수 없었다.

정몽주는 이들의 말에 끼어들지 않으면서 앞으로 어떻게 일을 처리하는 것이 좋을까 골똘히 생각했다. 그러다 결심이 선 듯 면면을 다짐하듯 뚫어지게 보았다.

'이참에 이인임의 세력과 일전을 벌여보는 것이 좋겠다.'

정몽주는 일단 결심이 서면 단호하게 결행하는 성격이다.

"자 그만들 하시고, 여러분 우리 이럴 게 아니라 모두 대궐로 가십시다. 그래서 영접사를 맞는 일을 비롯하여 친원 정책의 부당함을 성토하고 삼봉이 역심이 있어서 이 일을 도모한 것이 아니라는 것을 주청 드립시다."

그때까지 분분하던 좌중의 의견들이 한곳으로 모아졌다.

"그럽시다."

"그리하십시다."

"우리가 그냥 당할 수야 없지요."

"삼봉을 구해내야 합니다."

모두는 잠시 하륜을 비난하던 것을 멈추고서 당초 이곳에 모인 뜻대로 이구동성으로 삼봉을 위기에서 살려내자며 대궐로 몰려갔다.

• 11

이인임은 태후로부터 정도전의 문제를 처리할 권한 일체를 부여받았다. 국청을 열어서 왕명을 어긴 죄를 물어 역모죄로 다스릴 수도 있었다. 경우에 따라서는 정도전 본인에게 참수형을 주는 것은 말할 것도 없고 더하여 형제, 처자 권속까지 연대하여 노비로 삼아 내치는 벌을 줄 수도 있었다.

그러나 문제가 생겼다. 정몽주를 비롯하여 이숭인, 권근, 김구용, 박상충 이 자들이 성균관의 유생들과 함께 궐 앞에 모여서 농성을 벌이고 있는 것이다.

"삼봉을 벌해서는 아니 되옵니다."

"지금 고려는 원나라를 섬길 때가 아니옵니다. 선대왕의 대업을 이어가소서. 삼봉의 행동은 충정에서 우러나온 일이 옵니다."

"도당에서는 태후마마의 눈과 귀를 막아 정사를 그르치려고 하고 있으니 이들을 벌하는 것이 순서이옵니다. 삼봉을 벌하여서는 아니 되옵니다."

'참으로 골치 아프게 하는 자들이야.'

궐 앞에서 목청을 높이고 있는 읍소가 정도전 문제를 어떻게 처리할

지 의논하고 있는 도당까지 들렸다.

“저자들을 포함해서 이 문제를 어떻게 처리해야 할지…….”
이인임이 눈을 감고 이마를 지그시 짚으며 대신들에게 물었다.
“정몽주까지 가담해서 저 짓거리를 하고 있으니, 쯧쯧.”
지윤이 정몽주의 행동을 나무랐다.
“포은은 그래도 점잖은 줄 알았는데. 에이 그 사람도 별수 없구먼.”
“이참에 모두 역모죄로 다스리지요.”
임견미는 모든 일에 무장답게 과격했다. 이인임은 앞뒤 생각 없이 내뱉는 그가 못마땅했다.
“신중히 생각해봅시다.”

그때 태후전 궁녀가 간관이 올린 상소를 들고 왔다. 간관 이첨, 전백용이 올린 상소였다. 이인임이 받아서 읽었다.

“지금의 고려는 이인임, 지윤이 들어서 이 나라를 망치려 하고 있습니다. 이인임은 선대왕 시절에는 명나라를 섬기자 했습니다. 그런데도 선대왕께서 승하하시자 현릉(공민왕의 릉)에 풀이 돋기도 전에 친원을 주장하고 나서고 있는데, 이는 일신의 영달을 위한 것이지 나라를 위한 일은 아니옵니다. 또한 심복 김의를 시켜 명나라 사신을 죽이고 문책을 피하려는 술책으로 원과의 친교를 복원하려 하고 있습니다. 지윤 또한 오랑캐가 왔을 때 중요한 말은 생략하고 국서를 바쳐 전하를 속인 일이 있습니다.
이인임과 지윤 두 사람은 입술과 이같이 서로 결탁하여 자기들의 죄는 덮어둔 채 삼봉 같은 직언을 하는 자를 역모죄로 다스리려고 변란을 도모하는 자들이니 장래에 이들로 인하여 입을 화는 실로 예측을 하기가 힘이 듭니다. 두 사람의 목을 베소서.”

상소문을 읽어 내려가던 이인임은 가쁜 숨을 몰아쉬었다. 두 손은 부들부들 떨렸다.

"저, 저런 놈이 있나! 목을 베라고? 감히 어디에 대고!"

지윤 또한 이름이 거명되자 분함을 참지 못했다.

"……."

모여 있는 대신들 모두 상소문의 파격적인 내용에 잠시 입을 다물지 못했다. 도당의 수장 격인 수문하시중 이인임의 이름을 직접 드러내어 잘못을 거론하면서 목을 베라고 주청하고 있으니 충격적이라 아니 할 수 없었다.

"저자들을 모조리 잡아들일까요?"

임견미가 이인임의 눈치를 보다가 말했다.

"……."

이인임은 여전히 분함을 참지 못하고 있으나 말은 하지 않았다. 그는 생각을 깊이 했다. 그리고는 한참 있다가 무겁게 입을 열었다.

"저들을 처리하는데 누구를 내세우는 게 좋겠소?"

이인임은 좌중을 둘러보았다.

"뭐 누구랄 것이 있습니까? 어명을 받아서 싹 쓸어버리면 될 텐데, 소장이 나설까요?"

성미가 급한 임견미가 생각 없이 말을 내뱉었다.

"어허 생각을 좀 해보고 말을 하시오. 쯧쯧, 저자들은 민심을 등에 업고 사대부 세력들과 손을 잡고 저렇듯 죽기를 각오하고 설치는 것이오. 우리 중에 누가 나선다면 자칫 민심의 동요를 가져오게 할 수 있어요."

이인임은 혀를 차며 말했다.

이인임은 임견미의 저돌적인 성격과 사려 깊지 못한 말과 행동이 늘 못마땅했다. 그러면서도 그를 가까이 두고 있는 이유는 그가 둘도 없는 충복이기 때문이었다. 언제나 자신의 곁에서 입안의 혀처럼 비위를 맞추는 그를 보노라면 기분이 좋아진다. 그것이 비록 '능력은 떨어지고 욕심은 많아 이리저리 많이 해먹고 다닌다는 소문'이 있어도 눈감아 주고 있는 이유이기도 했다. 거기에다 그가 때때로 만만치 않게 꾸려 바치는 재물도 큰 몫을 했다.

"우리 중의 누구도 직접 나서서는 아니 되오. 우리를 대신 할 자를 내세워서 지금의 사태를 처리하게 해야 하오."

이때 이인임의 의중을 파악했다고 생각한 지윤이 눈치를 보다가 잽싸게 나섰다.

"조민수는 어떨까요?"

"조민수 장군을?"

조민수는 최영과 함께 홍건적과 왜구의 침입에 맞서 여러 차례 전공을 세운 장군이다. 그는 최영이 유배에서 풀려나서 중앙의 요직에 복직하여 세력을 키우려고 할 때 이인임이 최영을 견제하기 위해 발탁하여 쓰고자 한 인물이었다. 훗날 그는 이성계의 위화도 회군에 가담해서 이성계보다 상위에 있는 지위를 이용하여 지나치게 권력에 욕심을 부리다가 실각하여 유배를 가게 된다.

이인임은 잠시 조민수를 생각했으나 그 또한 기회주의적인 처신을 하는 자인 데다 욕심도 많고 무엇보다도 이인임 자신의 일파라고 세상에 알려졌기에 마땅치가 않았다.

이인임은 좀 더 명분 있게 일을 처리하여 가급적이면 민심의 동요를 막고 싶었다. 그러기 위해서는 자신의 일파들은 비켜나 있고 백성의 신망을 얻고 있는 인물에게 이 사태를 처리하게 하고 싶었다.

"지금 자칫 저들을 섣불리 건드렸다가는 소요가 일어날 수 있어요."

"……."

모두는 이인임이 무슨 말을 하려는가 하고 시선을 집중했다.

"최영을 만나봐야 하오."

"……?"

"최영에게 맡겨서 이 일을 처리하는 것이 좋겠소이다."

이인임은 자신을 포함하여 도당을 이끄는 몇몇 대신들이 주동하여 저들을 해산시키고 잡아들인다면 아무리 왕명을 내세우는 일이라 해도, 사대부 세력을 탄압한다고 민심의 지탄을 받지 않을 수 없다고 생각했다. 따라서 지금 이 나라 백성들로부터 영웅으로 추앙을 받고 있는 최영 장군을 앞세워 이 일을 수습게 하는 것이 최상의 계책이라고 설명했다.

• 12

최영은 제주도에서 일어난 목호의 난[2]을 진압하고 중앙정치로 복귀해 있었다. 최영은 공민왕이 왕권의 기반을 다지는데 집권 초반부터 큰 역할을 해온 공신이다. 최영이 공민왕의 인정을 받고 출세를 하게 된 계기는 1352년 공민왕 원년에 일어난 조일신의 난을 평정하면서부터다.

조일신은 공민왕이 몽골에 볼모로 잡혀 있을 때부터 옆에서 모시던 시종이었는데 역경에 놓인 공민왕을 여러모로 도왔다. 그러한 인연으로 공민왕이 고려왕으로 봉해져서 귀국하자 측근으로서 권세를 부리면서 여러 가지 전횡을 일삼다가 공민왕의 눈 밖에 나게 되었다. 그러다 신변

2) 목호(牧胡)는 몽골에서 온 양목인(養牧人)으로 제주도에서 소, 말, 양 등을 방목하며 중앙정부의 관리를 받아왔는데 고려 말 이들은 수가 늘어나고 감독이 느슨해진 틈을 타서 독자 세력을 키우며 자주 난을 일으켰다. 1372년 공민왕이 명나라와 우호 관계를 유지하기 위해 말 2,000필을 징발하려 하자 자신들의 나라인 원나라가 키운 말을 고려가 마음대로 징발해 명나라에 보낸다고 제주목사 이용장을 죽이고 또다시 난을 일으켰다가 1374년 고려조정에서 보낸 최영 장군이 이끈 2만여 명의 토벌군에 의해 진압되었다.

의 위협을 느끼게 되자 공민왕을 볼모로 잡고 난을 일으켰던 것이다. 그러나 최영 등에게 이러한 기도가 탄로 나서 처형을 당했다.

최영은 이때의 공을 인정받아 호군(護軍)[3]의 직에 올랐다. 이외에도 최영은 공민왕에게 닥친 여러 가지 위기를 해결하는데 혁혁한 공을 세워서 왕의 신임을 돈독히 얻었다.

대호군이 되어서는 공민왕의 뜻을 받들어 함경도 일대를 지배하던 쌍성총관부를 몰아내어 100여 년간 원나라에 빼앗겼던 땅을 되찾는 데 큰 역할을 하는데, 이 과정에서 당시 함경도 일대의 지방 호족으로서 원나라 관리를 지내고 있던 이자춘과 그의 아들 이성계를 만나서 결정적인 도움을 받았다. 그 후로 최영과 이성계 두 사람은 함께 북으로는 홍건적, 남으로는 왜구를 격퇴하여 고려를 외침으로부터 막아내는데 큰 활약을 펼쳤다.

1359년 중국 본토에서 농민 반란 세력으로 일어난 홍건적이 고려를 침입하여 서경이 함락되었을 때, 서북면 병마사 이방실 등과 함께 이를 격퇴했고 1361년 홍건적의 2차 침입 때는 개경이 함락되어 왕이 복주(지금의 안동)로 피난을 가게 되자 최영이 또다시 선봉에 나서서 이성계와 함께 10만의 홍건적을 격퇴하고 개경을 수복했다.

이 시절 1363년에 공민왕은 또 한 번의 모반을 겪게 되는데 이른바 흥왕사의 변이다. 이는 홍건적으로부터 개경을 수복했으나 일대가 왕이 머무를 수 없을 정도로 파괴되어 어쩔 수 없이 흥왕사를 시어궁(侍御宮)으로 정하여 임시로 거처하게 되었는데 이 기회를 노려 김용 등 부원배(附元輩)들이 반원 개혁 정책을 펴고 있는 공민왕을 살해하기 위해 난을 일으켰던 것이었다. 최영은 이때도 군사를 이끌어 이를 진압하고 김용 등

3) 정4품의 벼슬로 고려 시대 장군.

을 체포하여 처형했다.

한편 원나라에서는 이 일이 실패로 끝나자 고려 자체 내에서 공민왕을 몰아내고 친원 세력을 복원할 수 있는 역량이 없다고 판단하고 직접 개입을 하려 했다. 즉, 원나라는 당시 자국에 머물러 있던 덕흥군을 고려왕으로 세우고 부원 세력인 최유에게 군사 1만 명을 주어 고려를 침공케 했는데, 이때도 최영은 서북면 도순위사로 임명되어 이들을 의주에서 섬멸시켜버렸다.

이 밖에 조정의 골칫거리가 되고 있는 왜구의 침입이 있을 때도 이성계와 같이 활약을 펼쳐 그들로부터 '백수(白首) 최만호(崔萬戶)'라는 별호를 들으며 공포의 대상이 되어 경상 전라 충청 일대에서 맹위를 떨치던 이들을 격퇴했다.

이렇듯 최영은 이적의 침입과 국내에서 부흥을 시도하는 부원배들의 모반으로부터 공민왕을 위기에서 구해내어 왕실의 보호자로서 역할을 톡톡히 했고, 또 백성들로부터도 영웅으로 추앙을 받고 있었던 것이었다. 그럼에도 불구하고 최영에게 시련이 따랐다.

공민왕이 부인(원나라 출신 노국대장공주)의 죽음으로 정신을 놓고 놀이와 황음을 일삼는 등 타락한 모습을 보이면서 정사를 돌보지 않자 당시 실권을 주고 있던 신돈의 모함으로 벼슬과 훈작을 삭탈당하고 6년간 유배생활을 했던 것이다. 그러나 신돈이 실각, 처형되고 난 뒤 다시 왕의 부름을 받고 근자에 제주도 목호의 난을 제압하며 다시 중앙무대로 진출했다.

공민왕의 갑작스러운 죽음은 최영에게는 하늘이 무너지는 것과 같은 큰 실망과 슬픔이었다. 공민왕의 기반도 최영에 의해 유지되어왔지만, 최영도 왕의 측근으로서 총애를 받으며 승승장구 출세를 해왔기에 그 마음이 더했다. 또 공민왕이 100여 년 원나라의 속국에서 벗어나고자 하는 자주 정책은 최영의 추구하는 생각과 딱 맞아 떨어지는 것이었다.

• 13

최영의 집안은 철원 최씨 문중으로 대대로 문신으로 이름을 날려 왔다. 그런 집안에서 그가 무반으로 벼슬살이를 하고자 한 것은 원나라에 의해 왕마저도 바꿔치기 당해야 하는 충선왕 시대에 대사헌 간관을 지냈던 부친의 영향을 받아서였다.

그 시대의 고려는 나라의 이름만이 존재할 뿐이고 지배국인 원나라가 그들의 피를 이어받은 자를 고려왕으로 내세워 나라를 통치하던 때였다. 이 틈을 이용하여 원나라에 아부하는 부원배들이 활개를 치고 있었는데 이들의 전횡은 참으로 지독했다. 이들은 원나라 궁중에 바치는 공녀 속에 인물이 반반한 누이나 딸 등 자신의 피붙이를 섞어 넣어 황실과 인연을 맺는가 하면 파견 나온 관리들에게 부인까지 바치며 아부를 하여 권세를 누리면서 고려 조정에서 온갖 악행을 일삼고 있었다.

이들은 원나라 궁중과 직접 선이 닿아 있는 것을 이용하여 자신들의 뜻에 거슬리면 임금마저도 음해하여 갈아치웠던 것이다. 심지어 왕을 서역 지방(지금의 티베트 라싸 지방)으로 유배를 보내는 일까지 꾸미는 횡포를 자행했으므로 왕이 도리어 이들의 눈치를 보아야 했다. 이런 와중에 백성들의 생활은 말할 수 없을 지경으로 피폐해질 수밖에 없었다. 해마다 증가하는 공물을 꾸려 바치느라 허리가 휘었고 여기에다 더하여 관리들의 수탈 또한 극성을 부렸다. 왜구들은 국가의 힘이 미치지 않는 틈을 타 이 땅을 호구로 삼아 제집 드나들 듯 수시로 침범하여 백성들의 삶은 바로 지옥 그 자체였다.

최원직은 이러한 참상을 알고 있음에도 이를 왕에게 고해바치지 못하고 또 고해바친들 소용이 없음을 알고 문신으로 지내는 자신의 처지를 한없이 개탄스러워했다. 그래서 그는 자식인 최영만큼은 무인이 되어 이 땅을 지켜주기를 바랐다. 청백리로 살아왔던 최원직은 문무(文武)의 벼슬아치가 살아가야 하는 덕목으로 "황금 보기를 돌같이 하라"는 가르침을 주면서 아들인 영을 무인으로 키웠다.

부친의 뜻대로 무관이 된 최영은 왜구들의 노략질이 극심한 경상, 전라, 충청 삼남을 둘러보았는데 실망이 이만저만 아니었다. 허물어진 성벽은 수리할 엄두를 내지 못했고 화살과 창검은 턱없이 모자라고 병사의 숫자도 병부상으로만 존재할 뿐 실제와는 차이가 나는 등 군비가 엉망이었다.

'이러한 상태로 100년을 지내왔던가!'

그저 놀라울 뿐이었다. 조정은 왜구의 침입에 아우성만 치고 있었지 무방비한 상태를 방치하고 있었다.

최영은 의종(고려 18대 왕) 이후 무신정권이 들어서고 결국은 원나라의 지배까지 받게 된 지난 세월을 생각했다. 1170년 이의방, 정중부가 주동이 되어 일으킨 무신정변 이후 국가에는 질서가 없었다.

창, 검의 힘으로 권력을 움켜쥔 이들 사이에서 정권을 유지하려는 쪽과 반대 세력 간에 일어나는 살육 다툼으로 나라 전체는 극도의 혼란에 빠졌고 기강은 말이 아니었다. 누구도 백성의 살림을 돌보거나 외적의 침입에 대비할 생각이나 여유가 없었다.

지방의 군졸들조차도 자신들에게 신경을 써주지 않는 조정을 믿지 않았다. 따라서 국방에 관심을 두기보다는 중앙의 권력이 누구에게로 이동되는가에만 신경을 썼다.

왜구의 침입이 있어도 책임이 두려워 번번이 묵살했고 간혹 중앙에서 점고를 나오면 뇌물을 써서 적당히 무마하고 지나갈 뿐이었다.

군량미를 사사로이 사용하는가 하면 병사의 수도 다 채워 넣지 않아 번(番)도 제대로 세울 수가 없었다. 그런 세월이 60여 년 동안이나 지속되었고 드디어는 몽골의 침입을 받아 강화도까지 쫓겨 들어갔다가 항복을 하고 만 것이었다. 그렇게 원나라의 지배를 받으며 또 100년이나 흘렀으니 고려의 국방은 말이 아니었다.

최영은 나라 꼴이 이렇게 된 데는 무인의 책임이 크다고 생각했다. 무인들이 본분을 망각하고 분수 이상으로 권력에 욕심을 부린 것이 원인이 되어 결국은 나라까지 뺏기게 된 것이라고 생각했다.

최영은 우선은 시도 때도 없이 침략하여 약탈과 노략질을 일삼는 왜구를 물리치는 일과 원나라로부터 나라를 구하는 일이 시급하다고 생각했다. 그리하여 사직을 온전히 보전하고 도탄에 빠진 백성을 구하는 일에 무인으로서의 일생을 바치겠다고 다짐해왔던 것이다.

그때 꿈처럼 나타난 군주가 공민왕이었다. 공민왕은 비록 원나라에 의해서 고려왕으로 봉해지긴 했지만 먼저 원의 지배에서 벗어나고자 하는 일부터 시작했다. 그러면서 여러 가지 개혁을 추진했다. 최영은 공민왕의 명을 충심으로 받들어 쌍성총관부를 몰아내고 정동행중서성을 혁파하여 친원파를 제거하는 일의 선봉에 서 왔다. 그러나 믿었던 공민왕이 말년에는 정신이 빠져서 국사를 멀리하다가 결국에는 비명에 가버리고 말았으니 최영으로서는 하늘이 무너지고 땅이 꺼지는 심정이었다.

새 왕을 옹립했지만 이인임의 무리들이 권력을 잡고서 사복을 채우는 일은 여전히 반복되었다. 거기다가 공민왕 시대에 근근이 물리쳐냈던 원나라를 다시 끌어들이려고 명나라를 섬기고자 하는 사대부 세력들과 첨예하게 대립하고 있으니 조정은 혼란스럽기 그지없었다. 정국이 그러함에도 최영은 그저 이 상황을 바라보고 걱정만 할 뿐이었다.

최영으로서는 이인임을 주축으로 하는 조정의 실권 세력도 성에 차지 않지만, 국태민안을 부처님의 덕에 의지해온 이 나라에 주자학을 새로운 사조로 내세우면서 중원의 새로운 지배국인 명나라에 잽싸게 붙어서 나라의 존망을 의지하려는 신진사대부들이 하는 꼴도 마뜩지 않았다.

이러한 때에 이인임의 방문을 받은 것이었다.

• 14

> "부원군 최영에게 명하노니 선왕이 돌아가시고 나라가 어려운 이때 어리석은 자들이 작당하여 나라를 어지럽히고 기강을 흩트리고 있으니 공은 분연히 나서서 이들을 궁궐에서 쫓아내고 주동자에게는 그 책임을 물어라."

이인임은 왕이 내린 교지를 읽고 나서 최영과 마주하고 앉았다.

"젊은것들이 세를 모아서 조정을 흔들고 있어서 큰일이외다."

이인임은 당당한 최영의 용모에 눌려서 눈길을 바로 주지 못하며 말했다. 어렸을 때부터 기골이 장대하고 풍채가 당당했던 최영은 전쟁터를 누비고 유배생활을 하는 등의 풍상을 겪고 불혹의 나이가 지나면서 어떠한 바람에도 흔들리지 않는 거목과 같이 우람한 모습을 갖추게 되었다.

그에 비해 이인임은 작달막한 키에 튀어나온 배, 좁은 어깨에 작은 눈을 하고 있어 최영에 비해 그 모습이 초라했다. 상대를 쳐다보는 대신 깜박거리는 눈길은 욕심을 감추고 있는 음흉한 느낌이었다.

"……."

최영은 앞에 놓인 찻잔을 들어 입술을 텁수룩하게 덮고 있는 수염 속으로 가져가면서 이인임의 말을 잠자코 듣고 있었다.

"저들은 명나라를 섬겨야 한다고 하지만 명나라는 신흥국이오. 아직은 믿을 수가 없어요."

"……."

"원나라가 비록 지금은 힘에 밀려서 잠시 북쪽으로 밀려나 있지만 세상을 100년 동안을 지배했던 큰 제국이었소."

원나라가 아직은 망하지 않고 있어서 언제든 재기를 도모할 수도 있다는 뜻이다.

"우리는 지난 100년 동안 비록 지배를 받아오긴 했지만 고려라는 국호도 변함없이 사용할 수 있었고 전통의 풍습도 유지할 수 있었소이다. 상국이 정복한 어떤 나라도 그러한 배려는 없었지요. 상국이 우리에게 그러한 배려를 한 것은 우리가 상국의 황실과 조정에 인척관계를 맺으며 그만큼 공을 들여온 것 때문이 아니겠소이까? 기실 기황후 마마는 우리 고려의 여인이 아니오이까, 그분의 아드님이 상국의 황제이시니 그 또한 우리의 핏줄이고 이런 면으로 보아서도 고려는 상국과 관계를 계속 유지해나가는 것이 옳은 것 아니오이까?"

이인임은 원나라를 상국이라고 했다. 원나라가 고려왕을 부마로 삼아 그나마 나라로서의 흔적을 남겨주고 있었던 것을 배려라고 했다.

종살이를 위하여 이국땅에 공녀로 바쳐진 수많은 여인의 한은 생각지 않은 채, 운 좋은 한 여인이 황실의 후궁으로 앉게 되었고 그녀가 낳은 자식이 황제가 된 것이 고려에는 다행이라는 것이다.

최영은 말없이 듣고는 있었지만 이인임이 늘어놓는 궤변에 점점 심사가 틀어졌다.

'지난 100년 동안 이 땅에서 수탈해간 재물이 다 어떻게 마련된 것인데, 이 나라 백성들의 골육을 짜내어 바쳐진 것이라는 것을 알면서도 저런 소리를 하는가? 이역 땅 낯선 곳으로 끌려간 생때같은 자식의 생사를 몰라 애태우던 부모들의 심정은 생각이나 해보았는가? 원나라 황실에 붙어서 고려를 마음대로 조롱하며 부귀영화를 누리던 부원배들의 행패에 분함도 없었는지…… 하기야 이인임 자신과 현재 그와 함께 놀아나는 지윤, 임견미, 염흥방들도 그에 빌붙어서 같이 권세를 누려왔으니 저런 말을 할 수 있겠지…….'

최영은 입심 좋게 놀리고 있는 이인임의 두툼한 입술에다 한껏 주먹을 질러주고 싶은 심정이었지만 꾹 참고 있었다.

그러나 이인임의 말 중에 명나라도 믿을 수 없다는 데에는 일견 동의가 가는 바였다.

'명나라는 아직은 믿을 수가 없다. 부침이 심한 중원의 세력 판도로 봐서 언제 형편이 바뀔지 모르는 일이다. 명나라는 벌써부터 고려 조정에 대하여 상국인 것처럼 이래라저래라 간섭하고 있다. 고려가 말을 듣지 않으면 그들 또한 원나라처럼 군사를 동원하여 굴복시키려 들 것이 뻔하다. 그렇게 되면 원나라에 당해왔던 것보다 더한 보복이 따를지도 모르는 일이다. 고려라는 나라를 아예 없애버리고 그들의 변방으로 만들어버릴 수도 있을 것이다. 새로이 부명(附明)하는 인사들이 발호하여 또 어떠한 행패를 부릴지도 모르는 일이다.'

최영이 봤을 때 지금 조정에서 하는 꼴로 봐서는 이 나라의 앞길이 보이지가 않았다. 막막했다.

고려는 태조 대왕(왕건)이 나라를 세우면서 중국과 달리 '천수'라는 독립적인 연호를 써왔다. 4대 광종은 '광덕'이라는 연호를 쓰고 스스로 황제라 칭하면서 자주국의 위상을 높이 세웠었다. 그러던 것이 북방의 야만족 몽골에 짓밟혀 굴욕을 당하는 신세에 이른 것이다.

최영은 고려가 국권을 회복하고 자주 국가로서 다시 일어설 수 있는 절호의 기회가 지금이라고 생각했다. 고려를 지배해왔던 원나라는 패퇴하여 북방의 초원지대로 쫓겨나 버렸고 새로운 대국이라고 자처하는 명나라는 아직 기반이 약해 고려를 침범할 여유가 없다.

이런 기회를 이용해서 군사를 정비하고 민심을 얻는 정책을 펴고 나라의 기강을 세워 국력을 길러서 자주국가로서 위상을 회복하는 데 힘을 모아야 할 때라고 생각했다.

마침 공민왕이 즉위하여 야심차게 그 일을 추진했는데, 임금께서 뜻하지 않게 죽임을 당하게 되자 신왕을 옹립한 세력들은 그들의 지지 기반을 다지기 위해 여전히 뿌리 깊게 잔존하는 구세력과 손을 잡고 친원으로 돌아가자고 하고, 그에 대립하는 신진사대부 세력은 새로운 사조를 내세워 명에 사대해야 한다며 정쟁을 다투고 있으니 최영은 참으로 안타까운 마음이었다.

"최 공께서 이 일에 적임이라고 상께서 명하였으니 잘 처리해주시오."

이인임은 최영의 의중을 아는지 모르는지 일방적으로 자신의 말만 늘어놓더니 거역하지 말라는 뜻으로 어명을 빙자하여 못을 박았다.

'적임자라고? 내가 왜 이 일의 적임자인지 모르겠구나, 너희들이 어명을 빙자하여 나를 이용하려 하는구나!'

최영은 이인임의 말에 반감을 가지면서도 어명이라면 어쩔 수 없이 받아들이는 수밖에 없다고 생각했다. 그러나 기왕에 하는 일이라면 명분을 세워서 해야 한다고 생각했다.

"조정이 명분을 얻으려면, 신진사대부들을 핍박한다는 항의를 받지 않으려면, 저들만 처리해서는 안 되는 것이 아니오이까?"

골똘히 생각을 거듭하던 최영은 이인임이 말을 마치자 생각했던 바를 이야기했다.

"무슨 말이오?"

"내 말은 조정을 바로 세우는 일도 같이하자는 말이외다. 수시중 대감께서는 지금 조정 대신들에 대한 민심을 듣고 계시는지요?"

"……?"

"이 기회에 원성을 받고 있는 대신들도 함께 처벌하고, 국정을 쇄신하는 기회로 삼자는 것입니다."

최영의 뜻은 염흥방, 지윤, 임견미 등이 토지를 수탈하고 지방 수령직을 매직하고 있다는 소문도 있으니 이 기회에 이들도 함께 벌하여 나라의 기강을 세워서 민심의 지지를 받자는 것이었다. 그래야 사대부들로부터도 원성을 덜 받을 것이라는 것이다.

"흠……."

이인임은 수염을 쓰다듬으며 깜박이던 눈을 내리깔며 잠시 생각했다.

최영이 의도하는 바는 수긍이 갔다. 염흥방, 지윤, 임견미 등의 소문도 들어서 잘 알고 있었다. 그러나 저들은 조정에서 자신의 기반을 든든히 지탱해주는 버팀목이다.

수족과 다름없는 자들인데 벌하기가 쉽지 않다는 생각을 했다.

"아무튼, 그 일은 조정에서 별개로 논하기로 하고 최 공은 어명대로 시행하시오."

이인임은 더 이상 입장이 곤란해지는 것을 모면하기라도 하듯 자리를 털고 일어났다.

• 15

이인임이 돌아가자 최영의 막사로 들어서는 젊은이가 있었다. 얼굴에는 아직 소년티가 있었지만, 체구만큼은 당당했다. 동북면 병마사로 있는 이성계의 다섯째 아들 방원이었다.

최영은 홍건적과 삼남에 침입하여 노략질을 일삼는 왜구를 토벌하기 위해 몇 번에 걸쳐 이성계의 군사를 동원했다. 그때 그 아비를 따라나섰던 아들 중에 특히 몸이 날렵하고 영민한 이방원을 눈여겨 봐두었다.

방원은 특이하게도 대대로 무인이 나온 집안에서 문과에 급제한 인물이다. 이점이 문인 집안에서 무장으로 벼슬살이를 하는 최영과 대비되었다.

이방원의 글재주를 엿볼 수 있는 대목은 '선죽교의 충신' 정몽주와 생사를 건 담판을 할 때 지은 「하여가」이다.

정몽주는 당대의 최고의 문장가인데 이방원은 그런 정몽주와 마주하여 필담을 나눌 정도로 훌륭한 문재를 갖추고 있었던 것이다.

초시에 급제한 이방원은 아직 벼슬길에 오르지 않고 있었으나 장래를 위해 젊은 선비들과 사귀며 중앙 정치 무대를 알고자 했고, 또 그것이 변방의 무장 세력으로 지내는 부친 이성계를 돕는 일이라고 생각하여 공민왕이 그 조부 이자춘의 공을 인정하여 개경에 마련해준 집에 머물면서 최영 장군의 일을 돕고 있었다.

최영으로서는 동료의 아들을 돌본다는 의미 외에 실력 있는 무장 세력으로 잘 훈련된 군사조직을 이끌고 있는 이성계가 필요했으므로 이방원을 곁에 두고 유대를 지켜나가고자 했다. 이방원은 최영의 곁에서 주로 함길도에 있는 아비와 연통하는 역할을 해오고 있었는데, 지금 막 함길도에서 올라와 이성계의 서신을 전하려고 최영의 막사에 들른 것이다.

"장군 그동안 강녕하시온지요?"

서글서글하고 격의 없는 성격의 이방원은 부친에게 대하듯 반갑게 인사를 건넸다.

"어서 오시게. 먼 길 다녀오느라고 수고가 많았지?"

"부친도 강녕하시고 항상 장군을 걱정하고 계십니다. 여기 부친께서 장군께 전해 올리는 서찰입니다."

이방원은 품속에서 서찰을 꺼내어 최영에게 전했다. 좀 전에 이인임이 왜 다녀갔는지 궁금했지만, 최영이 이성계의 서찰을 다 읽을 때까지 기다렸다가 물어보았다.

"이 시중께서 다녀가시는 것을 보았사옵니다."

"흠, 궁궐에 시끄러운 일이 있다고 어명을 전하러 왔더군."

"지금 궁궐에서 사대부들이 진정을 하고 있는 그 일이옵니까?"

"그렇다네. 원로대신들은 원나라 사신을 맞을 영접사를 보내야 한다는데 사대부들은 명나라를 섬기자고 하고, 한 치의 양보도 없이 나라를 시끄럽게 하고 있으니 나라의 기강이 말이 아니야."

"지금 돌아가는 형편을 보면 망해가는 원나라보다는 중원을 통일한 명나라를 섬기는 것이 마땅한 것 아닙니까?"

이방원은 나이에 맞지 않게 자신의 견해를 또렷이 전했다.

"정세로 보아 사대부들의 주장이 틀리지 않다고 보옵니다. 특히 주도하고 있는 삼봉 대감과 포은 대감은 학식이 뛰어나 젊은 선비들 중에 으뜸으로 많은 사람들의 존경을 받고 있는 이가 아니 옵니까?"

"자네도 그리 생각하는가? 포은과 삼봉이 학식이 뛰어나 젊은 선비들에게 존경을 받고 있다는 것은 나도 잘 알고 있네. 하나 지금은 우리가 스스로 힘을 키울 때라고 생각하네. 원나라는 무너져가고 명나라는 아직 기반이 약하니, 이 기회를 빌려 더 이상 저들에게 침략당하지 않고 또 휘둘리지 않도록 자주적인 힘을 길러야 하는데 저토록 다툼질만 하고 있으니, 나라의 기틀이 온전히 서겠는가?"

"……."

이방원은 조용히 최영의 말을 듣고 있었다. 그러면서 조정에서 다뤄지는 공론 외에도 최영과 같은 또 다른 견해가 있구나 하는 생각을 했다.

'자주국 고려를 꿈꾼다? 장군은 명나라에 기대는 것도 싫고, 원나라도 싫어하는구나!'

"앞으로 삼봉과 포은의 앞날은 어찌 되겠사옵니까?"

비록 나이는 어리지만 이방원은 생각이 깊고 나라에 대한 걱정이 많았다.

"죽일 수야 있겠는가, 삼봉이 비록 어명을 어겼다고는 하나 죽이기에는 아까운 인물이지. 삼봉을 죽이기에는 이시중을 둘러싸고 있는 인사들이 떳떳하지 못해, 명분이 서지 않아. 그러나 저들 또한 삼봉으로 인해 심기가 많이 상해 있어."

이방원은 삼봉과 포은이 장차 나라를 위해 큰일을 할 수 있는 인물이라는 점을 들어 목숨은 부지되어야 한다고 청을 하고 나서, 그만 최영에게 인사를 고하고 나왔다.

'앞으로 저들의 운명이 어찌 될 것인가? 목숨은 부지되어야 할 텐데……'

이방원은 정몽주와 정도전 그리고 일에 가담한 젊은 선비들의 앞날이 신경이 쓰였다.

• 16

최영은 어명으로 받은 일을 신속히 서둘렀다. 그날로 병사를 소집하여 궁궐로 들어가 농성을 하고 있는 무리들을 해산시켰다.

선비들은 마치 목숨이라도 내놓을 것처럼 완강히 저항하며 버텼지만, 잘 훈련되고 무장된 군졸들에게는 속수무책이었다. 저항을 거세게 하는 몇몇 무리는 초주검이 되게 몽둥이로 얻어맞기도 하고, 또 멱살이 잡힌 채로 질질 끌려서 궁 밖으로 내몰렸다. 심하게 저항하거나 주동한 자들은 순군부 감옥으로 끌려갔다.

그중에는 정몽주, 이숭인, 박상충, 김구용 그리고 이인임과 지윤의 목을 베라고 상소를 올렸던 이첨과 전백용의 얼굴도 보였다. 그들의 죄목은 이미 정해져 있었다.

> 조정의 일에 간섭하여 국정을 농단하려 한 죄.
> 임금의 명을 거역한 불충죄.

그들에 대한 치죄는 일사천리로 진행되었다. 죄가 가볍다고 생각되는 자는 장 몇 대를 쳐서 돌려보내고 중하다고 여겨지는 자는 유배형에 처해 졌다.

문제는 정몽주와 정도전의 처리에 관한 것이었다. 특히 정도전에 대해서는 영접사를 거부하는 등 어명을 어긴 죄가 중하다는 것 외에 이인임과 지윤 등 실세들의 심기를 건드린 괘씸죄가 더해져 참수하자는 논의가 있었다. 그러나 민심을 염두에 둔 여러 가지 사정과 함께 최영의 주청을 받아들여 장을 쳐서 유배를 보내는 것으로 결론을 내렸다. 도전의 유배지는 전라도 나주 회진현 땅으로 결정 났다.

정몽주에 대해서는 상대적으로 가벼운 유배형이 주어졌다. 그는 비록 이 일에서 주도적인 인물이긴 하나 여전히 곱지 않은 사대부들의 심기를 다독거릴 필요가 있고, 또 선대 때부터 조정에서 벼슬살이를 해오면서 모나지 않게 처신해온 것이 대신들의 지지를 받아 비교적 선처를 받았던 것이다. 정몽주의 유배지는 울주 언양으로 정해졌고 그곳에서 1년 정도 근신하는 것으로 그쳤다.

이인임은 정도전 등 사대부들의 불충죄를 논하면서 그 나름대로 생각해둔 국정 쇄신도 함께 취했다. 최영에게 일 처리를 맡기면서 그가 충언한 대로 조정에 대한 나쁜 인상을 주고 있는 부패한 인사도 같이 처리하기로 했다. 그 대안으로 문하시중 경복흥도 같이 쳐내기로 한 것이다. 경복흥은 우왕을 옹립하는 데 반대를 해온 인사다.

그는 명덕태후와 함께 왕요(훗날 고려의 마지막 왕인 공양왕)를 신왕으로 추대했었다. 지금은 이인임에게 협조적인 척하지만, 여전히 불만이 많았다. 이인임은 그런 경복흥을 이 기회를 빌려 내쳐야겠다고 생각했다. 우왕의 옹립에 반대했던 일로 역모죄를 씌우고, 또한 구세대의 부패한 관리를 척결한다는 명분을 내세워서 경복흥을 고향인 청주로 유배 보내버렸다.

이렇게 하여 이인임은 사대부와 친원·친명 세력 다툼에서 승기를 잡고, 또한 구세대의 세력 중에서 기회만 있으면 자신에게 불만을 내보이면서 틈을 엿보고 있던 경복흥을 쳐냄으로써 권력의 기반을 확실히 잡았다.

그러나 지탄받고 있는 자신의 측근인 지윤, 임견미, 염흥방 등은 여전히 그대로 남겨두고 있었으므로 그의 국정쇄신 실상은 정치적으로 맞서는 사대부 세력을 죽이기 위한 구색 맞추기일 뿐이었다. 이로써 정몽주, 정도전을 중심으로 한 사대부 신흥 세력은 초토화되어 권력 다툼에서 떨어져 나가게 되었다.

• 17

정도전이 귀양을 떠나는 날 성문 밖에는 아침부터 많은 사람들이 모여들었다. 개경 인근 사람들뿐만 아니라 전국의 유생들이 떠나가는 정도전의 모습을 보고자 모인 것이었다.

드디어 장형을 맞아 피에 얼룩진 옷을 입고 오라에 묶여 나졸들에 둘러싸인 정도전이 모습을 드러내자 멀리서부터 통곡 소리가 들렸다.

"아이고 대감 이런 억울한 일이 어디 있습니까?"

"이제 가면 언제 또 개경 땅을 밟을 것입니까?"

"죽일 놈들은 여전히 성안에 있는데 대감께서 이게 웬일입니까?"

무리들은 정도전의 곁으로 모여들었다. 나졸들이 이를 제지하려 했으나 원체 많이 모여들었기에 행차가 멈춰 설 수밖에 없었다.

이를 좀 더 가까이서 보려고 사람들은 앞사람의 어깨에 올라타기도 했다.

"이것 좀 잡숴보시오."

누군가가 주먹밥을 한 뭉치 내밀었다. 뒤따라 또 누군가는 떡을 내밀었다. 팔이 묶여 자유롭지 못한 정도전을 위해 아예 음식을 입에 물려주기도 했다.

"술도 한잔하고 가시오."

어떤 이는 술을 병째 입에 물려주기도 했다.

"물렀거라! 이놈들 귀양살이 가는 죄인이다!"

나졸들은 이들을 제지하지 못하고 오히려 뒤로 밀려서 큰소리만 쳐대고 있었다.

정도전의 아내 최씨 부인도 아이들을 데리고 고생길 떠나는 낭군을 배웅했다. 최씨 부인은 정성껏 마련한 무명옷 보퉁이를 건네면서 눈물을 주르르 흘리며 말했다.

"대감 끝내는 이런 꼴을 당하시는구려."

"부인 너무 가슴 아파하지 마시오. 다 시절 탓이 아니겠소?"

"부디 건강하시오."

"흐으흑, 아버님 몸 건강하셔야 하옵니다."

큰아들 진이가 울음소리를 섞어서 인사를 했다.

"오냐, 오냐. 부디 어머니 모시고 동생들 돌보며 가문을 지켜야 한다."

정도전은 작별 인사를 받으며 눈물을 머금은 채 송악산을 바라보았다. 산허리를 둘러싸고 있는 구름은 여전히 검은 빛이었다.

'언제 다시 송악산을 보게 될까?'

다시는 개경으로 돌아오지 못할 것 같다는 생각이 들었다.

"이놈들아 비켜라. 갈 길이 바쁘다. 해 중에는 임진 나루터에 도착해야 한다. 썩 비켜라."

나졸들의 재촉이 거세졌다. 정도전은 다시 한 번 송악산을 둘러보면서 비장한 각오를 담은 시 한 수[4]를 읊었다.

자고유일사(自古有一死)	예부터 사람은 한 번 죽는 것이니
유생비소안(儒生非所安)	살기를 탐하는 것은 편안한 일이 아니다

'반드시 다시 돌아와 저 송악산의 먹구름을 걷어내리라!'

정도전은 아우성치듯 하는 작별 인사를 뒤로하고 나졸들에 이끌려 떨어지지 않는 걸음을 옮겼다.

4) 유배를 떠나며 정도전이 지은 오언시 「감흥(感興)」.

• 18

정도전이 떠나는 광경을 아침부터 와서 지켜보고 있는 두 사람이 있었다. 하나는 이방원이고 그에게서 서너 걸음 떨어진 옆에서 삿갓을 눌러쓰고 얼굴을 감추고 있는 이는 하륜이었다. 두 사람은 운집한 사람들이 정도전의 귀양을 마치 저들의 살붙이가 당하는 것인 양 안타까워하며 통곡하는 모습을 줄곧 보고 있었다.

하륜은 그동안 형제같이 지내왔던 정도전과의 정리를 생각하면 뛰쳐나가서 끌어안고 통곡이라도 하고 싶었으나 모습을 드러내놓지 못하고 이렇게 숨어서 별리를 해야만 하는 자신을 몹시 부끄럽게 생각하고 있었다. 자신은 정도전이 잡혀갔다는 소식을 들었을 때도 그렇고, 뒤에 정몽주, 이숭인 등이 모여서 구명운동과 탄원을 하는 데도 동참하지 않았다.

"동기 간에 의리도 없는 놈."
"처가 덕으로 출세하려는 벨도 없는 놈."
"출신이 천출이라 어쩔 수 없는 놈."

욕도 수없이 들었다. 자신이 이인임의 조카딸을 아내로 맞이한 것과 외조모가 차포은의 조부의 첩실이었다는 사실까지 싸잡아서 이색의 문하에서 동문수학하면서 누구보다도 가까이 지냈으며 형님같이 따랐던 정도전이 곤경에 처해 있는데도 한마디 변명도 해주지 않는 데에 대한 비난들이었다.

보잘것없는 집안 출신이라는 점, 외조모가 첩실이었다는 점은 하륜이 어릴 때부터 받아온 상처였고 응어리였다.

과거에 급제하고 출사를 하여 관원으로서 능력을 인정받고 있지만, 동료 관원으로부터는 여전히 등 뒤에서 혹은 노골적으로 멸시를 받아왔다. 하륜은 늘 그런 동료들과 섞이지 못하는 이질감을 느끼면서 반드시 복수를 해주리라 마음먹어 왔다.

자신을 멸시하는 자들을 굴복시키려면 출세를 하여 그들이 탐하는 권력을 잡고 그들에게 휘둘러야 한다고 생각해왔는데 그 기회가 우연히 그에게 찾아왔다.

그가 과거에 급제했을 때 좌주(座主)[5]가 이인미였던 것이다.

이인미는 청빈한 선비로서 조정의 존경을 받는 인물이었는데 하륜의 글재주를 보고 별도로 불러서 장차 크게 쓰일 인물이라며 격려를 해주었다. 이인미는 하륜의 사람됨을 항상 칭찬하면서 마침 과년한 딸을 두고 있는 동생 이인복에게 소개하여 장가를 들게 했던 것이다. 좌주인 이인미와 장인이 되는 이인복은 당시 권력의 실세로 떠오르고 있는 이인임의 동생들이었다.

급제는 했으나 한미한 집안 탓에 별로 중용되지 못하고 있던 하륜에게 처가의 배경은 든든한 버팀목이었다. 처 백부인 이인임은 현재 수시중 자리에 앉아 있으면서 고려의 조정을 쥐락펴락하고 있는 사람이다. 하륜은 그런 든든한 배경을 물리칠 수가 없었다.

한 배에서 난 동기와 진배없이 지내온 삼봉 형님이 처한 어려운 지경을 알고는 있었지만, 또 대의로 봐서도 망해가는 나라 원나라를 섬기는 것이 부당하다는 것도 알고 있지만, 자신의 입장에서 보면 출세의 배경이 되는 처 백부인 이인임과 대척점을 이루고 있는 정도전의 편을 들 수가 없었다. 그 점을 삼봉이 알고서 섭섭해 해도, 또 비록 그 누가 자신을

5) 과거에 급제한 사람, 즉 문생(門生)이 그들의 시험관을 이르는 말로 좌주와 문생 간에는 평생 부자와 같은 끈끈한 유대관계가 형성되어 있다.

비겁하다고 손가락질해도 할 수 없는 일이라고 생각했다.

'삼봉 형님 잘 가시오. 나는 어쩔 수 없이 내 길을 가야겠소이다. 언제 또 만나서 옛날 같은 정의를 나누게 될지 기약할 수 없는 길인데, 형님 부디 몸조심하십시오.'

하륜은 정도전의 떠나는 모습을 보면서 몇 번이나 삿갓 속으로 손을 가져가 눈물을 훔쳤다.

하륜의 그런 모습을 의미 있게 바라보던 이방원이 한 발짝 그에게 다가갔다.

"하륜 대감 아니시옵니까?"

"……?"

하륜은 흠칫 놀랐다. 이곳에서 자신을 알아보는 사람이 있다니.

"누구신지?"

"아까부터 대감을 보고 있었소이다. 긴가민가했는데 역시 대감이었습니다."

상대는 뜻하지 않은 곳에서 만나게 된 것이 무척이나 반가운 모양이었다.

목소리가 컸다.

"쉬!"

하륜은 손가락을 입가에 갔다 대며 상대를 살폈다. 아직 소년티를 벗지 않은 동안이었지만 우람한 체격을 갖춘, 어디를 내놔도 당당한 모습의 장부였다.

"동북면 병마사를 지내는 이(李) 자 성(成) 자 계(桂) 자 되시는 분이 저의 부친이십니다. 저는 그분의 5남 방원입니다."

그는 여전히 기죽지 않는 소리로 다른 사람이 듣거나 말거나 큰소리로 인사를 했다.

"이방원이라……. 내, 부친의 존함은 익히 들어서 존경하고 있소이다. 근데 어찌 나를 알아보고……?"

"삿갓을 쓰고서 얼굴을 감추려고 하면서도 눈물을 자꾸 흘리는 모습이 보이더군요. 그래서 누구신가 유심히 보았지요. 송구하옵니다."

이 방원은 여러 차례 개경과 함길도를 오가면서 개경의 여러 사정을 알아보고 있었다. 그러면서 여러 인사들과 교제도 넓혀가고 있었다. 오늘 유배를 가는 정도전도 그 인물됨이 훌륭하다는 말을 듣고서 진작이 만나고 싶어 했다. 하륜 또한 승승장구하는 신진 인사로 비록 맞대면 인사는 없었지만, 얼굴을 기억해두고 언젠가 만나고자 했던 것인데 오늘 뜻밖의 자리에서 우연히 보게 된 것이었다.

"알아주니 반갑소이다. 그런데 자리가 좀."

"괜찮사옵니다. 오늘 대감을 이렇게 뵌 것만 해도 좋습니다."

"나도 반갑소이다. 내 한 번 초대를 하지요. 내 집이든지 어디든지 오늘은 남의 눈에 띄는 것이 편치 못하여 이만 헤어져야겠소이다."

"괘념치 마십시오. 제가 한번 찾아뵙겠습니다."

하륜은 유난히 빛나는 방원의 관상이 머리에서 지워지지 않았다.

'범상한 인물상이 아니야.'

그것은 분명히 출중한 인물상이었다. 일찍이 관상과 사주풀이, 잡학에 관심이 많아 거기에 빠져서 공부를 한 적이 있었는데 이방원의 상은 여태껏 보지 못한 관상이었다.

그는 이방원의 얼굴을 보는 순간, 기가 눌려서 바로 쳐다볼 수 없었다. 그 자리를 빨리 뜨고자 한 이유는 자신을 다른 사람이 알아볼까 걱정한 것도 있었지만, 이방원에게서 느껴지는 기를 쉽게 발설할 것 같아 자리를 피하고자 한 것이었다.

그래서 다음에 조용한 기회를 빌려 찬찬히 살피고 자세한 이야기를 하고자 초대하겠노라고 했던 것이다.

“꼭 한번 만나기를 기대하오. 훌륭한 관상을 지니셨소이다.”

“……? 아! 네, 일간 찾아뵙지요.”

이방원은 하륜이 뭔가 깊은 이야기를 할 듯하다 말고 헤어지면서 뜬금없이 관상이 좋다는 말을 하므로 이상한 사람이라고 생각했다.

• 19

나주 회현 땅으로 귀양 온 지가 벌써 3년이 되어갔다. 도전은 툇마루에 걸터앉아서 땅거미가 드리워지는 벽촌의 들녘을 바라보고 있었다.

산골의 해는 일찍 지는 법이다. 어스름한 해가 지면 오늘도 컴컴한 방에서 홀로 지내야 한다. 이제 이런 날이 익숙할 때도 됐건만 어둠이 주는 고독 속에서 가족에 대한 그리움, 그리고 앞날에 대한 걱정 따위로 잠을 이루지 못하고 뒤척이다가 날 밤을 새운 적이 한두 번이 아니었다.

‘이제 겨우살이 준비를 해야 할 텐데…… 올겨울도 이곳에서 지내야겠지…….’

어느덧 주위는 어둠에 둘러싸였다. 그때 사립문 가로 누군가가 들어서는 사람이 있었다.

“계신가요?”

문을 들어서다가 그는 툇마루 턱에 걸터앉아 있는 도전을 보고 말을 건넸다. 도전은 대답 대신 그의 행색을 빤히 바라보았다. 어두운 곳에서 자세히는 볼 수 없었으나 상당히 남루한 모습이었다.

“에헴, 길 가던 과객이외다. 어두워져 더 이상 길을 재촉하기 어려워 하룻밤 신세를 질까 하고 들렀소이다.”

나그네는 주인의 허락이 없는데도 성큼 안으로 들어와 정도전의 옆에 걸치고 앉았다.

"어허, 영암 땅에서부터 줄곧 걸어왔더니만 온몸이 먼지투성이네."

듣는 사람은 안중에 없는 듯 그는 혼자 지껄이며 웃옷을 벗어 탈탈 털어댔다. 정도전은 그의 행동거지가 다소 무례하긴 했으나 밉지는 않았다.

"집을 나온 지가 오래된 것 같소이다."

"집이랄 게 뭐가 있겠소. 이렇게 임자 만나서 하룻밤 신세 질 수 있는 곳이면 다 내 집이지."

말을 해놓고 다소 민망한지 도전을 보고 싱긋 웃었다. 도전도 밉지 않은 그의 얼굴에 같이 웃어주며 답례를 했다.

'무슨 곡절이 있는고?'

"보아하니 행색은 남루하나 걸인은 아닌 것 같고?"

"하하, 역시 삼봉 선생은 사람을 보는 안목이 있으시오."

'어라, 이자가 나의 정체를 알고 온 것이 아닌가? 혹시 내가 불온한 짓이나 하고 있는지 관에서 염탐이라도 하러 나온 것이나 아닌가?'

도전은 과객의 입에서 자신의 이름이 나오자 순간 긴장했다.

"나를 알고 찾아온 것이었소이까?"

"그렇소이다. 근처에 개경서 오신 지체 높으신 분이 머물고 계시다기에 위로도 할 겸 말벗이나 하려고 왔소이다."

나그네는 자기 이름을 담은(談隱)[6]이라 부르라면서 '좋은 산천 경관을

---

6) 여기서 담은 선생은 필자가 만든 가상의 인물이다. 혹여나 독자들이 혼란에 빠질 것 같아 이를 밝혀둔다. 약간의 재미를 위해 상상력을 동원해 가상의 인물을 출연시킨 것이므로 오해 없으시길 바란다. 정도전은 귀양살이하면서 농부와 야인 등 평민층을 많이 만났는데 이들 중에는 뜻밖에도 학식이 뛰어난 이도 있었고, 시국 돌아가는 것에 대해서 서슴없이 예리한 비판을 가하는 자도 있었다.

정도전은 그들에 대한 존경심으로 「답부전」, 「금남야인」이라는 글을 썼는데 담은은 거기에 등장하는 인물이다. 천문, 지리, 음양, 의학, 음악과 병법 등 다방면에 박식하고 오륜을 비롯한 윤리에 통달하고 유학에도 깊은 지식을 갖춘 선비인데 이 글에서 농부는 이러한 담은을 존경하지만 겸손하게 조심히 지낼 것을 경고하고 있다.

서울대 교수를 지냈으며 30여 년간 삼봉 사상을 연구한 한영우 교수는 담은을 정도전의 자화상

구경하고 뜻있는 인사들을 만나 말벗도 하면서 전국을 유랑하고 있다'고 자신을 소개했다.

그러다 전라도 지방을 지나면서 선비들로부터 이곳 나주 회진현 땅에 조정의 대신과 당당히 맞서다 귀양을 온 삼봉 선생이 유배되어 있다는 말을 전해 듣고 찾아온 것이라고 했다.

어둠이 짙게 깔리자 두 사람은 방 안으로 들어갔다. 귀양살이하는 주제라 방 안으로 손님을 모셨더라도 변변히 대접할 것은 아무것도 없었다. 두 사람은 냉수 한 그릇을 사이에 두고 마주 앉았다.

기름을 아끼려 되도록 혼자 있을 때는 켜지 않던 호롱 불빛이 두 사람의 얼굴 형체를 겨우 알아볼 수 있게 했다.

"개경 땅은 언제 떠났소이까?"

도전은 그가 개경에도 들렀다 하니 우선 그곳 소식이 제일 궁금했다.

"썩을 놈의 세상, 이제 그놈들의 천지가 다 되었소."

개경의 소식을 묻자 그는 대뜸 욕부터 내뱉었다. 그놈들이란 이인임과 그에 빌붙어서 권세와 영화를 누리는 지윤, 임견미, 염흥방 등을 말하는 것이다.

"누구 하나 그놈들의 횡포에 시비를 걸려는 사람이 없소. 옛날에는 삼봉 같은 분이 나서서 시비도 가리고 나무라기도 하였지만 지난번 옥사를 계기로 바른말을 할 사람들이 모두 궁중에서 사라져 버렸으니 이에 저놈들이 무엇을 하든 상관이 없게 되어 버렸어요. 아 참, 정몽주나 김

이라고 하며 정도전이 귀양살이하면서 많은 것을 배우고 깨달았을 것이라고 했다. 필자는 이를 정도전의 사상의 성숙과정, 즉 민중의식을 깨닫고 혁명사상을 고취해가는 과정에 있는 정도전의 내면이라고 해석하고 작품에 등장시킨 것이다. 독자들의 이해를 구한다.

구용, 이숭인 대감은 일찍이 유배에서 풀려나 지금은 조정 일을 보고 있는 중이라오. 애석하게도 박상충은 매를 맞은 장독이 심하여 유배지에서 그만 객사하였다 하오."

'아! 그랬었구나!'

도전은 포은과 이숭인 등 친히 지내던 이들이 자신이 주동한 일에 연루되어 유배 간 일에 미안함을 느끼고 있었는데 그것이 풀려 다시 조정 일을 보게 되었다 하니 다행이라는 생각이 들었다. 그러나 박상충이 매를 맞아 그 후유증으로 유배지에서 객사했다니 몹시 가슴이 아팠다.

'아! 박상충의 원혼을 어찌 달래야 할꼬. 그 가족을 훗날 어떻게 대하여야 할꼬.'

가슴이 미어지는 것 같았다.

담은의 시국에 대한 이야기는 계속 이어졌다. 그는 더 이상 백성들이 조정에 대해서 기대할 것은 아무것도 없다고 했다. 담은의 조정에 대한 비판은 거침이 없었다. 정곡을 콕콕 찌르는 그의 언변에 정도전은 공감하면서 머리칼이 쭈뼛이 서는 것 같은 흥분을 느꼈다.

고려는 지난 100년 동안 원나라의 지배를 받으면서, 왕 이하 신료들은 원나라가 시키는 대로 꼭두각시 노릇을 하며 자신들의 안위와 보신을 유지하는 데만 급급했다. 다행히 공민왕 대에 이르러 원나라의 힘에 공백이 있는 틈을 타서 잠시 원의 지배에서 벗어나고자 했으나, 임금 자신이 무절제했던 탓에 갑작스럽게 죽음을 맞게 되었고, 그 틈을 타서 탐욕과 보신에 젖어 있던 무리들이 또다시 작당해서 열 살배기 아이를 왕으로 앉혀 놓고 자신들의 이해에 맞게 국정을 농단(壟斷)하는 이 나라가 과연 백성을 위해 무엇을 해줄 수 있겠느냐는 것이었다.

"어떻게 하여야 하오? 담은 선생은 이런 경우에 어떻게 하는 것이 현명한 방법이라고 생각하오?"

한참을 말없이 열변을 듣고 있던 정도전은 이렇듯 거침없이 조정을 비난하고 있는 담은의 속마음이 무엇인지 알고 싶었다. 정도전은 담은의 얼굴을 뚫어지도록 바라보면서 물었다.

"흐음—."

길게 내뿜는 숨소리에 호롱 불빛이 크게 일렁거렸다. 불빛에 나타나는 얼굴 윤곽은 평소보다 훨씬 강하고 음습한 느낌이었다. 담은은 쉽게 말하기가 어려운 듯 호흡을 가다듬고 방 안을 한번 둘러본 후 입을 열었다.

"초가삼간을 태워버리시오. 삼봉께는 이런 초가가 어울리지 않아요."

"무슨 말씀이오?"

정도전은 흠칫 놀라며 물었다.

"집이 썩어서 무너질 지경인데 서까래 몇 개 갈아서 지탱하는 것은 임시방편일 뿐이지요. 집을 아예 허물고서 새집을 지어야 백년대계가 편안할 것이 아니오?"

"흠—."

정도전은 대꾸를 못 했다. 같이 숨만 길게 쉬었다.

'이 자는 대체 어떤 사람인가? 지금 자신이 하고 있는 말이 얼마나 큰 풍파를 일으킬 줄 알고나 저런 소리를 하는 걸까?'

도전은 담은의 말에 한기를 느낄 정도의 오싹함을 느꼈다. 서까래를 갈자는 것은 썩은 무리를 몰아내고서 조정을 바로 세우자는 말인데 담은은 아예 집을 허물어버리고 새집을 지으라는 것이다.

이것은 왕조를 바꾸라는 말이다. 임금을 바꾸는 것은 예전에도 있어 온 일이지만, 이 사람은 지금 새 나라를 세우라고 이야기하고 있다.

담은은 말을 마치고서 상대의 반응을 살피다가 정도전이 너무 긴장하는 것 같다고 생각했는지 말머리를 돌렸다.

"선비들이란 무슨 일을 하려면 갑론을박 말만 많지요. 그 사람들은 경전에 나오는 글 몇 줄을 읽고 세상을 다 아는 것처럼 허세를 부려요. 저 들녘에서 일하는 농부들은 비록 글을 읽지 않았어도 씨 뿌리면 싹이 나서 열매를 맺고, 봄이 되면 파종을 하고 여름에 김을 매고 가을엔 걷이를 하면서 세상살이 이치를 몸소 체험하면서 살아가는 사람들이지요."

담은은 앞에 놓인 대접을 들어 물을 벌컥 한숨에 들이마셨다. 그리고 이야기를 이어나갔다.

"농부들의 이치는 정직하다는 것이오. 그들이 하는 농사일에는 잔꾀가 통하지 않고 권모술수가 없어요. 그런데 글을 읽는 선비는 어떠하오? 글 속의 진리는 그렇지 않을 진데 자신들의 입신양명을 위하는 데만 배움을 이용한다는 말이오. 사리사욕을 취하기도 하고 때로는 패당을 지어서 상대와 척을 져서 싸우기도 해요. 그러면서도 그들은 어떻게 하면 백성으로부터 더 많은 세금을 거두어들일까 하는 일에만 치중을 하고 있어요. 그들이 아무리 지식이 능통하고 비상한 재주를 가졌다 하여도 정직하지 못하고 이치를 벗어난 언행을 한다면 이는 백성들에게는 재앙이 될 뿐이지요."

담은의 말투는 조금 전에 조정에 대한 추상과 같은 비판을 토할 때와는 달리 이번에는 자분자분한 가르침 조였다. 정도전은 담은이 지금 하고 있는 말이 자신에게 들려주는 교훈이라고 생각했다.

'무릇 나라의 근본은 정직하게 살아가고 있는 백성들인데 식자들이 백성은 멀리하고 재주만 뽐내면서 사복만 채우려 한다고?'

정도전은 근본도 확실치 않은 남루한 인사가 이어가는 말에 점점 빠져들어 갔다. 그러면서 자신이 해온 일이 아직도 얼마나 부족한가를 깊이 느꼈다.

둘은 이야기에 빠져들어서 날밤을 하얗게 새우다가 새벽녘에 잠이 들었다.

• 20

도전이 눈을 떴을 때는 햇살이 방 안 깊숙이 비추는 늦은 아침이었다. 어젯밤 늦게까지 담은과 이야기를 나누느라 늦게서야 잠이 깼다.

방구석에서 부시럭 인기척이 들렸다. 담은이 일찍 일어나서 도전이 읽던 책을 뒤적이는 소리였다.

"일어나셨소이까?"

도전은 손님을 놔두고 혼자 늦잠에 빠졌던 것 같아 겸연쩍어하며 인사를 했다.

"아니오이다. 내가 객지를 돌아다니다 보니 잠을 깊이 자지 못해서……."

담은은 뒤적이던 책을 내려놓으며 웃으며 인사를 받았다. 담은이 보던 책은『맹자』였다. 그 책은 몇 해 전 정몽주가 보내준 것이었다.

도전은 그 책을 곁에 끼고서 틈이 날 때마다 수양하듯 한 장씩 한 구절씩 읽고 외우며 지내왔다.

"좋은 책을 구해 읽고 있소이다."

"아, 그 서책이요? 동문수학하던 포은 사형이 내게 주신 거지요. 몇 해 전 선친의 상을 당했을 때 사형께서 문상을 오면서 무료할 때 읽어보라고 준 것인데, 배울 것이 많아 즐겨 읽고 있소이다."

"아아, 포은 대감. 삼봉 대감과 포은 대감은 정분이 두텁다고 소문이 나 있더이다. 좋은 사형을 두셨소이다."

"좋은 분이시지요. 제가 못나서 항상 신세만 끼치고……. 지난번 일도 내가 벌여놓고 포은 사형과 여러 동료들이 함께 화를 당하게 만들고……."

"나도 일찍이 『맹자』를 읽었소만 삼봉은 어떤 구절이 마음에 드시는지요?"

담은은 화제를 읽고 있던 책으로 돌렸다.

"내가 처지가 처지인지라 지금은 「고자(告子)」 편을 마음에 담고 있소이다."

도전은 담은도 『맹자』에 관심이 있다고 생각하니 자신의 마음과도 통하는 바가 많을 듯싶었다.

"천장강대임어시인야 필선고기심지(天將降大任於是人也 必先苦其心志)하며……. 하늘이 한 사람에게 큰일을 맡기시려 할 때는 먼저 그 사람의 마음을 고생스럽게 하고, 몸을 괴롭힌 후, 이를 참고 잘 견뎌내게 하여서 훗날 일을 더 잘할 수 있게 한다는 구절이군요. 참으로 지금 삼봉의 심정을 잘 담아내고 수양하게 하는 대목이올시다."

"실로 부끄럽소이다."

도전은 담은 선생의 칭찬에 무안해 했다.

"「진심(盡心)」 편도 읽어보셨지요? 민위귀 사직차지 군위경(民爲貴 社稷次之 君爲輕)을 아시지요?"

"예. 백성이 첫째로 귀하고, 그다음이 사직이고, 군주는 가장 가볍다는 뜻이지요."

"그렇습니다. 제(齊)나라 선왕이 맹자를 초대하여 가르침을 달라고 하였을 때 맹자는 '임금의 잘못이 있으면 신하가 이를 간(諫)하여야 하고 이를 되풀이하여도 듣지 않을 때는 임금을 바꿔야 한다'고 하자, 왕이 벌컥 화를 냈다 합니다. 맹자는 화를 내는 왕에게 하(夏)나라의 탕왕과 은(殷)나라의 무왕의 이야기를 들려주며 가르쳤지요."

담은이 하는 이야기는 도전도 익히 『맹자』를 읽어서 알고 있는 이야기였다.

'이 사람은 지금 역성혁명(易姓革命)을 이야기하고 있다. 어젯밤에도 서까래 몇 개 고친다고 되는 게 아니라 헌 집을 부숴버리고 아예 새집을 지으라고 해서 사람을 놀라게 하더니만 이제는 역성혁명을 말하고 있다!'

도전은 담은의 이야기를 들으면서 살벌한 기운이 온몸에 뻗치는 것을 느꼈다.

이 이야기는 고대 중국의 고사에 나오는 것으로, 하나라의 걸 왕은 성정이 포악해서 바른말을 하는 신하는 죽이고 백성은 안중에도 없이 말희라는 계집에게 빠져서 방탕한 생활을 일삼다가 신하인 탕에게 죽임을 당했고, 은나라 마지막 왕인 주왕 역시 달기라는 여인에 빠져서 백성을 멀리하고 국정을 소홀히 하며 폭정을 일삼다가 신하인 무에게 쫓겨난 역성혁명의 이야기였다.

후세 사람들은 이를 두고 "신하가 받들어 모시던 왕을 쫓아냈다"고 비난해왔던 것인데 맹자는 이를 '군주가 민심을 잃은 것은 하늘을 잃은 것이라 하고 백성을 버린 왕을 쫓아낸 것은 천심'이라 하여 정당화했던 것이다.

"민심이 천심이 아니오이까. 백성을 버린 나라, 민심이 떠난 조정과 군주는 결국은 백성에 의해서 버려진다는 것이고 이를 탓할 일은 못 된다는 것이 아니오이까?"

한참을 주장을 펴던 담은은 도전의 결심을 구하려는 듯 물었다.

"음—."

도전은 담은의 이야기가 너무도 엄청난 것이기에 감히 대답을 못 하고 신음으로 대신했다.

'이 사람은 비록 행색은 초라하고 저렇듯 떠돌이 생활을 하고 있지만 세상살이를 몸소 체험하면서 얻은 가식 없는 식견에다 『맹자』까지도 읽어내는 정도의 학식을 갖추고 있다.'

도전은 담은과 불과 하룻밤을 지내면서 이야기를 나누었건만 참으로 많은 것을 배우고 있다고 생각했다. 어느덧 그에 대해 존경하는 마음까지 우러났다. 하여서 떠나려는 담은을 만류하여 며칠 동안이라도 더 머물면서 가르침을 달라고 간청을 했다. 담은은 '가르침을 달라는 것은 과분한 말'이라고 사례를 치면서도 벗으로서는 함께 지내보자며 도전의 청을 받아들여 머무르겠다고 했다.

• 21

도전의 초막에 손님이 들었다는 소문을 듣고 황 서방과 김성길이 술과 약간의 음식을 들고 찾아왔다. 수수밥 덩어리와 냉수로 요기하던 정도전과 담은에게 황 서방이 들고 온 술과 안주는 좋은 요깃거리였다.

팔도를 정원 삼아 이곳저곳 누비고 다니다 온 담은이 곳곳에서 겪은 이야기는 산간 벽촌에 박혀 사는 이들에게는 새롭고 흥미로운 소식거리가 아닐 수 없었다. 그러나 이야기가 계속되는 동안 두 사람과 정도전의 얼굴은 점점 찡그려졌다. 들을수록 비참한 참상들이었다.

장리 빚에 쫓겨 식구들과 야반도주했다는 이야기, 딸을 색주가에 팔아넘겼다는 이야기, 굶어 죽어가는 노모를 위해 죽은 자식의 살을 발라 국을 끓여 먹었다는 이야기.

황 서방은 "왜구가 쳐들어온 곳은 사람이고 짐승이고 씨가 말랐고 어느 고을에는 시체 치울 장정이 없어 그대로 방치를 해놓아 냄새가 진동

하더라"는 이야기를 들었을 때는 눈물을 줄줄 흘리며 술 사발을 들어 벌컥벌컥 마셔댔다. 참으로 맑은 정신으로는 들어 넘기기가 어려운 일이었다.

"에이, 더러운 놈의 세상 언제나 맘 편히 한번 살아보누. 죽은 놈이 차라리 낫제."

황 서방은 된장에 맨 손가락을 푹 쑤셔 넣었다가 입으로 가져가 쭉 빨았다.

"이런 일들이 일어나는 것의 근본은 모두 토지 문제요."

참담한 이야기를 듣고 있던 정도전이 침통하게 말했다.

"토지는 농사를 짓는 농부들에게 돌아가야 하는 것이 원칙인데도 권세 있는 자들이 수탈해 가버리니 농민들은 자연히 소작농이 되어 어렵게 살아갈 수밖에 없는 것이지."

"그렇지요. 권세가들의 토지 수탈은 이제 그 도가 지나칠 정도이더이다. 여주 땅 어디에는 농토의 주인이 일곱 명이나 나타나서 한해 농사지은 것을 다 뺏어 갔다 하더이다. 농부가 항의를 하니 오히려 남의 땅을 부쳐 먹고도 소작료를 내지 않는다고 매를 쳐서 그 농부는 분을 참지 못하고 식솔을 데리고 못에 빠져 자결을 하였다고 하더이다."

담은이 들려주는 소문은 모두의 가슴에 생생하게 사실로 와 닿았다. 자신들에게 '같은 일이 닥쳐도 어쩔 수 없는 일이겠구나!' 하는 억울한 마음도 같이 들었다.

정도전은 오래전부터 권문세가의 토지겸병(土地兼倂)의 부당함을 역설해왔다. 경자유전(耕者有田)의 원칙이 지켜지지 않아 농민들의 생활은 피폐해질 대로 피폐해졌고 또 토지가 권문세족의 수중으로 들어감으로써 국가에 바치는 세금도 줄어들 수밖에 없었다.

'토지 문제를 놔두고서는 나라를 바로 세우기란 불가능한 일이다.'

정도전은 평소의 지론을 폈다. 어떤 때는 담은이 맞받았다. 그것은 때로는 열변으로 변하기도 했다. 황 서방과 김성길은 두 사람의 이야기가 자신들의 삶을 대변해주는 것 같아 번갈아 가며 맞장구를 쳤다. 어느덧 가져온 술이 다 동이 나버렸다. 그런데도 그들의 이야기는 식을 줄 모르고 계속되었다.

담은이 도전의 집에 머무른 지가 여러 날이 되었다. 그동안에 두 사람은 세상 돌아가는 일에 대해서 담론을 하다가 갑갑하면 들녘으로 나가 돌아다니기도 했다. 담은은 들과 산을 돌아다니면서 도전에게 풍수 보는 법도 가르쳐주었고 약초로 유용하게 쓰이는 들풀을 구별하는 법도 가르쳐주었다. 도전은 참으로 다양하고 폭넓은 담은의 지식에 절로 고개가 숙여졌다. 그는 지식뿐 아니라 세상을 보는 안목도 또한 넓었다.

도전은 자신이 지금은 비록 귀양살이로 초라한 모습으로 지내고 있지만 그래도 명색이 이 시대에 최고의 학부인 이색 문하에서 공부했고, 한때는 급제하여 당당히 개경에서 벼슬살이를 했는데, 담은과 이야기하노라면 아직도 많이 부족하다는 것을 느꼈다. 유학 경전 몇 권을 읽고 세상살이를 다 아는 것처럼 큰소리쳐온 것이 새삼 부끄러웠다. 담은이야말로 세상살이를 몸으로 생생히 배우고 느끼면서 진정한 경세의 이치를 체득한 사람이라고 생각했다.

담은이 떠날 채비를 했다.

"나는 한곳에 오래 머무르는 것이 싫어서……."

담은은 머쓱한 미소를 지으며 만류하는 도전의 뜻을 거절하며 인사를 했다.

"그럼 언제나 다시 보게 될 것이오?"

도전이 재회를 기대하며 물었다.

"허허, 어떻게 기약을 하겠소. 인간사 약속된 것이 뭣이 있겠소? 노력할 뿐이지."

"……."

"삼봉도 떠날 사람이 아니오? 준비를 해두어야지요."

"떠날 준비를?"

"그렇소. 언제까지나 벽촌에 묻혀서 지낼 것은 아니지 않소. 이곳을 떠나면 또 무엇을 해야 하는지 준비를 하고 있어야지요."

그는 마치 도전의 유배 생활이 풀릴 것처럼 말했다. 그리고는 그때를 위해 뭔가를 준비하라고 했다.

"그럼 건강히 계시오."

"안녕히 가시지요."

두 사람은 몇 날 같이 지내지는 않았지만 오래된 지우(知友)와 작별을 하는 것처럼 아쉬워하며 헤어졌다.

• 22

그렇게 담은이 떠난 지도 한 달여가 흘렀다. 이제는 아침저녁으로 제법 한기를 느끼게 하는 날씨였다.

'이번 겨울도 이곳에서 나야 할 건가?'

농부는 비록 한 뼘도 안 되는 논. 밭일지라도 그곳에서 나락걷이를 하고 수수단을 털어서 소출을 내어 겨우살이 준비를 한다. 그러나 도전은 원래 이곳에 터 잡고 살던 지기가 아닌지라 그런 준비도 할 수 없었다. 염치가 없지만, 올해 겨울도 황 서방과 김성일 등 동네 사람들이 추렴해주는 양식으로 지낼 수밖에 없다고 생각했다.

'담은은 유배생활이 풀릴 것에 대비해서 뭔가를 준비하라고 하였는데…….'

담은이 떠나면서 남겨준 뜬금없는 그 말은 도전의 가슴에 예언처럼 남아 설레게 했다.

'과연 귀양살이가 풀릴 것인가?'

도전은 사립 밖에 인기척만 나도 개경에서 온 소식인가 하고 귀를 쫑긋이 세우는 버릇이 생겨났다.

초저녁 한기를 막기 위해 일찍 방문을 닫고 자리에 누웠는데 잠은 오지 않았다. 근처 어디서 부르는 것인지 동네 애들이 술래를 하면서 부르는 노랫소리가 들려왔다.

> 땅이 없네, 땅이 없어
> 부자들 땅은 산천을 경계하는데
> 가난한 백성은 송곳 꽂을 땅도 없네
> 땅이 없네, 땅이 없어

귀에 익은 가락이었다.

'저 노래는 언젠가 담은 선생이 동네를 한 바퀴 돌다가 바위치기 하고 놀던 동네 꼬마들에게 가르쳐준 노래가 아닌가? 애들은 노래에 담긴 의미를 알고 있기나 하는 것일까?'

노랫소리는 춤에 맞춘 듯이 흥겹게 들렸다. 도전은 노랫소리를 들으며 어느새 스르륵 잠에 빠져들었다.

얼마나 잤을까?

방 안이 깜깜해서 시각을 알 수 없었다. 방문 밖에서 누군가가 부르는 소리를 듣고 잠이 깼다. 노랫소리가 아직도 그치지 않고 들려오고 있는 것을 보니 한밤중은 아닌 것 같았다. 깜박 잠이 들었다 깨어난 모양이었다.

"대감마님, 대감마님."

"누군고?"

도전은 밖에서 부르는 소리에 잠이 덜 깬 목소리로 답했다.

"대감마님, 흑……. 쇤네 칠석입니다요."

밖에 있던 사람이 도전의 목소리를 확인하자마자 와락 울음을 터뜨렸다.

"뭐라고? 칠석이라고?"

도전은 개경 본가에 있는 칠석이의 이름을 듣자마자 자리를 박차고 일어났다. 그리고 방문을 활짝 열어젖혔다.

"칠석아!"

"네, 대감마님!"

칠석이는 어둠 속에서도 도전의 자태를 확인하고 땅바닥에 털썩 주저앉았다.

"대감마님, 흐흐엉."

칠석이는 엎어져서 어린애처럼 소리 내어 울어댔다.

"오냐오냐, 칠석아! 이게 얼마 만이냐?"

도전도 칠석이를 안고는 반가움과 설움을 같이 느끼며 눈시울을 붉혔다.

"어서 일어나거라. 땅기운이 차다. 먼 길 오느라 힘들었을 텐데, 어서 안으로 들어가자."

도전은 엎드려 있는 칠석이의 몸을 받쳐서 일으켜 세우려고 했다.

"아닙니다. 대감마님."

칠석이는 툴툴 털고 일어나 비록 벽촌에 귀양 와서 살고 있는 상전이지만 예를 바쳤다.

"우선 절부터 받으셔야지요."

맨땅에 너부죽이 엎드려 큰절을 올린 후에야 방 안으로 들어갔다.

"요기는 하였느냐?"

상전은 우선 먼 길을 달려온 하인의 끼니가 걱정되어서 물었다.

"여기 준비해왔습니다. 대감마님 살림도 곤궁하신데 제가 낮에 주막을 나서면서 먹을거리를 미리 준비해왔습니다."

칠석은 어느 틈에 명랑하고 순종적인 성격으로 돌아왔다.

사람 좋게 씨익 웃으면서 매고 온 보퉁이를 뒤적거려 보리와 콩이 섞인 주먹밥 덩이를 내놓았다.

'배가 고팠을 것인데 용케도 참고 가져왔구나.'

도전은 상전에게 먹으라고 내놓는 그 모습이 고마웠다. 이런 벽촌에서 사람이 그리웠는데 이렇게 오랜만에 만나니 상하의 격의가 없어지는 것 같았다. 도전은 부엌으로 가서 찬물 한 사발을 떠 왔다.

칠석이는 송구해서 어쩔 줄 몰라 하면서도 주먹밥 덩이를 입안에 욱여넣고 우물거렸다.

도전도 배가 고팠다. 칠석이와 함께 주먹밥을 손으로 집어서 우적거리며 맛있게 먹었다. 주린 배 앞에서는 체면 따위는 없었다.

두 사람은 서로의 모습을 보면서 웃음이 나는 것을 참으며 펼쳐놓은 주먹밥을 단숨에 먹어치웠다.

"살림살이는 어떠하냐?"

시장기를 채우고 나자 도전이 물었다.

"아–휴, 마님의 고생이 말이 아니십니다."

칠석이는 답을 하기 전에 한숨부터 내쉬었다. 물어보나 마나 어렵고 궁핍한 것은 짐작이 가는 일이었다.

"마님은 처음에는 친정에 드나들며 양식을 얻어다가 생활을 하였고 또 작은 서방님들이 가끔 들러 양식을 보탰습니다."

도전에게는 남동생이 둘, 여동생이 하나가 있었는데 그들의 생활 형편도 도전보다 나은 쪽은 하나도 없었다. 더군다나 도전이 이리되고 나니 동생들도 귀양살이는 면했지만 핍박받고 있기는 마찬가지였다. 그 외에 가까이 지내던 붕우들에게도 간간이 신세를 졌지만, 세월이 지나니 그들의 발길도 점점 끊어져 찾아오는 이가 없다고 했다.

요즘에는 마님이 아는 댁들을 찾아다니며 바느질감을 얻거나 허드렛일을 거들며 근근이 생활한다고 했다. 칠석이도 이야기를 전하면서 콧물을 훌쩍거렸다.

"고생이 이만저만 아니구나."

도전의 눈가에도 눈물이 번지고 있었다.

"이것을 마님께서 전해드리라고……."

칠석은 품속에서 보에 정성스레 싸맨 봉서를 건넸다.

최씨 부인이 도전에게 보낸 것이었다. 도전은 반가운 마음에 얼른 받아 펼쳐보았다. 촘촘하게 이어진 글씨가 일렁이는 호롱불에 잘 보이지 않았지만 도전은 눈을 가까이 대고 읽어나갔다.

> "당신은 평소에 글을 읽느라 아침에 밥이 끓는지 저녁에 죽이 끓는지 간섭하지 않았습니다. 이제 가난은 더해져서 집 안에는 한 줌의 곡식도 없는데 아이들은 춥고 배고프다고 울고 있습니다. 지금까지 제가 살림을 맡아오면서 당신이 그토록 부지런하게 학문을 하시니 머지않아 입신양명하여 가문에는 영광을 가져오고 우러러 바라보고 기뻐할 것만을 생각했습니다.
> 그러나 끝내는 국법을 어겨서 이름이 더럽혀지고 행적이 깎이며 몸은 남쪽 변방으로 귀양을 가서 고통을 당하고 있고 형제들은 벼슬에서 쫓겨나 가문이 기우니 세상 사람들의 웃음거리가 되고 있습니다. 이것이 정녕 현인 군자의 길입니까?

아낙네의 부질없는 소견으로 원망을 하였습니다만, 마음에 담지 마시고 부디 옥체를 보전하십시오."

도전은 서찰을 읽어 내려가면서 가슴이 미어지는 답답함을 느꼈다. 오늘날 아내와 자식들이 이 고생을 하는 것이 다 자신의 불찰로 인해 비롯된 일이라 생각하니 폐부 깊숙한 곳에서 솟구쳐 올라오는 슬픔을 억누를 수 없었다.

'부인, 내가 공연한 일을 저지른 것 같소.'

눈물과 함께 후회가 솟구쳤다.

도전이 예전에 부인에게 청혼하면서 했던 약속. "내 반드시 훗날 입신양명해서 그대를 호강시켜주겠소"라고 했던 그 약속을 지금으로써는 지켜줄 길이 막막하여 가족들에게 더 미안했다.

도전은 이러한 마음이 들수록 지금의 조정, 특히 자신을 이렇게 나락의 구렁텅이로 빠뜨려놓는 이인임 일당에 대한 원망이 더 커졌다. 도전은 그 자리에서 다음과 같이 아내에게 보내는 위로의 서찰[7]을 썼다.

"그대의 말이 참으로 온당하오. 나에게는 붕우(朋友)가 있어 정이 형제보다 나았는데 내가 패한 것을 보더니 뜬구름같이 흩어졌소. 그들이 나를 근심하지 않는 것은 본래 세(勢)로서 맺어지고 은(恩)으로 맺어지지 않은 까닭이오.
부부의 관계는 한번 맺어지면 종신토록 고쳐지지 않는 것이오. 그대가 나를 책망하는 것은 사랑해서이지 미워해서가 아닐 것이오. 또 아내가 남편을 섬기는 것은 신하가 임금을 섬기는 것과 같소. 그대가 집을 걱정하고 내가 나라를 걱정하는 것이 어찌 다름이 있겠소. 각자 자기의 직분을 다할 뿐이오. 성공과 실패, 이로움과 해로움, 명예와 치욕, 얻고 잃는 것은 하늘이 정한 것이지 사람에게 있는 것

7) 정도전의 『삼봉집(三峯集)』 「가난(家難)」 중에서 일부 인용했다.

이 아니오. 근심하지 마시오."

도전은 글을 써내려가면서 몇 번이고 종이 위에다 눈물방울을 떨어뜨렸다.

'성공과 실패……. 얻고 잃는 것은 하늘이 정하는 일이라.'

도전은 써놓은 글귀를 몇 번이나 읽어 보았다. 과연 자신에게도 하늘이 정해준 기회가 오기는 할 것인지 지금으로써는 그저 막막할 뿐이었다. 길이 없다는 생각이었다.

그날 밤 도전은 아내의 서찰을 품에 안고 잠이 들었다. 한참을 잤는데 방문이 스르르 열렸다. 삿갓을 쓴 사나이가 방 안으로 불쑥 들어오더니 다짜고짜로 도전의 가슴을 발길로 짓눌렀다.

"그대 일어나라, 이곳에 누워 편히 잠이 오는가! 하루빨리 썩은 집을 허물고 새집을 지어야 하는데 그대가 이토록 태평을 치고 있으면 누가 집을 지을 것인가?"

그는 도전의 얼굴에 자신의 얼굴을 들이밀며 고함을 쳤다. 도전은 가위눌려서 잠에서 깼다. 꿈속에서 자신에게 고함을 쳐댔던 사람은 바로 담은 선생이었다. 도전은 휴— 하고 가슴을 쓸어내리며 방 안을 둘러보았다.

윗목 구석에는 칠석이가 이불도 걷어차고 씩씩거리면서 세상모르게 잠에 곯아떨어져 있었다.

'천릿길을 주야로 걸어왔으니 고단할 법도 하겠지…….'

도전은 일어나서 칠석이의 이불을 덮어주고 다시 잠을 청했다.

'새집을 지으라, 새집을 지으라고, 나보고?'

도전은 꿈속에서 들은 담은의 이야기를 다시 새겼다.

2장

송악에 드리운 먹구름

• 1

학당에서 돌아온 도전이 인사도 없이 제방으로 들어가서는 방문을 걸어 잠근 채 조용하다.

우물가에서 빨래하는 어미를 보았음직 한데 못 본 척 터벅걸음으로 곧장 제 방으로 들어가 버렸다.

'학당에서 무슨 일이 있었는가?'

우씨 부인은 아들이 들어간 방문을 열어보려고 했으나 안에서 잠겨 있었다.

"애야, 무슨 일이 있느냐? 방문은 왜 잠갔느냐?"

"……."

기척이 없었다.

"애야, 애야."

걱정이 되어 다시 방문을 흔들었다.

"어머니, 저 혼자 좀 있고 싶어요. 별일 아니니 걱정하지 마세요."

볼멘소리, 기분이 언짢은 목소리다. 울음을 참다가 내는 소리 같기도 하고…….

'얘가 뭔가 기분이 단단히 상한 것이 있나 본데?'

우씨 부인은 더 이상 참견하지 않고 걱정스레 눈치만 살폈다.

'옷차림이 흐트러지고 얼굴에 생채기가 난 것 같기도 하고, 누구와 싸웠나?'

걱정은 되지만 애가 저렇듯 완강하니 그냥 두고 볼 뿐이었다. 도전은 끼니도 거르고 방 안에서 조용했다.

저녁때가 되어 남편 정운경이 귀가했을 때 우씨 부인은 낮에 있었던 아들의 기색을 이야기했다. 정운경은 아들을 건너오라 했다. 아버지 앞에 불려 온 도전은 여전히 기분이 풀리지 않은 채였다.

방바닥만을 내려다보고 있는 모습이 뭣엔가 성이 잔뜩 나 있었다. 아들은 열두 살배기지만 그 또래에 비해 훨씬 성숙했다.

아직 그 또래는 부모에게 응석을 부릴 때인데도 도전은 오히려 부모의 마음을 이해하고 어른스러운 행동을 할 때가 많았다.

"무슨 일이 있었느냐?"

"……."

"아비가 묻지 않느냐? 무슨 일이 있었는지를……."

운경은 아들의 묵묵부답에 다시 물었다.

"아비는 아들의 신상에 무슨 일이 있는지 알아야 하느니라. 그래야 올바로 훈육을 할 수 있는 것이 아니겠느냐."

한참을 방바닥만을 응시하고 있던 도전이 갑자기 눈물방울을 두두둑 떨어뜨리며 소 같은 울음소리를 냈다.

"으흐흥―."

"웬 울음이냐, 자초지종은 말을 않고서?"

운경은 역정을 냈다. 그 소리에 도전은 오늘 낮에 있었던 일을 자세히 고했다.

"오늘 학당에서 귀갓길에 우가, 승기 놈과 싸웠습니다."

우승기는 담양 우씨, 우현보와 가까운 친척이다. 우현보의 집안은 조부 때부터 이름난 성리학자이고 부친 우길생은 나라에 공을 세워 삼중대광숭록대부(三重大匡崇祿大夫)에 올라 적성군으로 봉해진 명문가이다. 집안에서 일가가 번성하면 사돈의 팔촌까지도 으스대게 마련이다. 우승기의 아비는 그런 우현보와 멀지 않은 친척임을 내세워 시골에 살고 있어도 거들먹거리며 행세를 하는 인사다.

그 아들 우승기는 도전과 같은 학당의 동기인데, 명문가의 내력을 타고나서인지, 그 아비의 성품을 닮아서인지 아랫사람을 함부로 대하고 업신여긴다고 손가락질을 받고 있는 질이 좋지 않은 아이다.

그는 도전에게 외조모가 종이었다는 사실을 들먹이며 천출이라고 멸시를 하곤 했던 것이다. 어린 도전으로서는 견디기 어려운 놀림이었으나 가급적 집에 와서는 부모가 상처를 입을까 봐 내색하지 않았었다.

그런데 오늘도 귀갓길에 우승기가 또 놀리더라는 것이다. 도전의 이름을 들먹이며 "저놈은 우씨 집안 놈이 아니고 길에서 주워온 놈"이라고 했다는 것이다. 도전의 이름자가 길 도(道), 전할 전(傳)을 쓰는 까닭에 그렇게 놀리는 것이었다. 이는 또한 도전의 어미가 우씨의 피가 섞인 여인이 아니라 종의 자식이라는 것을 드러내 놀리려는 것이기도 했다. 그 일로 도전은 우승기와 주먹다짐까지 하게 되었는데 결국은 우승기를 따르는 왈패들에게 얻어맞았던 것이다.

이야기하는 동안에도 도전은 몇 번이고 서러움에 받쳐서 어깨를 들썩이며 흐느꼈다. 자식의 이야기를 듣는 동안 운경도 할 말을 못 하고 깊은 한숨만을 내쉬었다.

"……."

자초지종을 말한 뒤 도전은 울음을 그치고 아비를 똑바로 쳐다보며 물었다.

"아버님, 사람의 근본에 씨가 있다고 보십니까?"

이 모습은 좀 전의 울음을 터뜨리던 것과는 또 다른 모습이었다. 목소리에는 힘이 들어가 있고 눈에서는 광채가 나는 도발적인 모습이었다. 운경은 아들의 깊은 상처를 어루만져주어야겠다고 생각했다. 그는 가까이 다가가 눈물 자국이 묻어 있는 아들의 손을 꼭 쥐었다.

"네가 생각하는 바가 맞다. 사람의 근본에 씨가 어디 다르다고 하겠느냐, 귀하고 천한 씨가 따로 있다고 할 수 없고, 잘나고 못난 것이 처음부터 구별되어 있지 않은 것이지."

"그렇지요? 아버님, 인간으로 태어나서 귀하고 부유하게 자라고 싶지 않은 자가 어디 있겠습니까? 인간이 태어나는 것이 자신이 원하는 바가 아닐진대 어떤 이는 대갓집에 태어나 금지옥엽 귀하게 자라며 호의호식하고, 천한 부모를 만난 자는 마소처럼 취급을 받으며 일생을 마칩니다."

도전은 어느덧 눈망울을 초롱초롱 굴리면서 자신의 의견을 거침없이 말하고 있었다. 도전은 말을 이어갔다.

"인간이 제 살아가는 데 필요하여 위아래를 정해놓고, 같은 인간이라도 귀하게, 혹은 천하게 살아가도록 만들어 놓은 것이 아니겠습니까? 제도를 바꿔야 합니다. 본디 인간이 다 귀하게 태어났는데 귀천이 없이 살아가도록 세상을 바꿔야 합니다."

운경이 볼 때 아들은 아비의 가르침을 받기 위해서라기보다는 자신의 억울한 속내를 털어 내놓기 위한 심산에서 질문한 것이었다. 아들은 지금 단순히 외조모가 종의 신분이어서 자신이 천출로 태어났다고 놀림을 받은 수모를 분하게 여기는 것이 아니었다.

모든 것이 세상이 잘못되어 일어나는 일이기에 제도를 바꾸어야 한다고 생각하고 있는 것이었다. 열두 살배기 어린아이가 품을 수 있는 생각으로는 폭이 한창 넓고 깊었다.

'이 아이를 어떻게 키워야 할 것인가?'

운경은 이야기를 귀담아들으면서 아들의 일생이 순탄치가 않으리라는 생각이 들었다.

"그래, 네 말이 맞기는 하다. 그러나 어디 모든 일이 세상의 잘못만이겠느냐? 모든 게 인간이 다 자신을 위해 만든 제도이긴 하지만 세상을 경영하다 보면 구별 지으며 살아가야 하는 것이 분명 있느니라. 같은 법이라도 어떻게 운용하느냐에 따라 다른 것이지. 공평하게 억울하지 않도록 제도를 운용하면 좀 더 바람직한 세상이 되지 않겠느냐. 너에게 닥친 운명도 네가 선택한 것은 아니니 그것을 바꾸기란 불가능할 것이다.

그러나 너는 그것을 잘 극복하여 세상을 경영할 수 있는 능력을 배양해야 하고 그때 가서 제도를 공평하게, 정의롭게 운용한다면 보다 억울함이 덜한 세상이 되지 않겠느냐. 울울창창 우거진 나무를 보아라. 같은 소나무로 자라서도 어떤 것은 한갓 땔감으로 쓰이고 어떤 것은 숲에서 일생을 보내다 마치는가 하면, 훌륭한 목재로 쓰여 대가(大家)의 기둥이 되어 위용을 자랑하는 것도 있지 않으냐? 너는 어떤 재목이 되기를 원하느냐?"

운경은 아들의 생각이 또래보다 크다는 것을 알고 장황히 설명을 해주었다.

• 2

운경은 아들의 이야기를 들으면서 또 조언을 해주면서 자신이 젊어 한때 겪었던 아픔과 갈등을 지금 아들도 같이 겪고 있다고 생각했다.

정운경의 조부와 부친은 고향 영주 지방에서 호장(戶長) 정도의 벼슬을 하며 한미(寒微)하게 지냈다. 그는 그런 집안에서 태어나 열심히 학문을 닦으며 출사하여 집안을 자신의 힘으로 일으켜 세우고자 했다. 그러나 세상은 그의 생각대로 되지 않았다. 세상의 보이지 않는 벽이 너무 높았다.

조상이 조정의 벼슬을 한 명문가도 아니고, 뒤를 봐줄 만한 든든한 배경이 있는 것도 아니고, 재물 또한 넉넉히 쓸 수 있는 형편도 못되었다. 당대에 웬만한 집안 자제들이 유행처럼 다녀오는 원나라에 유학을 다녀온 것도 아니었다. 더군다나 나라는 이미 없어진 것이나 마찬가지여서 지배국 원나라가 운명을 쥐고 있는 터에 어디를 보아도 희망이 없었다.

운경은 학문을 닦으면 닦을수록 회의가 들었고 앞날에 대한 실망이 커짐을 느꼈다. 더 이상 학문을 닦을 의욕도 사라졌다. 어느 날 그는 읽고 있던 책 가지를 싸서 장롱 속에 처박아 두고 길을 떠났다.

주유천하(周遊天下). 세상 경험을 하면서 살아가는 이치를 스스로 깨달아 보고자 했던 것이다. 다행히 그는 길에서 세상의 이치에 밝고 학문이 깊은 이곡(李穀) 선생을 만나면서 깊은 친교를 맺게 되어 한결 뜻있는 여행을 할 수 있었다.

이곡은 일찍이 원나라에 유학했고 그곳에서 과거에 급제하여 벼슬살이를 하다가 귀국하여 마침 고국의 산천을 두루 여행하고 있었다.

이곡과 정운경은 비록 나이 차이가 나고 여행길에서 만난 사이지만 서로가 생각하는 바가 같고 학문적 깊이를 이해하게 됨으로써 정을 나누는 사이가 되었다.

이곡은 운경이 젊은 청년으로서 생각이 올곧고 나라의 장래를 걱정하는 마음이 갸륵한 데에 대해서 깊은 신뢰를 가졌다. 또 특별한 선생의 가르침 없이 독학을 했다는 데도 그 학문에 깊이가 있는 데 감탄을 했다. 운경 또한 높은 학식과 이국적 경험을 풍부히 갖춘 대학자를 깊이 존경했다. 특히, 이곡이 원나라에서 벼슬살이할 때 "고려의 처녀를 공녀로 바치게 한 제도는 부당하다"고 황제에게 건의하여 이를 시정하게 했다는 사실을 알게 되었을 때는 감격하여 눈물을 흘렸다.

이곡에게는 이색(李穡)이라는 아들이 있었는데 그는 일찍이 아버지를 따라 원나라에 유학했고 그 시기에 원나라의 국립학교인 국자감에서 교육받고 과거에도 합격하여 세상에 천재로 알려진 인물이었다. 운경은 이곡의 집안을 왕래하면서 이색과도 친분을 나누게 되었다.

운경이 부인 우씨를 맞아들이게 된 것은 우연한 계기였다. 운경은 팔도유람을 하다가 고향 영주로 돌아가는 길이었다. 영주 땅으로 가기 위해서는 월악산을 넘어 문경을 거쳐야 하지만 산세가 험하여 단양을 거쳐 가기로 했다.

나룻배를 타고 매포 도담나루에 도착했을 때는 벌써 해가 지고 있었다. 월악산 산 그림자가 짙은 매포는 저녁이 빨리 왔다. 나룻배에는 운경 외에 또 한 사람, 여인이 있었다. 열예닐곱 정도는 되었을까. 장옷 속에 자태를 감추고 있었지만 한창 피어나는 여인의 아름다움은 그 장막을 넘어 밖으로 향기처럼 배어 나왔다.

운경은 나룻배를 타고 강을 건너오는 동안 홀린 듯 여인에게서 시선을 떼지 못했다. 여인은 운경의 시선을 의식하여 몸을 사렸지만 눈길을 피할 수는 없었다. 이윽고 도담나루터에 배가 도착했다.

여인은 배가 도착하자마자 총총걸음을 걸었다. 운경은 발길을 어디로 돌릴까 잠시 망설이다가 여인의 뒤를 따랐다. 딱히 기다리는 사람도 없고 서두를 필요도 없는 유람 길이다. 해는 지는데 머무를 곳도 없었다. 여인을 따라가서 하룻밤 신세를 부탁할 요량이었다.

운경이 뒤따라간 곳은 지방의 산원(散員)[8]으로 있는 우연이라는 사람의 집이었다. 처자는 바로 우연의 수양딸이었다.

운경은 사정을 말하고 그곳에서 하루를 유숙하게 되었는데 그때 정분으로 두 사람은 부부의 연을 맺게 되었고 장남 도전도 낳게 된 것이다.

운경은 첫째 아들 도전을 낳아 몹시 기뻤다. 늦장가를 들고서 바로 얻은 아이인 때문이기도 하지만 특별한 인연으로 낳은 아이인 것 같아 더 기뻤다.

사연은 이러했다. 유람 길의 운경은 자신의 처지가 너무 서러웠다. 나이 서른이 가까워도 장가도 못 들고, 벼슬길에도 못 오르고 있는 신세이다 보니 앞날에 대한 기약도 없었다.

'도대체 앞으로 내 운명은 어떻게 될 것인가? 이대로 유람이나 하며 허송세월하다가 하릴없는 늙은이가 되어 죽어버리게 될 것인가? 나중에 제삿밥도 얻어먹지 못하는 귀신이 되어 구천을 떠돌 게 되는 것은 아닌가?'

그는 금강산을 돌아오다가 어느 암자에 들렀다가 그곳에서 관상 공부를 하고 있다는 스님을 만나게 되었다. 운경은 신세를 한탄하며 앞으로의 운세를 좀 봐 달라 부탁했는데 스님은 운경의 용모를 요리조리 살피고 운세를 점치더니 '걱정 말고 10년을 기다리면 길에서 처녀가 기다리고 있을 것이고, 거기서 아들을 낳게 될 것이다. 그리고 그 아들이 나중에 재상이 될 것이다'라고 말했다. 그러면서 아이의 이름에 도(道) 자를 넣어주라고 했다.

'길에서 얻은 아이가 나중에 도를 깨우치고 덕을 베푸는 자리에 오르라'는 뜻이라고 풀이까지 해주었다. 운경은 그 일을 까마득히 잊고 있었

8) 지방관아에 소속되어 있는 하급 무장.

는데 단양 땅에서 여행 중에 우연히 부인과 인연을 맺게 되고 아들을 얻고 보니 그 생각이 퍼뜩 들었다.

운경은 아이의 이름을 도를 널리 전하라는 뜻으로 도(道), 전(傳)으로 지었다. 그렇게 지어진 이름인데, 처족인 우가의 집안에서 경멸하는 뜻으로 '도리(道理)의 도'를 '길도'로 왜곡하여 '길에서 주웠다'고 소문을 퍼뜨리며 아이를 놀리고 있는 것이었다.

운경은 도전의 밑으로 두 아들을 더 두었는데 이름을 도존(道尊)과 도복(道復)으로 지었다. 운경은 시궁창같이 혼탁하고 어지러운 세상을 아들들이 도를 전하고[傳], 간직하고[尊], 회복하여[復] 훌륭하게 만들며 살아가라는 뜻에서 그렇게 이름을 지어주었던 것이다.

운경이 겪었던 우가네 집안으로부터 받았던 멸시는 이뿐이 아니었다.

장인 우연에 대해서도 같은 족인(族人)이 아니라고 공공연히 이야기를 하는가 하면 부인 우씨에 대해서도 태생이 천출이라며, 그 아비는 본시 한때 승려를 했던 김전이라는 자인데, 그는 성정이 못돼 먹어서 부리던 종의 처를 건드려 딸을 얻게 되었고, 그 딸이 우씨라고 소문을 퍼뜨리고 다녔던 것이다.

운경은 그러한 소문을 들을 때마다 당장 발설자인 우현보의 집안으로 쳐들어가 요절을 내고 싶었지만 누구보다도 가슴 아파하는 부인을 위해 참고 또 참아왔던 것이다. 그런데 그런 놀림과 멸시가 대를 이어 아들에게로 이어지고 있으니 참으로 억장이 무너지는 노릇이었다.

'우가 놈들, 우현보네 식구 놈들, 너희들이 언제까지 번성하며 부귀영화를 누릴지 모르나 이 수모가 대를 이어 전해진다면 반드시 후대에 앙갚음을 당하게 될 것이다.'

운경은 앞으로 자식들이 부모가 당했던 수모를 알게 되고 또 그네들도 마찬가지로 당하며 살게 될 것이므로 그 죄는 절대로 용서할 수 없다고 생각했다.

운경은 도전을 좋은 말로 타일러서 제방으로 돌려보낸 뒤에도 혼자 남아 분함을 견디지 못해 이를 북북 갈았다.

• 3

예성강 강줄기가 벽란도 포구로 천천히 흐르고 멀리 뒤로는 송악산이 병풍처럼 둘러쳐져 있는 곳. 봄날 앞뜰에는 복숭아꽃이 만발하여 온통 들판을 붉게 물들이고 뒤로는 대나무가 우거져 시인묵객들이 들러서 한바탕 재주를 뽐내야만 직성이 풀린 듯한 곳에, 기와 건물이 근처의 여느 집들과는 차별 나게 위엄을 갖추어 들어앉아 있다. 바로 이색의 학당인 명륜당이다. 건물 안에서는 소년들의 낭랑한 글 읽는 소리가 끊이지 않았다.

이색은 아버지 이곡이 죽자 귀국하여 조정에서 공민왕의 측근으로 개혁 작업에 참여하고 있었다. 이색이 열중하는 일 중의 하나가 교육 사업이었다. 원나라가 국자감을 세운 것처럼 고려에도 인재를 교육 양성하기 위해 성균관을 설치하고자 했다.

그에 앞서 그는 사재를 털어 개경에 학당을 세웠다. 이색이 학당을 세웠다는 소문은 개경 일대는 물론이고 인근으로 퍼져서 명문가의 자손들과 글깨나 하며 신동 소리를 듣고 있는 젊은이들을 불러들였다. 이색은 이 중에서 엄격한 심사를 통해 선발된 이들만을 제자로 받았다.

정도전이 열네 살이 되었을 때 아버지 운경은 지방의 외직으로 돌다가 홍복도감(弘福都監)[9]의 판관으로 제수되어 개경으로 올라왔다. 운경은

9) 국가의 상사(喪事)를 관장하는 곳.

식솔들을 개경으로 이사를 시키고 도전이 이색의 문하에서 학문을 닦도록 했다.

이색의 학당은 정운경 집안 정도의 자제가 입학하기는 어려웠으나 일찍이 정운경은 이색 부자와 정분을 두터이 해왔던 연이 있었고, 그보다도 이색이 도전을 면담해보니 영특함이 어린 나이임에도 남달랐기에 가능했다.

이색의 문하에는 정몽주, 이숭인, 하륜, 권근, 이존오, 김구용 등 수재 소리를 듣는 제자들이 많았다.

도전은 그중에서도 정몽주, 이숭인, 하륜과 특히 가까이 어울렸다. 정몽주는 정도전보다 다섯 살 많았고 이숭인, 하륜은 다섯 살이 떨어졌으나 네 사람은 형제같이 가까이 지냈고 정몽주는 언제나 그들 사이에서 반듯했으며 위엄을 갖춘 맏형이었다.

여름 어느 날, 방 안에 박혀서 의관을 정제하고 글을 읽던 소년들은 마침 스승 이색이 궁궐에 일을 보러 간 사이 글 읽기를 잠시 쉬고 학당 근처 정자나무 가로 더위를 식히러 나왔다.

"아유 살 것 같아, 이 여름에는 저 강물에라도 풍덩 빠져서 헤엄도 치고 고기도 잡으며 지내야 하는데……."

어린 이숭인이 제일 신이 났다. 그는 벌써 저고리 끈을 풀어헤치며 정자나무 아래 마련된 평상에 벌러덩 누웠다. 정몽주, 정도전, 하륜도 뒤따라 와서 저고리 끈을 풀어헤치며 앉았다.

"정말 푹푹 찌는 날씨지요. 이런 날 포은 형님 고생이 이만저만 아니십니다."

정도전이 과거 시험 날짜를 얼마 남겨놓지 않고 공부에 빠져 있는 정몽주를 위로하며 말했다.

"포은 형님은 그만한 실력이면 걱정 안 하셔도 될 텐데요. 뭘"

하륜도 거들었다.

“맞아, 스승님도 인정하는 실력인데 까짓것 과거 시험이 문제야? 형님은 장원이 틀림없습니다. 이제 곧 벼슬길에 나가실 것입니다.”

누워 있던 이숭인도 벌떡 일어나며 참견을 했다. 정몽주는 모두의 칭찬이 싫지 않았다. 그러나 겸손했다.

“아직은 멀었어. 그저 과거 날까지 열심히 하여 어전에서 평가를 받아보아야 하지.”

정몽주의 이번 과거는 임금님께서 친히 주관하시는 복시(覆試)였다. 과거의 마지막 관문인 셈이다. 여기에 급제해야 비로소 벼슬길로 등용되는 것이다.

“자네들도 열심히 하여야 할 것이야.”

모두는 정몽주를 중심으로 빙 둘러앉았다.

“지금 전하께서는 그동안 원나라의 지배를 받으면서 있었던 여러 가지 적폐를 쇄신시키려고 애쓰고 계시네. 그동안은 친원파 무리들이 국정을 농단해왔는데 전하께서 이들을 몰아내고 새로운 조정을 꾸리고자 하시는데 이 일에 무엇보다도 인재가 필요한 것이지, 지금 스승님께서 하시는 일이 바로 이 인재 등용에 관한 일이네. 과거제도를 정비하여 인재 등용의 문호를 개방하고 또 원나라의 국자감 같은 것을 설치하여 그곳에서 인재들이 서로 교류를 하며 학문을 닦도록 하는 것이라네. 부디 자네들도 학문을 열심히 익혀 과거에 급제하여 다 같이 조정에 출사하여 이 나라를 일으켜 세우는 데 동참하자고.”

과거제도와 국립교육기관인 국자감은 고려에 옛날부터 있어 온 제도였다. 그러나 실력 있는 인재를 널리 등용하여 쓰려던 과거제도는 중앙의 정치가 문란해지고 국가 기강이 흐트러지면서 부정이 판을 치는 등 혼탁해져서 제구실을 못 하고 겨우 명맥만을 유지하고 있고, 대신에 음서

제도(蔭敍制度)[10]가 만연하여 능력을 갖추지 못한 인사들이 조정의 자리를 차고앉아 사복을 채우며 국정을 농단했다.

국자감 역시 인재 교류와 학문 연구라는 본래의 목적을 벗어나 패거리와 붕당을 만들어 서로의 이해를 쫓는 이들이 뭉치는 장소로 변질되었고, 무신정권과 원나라의 지배를 거치면서 종래에는 그 존재 자체도 유명무실화되어 버렸던 것이다.

정몽주는 그러한 시대적 배경을 자세히 설명을 해주었다. 정몽주의 강의는 스승인 이색이 늘 칭찬하던 대로 훌륭했다. 일찍이 스승 이색은 정몽주에 대해 "말하는 것 모두가 이치에 맞지 않는 것이 없다"고 칭찬을 했을 정도였다.

"음서제도로 관리를 뽑다 보니 능력을 겨루기보다는 가문의 배경으로 등용되려는 자가 많아졌고 그러다 보니 특정의 문벌과 이에 동조하고 이해가 닿는 자들끼리 뭉쳐 벼슬을 독식하고 자신들의 이해에 맞게 국정을 농단하는 일이 벌어지는 것이지."

"과거제도가 없으면 우리 같은 유생들은 평생 벼슬살이도 못 해보고 글만 읽다가 말겠습니다. 포은 형님."

도전이 끼어들었다.

"그렇지. 인재란 재야에도 많이 있는 법인데, 벼슬을 하는 자들이 그들 가문의 후손들만을 계속하여 벼슬에 앉히다 보면 한계가 있는 법이지. 인재란 물과 같이 도처에 있으므로 이들에게 널리 문호를 개방하고 그들 중에서 선발해야 옳은 일이라네."

도전은 정몽주의 이야기를 들으면서 자신이 공민왕 대에 살게 되어서

10) 나라에 큰 공을 세웠거나 높은 벼슬을 한 사람의 자재를 과거를 거치지 않고 관리로 등용하는 제도.

다행스럽다는 생각이 들었다. 그보다 더 다행스러운 일은 공민왕은 개혁 정치에 과거제도를 통해 널리 인재를구하여 참여시키려 하고 있고 거기에 자신도 동참할 수 있다는 것이었다. 정몽주와 정도전이 이야기하는 동안 하륜은 묵묵히 듣고만 있었다.

이숭인은 처음에 흥미를 가지고 듣다가 나중에는 딱딱한 이야기가 재미가 없다는 듯 하품을 하며 슬그머니 어디론가 사라져버렸다. 한참 후에 그는 그물과 망태, 고기잡이 어구를 들고 나타났다.

"형님들 여기 계속 계실 겁니까? 여기 이거로 강가로 나가 고기잡이를 해봅시다. 멱도 감고요."

이숭인은 신기한 것이나 구해온 것처럼 양손에 든 어구를 들어 보이며 재촉을 했다.

"그래? 숭인이가 어디 갔나 했더니…… 잘됐다, 가자."

정몽주가 웃으며 맞장구를 치고 자리에서 일어났다.

"갑시다."

"가요."

정도전과 하륜도 기다렸다는 듯이 반갑게 일어났다. 강물에서 멱 감기와 고기잡이는 무더위와 글 읽기에 지쳐 있는 학동들에게는 더할 나위 없는 위안거리였다.

• 4

자주 자리를 비우시던 스승 이색이 모처럼 틈을 내어 강론하는 날이었다.

이색은 14세에 원나라 성균시에 합격하여 일찍이 그 천재성이 널리 알려졌던 터라 명성에 비해 나이가 아직 젊었다. 그러함에도 단정하게 차려입은 옷매무새와 단아한 얼굴과 흐트러짐 없는 자세에서 풍겨져 나오는 대학자로서의 풍모가 여느 사람과는 다른 위엄을 갖추고 있었다.

강단의 맨 앞쪽에 이색을 중심으로 다양한 연령층의 학동들이 100여 명 모여 앉았다. 이색이 아끼는 제자 정몽주는 스승의 가까이에 자리를 했고 그를 중심으로 정도전, 이숭인, 하륜이 앉았다.

이색은 얼마 전 공민왕에게 올렸던 시무책의 내용을 강론했다.

"무릇 나라가 바로 서려면 기강이 확립되어야 하고 그것을 기본으로 백성의 삶이 편안하게 유지 되어야 하는데 오늘날 우리의 조정은 그렇지가 못하다. 그중 큰 문제는 토지의 관리에 있다.

'토지의 경계를 바르게 정하고 정전(井田)을 균등하게 하는 것이 정치의 급선무'인데 권문세가들이 나라의 법을 무시하고 겸병제도를 악용하여 경작자인 농민의 토지를 수탈하고, 이로 인해 백성들은 땅을 빼앗기고 소작농으로 전락하든가 유랑으로 걸식을 하는 지경에 이르고 있다. 또 나라는 경작자가 불분명한 땅과 권세가에게서는 조세를 거두기가 어려우니 자연히 재정이 궁핍할 수밖에 없는 것이다.

또 하나는 국방에 관한 문제이다. 우리나라는 삼면이 바다를 끼고 있어 100만의 백성이 해안과 섬에서 종사를 하고 있다. 그런데 바다로부터는 왜구들에게 위협을 당해왔고, 북쪽으로부터는 육로를 따라 침입해오는 이민족에게 끊임없이 수난을 당해왔다. 군사의 문제는 육지와 바다를 분리해서 대처를 해야 한다.

수군은 육군과는 별도로 징발 대처해야 하는데, 섬과 해안지방에 사는 백성들은 원래 '배의 운항과 수영에 익숙한 자들이어서 저들의 장점을 살릴 수만 있다면 싸움에 이기지 못할 까닭이 없을 것이고 이들에 대한 지휘는 현지의 사정을 잘 아는 안렴사나 군수가 하면 될 것인데, 괜히 중앙에서 도순문사를 보낸다면 현지 사정도 밝지 못할뿐더러 지방

수령의 기를 꺾어 번거롭게 하여 효과적인 방법이 못 된다.

또한 문과 무는 어느 한쪽이라도 소홀히 할 수 없는 것이므로 무인도 문을 습득해야 하고 비록 문인이라 할지라도 군사를 다룰 지식을 갖추어야 한다.

일찍이 한나라 고조가 초나라와 다툴 때 소하는 문인으로 싸움터에는 나가지 않았지만 전략을 수립했고, 광무제는 문무를 함께 중히 여겨 감히 후세 사람들이 미치지 못하는 업적을 이루었다."

스승 이색의 강론은 과연 듣던바, 명성 그대로 명품이었다. 학문이 깊을 뿐만 아니라 현실의 문제도 통찰하고 있어 위정자가 깊이 새겨들을 만한 것들이었다. 장차 출사를 앞둔 이들도 명심해둘 내용이었다.

백성과 임금에게 모두 옳고, 문과 무를 두루 아우르며 내놓는 혜안은 동시대의 누구도 감히 따라올 수 없을 정도로 감동을 주기에 충분했다.

스승은 신학문인 유학을 습득한 학자로서 이 시대에 만연해 있는 불교의 폐해에 대해서도 신랄하게 지적하여 바로잡을 것을 주장했고 또 군주가 행해야 할 중요한 일 중 빠뜨릴 수 없는 일이 인재의 육성과 등용이라며 그 대안도 제시했다.

"불교가 이 땅에 들어온 지가 오래되었고 백성과 임금, 신분 고하를 막론하고 모두 부처님을 숭배해서 지금은 놀라울 정도로 융성해져 있다. 그러나 그 적폐 또한 심각하지 아니하달 수 없다. 오교양종(五教兩宗)[11]은 이권을 다투는 소굴이 되었고 냇가와 산굽이에는 모조리 절이 들어서고, 불자들은 더럽고 추악한 일에 물들어 있다. 부처를 팔아서 놀고먹고자 하는 자들이 많아짐은 안타까운 일이다. 승려에게는 도첩을 주고 도

11) 고려 중기 및 조선 초기 불교에 대한 총칭. 열반종, 계율종, 법상종, 법성종, 원융종의 오교종과 천태 및 조계 양종의 선종을 일컫는다.

첩이 없는 자는 즉시 군졸로 삼아야 하며 무분별하게 들어서는 절의 창건을 막아야 한다.

유가의 도를 가르치는 국학은 풍속과 교화의 근원인데 인재의 등용은 이를 통해야 함에도 오늘날 배우려는 자들이 비록 시를 외우고 글을 읽으나 도를 깨우치기를 소홀히 하고 오직 경쟁에서 이김으로써 높은 관직에 오르려 하고 있으니 이 또한 폐단이라 아니할 수가 없다. 교육제도를 명백히 하여 지방의 향교와 중앙의 학당에서 생도를 선발하고 여기에서 품행과 학력을 측정하여 인재로 등용하는 것이 바람직한 일이다."

스승의 강론은 꽤 오랜 시간에 걸쳐 계속되었지만 졸거나 하품하는 자가 하나도 없었고 오히려 개중에는 탄성을 지르는 자도 여럿 나왔다. 제자들은 스승님의 말씀이 이 시대의 상황을 모두 꿰뚫어 보신 것이었고 그 내용이 모두 임금께 바쳐진 것이라는 데에 한층 존경이 갔다.

도전도 여느 학동과 같은 마음이었으나 한편으로는 가장 관심이 있는 토지 경작 문제에 대해서는 좀 더 가르침을 받고자 했다.

"스승님, 토지에는 경자유전(耕者有田)의 원칙이 지켜져야 하지 않겠습니까?"

강론이 끝나고 도전은 스승에게 물었다.

"백번 타당한 말이지."

"그런데 스승님 말씀 중에 토지를 권문세가들이 수탈해가 버려 백성이 농사지을 땅이 없다고 말씀하셨는데 이는 나라가 이들을 방치하여 일어난 일입니다. 나라가 이들에게서 땅을 빼앗아서 경작 농민에게 돌려주어야 하는 것이 아닌지요?"

• 5

"너의 말은 토지개혁을 하자는 말이로구나."

"스승님의 말씀은 힘 있는 자가 그들의 지위를 남용하여 백성의 땅을 함부로 빼앗아가지 못하게 해야 한다는 것인데 힘없는 백성들은 그것만으로는 자기 땅을 지켜내기가 어렵습니다. 아예 농지를 직접 경작하지 않는 자는 국가로부터 받은 공전이나 녹봉전 외에는 더 가질 수 없도록 법으로 정해놓아야 백성이 농지를 보전할 수 있을 것으로 생각되옵니다. 토지는 인구수로 나누어서 배분하여야 할 것입니다."

정도전의 질문은 도발적이었다. 생각하기에 따라서는 스승의 강론에 잘못이 있다고 지적을 하는 것 같기도 했다. 학동들의 시선이 온통 두 사람의 대화에 집중되었다.

"그렇게 들었더냐? 너의 생각은 나라가 백성의 땅을 함부로 못 뺏게 하는 것이 아니라 지주로부터 토지를 환수하여 경작자에게 균등하게 나누어주라는 것이 아니냐?"

"그러합니다. 지금은 힘 있는 자가 별별 구실을 붙여 토지를 수탈하고 있고 농민은 소작농으로 전락하여 추수 때가 되면 터무니없는 소작료에다 나라에 조(租)까지 바치게 되어서 빈 쭉정이밖에 남지 않아 농사지을 엄두를 못 내고 있습니다."

"네 말에 일리가 있다마는……."

이색은 도전이 물어오는 것에 대한 답을 다른 제자에게서 듣고 싶었다.

"몽주는 어떻게 생각하느냐? 도전이의 질문에 내가 강론하였던 것을 답해 줄 수 있겠느냐?"

가까이 있는 정몽주의 의견을 듣고자 했다.

"예, 소생이 스승님의 가르침을 답해주겠습니다."

정몽주는 예의 바르게 자세를 추스르며 점잖게 말했다.

"스승님의 말씀은 현재 권문세가 지주들이 자신의 힘을 이용하고 온갖 편법을 동원하여 경작자인 농민의 땅을 수탈하고 있는 폐해를 지적한 것입니다. 이리하여 법은 살아 있으되 올바로 집행되지 않고, 토지대장도 붉은 글씨로 빌린 자를 적어두게 되어 있으나 이도 진위가 불분명합니다. 또 전란이 있는 곳에는 문서가 모두 불태워져 새로 작성한 것도 많은데 이도 힘 있는 자가 제멋대로 조작하여 농민의 땅을 제 앞으로 만든다는 것입니다."

"음, 잘 설명해주었구나. 이번에는 도전이 주장하는 것은 어떠한 것이냐? 도전이 이야기해 보아라."

스승은 도전에게 눈길을 돌려 물었다.

"예, 저의 생각도 스승님께서 말씀하신 것이 백번 지당하다고 생각합니다. 그러나 소생의 견해는 토지를 누가 가져야 하느냐를 말한 것입니다. 농사를 짓는 농민이 농토 걱정을 안 하고 편안히 농사짓는 일에만 전념할 수 있도록 토지제도를 개혁하자는 것입니다."

도전은 자신의 말이 자칫 스승님의 말씀을 반박하는 불손한 모습으로 비칠까 긴장되어 침을 꼴깍 삼켰다. 스승님의 눈길이 자신을 정시하고 있기 때문이었다.

"토지의 주인은 원래 나라입니다. 이것을 각각의 용도에 따라 백성들에게 배분한 것인데, 그 대부분이 경작지입니다. 경작권은 경작자인 전민에게 있어야 하는 것인데, 현실은 그렇지가 않습니다. 힘 있는 자가 온갖 편법과 불법으로 경작자인 전민으로부터 토지의 소유권을 빼앗아가 전민은 소작인으로 전락해 버려서 백성의 생활은 피폐해지고, 국가의 재정은 줄어들고 있습니다."

"음 그렇지. 그것이 내가 지적하였던 것이고 그렇게 못하도록 법을 엄격하게 적용을 하여야 한다는 것이지."

스승 이색이 말했다.

"예. 그런데 법만을 엄격하게 지켜서는 근본적으로 토지 문제가 해결되지 않는다는 것이 소생의 생각입니다. 지금은 토지의 대부분을 권문세가에서 소유하고 있습니다. 이들은 토지를 정당하게 취득했다고 변명을 할 것이고 또 그들이 굳이 불법을 저지르지 않더라도 춘궁기에는 생활이 궁핍한 농민들이 장리 빚을 내게 되는데 지주들은 이들에게 고리의 이자를 놓고 이를 갚지 못하면 토지를 빼앗아가 버리게 되므로 토지 문제는 근본적으로 해결되지 않습니다."

"그래서 어찌해야 하는 것이냐?"

"경자유전의 원칙에 따라 나라가 나서서 토지를 환수하여 경작자인 농민에게 나누어주자는 것입니다. 나누는 방법은 인구수대로 나누어서 균등하게 배분하는 것입니다. 권문세가가 가져가야 할 토지는 나라로부터 받은 공신전과 녹봉전으로 제한을 해야 합니다."

"네가 말하는 것은 균전법(均田法)을 시행하자는 것인데 이에 대하여 몽주가 대답해보아라."

"도전의 말에는 무리가 있다고 생각이 됩니다."

"……."

"도전의 말은, 나라가 지주들에게서 토지를 강제로 환수하여 백성들에게 나누어주자는 것입니다. 이는 지주들이 불법으로 농민의 토지를 빼앗아갔다는 것을 전제로 하여 나라가 다시 이들의 토지를 뺏어서 나누어준다는 것인데, 개인이 불법을 저질렀다는 것을 전제하고 어찌 나라가 나서서 또 다른 불법을 저지를 수가 있겠습니까?

권문세가의 토지 중에도 공신전과 녹봉전만을 가려내기도 어려울 것입니다. 이들 중에는 세월이 흘러 대를 이어오는 중에 다른 가문으로부터 토지를 이어받는 경우도 있을 것이고, 아랫사람들이 부지런하여 새로운 경작지를 일구어 소유하게 된 경우도 있을 것입니다. 따라서 불법으로 토지를 취득했다는 것을 구별해내기가 매우 힘들뿐더러 그렇게 하여 무리한 법을 시행하면 군신 간의 신의를 흩트려 놓아서 나라의 근간을 흔들어 혼란이 올 수도 있는 것입니다."

정몽주는 매우 조리 있게 스승의 편에 서서 상황을 자세하게 설명했다. 학동들은 스승 이색과 정도전의 대화, 여기에 수제자인 정몽주까지 끼어들어 토론을 벌이는 것이 흥미로워서 모두 기침 소리조차 조심하며 경청했다.

스승 이색의 식견이 워낙 높은지라 누구의 생각이 옳은가보다는 정도전이 감히 명성 높은 스승님의 가르침을 지적하고 이견을 내놓은 데 대해 그 결말이 더 궁금했던 것이다.

스승 이색은 학당에 입학한 이후 줄곧 도전을 관심 있게 지켜봐 왔다. 재주가 보통 아이와는 다르다는 것을 일찍부터 알았다. 똑똑하고 재기가 넘치는 것에 대해서는 정몽주를 능가할 정도였다. 세상을 바라보는 눈도 깊이가 있었고, 학문에 대한 욕심도 누구에 견주어도 뒤처지지 않았다.

그러나 한편으로는 그 생각하고 주장하는 바가 너무 엉뚱한 면이 있었다. 오늘같이 스승이 하는 강론에 이견을 보이며 자신의 주장을 꼿꼿이 드러낸다는 것은 다른 학동들은 생각지도 못하는 일인데 저 아이에게는 스스럼이 없었다. 생각을 보통 깊게 하지 않는 모습이었다.

'저 아이의 생각도 옳지 않은가?'

이색은 생각을 해보았지만 역시 받아들이기에는 문제가 많다는 생각이 들었다. 생각 자체가 다듬어지지 않아서 시책으로 반영하기에는 문제가 많은 것이었다. 과격한 면도 있고 여러 가지로 위험할 수도 있어 평지풍파를 일으킬 요소가 다분히 많았다.

"도전이는 잘 듣거라!"
스승은 생각을 가다듬고서 차분하게 타이르듯이 말했다.
"……."
"너의 말에 일리가 없는 것은 아니다. 그러나 나라의 시책은 실현 가능해야 한다. 또 법을 시행함에 있어서도 무리가 없어야 한다. 하나의 정의를 세우기 위하여 다른 억울한 일을 만들어서는 아니 되는 것이다. 나라가 나서서 지주의 땅을 강제로 빼앗아서 농민들에게 나누어준다면 또 다른 원망이 따르게 된다. 그러한 법은 없는 것보다 못하다. 그러한 법은 오래가지도 못한다. 조로지위(朝露之危)를 아느냐?"
"……."
"위(魏)나라 사람 상공(商公)은 젊어서부터 형사법령을 연구하여 그 재간을 높이 인정받았는데, 진(秦)나라에서 효공(孝公)이 널리 인재를 구하는 것을 알고 진나라로 가서 법의 개혁을 추진하여 성공을 하였다. 새 법을 시행하여 진나라 군대는 강성해지고 나라의 재정은 튼튼해졌으나 대신 엄격한 법의 적용으로 인해 많은 귀족과 신하들의 원망을 사게 되었다. 조량(趙良)이라는 사람이 상공에게 충고하기를 '당신 목숨의 위태로운 상태는 아침을 맞이한 이슬과 같다(朝露之危)'고 하였다. 상공은 이 말을 깊이 새기지 않았는데, 효공이 죽고 혜문왕이 즉위하자 모함을 받아 죽었다는 고사에서 나온 말이다."

도전은 이색의 말을 가만히 들으면서 생각했다.
'스승님께서는 나의 견해가 틀렸다는 것이라기보다는 시책으로 삼기에 위험하다는 말로 나를 충고하시는구나.'
그러나 한편으로는 스승님과 정몽주에게 실망하는 마음도 들었다.
두 사람은 누대에 걸쳐서 많은 것을 누려온 집안 출신이다. 대대로 큰 벼슬을 해온 명문가 출신이고 조상으로부터 물려받은 땅과 유산도 많아

잃는 것이 두려운 사람이어서 아무리 문제가 있어도 파격으로 일을 다루려고 하지는 않을 것이라는 생각이 들었다.

도전은 두 사람과 자신 사이에 도저히 넘을 수 없는 커다란 벽 같은 것이 존재하고 있음을 새삼 느꼈다.

경청하던 학동들은 정도전이 감히 스승의 말씀에 대꾸하여 노여움을 사거나 망신을 당하지 않을까 염려했으나 스승님이 평상심을 잃지 않은 자세로 제자를 잘 다스려 나가는 모습을 보고 안심했다.

이색은 학생들을 돌려보내고 하루를 정리하면서 오늘 일어났던 일과 제자 정도전에 대해 생각했다.

제자의 재능은 분명 출중했다.

자신이 수제자로 여기는 정몽주에 못지않았다. 정몽주가 장차 큰 인물이 될 것 같으면 정도전도 그에 못지않을 것이라고 생각했다. 그러나 제자의 앞날이 순탄치는 않을 것 같다는 예감이 들었다. 그 재주로 인해 많은 평지풍파를 겪을 수도 있을 것이라는 불길한 생각도 들었다. 제자의 재주가 어디까지 미칠지 모르니 앞날이 더 불안했다.

'부디 재능을 뽐내지 말고 절제하는 겸손을 배워야 할 텐데…….'

• 6

입추가 지난 지도 꽤 되었다. 날씨는 이제 아침저녁으로 가을이 다가와 있음을 완전히 느끼게 했다.

'포은 형님도 급제하여 출사를 하였고…….'

도전은 정몽주가 부러웠다. 사모관대를 하고 말을 탄 채 종자를 앞세우고 인사차 나타난 그 모습이 참으로 잘나 보였다. 도전은 밤낮으로 글 읽기에 정진했다.

어느 가을비가 겨울을 재촉하는 듯 촉촉이 내리던 날. 도전은 학당에서 비를 맞으며 집으로 돌아가는 길에 동네 어귀에서 담벼락에 기대 있는 어린 거지 두 명을 발견했다. 둘은 남매인 듯 보였다.

여자아이는 열 살 정도 돼 보였고, 사내아이는 그보다는 두어 살 어려 보였다. 도전이 그들에게 다가갔을 때 둘은 비를 맞고 쓰러진 채 서로 기대고 있었다. 사람이 다가가도 개의치 않고 죽은 듯이 늘어져 있었다. 몹시 피곤하여 지쳐 있는 모습이었다.

"쿨럭, 쿨럭, 음—."

남자아이는 어디가 아픈지 연신 신음소리를 냈다. 여자아이는 그런 동생을 위로하듯 끌어안았다.

"얘야, 왜 이렇게 있는 게냐?"

도전은 남자아이의 머리를 들어 이마를 짚으며 물었다. 열이 펄펄 끓었다. 아이는 도전의 팔에 안기며 축 늘어졌다.

"이거 안 되겠구나, 얘야 등에 업히거라."

도전은 사내아이를 둘러업었다. 계집아이의 손목은 잡아끌고 갔다.

"도련님, 저기…… 배가 고파요."

계집아이가 끌리듯 따라가며 가느다랗게 말했다.

"뭐라고? 배가 고프다고?"

"네."

계집아이의 목소리는 기어들어갔다.

"그래, 얼른 가자. 내 집이 여기서 멀지 않으니 가서 밥을 먹여주마. 근데 동생이 몹시 아픈 것 같다. 쯧쯧, 어린 것들이……."

"어머니, 어머니 어디 계세요?"

도전이 아이를 둘러업고 계집아이를 끌고 집 안으로 들이닥치자 어머니 우씨가 깜짝 놀라서 부엌에서 쫓아 나왔다.

"무슨 일이냐 이게? 이 아이들은 또 누구고?"

"아이가 아파요. 길가에 쓰러져 있는 것을 업고 왔어요."

"어서 방으로 들어가자."

우씨가 방문을 열어주며 재촉했다. 도전은 업고 온 아이를 아랫목에 눕혔다. 그리고 이불을 꺼내다 덮어주었다.

"의원을 불러야 되지 않겠느냐?"

어머니가 걱정스레 물었다.

"비 맞고 추위에 떨어서 고뿔에 걸린 것 같은데 따뜻이 해주고 좀 두고 봐야지요. 그보다 어머니 저 여식 애가 배가 몹시 고픈가 봐요. 어서 땟거리를 좀 봐주세요."

"응 그래 알았다. 아픈 아이도 배가 고프겠구나. 미음도 좀 쒀오마."

어머니는 서둘러 밖으로 나갔다. 여자아이는 방 안에 들어와서도 여전히 떨고 있었다. 그러면서도 동생이 걱정스러운지 연신 사내아이의 머리를 만졌다.

"얘야, 너도 좀 눕거라. 동생은 좀 자고 나면 나아질 거다."

"……고맙습니다."

아이는 고개를 숙이고 인사하는데, 목소리가 힘이 없어 들릴락 말락 했다.

"이제 곧 밥이 다 될 것이다. 그때까지 한잠 자거라."

도전은 아이의 모습이 참으로 여리고 선하다는 생각을 하면서 벽장에서 손수 이불을 꺼내다가 동생 옆에 깔아주었다. 아이들은 자리에 눕자마자 이내 잠이 들었다.

우씨 부인이 재빠른 솜씨로 국과 밥을 짓고 미음까지 끓여왔으나 아이들은 깊은 잠에 빠져서 일어날 줄을 몰랐다.

"깨워서 밥을 먹여야 하지 않겠느냐?"

어머니가 걱정스러워 물었다.

"아닙니다. 그냥 자게 내버려 두지요. 잠에서 깨면 일어나 먹게 밥상만 차려 놔두지요."

도전은 아이들이 편하게 자도록 방에서 어머니를 데리고 나왔다. 도전은 저녁에 부친이 퇴청했을 때 낮에 있었던 일을 고했다.

"며칠은 우리 집에서 쉬도록 해야 하지 않겠습니까?"

"그래 잘한 일이다. 저렇게 살아가는 백성이 도처에 널렸으니, 쯧쯧."

아버지 운경은 별말 없이 흔쾌히 승낙해주었다.

"나라에서 저런 자들을 위해서 구황청(救荒廳)이라도 설치해야 하지 않습니까?"

도전은 안타까운 듯이 말했다.

"마땅히 그래야 하는데, 나라에 그럴 재정이 없지 않으냐. 삼남 지방에는 왜구가 쳐들어와서 백성들이 유민이 되어 떠돌아다닌 지가 오래됐고, 북쪽에서는 여진족이 수시로 국경을 드나들며 약탈을 하지, 원나라는 해마다 공물의 수를 늘리면서 채근을 빗발치듯 하지, 조정에서 지금 백성의 고충을 살필 겨를이 어디 있겠느냐? 거기다가 그래도 조정에서 말이라도 할 수 있는 자는 친원파 무리와 그들에게 빌붙어 지내는 탐관오리들뿐이니 누가 백성을 위하여 나서겠느냐?"

운경은 자신이 나라의 녹을 먹는 관리이면서도 어린 자식에게서 어려운 백성의 삶을 걱정하는 소리를 들으며 조정의 무능을 이야기해야 하는 것이 부끄럽고 한심했다.

그는 이야기하는 중에 간간이 긴 한숨을 내뱉었다.

"아버님, 민위본 사직차지 군위경(民爲本 社稷次之 君位輕)이라 했습니다."

도전은 부친 운경의 이야기를 가만히 듣고 있다가 대꾸를 했다.

"『맹자』를 읽어 보았느냐?"

운경은 도전이 『맹자』에 나오는 구절을 인용하는 것을 보고 뜻밖이라는 듯 물었다.

"아직은 못 읽었습니다. 포은 형님에게서 배운 것입니다."

"그래 포은, 그 사람 젊은 사람이지만 학문이 뛰어나지, 친하냐?"

운경은 뛰어난 학식으로 신진사대부 중에서 이름을 떨치고 있는 포은 같은 사람과 아들이 교분을 가지는 것이 자랑스러웠다.

"호형호제하며 지내고 있사옵니다."

"그래 본받을 만하지, 무슨 뜻에서 그런 말을 한 것이냐?"

"지금 이 나라에 백성이 있습니까?"

"……."

"외적이 침입하여 백성을 살육하여도, 굶주려 죽어가도, 임금 이하 어느 누구도 돌보려 하지 않고 있습니다."

"……."

"도탄에 빠진 백성을 외면하는 사직과 임금이 어찌 존재한다고 할 수 있겠습니까?"

"나라의 형편이 그러하지 않느냐? 어찌하겠느냐? 임금인들, 조정의 대신인들, 다들 저 살기가 급급한데."

"아버님, 임금과 조정 대신들이 모두 저 살기에만 몰두한다면 민심이 그들을 버립니다. 이미 고려는 수차례에 걸쳐서 임금을 바꾼 적도 있습니다. 또 고려는 신라가 더 이상 나라를 이끌 힘이 없게 되자 민심을 등에 업고 세운 나라이기도 합니다. 고려가 이대로 간다면 어떤 일이 또 일어날지 모르는 일이 아니겠습니까?"

도전의 말에는 점점 분노가 묻어나고 있었다.

'이 아이의 분노는 대체 누구를 향하고 있는 것일까?'

운경은 아들이 원망하는 것이 원나라의 부마로서 꼭두각시 노릇을 하고 있는 임금을 향한 것인지, 부패한 조정 대신들을 향한 것인지, 아니면 그 속에서 녹을 먹으며 귀를 막고 못 본 척하고서 자리나 보전하고 있는 아비와 같은 사람에 대한 것인지, 분간을 해보려 애썼다.

아들은 이 모두에 대해서 함께 분노를 느끼고 있는 것 같았다.

"아들아, 네 뜻은 이해가 간다마는 지금의 나라 형편으로서는 어쩌지를 못하는 노릇이 아니냐?"

운경은 도전이 너무 들떠 있는 것 같아서 목소리를 차분히 가라앉혔다.

"아버님, 저는 반드시 출사를 하겠습니다."

"어떻게 하려느냐? 네가 지금은 출사하려고 학문을 열심히 닦는다마는 출사하여서는 어떻게 할는지 깊이 생각해봐야 할 것이다."

"사직을 바로 세우는 데 이 몸을 바치겠습니다. 지금 이대로 간다면 고려의 사직은 온전하지가 못할 것입니다."

"지금 고려에 무슨 힘이 있다고, 원나라 속국에 불과한데?"

"원나라가 가면 얼마나 가겠습니까. 지금 대륙에서는 도처에서 반란이 일어나고 있다고 합니다. 이는 원나라의 힘이 그만큼 약해지고 있다는 증거가 아니겠습니까? 우리도 언젠가는 나라를 되찾아야 하지 않겠습니까? 그때는 조정이 바로 서겠지요."

"그래, 그때가 언제 오려나? 빨리 와야 할 텐데."

운경은 아들의 말에 공감하면서도 허탈하게 말했다.

운경은 도전과 대화를 나누면서 아들이 많이 성숙해 있다는 생각을 했다. 이제는 더 이상 어리다고만 볼 수 없을 것 같았다.

'생각이 아비보다도 더 깊은 데가 있구나.'

운경은 아들이 대견스러웠다. 그러나 아직은 풋내가 가시지 않은 젊은 혈기에 지나지 않는다는 생각도 들었다.

아들이 품고 있는 뜻을 이루려면 많은 시련을 겪어야 할 것 같다는 생각이 들어 앞날이 걱정되기도 했다.

"대감마님, 애들이 깨어났는데 인사를 드리려고 합니다."

밖에서 칠석이의 목소리가 들렸다. 애들을 데리고 온 것이었다.

"들어오너라."

운경이 말했다. 방으로 들어온 오누이는 사뿐히 운경에게 큰절을 올렸다. 아이들의 피로는 잠을 잘 자서인지, 배불리 먹어서인지 많이 풀린 듯했다. 그새 몸까지 씻고 나니 이젠 구차한 비렁뱅이 티는 나지 않았다.

여자애는 우씨 부인의 옷을 입어서 다소 헐렁하니 어색했지만 풋풋한 여인의 태가 나 보였다. 얼굴도 맑고 예뻤다.

동생도 이젠 기력을 어느 만큼 찾은 듯했다. 도전의 동생이 입던 옷으로 갈아입혔는데 비슷한 또래여서 그런지 몸에 꼭 맞았다.

"이름이 뭔고?"

운경이 누이에게 물었다.

"필이라고 하옵니다. 동생은 덕이라고 부르옵니다."

"부모님은 둘 다 여의었는가?"

"……네."

"쯧쯧, 어쩌다가? 불쌍하게스리……."

"여기까지 오게 된 자초지종을 말해 보거라."

옆에서 듣고 있던 도전이 말했다.

"……예. 밤에 잠을 자다가 난리를 겪어 급하게 도망을 쳤습니다. 집을 나온 것은 지난여름 때였습니다."

지난여름이라면 두 달은 족히 지났다. 애들의 사정은 계속 이어졌다. 집은 바닷가 어디라고 했다. 어느 날 한밤에 식구 모두가 잠이 들었는데 갑자기 동네가 시끌벅적했다 했다. 왜구들이 밤을 틈타 쳐들어온 것이었다.

서해안 지방에는 왜구들이 야밤을 틈타 노략질을 하고 관에서 출동하면 일시 배를 타고 도망을 했다가 다시 인접한 다른 곳에 출몰하는 일이 자주 일어났다. 왜구들이 배를 타고 도망치면 출동한 지방관아의 병사들은 뻔히 보면서도 속수무책이었다. 사실 지방관아의 형편으로는 그들과 대항할 힘도 없었다. 병사들은 병장기도 제대로 갖추지 못했고, 훈련도 되어 있지 않았다. 머릿수도 부족했다.

그런 상태로 포악하고 잘 조직된 왜구와 맞선다는 것이 역부족이었다. 도망가는 그들을 추격한다든가 죽이거나 붙잡는 것은 아예 생각할 수 없는 일이었다. 관아에서 출동했을 때 그저 그들이 겁을 먹고 도망가 주는 것이 고마울 따름이었다. 어떤 곳에서는 그들이 관아까지 습격하여 지방 수령의 목숨을 빼앗은 적도 있었다.

필이의 가족, 그 아비, 어미와 동생은 칠흑 같은 밤을 이용하여 인근 산으로 급하게 도망을 쳤다. 산에서 밤을 새우고 새벽녘이 되어 동네가 잠잠한 틈을 타서 못 챙겨온 양식과 살림살이를 가져가기 위해 동네로 다시 내려왔는데, 그때 그만 잔류하고 있던 왜구에게 필이의 부모가 붙잡혀 버렸던 것이다. 아비와 어미는 붙잡혀 가면서 필이 남매가 산속에서 들을 수 있도록 고래고래 고함을 쳤다.

"도망가! 멀리멀리 도망가!!"

필이는 부모가 왜구에게 끌려가면서 몹쓸 짓을 당하는 것을 눈앞에서 보면서도 어찌지를 못하고 동생과 함께 수풀을 헤치고 산을 넘고 어찌어찌하여 이곳까지 오게 되었다는 것이었다. 필이는 이야기를 하는 도중에 몇 번이나 울음을 터트렸다.

운경과 도전도 애들이 처했던 상황이 너무나 측은하여 몇 번이나 혀를 차며 안타까워했다. 도전의 마음에서는 그와 함께 분노의 감정도 같이 끓었다.

필이의 사정을 그 밤 안으로 모두 듣기에는 너무 늦었다.

"밤이 너무 늦었구나, 오늘은 이만 자는 것이 좋겠다. 피곤할 텐데."

어느 정도 이야기를 들은 운경은 그만 돌아가 쉬라고 말했다.

"며칠은 여기에서 머물도록 해주어야 하지 않겠습니까?"

도전이 말했다.

"그리하여라. 몸조리도 잘 시키고, 쯧쯧."

필이는 도전의 집에서 한 달가량을 머물렀다. 그사이 동생 덕이의 몸은 완전히 나았다.

그 또래가 하는 철없는 개구쟁이 짓거리를 하다가 곧잘 그 누이에게 야단을 맞기도 했지만 도전의 동생들을 따르며 잘 놀았다.

필이는 눈치가 빨랐다. 철도 들어 있었다. 눈치껏 우씨 부인의 살림을 도우며 신세 갚음을 하려 했다. 거처가 마련되어 잠도 잘 수 있고, 끼니를 때울 수 있으니 안정을 찾아가는 듯했다. 얼굴에는 화색이 돌았고 본래의 예쁜 모습으로 돌아갔다.

필이 남매는 도전의 식구들과 정이 들어갈 무렵 떠나게 되었다. 그들의 형편을 보아서는 오래도록 머물게 하며 돌봐주고 싶었지만, 정운경의 집안 살림으로는 군식구를 거느리기가 벅찼다.

남매는 벽란도 포구에서 주막을 하는 집에서 잔심부름을 거들만 한 아이를 구한다는 방물장수의 말을 듣고 따라나섰다.

• 7

봄날, 아직은 바깥바람에 찬기가 가시지 않았지만, 예성강 강가의 늘어진 수양버들에는 새싹이 돋아나는 모양새다.

강가는 온통 연초록색으로 물들었다. 강은 급하지 않게 넘실거리며 한가하게 흘렀다.

도전은 책을 읽다가 방문을 열어봤다. 봄기운이 향기로웠다. 그의 나이 17세, 이제는 어린 티를 벗고 어엿한 장부의 체격을 갖추었다. 턱밑에는 어느덧 거뭇하게 수염 자국이 터를 잡았다.

그는 요즘 들어 글공부가 잘되지 않았다. 책을 펼치면 엉뚱한 생각이 들어서 눈에 글이 들어오지 않았다. 그는 잠시 글 읽기를 멈추고 글방을 나와 예성강가의 봄 경치를 구경하다가 이내 마당에서 노니는 닭들에게 눈을 돌렸다.

마당에는 암탉 한 마리와 댓 마리의 병아리가 '삐악삐악' 울면서 몰려다니고 있었다. 그 주위로 병아리의 아비인 듯한 장닭이 맴돌고 있고, 참 한가롭고 평화로운 모습이었다. 비록 미물들이라도 새끼를 낳아 거느리는 그 모습에서 진정한 행복이 느껴졌다.

도전이 요즘 들어서 심란해 하며 글공부에 집중하지 못하고 있는 것은 가슴에 한 낭자를 품게 된 때문이었다. 자신도 마음속에 둔 그 낭자와 더불어 평화롭게 노닐고 있는 저 닭들처럼 행복한 가정을 꾸리고 싶다는 생각을 했다. 책만 펴들면 그 여인의 모습이 어른거려서 글이 영 눈에 들어오지 않았다. 도전은 사랑의 상사병을 앓고 있었다.

"형님, 뭐하시오."

그때 갑자기 등 뒤에서 목소리가 들렸다. 도전은 정신을 퍼뜩 차리고 돌아다보았다. 뒤에서 몇 명의 학동들이 도전이 놀라는 모습을 보고 까르르 웃었다.

도전에게 말을 걸어온 이는 이숭인이었다.

"형님이 안 보이기에 찾고 있던 중이었소. 웬 정신을 그리 놓고 마당만을 바라보고 있는 거요?"

"응, 마당의 닭들이 노는 모습이 보기가 좋아서……."

도전은 생각이 들킨 것 같아 겸연쩍어하면서 말했다.

"닭이 병아리와 노는 것이 뭣이 새롭다고…… 어디 봅시다."

숭인은 마당의 닭들과 도전의 얼굴을 번갈아 보더니, 크게 웃음을 터트렸다.

"뭐가 그리 우습다고 그러느냐!"

도전은 얼굴이 벌게져서 말했다.

"도전 형님, 이제 보니 장가갈 생각을 하고 있었습니다그려."

"어디!"

"정말입니까?"

학동들이 두 사람의 이야기에 흥미를 가지며 주위에 모여들었다.

"어디 보아둔 형수감이라도 있습니까?"

평소 흐트러짐이 없는 하륜도 재미있다는 듯 농담을 하며 끼어들었다.

"아니 왜들이래?"

"저, 저, 얼굴 빨개진 걸 보니 거짓은 아닌 모양이오."

"자, 쓸데없는 소리 말고 이왕 나온 김에 우리 같이 강가로 봄기운이나 쐬러 가자."

도전은 겸연쩍은 자리를 모면하려고 도망치듯 앞장을 서며 학당 밖으로 나갔다. 나머지 아이들도 글공부에서 잠시 해방되려는 심산으로 도전의 뒤를 좇았다.

도전이 여인을 본 것은 달포 전쯤이었다. 달포 전에 처음 본 것은 아니고, 그전에도 가끔 보았는데 그때부터 연정을 품게 되었다.

도전의 집에서 학당으로 가는 길가의 작은 우물에서 물을 긷고 있는 낭자를 보았던 것이었다. 그곳을 지나던 도전은 마침 목이 말라서 여인에게 물을 한 모금 청했다.

도전의 청에, 여인은 두레박에서 물을 퍼 올리다 말고 항아리에 담아 두었던 물을 떠서 주었다.

"거기 두레박에 있는 물도 좋은데……."

도전은 굳이 항아리에 길은 물을 떠주는 것이 송구하여 체면을 차렸다.

"우물물이 너무 차갑습니다. 갑자기 차가운 물을 마시면 좋지 않아서……."

계절은 봄이라 하지만 아직은 겨울 날씨다. 우물 안의 물은 이가 시리도록 차갑다. 갑자기 찬 것을 들이켜 마시면 배탈이 날 수도 있기 때문에 미리 퍼 놓아 살얼음이 가신 항아리 물을 마시라는 것이었다.

마음씨가 곱게 느껴졌다. 도전은 물을 마시면서 낭자의 자태를 곰곰이 살펴봤다. 낭자는 도전의 마음을 눈치챘는지 얼굴을 옆으로 돌렸다. 그러면서 낭자도 힐끔 도전의 행색을 살폈다. 그러는 순간 두 사람의 눈길이 마주쳤다. 두 사람은 당황해서 황급히 눈길을 돌렸다.

도전은 낭자가 참 예쁘다고 생각했다. 우물가에서 허드렛일을 하고 있어서 그렇지, 꾸미고 있으면 근방에서는 보기 드문 미인이라고 생각했다. 낭자가 본 도전의 인상은 우선 머리가 크다는 것이었다. 다리가 작달막하고 어깨가 벌어지고 머리가 큰 모습을 한 고집스러운 인상이었지만 싫지는 않았다.

낭자는 부끄러운 모습을 보인 듯 황급히 물 항아리를 이고 자리를 떠났다. 그날 이후 도전은 또다시 낭자를 만나보려고 했으나 그녀가 기색을 알아차리고 도망치듯 자리를 피하는 통에 도전은 말 한번 붙여보지 못하고 냉가슴만 앓아왔다.

도전은 낭자가 피할수록 점점 더 그녀를 자신의 여자로 만들고 싶은 마음이 커졌다. 오늘 이렇게 친한 두 동생에게 마음이 들켰으니 차라리 잘된 것 같았다. 이참에 도움을 청해보고자 했다. 학당을 마치고 도전은 이숭인과 하륜을 따로 불러내어 자초지종을 이야기했다.

"뭐 좋은 수가 없겠느냐?"

"다른 때는 머리가 잘 돌아가던 형님이 이런 때에는 영, 석두이십니다?"

도전의 이야기를 듣는 내내 재미있다는 듯 입가에 미소를 띤 채 빙긋거리고 있던 이숭인이 놀렸다.

"우선 형님이 연서를 한 장 써보세요. 우리가 그것을 전달할 테니."

하륜도 흥미를 가지고 참견했다.

"우선 우리가 형수님 될 분을 만나봐야지 않나?"

이숭인이 말했다.

"그렇지. 우리가 형수님 될 분이 어떤 분이신지 먼저 봐야지."

이숭인과 하륜은 이제는 마치 자기 일인 양 신이 나서 앞장을 서고 나섰다.

> "낭자의 집안도 모르고, 어디 사는 것조차도 모르오만 지난날 한번 우연히 물 한 모금 신세를 진 이후로 나는 낭자에게 마음을 빼앗겼소. 새가 아침에 일어나 먹이를 찾고, 봄이 되면 나무에서 잎이 돋아나는 것은 자연의 이치가 아니겠소이까. 정식으로 청혼하여 낭자를 맞아들이는 것이 마땅하나 수시로 낭자에 향하는 마음 멈추기가 힘들어 이렇듯 마음을 전하는 것이오이다. 내 비록 현재는 보잘것없으나 훗날에는 반드시 이 나라의 재상이 되어 그대에게 부귀영화를 바칠 것이니 부디 이 마음 받아주시오."

도전은 연서를 몇 번이나 읽어보고 나서 이숭인에게 건넸다.

"여기에 우리 형님의 마음이 담겨 있단 말이지요? 내 꼭 형님의 마음이 전달되도록 하리다. 이보게 륜이, 형수님을 맞으러 가세."

이숭인은 하륜과 함께 정도전을 놀리면서 쫓아나갔다.

그로부터 두 달 후, 도전은 정식으로 청혼했다. 낭자는 학당 인근 마을에 사는 최씨 가문의 딸이었다. 집안은 번성하지 않았으나 얌전하고, 미모에 똑똑함과 학문도 겸비한 규수였기에 도전은 부모님께 청을 했던 것이다.

아버지 운경도 자신이 늦게 장가를 들어서 여러 가지 생활의 어려움을 겪었기에 아들 도전이 일찍 가정을 이루어 안정된 생활을 꾸리는 것이 좋겠다는 생각에서 흔쾌히 허락했다. 최씨 집안에서도 딸의 나이가 적당한 혼기라고 생각하고 있던 참에 청혼이 들어왔고 신랑 될 사람의 집안이 비록 살림살이 형편은 넉넉지 못하나 부친이 형부상서 벼슬을 한다고 하니 선선히 받아들였다.

최씨 낭자는 혼담이 오고 간다는 말을 부모님께 전해 듣고 설레는 마음으로 초례 날을 기다렸다.

연서를 받아보고서 설마 했는데 이렇듯 부부의 연을 맺게 되다니 우습기도 하고 엉뚱한 신랑의 행동이 기대되기도 했다.

'재상이 되어 호강을 시켜주겠다고 했겠다. 어디 두고 보자.'

훗날 최씨 부인이 초례 날 신랑의 모습을 보고 웃음을 참느라 혼이 났다고 이야기하자 도전도 함께 웃으면서 맞장구를 쳤다.

"부인 걱정하지 마시오. 내 지금은 이렇듯 초라한 신세를 면하지 못하고 있지만, 재상이 되어 부인을 호강시키겠다는 약속은 반드시 지킬 것이오."

도전의 큰소리는 여전했다.

• 8

도전이 장가를 들고 얼마 안 되어서 뜻밖의 손님이 찾아왔다. 몇 해 전에 병들고 굶주려서 동네 어귀에 쓰러져 있던 것을 집으로 데려와 구완을 해주었던 필이와 덕이 남매였다.

필이는 완숙한 여인으로 변해 있었고, 덕이는 키가 훌쩍 크고 가슴이 떡 벌어진 의젓한 장부의 모습이었다.

필이는 몸에서 분 냄새가 확 풍기는 것으로 보아 여염의 여인으로 살아가는 것 같지는 않았다.

"서방님이 장가를 드셨다는 소식을 듣고 저희 남매 이렇듯 인사차 찾아뵈었습니다."

"흠, 오랜만일세. 내 그렇지 않아도 궁금했는데 잘 찾아주었구먼."

도전은 장가를 들었다는 말에 다소 겸연쩍어하면서 남매의 방문을 반겼다.

"일찍이 찾아뵙고 인사를 드리려고 하였습니다만 제가 틈을 내지 못하였습니다."

덕이도 누이를 따라 인사했다. 덕이는 고려에 살지 않고 대륙에 머물면서 일 년에 몇 번 정도 고려에 온다고 했다.

"그동안에 고생이 많았지? 어디 한번 어떻게 지내왔는지 사연이나 들어보세. 살아온 세상살이가 순탄치 않았으리라 짐작은 가네마는."

"서방님께서 그때 보살펴주시지 않았다면 저희들 지금의 생활은 없을 것입니다. 아마 이미 죽었거나 지금도 비렁뱅이 신세를 못 면하고 있을 것입니다."

필이는 지난날의 감회가 설움으로 북받쳐 오르는지 눈시울을 붉혔다.

"그래, 내 그때 너희를 보내고 얼마나 가슴이 아팠는지……. 나뿐만 아니라 우리 식구들 모두가 그런 마음이었네. 어린 것들이 어디 간들 고생하지 않겠냐고 걱정들을 많이 했지. 그래, 이야기를 들어보자꾸나."

낯선 방문객에 대해 궁금해하던 도전의 부인도 끼어들어서 자초지종을 들었다.

도전의 집에서 방물장수를 따라나섰던 남매는 그 길로 벽란도의 어느 기생집에 심부름하는 아이로 맡겨졌다.

벽란도는 대륙과 통하는 관문으로, 대륙의 물자와 고려의 특산물이 거래되는 무역도시다. 이곳은 전국에서 내로라하는 고려의 상인과 대륙의 대상들이 자주 찾는 곳이다. 대륙의 상인뿐만 아니라 거리를 가늠하기조차도 어려운 먼 곳인 대식국(大食國, 아라비아)에서 온 상인들도 출입했다.

벽란도에는 대륙에서 건너온 상인들을 위해 영빈관, 회선관 등 객관이 설치되어서 그곳을 중심으로 상담이 이루어지고 있었는데 주변에는 이들이 객고를 풀 수 있는 주막과 기생집이 모여들어 성시를 이루었다. 남매가 맡겨진 곳은 일대에서는 꽤 큰 기생집이었다.

그곳에서 남매는 잔심부름을 하고 부엌일을 도우며 지냈는데 나이가 들면서 필이가 성숙한 여인으로 변해가자 주인댁의 대모 기생이 필이의 미모를 아까워해서 손님 술방에 들도록 했다는 것이다.

"처음 손님 술방에 들었는데 어찌나 떨리고 무서웠던지. 아, 글쎄 다짜고짜로 저를 옆에다 끌어 앉히더니……. 어휴, 어찌나 짓궂게 구는지……."

필이의 말투에서는 이미 남정네의 냄새를 맡은 듯 부끄러워하는 기색이 없었다.

"그렇게 몇 번 자리에 들어가다 보니 이제는 스스럼이 없어지더이다. 이름도 월하로 바뀌었지요."

수다도 늘었다.

"그래 좋은 이름이구나. 달빛 아래 미인이라."

도전이 필이, 아니 지금은 월하로 불리는 그녀의 말에 맞장구를 쳐주었다.

"바다 건너온 사람들을 상대하려다 보면 거친 것은 말할 것 없고, 대륙의 말을 알아야 할 것 아니냐?"

"그것이야 별 어려운 일이 아니지요. 그곳 사람들은 오래전부터 대륙 사람들과 교류를 하고 있어서 그들이 하는 말을 쉽게 알아들을 수 있어요. 그들 속에 섞여 있으면 금방 배워져요. 대륙의 말을 전문적으로 가르치는 곳도 있는 걸요. 문제는 거란이나 여진 사람들이 올 때인데 그들 말은 남방사람 말과는 틀리니 좀 어려움이 있어요. 그런데 그것도 큰일은 아니어요. 통역이 있으니까 눈치껏 그 사람들 비위만 살살 맞추면 돼요."

월하는 자기의 말에 도전이 관심을 기울여주니 기분이 좋았다.

"대륙의 말이라면 덕이가 잘해요. 대륙에 들어가서 생활한 지가 5년은 넘었으니 이제는 지가 통역도 하는 걸요."

"그래? 어디 대륙 소식도 한번 들어보자."

덕이가 처음 벽란도에 갔을 때는 한동안 누이 필이와 같은 집에서 잔일을 도우며 지냈다. 그러다가 필이의 집을 찾은 대륙 상인 왕대인을 만나게 되었고, 왕대인은 필이 남매가 부모를 잃고 의탁할 데가 없다는 사정을 듣고는 덕이를 대륙으로 데리고 갔던 것이다.

덕이는 왕대인을 따라다니며 처음에는 수발드는 정도의 잔일을 했으나, 5년의 세월이 지나는 동안에 상술에 따른 여러 가지 필요한 것들을 익혔다. 왕대인으로부터 신망도 깊어졌고 일 처리하는 솜씨가 매끄러워서 이제는 고려와의 무역은 모두 덕이에게 맡겨놓고 있다고 했다.

"왕대인은 대륙에서도 아주 거상이지요. 황실에서 쓰는 물품도 납품

하는데 고려에서뿐만 아니라 멀리 남방에서도 물건을 들여오는 걸요."

덕이는 자랑하듯 말했다. 이제 아이들에게서는 몇 년 전 부모를 잃고 처량해 하던 모습은 보이지 않았다. 그들의 일에 만족하며 열심히 살아가는 듯했다.

"그래, 거래하는 물품은 무엇이더냐?"

"여러 가지예요. 대륙에서는 비단이나 약재, 책, 문방구 등과 권문세가에서 쓰는 사치품을 들여오고 고려에서는 인삼이나 금은 세공품, 나전칠기 제품들과 도자류들을 가져가지요. 인삼이나 모시는 대륙에서도 알아주는 것들이지요. 참, 여기 서방님 드리려고 서책을 몇 권 가져왔습니다."

덕이는 지고 온 등짐을 풀어헤쳤다.

"여기, 제가 글이 짧아서 서방님께 필요한 것이 어느 것인지 몰라서 여러 가지를 구했습니다."

"그래? 고맙구나. 어디 보자."

도전은 건네는 서책을 살펴보았다.

"이것은 의술에 관한 것이고, 이것은 천문과 풍수에 관한 것. 또 이것은 아악에 관한 것, 다양하게 모았구나. 이것은 병서에 관한 것이 아니냐?"

도전은 책을 대하고 좋아서 입이 벌어졌다. 고려에서는 좀 해서 구하기 어려운 것들이었다.

"앞으로 서방님께서 필요한 책들은 제가 힘닿는 데까지 모아 오겠습니다."

덕이는 도전이 좋아하는 것을 보니 기분이 좋았다. 한때의 어려움을 돌보아준 것에 다소나마 보답을 할 수 있다는 생각을 하니 마음이 뿌듯했다.

"그래 주겠느냐, 고맙구나."

도전도 덕이를 통해서 구해보기 어려운 책들을 볼 수 있다는 것이 기뻤다.

"그런데 서방님, 대륙에서는 지금 전쟁이 한창입니다."

"그래, 무슨 일들이 일어나고 있느냐?"

"지금 도처에서 민란이 일어나고 있어요. 원나라의 영이 대륙 내에서는 이제 안서는 것 같아요."

덕이는 긴밀한 소식이라도 전하는 것처럼 도전의 얼굴에 입을 가까이 가져가며 목소리를 낮췄다.

"홍건적들이 도처에서 민란을 일으키고 있어요. 왕대인께서는 원나라 황족들의 물품들을 대어왔는데 요즘은 그들이 안 찾아와요. 다들 쫓겨갔다는 이야기가 있습니다. 주원장이라는 사람이 새로운 나라를 만들겠다며 홍건적을 규합해서 원나라와 싸우고 있답니다."

"주원장이라고?"

"예, 그 사람은 안휘성 호주(濠州) 사람인데, 열일곱 살까지 고아로 자라다가 홍건적 무리에 들어갔대요. 거기서 홍건적 부장의 사위가 되고 뒤에 따로 무리를 지어서 지금은 남경 일대에서 큰 세력을 떨치고 있답니다."

"그러면 장사성이나 진우량은?"

도전은 중원에서 홍건적의 무리가 득세를 하고 있다는 이야기는 풍문으로 들어서, 그들의 우두머리 이름 정도는 알고 있었기에 물었다.

"주원장은 그 사람들과도 싸움을 하고 있는데 그 사람들이 쫓기고 있다 합니다."

덕이는 중원 각처를 돌아다니면서 장사를 하고 있어서 대륙의 사정에 밝았다. 더군다나 그가 모시고 있는 왕대인은 대상이다. 큰 거래를 하고 있어서 높은 사람들과 자주 접촉을 하다 보니 듣는 정보도 많았다. 덕이는 왕대인의 판단에 따라 물자를 이리저리 모으고, 또 공급하는 일을 맡아 하고 있어서 그런 소식을 빨리 접할 수 있었다.

홍건적은 머리에 붉은 두건을 걸치고 활동하는 무리를 일컫는데, 당초 이들은 양민의 재산을 약탈하는 도적 무리였다. 그러다가 차츰 세력이 커지고 명성이 알려지자 이를 모방하는 무리들이 각처에서 생겨나기 시작했다.

지방에 권력 기반을 둔 관리, 전쟁에서 승리를 거둔 부장, 부유한 재력가들이 독자적인 세력을 거느리며 이들의 우두머리가 되어 한층 세력이 조직화되었다. 이들은 각자 황제나 왕을 자처하며 새로운 시대를 여는 영웅이 되고자 했다. 한림아와 진우량, 장사성 등이 이러한 사람이었다.

진우량은 지방의 벼슬아치로서 홍건적 무리에 합류해 있다가 우두머리를 죽이고 조직을 장악한 후 스스로 강주(江州)에 도읍을 정하고 한(漢)나라를 세워서 황제를 자칭했고, 장사성은 원래 소금장수였는데 원나라가 어지러워지자 염전에서 일하는 장정을 모아 반정을 일으킨 자였다. 그는 국호를 주(周)라고 했고 스스로 성왕(聖王)이라 칭하면서 원나라 조정을 위협할 정도의 세력을 키웠다.

한림아는 원래 주원장의 우두머리였으나 전쟁에서 패하고 쫓겨 다니다가 주원장에 의해서 물에 빠뜨려 죽임을 당했는데, 그도 한때 송나라를 세워 스스로 황제라 칭했다.

이외에도 홍건적은 관선생, 정문빈 등 각자를 우두머리로 삼아 각처에서 서로 대립하든가 원나라에 대항하여 전쟁을 치르고 있었다.

"원나라는 이들에 대해서 어떻게 하고 있느냐?"

"이제 원나라는 중원에서는 쫓겨났어요. 남쪽과 서쪽 지방은 원나라의 통제가 되질 않아요."

덕이는 도전이 자신의 이야기에 깊은 관심을 보이자 신이 났다.

"그래, 원나라의 힘이 그렇게 약해졌구나!"

도전은 근년에 원나라에서 직접 통치를 하던 쌍성총관부와 동녕부를 쫓아내어 국토를 수복하고, 또 조정 내에서 간섭을 해오던 정동행중서성을 폐지하는 등 원나라의 영향으로부터 벗어나려는 일련의 조치들이 다 대륙에서 이러한 변화들이 일어났기 때문에 취해진 것들이라고 생각했다.

'원나라는 이제 이빨 빠진 호랑이 신세가 되었구나.'

도전은 원나라가 힘에 밀리고 대륙 도처에서 새로운 세력이 발호하고 있다는 사실이 새삼 놀라웠다. 그러면서 이러한 국제정세에 민감하게 대처를 하며 100년의 지배를 벗어나고자 자주적인 정책을 펼치고 있는 공민왕의 영민함이 한결 존경스러웠다.

그러나 한편으로 조정 내에 아직도 원나라의 그늘에 안주하며 정신을 못 차리고 개인적인 영달만을 추구하는 무리들이 남아 있다는 것이 안타깝기도 했다.

'내 급제를 하여 조정에 나아가면 반드시 그들을 몰아내는 데 이 한 몸을 기꺼이 바칠 것이다.'

도전과 덕이가 이야기를 하는 동안 최씨 부인과 필이는 어느 틈에 부엌으로 나가 필이가 싸온 고기 안주와 술을 차려왔다.

"목이라도 축이시면서 이야기를 나누시지요."

필이가 도전의 앞으로 술상을 올리면서 말했다.

"월하가 고기와 술을 듬뿍 싸왔네요."

최씨 부인이 말했다.

"웬걸 이렇게 가져왔누, 고맙구나."

도전은 아직도 곤궁하게 사는 모습을 필이 남매에게 보이는 것 같아 무안해 하면서도 따라주는 술을 맛있게 한 잔 마셨다.

"그런데 대감마님은 집에 안 계신 듯합니다."

필이는 그제야 도전의 부친이 안 보이는 것을 알고 안부를 물었다.

"응, 아버님은 연로하셔서 벼슬을 내려놓으시고 고향으로 가셨어. 여기에는 내자와 하인 하나만 남겨놓고."

도전도 그간의 지내온 사정을 들려주었다. 남매는 도전이 술상을 물릴 때까지 말벗이 되어주다가 더 늦기 전에 돌아가야 한다며 자리에서 일어섰다. 도전 내외는 동구 밖까지 남매를 배웅했다.

"서방님, 여기서 벽란도 저의 집까지 하루 되는 거리인데 가끔 술 잡숫고 싶을 때 들러주세요. 호호."

월하는 여전히 명랑했다.

"서책이 필요하시면 저한테 말씀해주십시오. 쉰네, 대륙 천지를 다 뒤져서라도 구해 오겠습니다. 부지런히 책을 읽으시고 꼭 과거에 급제하십시오."

덕이도 인사를 했다.

"잘들 가게. 덕이는 대륙이 돌아가는 소식을 종종 좀 전해주게."

도전은 그렇게 남매를 보냈다.

• 9

학당이 어수선했다. 학동들은 글을 읽을 생각은 하지 않고 삼삼오오 모여서 서로 쑥덕공론이었다. 스승님의 강론도 없었다. 스승님은 벌써 며칠째 얼굴을 볼 수가 없었다.

시국이 비상하여 며칠째 퇴청을 못 하고 궐내에 머무르시며 정무를 보신다 했다.

하륜이 도전에게 다가왔다.

"형님도 소식을 들었지요?"

“홍건적이 쳐들어온다는 것 말이냐?”

이미 다 알고 있는 일이라는 듯 도전은 별 놀람도 없이 덤덤히 말했다.

“어디서 들으셨구려. 이번에는 심각하답니다. 대규모 병력이 몰려오고 큰 전쟁이 일어날 것 같답니다. 스승님은 그 때문에 학당에도 못 나오시고 궐내에 머무르고 계신답니다.”

“그래? 고생이 많으시겠구나. 우리 포은 형님을 찾아가 볼까? 조정에서 일을 보시니 돌아가는 시국을 잘 알고 있을 것 아니냐.”

도전은 하륜, 이숭인과 함께 포은의 집을 찾아갔다. 간밤에 숙직 번을 섰던 정몽주는 마침 퇴청해 있었다.

“포은 형님, 얼굴이 말이 아니오. 궐내 벼슬살이가 힘드신가 보오.”

도전이 오랜만에 보는 포은에게 넉살맞은 인사를 건넸다.

“어서들 오게나. 그렇지 않아도 만나서 할 말이 많았는데, 요즘 조정 일이 여간 심각한 것이 아니라서…….”

정몽주는 일행들을 반갑게 맞아주었으나 얼굴 행색은 피곤이 역력했다. 입술이 부르터 있었다.

“형님 고달픈 벼슬살이 이야기 들어보려고 이렇게 몰려왔습니다.”

“한바탕 전쟁이 일어날 것 같다면서요?”

도전의 인사에 이어 하륜이 끼어들었다.

“언제 나라가 편한 날이 있었느냐마는 이번에는 원나라 침략 이후 가장 큰 전쟁이 될 모양이야. 해안가 삼면에서는 왜구들이 수시로 들락거리며 약탈을 그치지 않고 있는데 북쪽으로부터는 홍건적이 대규모 병력을 동원하여 국경을 넘어올 것이라는 소식이야.”

“그렇다면 또 한 번 이 나라가 병화에 시달리겠네요?”

“조정에서는 여러 가지 묘안을 내고 있지만 전쟁을 피하지 못할 것 같아. 얼마 전에 강남의 홍건적 두목 장사성으로부터 사신이 왔다네.”

“홍건적 수괴로 있던 자가, 이제는 주나라를 세우고 스스로 성왕이라

칭하고 있다는 그자 말이군요."

도전이 아는 체했다.

대륙을 넘나다니는 덕이로부터 전해 들은 이야기가 있었기 때문이다.

"자네도 그자의 성분을 아는군, 원래 소금장수였는데 제염업 때문에 원나라 조정과 분쟁을 하다가 반란을 일으킨 자이지."

"도전 형님은 그자에 대해서 어떻게 아십니까?"

하륜이 신기한 듯 도전에게 물었다.

"이 귀로 천 리 밖의 소문을 들었지, 장사성에 대해서뿐 아니라 중원에서는 지금 여러 패거리의 홍건적들이 활개를 치면서 그들끼리 세력 다툼을 벌이고 있어요. 진우량이라든가 주원장, 이런 사람을 눈여겨봐야 합니다. 중원에서는 지금 세력이 개편되고 있습니다. 그러는 중에 쫓기는 세력의 일부가 우리 고려를 침공해오는 것 아닙니까? 포은 형님?"

도전은 자신이 들었던 지식을 두 동생에게는 자랑하는 한편 포은에게는 확인을 받고 싶었다.

"삼봉의 말이 맞네."

포은도 도전을 칭찬하듯 웃으며 인정을 해주었다.

"근데 진우량은 알겠는데, 주원장은 누구인가?"

포은도 그에 대해서는 생소했다.

"주원장 이자는 지금 남경 일대에서 큰 세력을 떨치고 있는 자입니다."

"남경 일대를 장악하고 있던 한림아는 어떻게 되고?"

"주원장은 한림아 밑에 있었지요. 한림아가 진우량과의 싸움에서 패퇴하고 달아난 사이 주원장이 잔당 세력을 모아 새로운 조직을 만들었답니다. 그들이 지금 무서운 기세로 중원을 장악해 나가고 있답니다."

도전은 조정에 있는 포은도 모르고 있는 사실을 자신이 알고 있다는 데 으쓱한 자부심을 느꼈다.

한때 스승 이색에게서 강론을 들었을 때 도전은 스승의 앞에서 포은과 경작지 소유 문제에 관해서 토론을 벌인 적이 있었다. 그때 스승님은 포은의 편을 들어주었다.

도전은 학식에 있어서만큼은 자신이 포은보다 결코 뒤떨어짐이 없다고 생각하고 있었다. 그런데 스승님께서 포은을 싸고도시는 것을 보고 섭섭한 마음이 많이 들었었는데 오늘 비록 스승님이 참석한 자리는 아니지만, 그때의 일을 기억하고는 이숭인, 하륜 두 친한 벗들이 보는 앞에서 자신을 뽐내보고 싶었다.

포은은 도전의 이야기를 들으며 도전이 자신보다 더 많은 사실을 알고 있는 것에 대해 은근히 시기를 느꼈으나 새로운 사실이기에 관심이 갔다. 하륜과 이숭인은 두 형님의 이야기가 신기해서 가만히 듣고만 있었다.

"근데 형님, 장사성이가 왜 사신을 보내왔답니까?"

도전은 포은에게 시국 이야기를 들으러 왔는데 이야기 방향이 지나쳐서 자신의 이야기가 너무 길어진다고 생각하고 말머리를 돌렸다.

"장사성 그자가 지금 머리를 쓰는 것이지, 자신들은 지금 원나라와 항전을 하고 있는데 고려가 자신들을 도와 달라는 것이지. 장사성은 지금 요동에서 원나라와 격전을 벌이고 있는데 이럴 때 고려가 그들을 공격한다면 큰 타격을 입을 것 같으니까 일종에 유화책을 쓰고 있는 셈이라 할까."

"전쟁이 일어나지 않을 수도 있겠네요."

"아니 저들이 사신을 보낸 것은 시간을 끌기 위한 일종의 전략이라네. 장사성은 지금 요동까지 쫓겨 온 것이야. 그런데 원나라가 이들의 세력에 위협을 느껴서 총공세를 펼치니까 고려 쪽으로 밀려들어 온 거지. 이럴 때 고려가 반격을 가하면 치명적인 타격을 입게 되니까 원나라와 전투에 집중하기 위해서 고려를 달래려는 것이야. 그런데 원나라의 형편으로 보면 이럴 때 고려가 배후에서 적도를 쳐주기를 바라는 것이지. 원나라도 사신을 보내어 우리에게 압력을 행사하는 중이고."

정몽주의 말로는 이미 조정에서는 한판 전쟁을 치르기 위한 대비를 하고 있다고 했다. 아무리 유화책을 받아들이더라도 홍건적은 시간이 지나면 고려를 넘볼 것이 뻔하고, 원나라 또한 이 기회에 고려가 군사를 일으키도록 압력을 강력하게 넣고 있어서 전쟁은 피해갈 방도가 없다는 것이었다.

공민왕은 왜구의 침략을 받으면서도 원나라와 한바탕 전쟁을 치렀는데 또다시 홍건적이 내습해온다고 하니 크나큰 부담이었다.

조정에서는 비상시국을 선포해 놓고 있었다.

임금은 태묘(太廟)에 나아가 제사를 지내면서 스스로 부덕함이 있어 나라의 변란이 끊이지 않음을 고하고, 죄수를 석방했다. 그리고 서북면 원수로 경천흥을, 부원수로 안우를 임명하고 장졸을 징발하는 영을 내렸다. 궐내에서는 시중 이하 대신들이 숙위하며 시국에 대처했다. 조정에서는 짐을 꾸리고 왕은 야밤에 말 타는 연습을 한다는 소리도 들렸다. 백성으로부터 또 한 번 개경을 버리고 피난을 갈 것이라는 비난을 듣지 않기 위해 비밀리에 행해지는 것이라 했다.

정도전은 정몽주가 들려주는 이야기를 듣는 내내 목구멍이 타들어가는 느낌이었다.

'또다시 이 나라가 병화에 시달려야 하는가, 원나라에 이어서 또다시 타민족의 지배를 받아야 하는가? 이제 원나라의 손아귀에서 겨우 벗어나고자 하는데 이 일을 어찌해야 좋을까?'

참으로 산 넘어 산이었다. 이리를 쫓아내니 그 자리를 여우가 차지하겠다는 꼴이었다.

"형님 그러면 우리는 어찌해야 합니까?"

셋 중에 마음이 가장 여린 이승인이 잔뜩 불안한 얼굴로 정몽주와 정도전의 얼굴을 번갈아 보며 물었다.

"죽기 살기로 전쟁을 치러야지. 또다시 이 나라를 적들의 수중에 들어가도록 해서야 되겠나."

도전이 정몽주에 앞서 말했다.

"그래야지, 그러나 제대로 방어해낼 능력이 없는 것이 문제야. 아시다시피 지난 100년 원나라의 간섭을 받아오면서 우리에게는 독자적으로 군사를 키울 힘이 주어지지 않았네. 얼마 안 되는 왜구의 침입에도 번번이 당하고 있는 마당에 대규모 군사가 침공해 온다면 과연 버틸 수 있을지 의문이야."

정몽주의 말은 절망적이었다.

"그래도 지켜내야 합니다. 저들도 통일된 지휘체계로 철저한 준비를 해서 전쟁을 수행하는 것이 아니고 중구난방으로 필요에 따라 이합집산하며 서로가 세력을 규합해서 함부로 날뛰는 것이니 방도를 연구하고 대책을 수립해야 합니다."

도전은 흥분했다.

'적도들이 쳐들어온다는데 관리라는 자들이 저렇듯 뒷짐 지듯 하고 있으니…….'

도전은 조정 관리뿐만 아니라 저렇게 말하는 정몽주에게도 불만이었다.

"백성들을 동원해야 합니다. 지난 원나라 침략 시에 나라의 군사들은 도망을 쳐갔는데도 의병들은 일어났습니다. 농사를 짓던 자, 천한 것들이라고 멸시를 받으며 살아온 자들 그리고 절간에 묻혀 지내던 승려들. 모두가 들고일어났습니다. 그들이 전쟁을 치르고 적장 살리타이를 죽여서 침공을 물리친 바가 있지 않습니까?"

"그랬지. 참으로 백성들이 장한 일을 했지. 그래서 전국에다가 파발을 띄웠네. 격문을 돌리고……. 백성이란 위정자가 평소에는 하찮게 여기는 존재이지만 나라의 큰일이 있을 때는 대단한 일을 해내지. 마치 저수지에 갇힌 물과 같아서 평소에는 잔잔하게 지내며 터놓은 물길을 따라 순하게 흐르지만 변고가 생겨서 둑이 무너지면 무엇으로도 막을 수 없는 태산 같은 힘을 발휘하지…….

그런데 이번에도 그러한 동력이 되어줄지 의문이야. 워낙 오랫동안 전쟁의 참화에 시달리고 무능하고 부패한 조정에 수탈을 당해왔는데 위기에 빠진 나라를 구하려고 나서는 자가 얼마나 있을지 걱정이네."

"중원은 땅이 넓어서 전투할 때 개활지에서 양쪽의 군사가 맞붙는 경우가 많은데 우리는 산이 많습니다. 산세를 이용한다면 군이 수적으로 우세하지 않아도 지형지물을 이용하고 그에 따른 병법을 연구한다면 군사적으로 열세더라도 승리를 가져올 수 있습니다. 그리고 날씨와 기후도 알아봐야 하며, 상대편 군의 군령이 얼마나 서 있는가도 알아보는 것이 중요한 것들입니다."

도전은 적이 대규모로 침입을 해와도 결코 불리하지만은 않다는 것을 자신이 알고 있는 군사적 지식을 동원해 가며 역설했다.

"원나라의 대규모 병력이 침입했을 때 우리 백성이 소규모이지만 의병을 일으켜 적을 효과적으로 제압할 수 있었던 것은 바로 이러한 점들을 잘 이용했던 것입니다……. 앞서, 고구려 을지문덕 장군이 수나라 100만 군사를 물리친 것과 강감찬 상원수가 대규모 거란군의 침략을 물리칠 수 있던 것도 모두 우리에게 유리한 형세를 이용하였기 때문입니다."

"어떻게……?"

정몽주는 도전에게서 예기치 않았던 군사적 지식이 쏟아져 나오자 뜻밖이라는 듯 감탄을 하면서 이야기에 빨려들어갔다. 두 동생 하륜과 이숭인도 마찬가지였다.

"을지문덕 장군은 수나라 군사가 중원의 대륙에서 오랫동안 행군을 해왔고 그들이 지쳤음을 알고 있었습니다. 때마침 여름으로 전염병이 창궐하였는지라 이점을 알고 평양성을 굳게 걸어 잠그고 버틴 것이지요, 그러면서 항복하는 체 술책을 강구하자 저들은 쉽게 받아들였고 그것을 놓치지 않고 살수에서 적들을 섬멸한 것이지요.

강감찬 상원수가 거란군과의 귀주대첩에서 승리할 수 있었던 것도 기후와 지형을 이용했기 때문입니다. 거란호음인혈(契丹好飮人血), 글자 그대로 거란인은 인혈을 마시기를 좋아한다고 할 정도로 거란은 공포의 존재였고 또 대규모 군사였습니다. 강감찬 장군은 이들을 맞아서 군사들의 사기가 죽지 않도록 각별히 신경을 썼으며, 귀주벌에서 적들과 농성을 하면서 때를 기다린 것입니다. 때마침 적이 청천강을 건너려고 우왕좌왕하고 있을 때 화력을 몰아 총공세를 함으로써 승리를 할 수 있었던 것입니다.

이렇듯 적이 아무리 숫자가 많고 한꺼번에 몰려온다 해도 적의 약점을 간파하고 우리의 강점을 이용한다면 얼마든지 적을 물리칠 수 있는 것입니다."

"오호, 삼봉이 자네. 군사에 대해서 아주 조예가 깊구먼."

정도전의 이야기가 이어지는 동안 정몽주는 입을 다물지 못했다. 그리고 칭찬을 했다.

"형님 언제 그런 것들을 다 공부했습니까?"

"정말 대단하십니다. 병법까지 습득하고 계시니……."

하륜과 이숭인도 감탄하면서 말했다.

"칭찬을 해주시니 부끄럽습니다. 일전에 중원을 드나드는 상인을 따라다니는 아이가 제 집에 들렀는데 그 아이가 대륙의 소식과 함께 선물로 여러 가지 병서를 비롯하여 서책을 가져다주었습니다. 그 덕분에 대륙의 돌아가는 사정을 소상히 알 수 있었고, 또 우리가 비록 책을 읽는 서생이지만 나라의 형색으로 봐서 문인도 군사에 관한 기본적인 소양 정도는 갖추어야 하기에 병서도 열심히 읽어두었습니다."

정몽주는 도전의 이야기를 들으면서 도전이 참 큰일을 할 사람이라는 것을 새삼 느꼈다. 경전에 빠져서 경구나 암송하고 시문을 지으면서 편안하게 벼슬살이를 하려는 사람이 아니라는 생각이 들었다.

생각이 깊고 해야 할 일을 면밀하게 준비하는 자세로 보아 앞으로 관리로 등용되면 크게 쓰일 재목이 될 거라고 생각했다.

"삼봉 자네 같은 사람이 급제를 하여 조정에서 같이 일할 날이 빨리 오기를 바라네."

정몽주는 정도전 일행이 돌아갈 때 도전의 손을 잡고 진심에서 우러나오는 인사를 해주었다.

정몽주의 집을 나온 세 사람은 말없이 묵묵히 예성강 둑길을 걸었다. 각자 앞으로 일어날 난리에 걱정이 깊어서 어깨들이 처져 있었다.

굽이를 도는 강줄기는 물살이 더 세지는 데 비해 서해로 지는 해는 빛이 바래고 있었다.

도전은 그 광경이 흡사 거센 강 물줄기에 덧없이 밀려가는 고려의 운명과 같다고 생각을 했다.

'이 나라가 저 거센 강물처럼 끊임없이 밀려오는 시련을 어떻게 막아낼 수 있을꼬? 고려의 명운은 이제 저, 지는 석양처럼 사라져 가는 것은 아닐까?'

도전은 생각이 거기에 미치자 깊은 탄식이 절로 우러나왔다.

"형님 우리는 어떻게 해야지요?"

말수가 적고 생각이 깊은 하륜도 대책이 서지 않는 모양이었다.

"글쎄……. 우리가 벼슬살이를 하는 처지도 아니고, 적들과 맞서 싸울 병장기가 있는 것도 아니고 군졸도 없고……."

"피난을 가야겠지요?"

이승인이 겁을 먹은 얼굴로 물었다.

"음…… 우선은 피난을 가는 것이 상책이 아니겠느냐. 그리고 다음을 도모해야지."

도전이 힘없이 대답했다.

"형님은 어디로 피난을 갈 것이요?"

하륜이 물었다.

"나는 가까운 벽란도 쪽으로 가련다. 홍건적 세력이 오래가겠느냐? 일시 피해 있다가 돌아오려고. 또 여차하면 배를 타고 대륙으로 건너갈 수도 있고……. 륜이와 숭인이는 어떡하려고?"

"저는 임금의 행차와 같이하렵니다."

하륜이 말했다.

"저는 아직……. 부친과 상의도 해야 하고 무엇보다도 목은 스승님과 상의를 해보고 그에 따르렵니다."

풀이 죽은 이숭인의 대답이었다.

세 사람은 무거운 마음에 더 이상 말도 없이 걸음을 옮겼다. 도전이 집에 도착한 때는 저녁을 훨씬 넘긴 캄캄한 밤중이었다.

3장

굽이치는 예성강,
물결은 거칠고
해는 서해로 지다

• 1

1359년, 공민왕 재위 8년. 홍건적이 대규모 병력으로 국경을 침범했다. 궁궐에서는 임금을 모시고 대책회의가 부산했다.

적도의 수괴를 자처하는 모거경이라는 자가 보내온 서찰이 임금에게 바쳐진 것이었다.

> "우리들의 세력은 서쪽으로는 함진(函秦)에 이르고 북쪽으로는 유연(幽燕) 일대까지 뻗쳐 있다. 우리가 나타나매 마치 굶주린 자가 산해진미를 얻고 병든 자가 좋은 약을 만난 것처럼 천하 사람들이 다들 기뻐하며 귀부해왔다. 장수들로 하여금 사졸들에게 엄중히 타일러 백성들을 괴롭히는 일이 없도록 하였으니, 귀순한 자는 잘 대해줄 것이나 어리석게도 반항하는 자는 목숨을 부지하기 어려울 것이다."

수문하시중 이암이 적도의 글을 읽었다.

"전황을 보고해 보라."

공민왕은 걱정스러운 낯빛으로 말했다.

“적도의 규모는 4만가량이 된다 하옵니다. 지난 정묘일(음력 12월) 얼어 붙은 압록강을 건너와 의주(지금의 평안북도 의주군)를 함락시키고 부사 주영세와 백성 100여 명을 살해하였다 합니다. 다시 정주로 진격하여 도지휘사 김원봉까지 살해한 후 지금은 인주에 진을 치고 있다 하옵니다.”

“이번의 침략은 어이하여 이렇듯 대규모인고? 저들의 모양새로 봐서는 종전처럼 일시적으로 노략질을 하였다가 퇴각하는 정도는 아닌 듯한데?”

“적도들은 종전에 국경을 침범하여 노략질을 하던 자들과는 다른 부류인 듯합니다. 적의 수괴 모거경도 그동안 알려지지 않았던 자이옵니다. 또 저들의 파죽지세 형세로 봐서 서경이나 그 밑으로, 수도 개경까지 올 가능성도 있사옵니다.”

“그럼 어찌해야 하는가? 답답하구나.”

뚜렷한 대책이 나올 리가 없었다. 홍건적이 쳐들어오기 전부터 나라 전체는 왜구의 침략으로 골머리를 앓고 있었는데 이제 또 홍건적이라니……. 군사를 징발하려고 해도 백성들이 달아나 모을 수가 없었고, 병장기와 군량미는 턱없이 부족했다. 요소요소에 설치된 성벽도 손보지 않아서 곳곳이 허물어진 채 방치되어 있었다.

대신들은 끼리끼리 머리를 맞대고 숙의하고 있었지만 한숨만 나올 뿐이었다. 그때 환관 김현이 급히 들어와 아뢰었다.

“전하! 방금 들어온 보고에 의하면 철주 방면으로 침입한 적도들은 안우, 이방실 장군이 격퇴하여 인주 방면으로 퇴각하였다 하옵니다.”

“그래, 그거 반가운 일이구나.”

임금의 낯빛이 금방 밝아졌다. 참으로 가뭄에 단비와 같은 소식이었다. 신하들도 서로 손을 맞잡고 기쁨을 감추지 못했다.

임금은 즉시 명했다.

“안우, 이방실 두 장군에게 그에 적절한 포상을 하고 이를 전군에 알려서 사기를 돋우게 하라! 그리고 적도들을 물리칠 대책을 세워서 보고하라! 어사대에서는 전쟁에 공이 있는 자와 임무를 소홀히 한자를 가려서 상과 벌을 주어 군기를 단단히 세우도록 하라!"

임금은 백관들이 있는 앞에서 추상같이 명을 내리고 자리를 떠났다. 임금이 자리를 떠난 뒤 수문하시중 이암의 주도로 대책이 마련되었다.

이암이 서북면 도원수가 되어 전쟁에 대한 총책임을 지고 직접 임지에서 독전을 한다는 것이었다. 이인임이 서경존무사로 임명이 되었다.

한편 이번 침입이 있기 전에 의주 땅에 적도 3,000명 정도가 압록강을 건너와 노략질을 하다가 돌아간 일이 있었다. 이에 대하여 도원수 김원봉이 이를 보고하지 않았고 또 대비도 하지 않은 데 대해 문책하자는 안건이 논해졌다. 그러나 그는 이미 적도의 손에 목숨을 잃었기에 대신 전쟁 준비를 소홀히 한 상장군 손거원 등을 처형했다.

도원수로 임명되어 서경으로 출발하는 이암의 발길은 천근같이 무거웠다. 그는 전장에 나서본 적이 없는 문생으로만 출세를 사람이었다. 수장 자리에 있으므로 어쩔 수 없이 도원수로 출장을 한 것이지만 그는 천성이 순하고 또 나이도 예순이 넘었다.

병사들도 훈련이 덜된 자들이었다. 농민과 승려들을 억지로 끌어와서 임시로 군대를 편성했던 것이다. 도무지 이 전쟁을 치를 자신이 없었다.

그는 평장사 이승경을 불렀다.

"나랏일이 급하니 평장사가 앞서 가시오. 일대의 군사들은 내가 도착하면 집결하여 전쟁을 치를 것이나 우리의 행차가 더딘지라 평장사가 먼저 도착하는 대로 나에게 주어진 전권을 행사하도록 하시오."

이암은 평장사 이승경에게 전권을 넘겨주고서 임지로 급하게 떠나게 한 뒤 자신은 천천히 그 뒤를 따랐다.

이암이 서경 부근에 도달했을 때에는 서경이 이미 함락된 뒤였다.

"어떻게 된 것이오? 그대에게 먼저 도착하여 전쟁을 치르라고 전권을 주었거늘."

이암은 공연히 평장사 이승경에게 트집이었다.

"도원수의 명을 받잡고 서둘러 도착하였으나 군사들이 미쳐 집결치 않았습니다. 우선 도착한 몇몇 장수들만 모아서 대책을 논하였으나 부대들이 늦게 도착하는 바람에……."

이승경은 변명을 했다. 그의 말속에는 도원수가 책임을 회피하므로 군령이 제대로 서지 않아 일이 이 지경에 이르렀다는 원망도 포함되어 있었다. 이암의 체면이 여러 장수들 앞에서 말이 아니었다.

"에이 쯧쯧, 몸이 불편하여 속히 도착하지 못하였거늘."

이암은 은근슬쩍 핑계를 대었다. 따지고 보면 이승경만이 책임질 일이 아닌 것이었다. 도원수가 직접 독전을 했더라면 군사들이 훨씬 행동을 빨리했을 것인데, 도원수도 책임이 없다고 할 수 없었다.

집결한 군사들도 몇 안 되었다. 많은 군졸들이 도망쳐서 부대는 빈 것 같았다. 그나마 남아 있는 군사들도 부상 당한 자가 대부분이어서 전쟁을 계속 치를 능력이 없었다.

"어서 개경으로 파발을 띄우시오. 우리가 서경에 도착하였을 때는 이미 평양성이 함락되었다고. 그리고 속히 지원군을 보내 달라고 하시오."

이암은 서경에서 한참 물러나서 황주(지금의 황해도 황산)에다 진을 쳤다.

• 2

서경이 맥없이 함락되었다는 소식에 궁중은 갈피를 못 잡고 난리법석이었다.

조정에는 임금이 몽진을 떠나야 한다는 쪽과 개경에 남아서 항전해야 한다는 쪽, 두 패로 갈렸다. 이색 등 문신들은 피난을 가자는 쪽이었고,

정세운 등 무장들은 임금이 개경에 남아 있기를 주장했다.

정세운을 중심으로 한 무장들의 주장은 "수도를 버리는 것은 한수 이북을 적도에게 내주는 것과 다름없는 것이므로 그렇게 되면 서경 수복도 어렵게 된다"는 것이었다.

"상께서 개경을 지키셔야 일선에서 싸우는 군사들이 힘을 내어 사력을 다할 것입니다. 백성들 또한 동요가 없을 것입니다."

지문하성사 정세운이 눈물을 흘리며 엎드려 소를 올렸다.

"피난을 가지 않는다면 그 대책은 무엇이오?"

임금은 침통하게 물었다.

"지금 적도들이 침입한 것은 사전 준비를 철저히 하고 온 것이 아닌 듯하옵니다. 요동 땅에서 원나라의 반격으로 밀려나니까 고려를 침공하게 된 것입니다. 원나라에 사신을 보내어 저들을 배후에서 치게 하고 우리는 방비를 굳건히 하면서 틈을 보아 공격을 한다면 적을 괴멸시킬 수가 있을 것입니다."

정세운의 읍소에 이어서 이색이 나섰다.

"전하! 지금 몽진을 하셔야 하옵니다. 적도들의 기세는 일진광풍과도 같사옵니다. 시기를 놓쳐서는 아니 되옵니다. 병사의 지휘는 전하가 후방에 계신다고 해서 하지 못할 것이 없사옵니다. 전쟁에 익숙한 장수를 앞세워서 개경을 지키도록 하고 전하께서는 미리 피신해 있는 것이 장래를 위해서 좋은 일입니다."

"백성들의 민심은 어떠한가?"

"백성들은 지금 무척 동요하고 있사옵니다. 궐 밖에서는 백성들이 짐을 싸들고 벌써 피난길에 나서고 있고 소, 돼지 등 키우던 짐승까지도 몰고 나와 온통 길이 혼잡하여 군사들조차도 이동하기가 쉽지 않사옵니다. 속히 떠나셔야 하옵니다."

이색의 소를 듣고 있던 장군 정세운도 만만치 않았다.

"전하, 아직은 우리에게 적들을 물리칠 힘이 있사옵니다. 우리의 주력 부대가 황주에서 방어벽을 치고 있고 오차포(吾叉浦)[12]에 침입한 왜구들도 최영 장군의 활약으로 크게 패하여 도주하였습니다. 최영을 서북면으로 보내시고 동북면의 이자춘이 지원하게 한다면 서경을 수복할 수가 있습니다.

그리고 원나라에 사신을 보내시옵소서. 잠시 원나라와 관계를 소원했던 것은 옛일로 돌리시고 원나라의 도움을 청하셔야 합니다. 원나라도 지금 홍건적의 공격을 받고 있으므로 홍건적을 요동벌 배후에서 치고 우리가 서경을 공략한다면 적들은 쉽게 궤멸될 것입니다.

부디 청하옵건대 지금은 어가가 개경을 떠날 때가 아니라고 보옵니다. 최우의 무인정권 때 도망치듯 강화도로 피신하여 미처 피난을 가지 못한 백성들이 주인 잃은 가축처럼 갈피를 못 잡고 우왕좌왕하다가 목숨을 잃고서 왕실과 조정을 원망한 일이 빗발 같았사온데 이를 되풀이해서는 아니 되옵니다. 부디 조정은 민심을 저버리지 마시옵소서."

정세운의 말소리는 피를 토하듯 격했다. 그는 마룻바닥에 머리를 몇 번이나 박으면서 얼굴에 눈물이 범벅인 채로 간언했다. 그 모습은 마치 임금이 몽진을 간다는 결정을 한다면 이 자리에서 자진이라도 할 듯이 비장했다. 모두는 정세운의 그러한 기세에 눌려서 피신을 가자는 말을 감히 더 이상 꺼내지 못했다.

왕은 그 자리에서 정세운을 총병관으로 바꾸었다. 그때까지 총병관은 평장사 김용(金鏞)이었는데 왕은 오늘의 사태에까지 이르게 한 책임을 물

12) 황해도 장연군에 있는 포구.

었던 것이다.

한편 김용은 이 일로 정세운에게 앙심을 품게 되며 나아가 자신이 권력에서 멀어지고 있음을 불안하게 생각한 나머지, 후일에 정세운을 죽이고 원나라에서 심양왕으로 있는 덕흥군을 고려왕으로 옹립하고자 할 때 이에 호응하여 흥왕사에서 공민왕을 시해하는 난을 일으킨다.

이와 함께 공민왕은 최영을 서북면 도순찰사로 임명하고 이자춘을 동북면 병마사로 임명했다. 이때 어사대에서 아뢰었다.

"이자춘의 벼슬을 올리는 것은 고려해야 합니다."

"어인 일로?"

왕이 물었다.

"이자춘은 동북면 사람입니다. 그 지역은 천호(千戶)[13]의 지역이고 자춘은 원래 쌍성총관부 다루가치(達魯花赤, darughachi)[14]를 습직(襲職)하여 온 자이온데 그런 사람을 벼슬을 올려 그 지역의 책임자로 임명하면 홀로 세력이 커질까 두렵습니다. 이로 인해 장차 나라가 위험해질 수도 있는 일입니다."

"그러한가? 그러면 그자가 지난번에 유인우 장군과 합세하여 쌍성총관부를 몰아낼 때 큰 공을 세운 일이 있는데 이는 어떻게 해야 하는고?"

"하오나 함경도 사람은 기질이 사나우며 원래 중앙에 복종하기를 거부하고 여진 사람들과 어울리면서 자기들끼리 잘 뭉치는지라……."

"걱정할 일이 아니다. 과인이 과거의 일로 보아 자춘의 충성심을 믿는다. 안심이 되지 않으면 그의 가족을 개경에 옮겨와 살도록 하면 될 게

13) 고려와 조선 시대 무반의 관직. 관할하는 민가의 숫자에 따라 백호, 천호, 만호의 지위가 부여되었다.

14) 원나라가 직접 지배하는 지역의 관리를 일컫는 말. 원나라 때 고려 점령 지역에 두었던 벼슬로서 쌍성총관부 다루가치는 지방의 토호 세력가에게 세습되어왔다.

아니냐? 그 가족을 위하여 개경에 거처할 집을 마련해 주어라."

그러나 이자춘은 노령이었다. 병이 들어 있어서 직책을 제대로 수행할 수가 없었다. 그는 얼마 뒤 전쟁에 참여하자마자 노환을 앓아 죽고, 대신 그 아들 이성계가 아비의 직을 세습하여 동북면 일대를 관리하게 되면서 실력자로 부상하게 된다.

"또 다른 계책이 있사옵니다."

군령의 책임을 맡은 정세운이 임금의 지원을 받고서 대신들을 돌아보며 다시 나서서 말했다.

"말하라."

"적도들은 지금 평안도와 황해도 북쪽에서 더 이상 내려오지 않고 있사옵니다. 저들을 잠시 안심시켜 놓고서 저의를 파악할 필요가 있사옵니다. 적진에 사신을 보내시옵소서. 전하의 선물을 들려 보내시어 적도들이 안심하는 사이 적진에 머물면서 동향을 살피고 오도록 하시옵소서. 그리고 원나라에도 사신을 보내시어 지난날의 섭섭함을 풀게 하고 홍건적의 배후를 치게 하시면 이 전쟁은 반드시 승리할 것입니다."

"그래? 좋은 계책이구나. 누구를 보내야 할지, 무슨 선물을 들려 보내야 할지, 원나라에 사신을 보내는 문제까지 논하여 보고하라."

홍건적에게 보내는 사신으로 호부상서 주사충이 정해졌다. 그에게 모시베, 마구, 술과 안주를 지참시켜서 적진으로 보내어 수괴를 위문하면서 동태를 살피게 했다. 또 원나라에 대해서도 그간에 소홀했던 점을 사죄하는 표문을 올리고 사절단을 보내기로 했다.

• 3

개경 모처에 있는 김용의 집. 당대의 권세가가 사는 집답게 웅장하게 위용을 뽐내며 들어앉은 대저택이다. 그곳으로 해가진 틈을 타서 몇 사람이 주위의 눈치를 살피며 모여들었다.

김용은 낮의 일로 기분이 상해서 술을 거나하게 마셨다. 아무리 생각해도 분함이 가시지 않았다. 정세운이 전쟁을 이용하여 득세하는 것도 시샘이 났지만 무엇보다도 임금이 자신을 홀대하는 것이 더 섭섭했다.

"왕기(王祺)."

김용은 공민왕의 어렸을 적 이름을 입에 담았다.

'네가 누구 때문에 왕이 되어 이렇듯 호사를 누리고 있는데 감히 나를 업신여겨?'

분이 풀리지 않아 씩씩거리다가 단숨에 술잔을 들이키고는 빈 잔을 냅다 던졌다.

쨍—.

방구석으로 떨어진 잔이 깨지면서 방 안의 적막을 기분 나쁘게 울렸다. 이때 방문이 스르르 열리며 몇 사람이 들어왔다.

유인우와 강지연, 문익점이었다. 이들은 낮에 김용이 총병관에서 경질되었음을 알고 위로의 명분으로 방문했던 것이다.

이들은 친원파의 거두 기철 일당이 처형된 이후 여전히 남아서 싹을 키우고 있는 친원파의 잔당이거나, 꺼져가는 등불과 같은 존재이지만 여전히 대국으로서 고려에 영향력을 행사하고 있는 원나라에 줄을 대어 출세의 기회를 엿보고 있는 무리들이었다.

"이렇듯 술만 드신다고 분함이 풀리시겠소이까?"

유인우가 술내가 진동하는 김용의 술상 머리에 앉으며 말했다. 같이 온 사람들도 둘러앉았다.

"웬일이요? 기별도 없이."

김용은 기분이 풀리지 않아서 통명하게 대했다.

"웬일은요, 이심전심 아닙니까? 낮의 일을 전해 듣고 대감을 위로하기 위해서 이렇게들 연락하여 찾아왔소이다."

"술이나 한 잔 주시오. 마침 술상이 차려져 있으니 잘된 일이구려."

강지연이 끼어들었다. 김용은 사람들에게 술을 한 잔씩 따라주었다. 모두 단숨에 한 순배를 들이켰다. 잠시 뜸을 들이다가 유인우가 은밀히 말했다.

"대감, 이렇게 술타령만 하고서야 분함이 풀리겠소이까?"

"……."

"대책을 세워야지요. 저대로 놔두었다가는 앞으로는 정세운의 세상이 될 것이오."

"무슨 대책이 있소?"

김용은 귀를 쫑긋 세웠다. 술기운이 달아나는 것 같았다.

"기황후 마마께 손을 한번 넣어보시지요."

유인우가 목소리를 낮추었다.

"뭣이?"

"대감은 일찍이 원나라에 계시던 시절부터 전하를 시종하여왔고, 오늘날까지도 전하를 위하여 애쓰고 계시다는 걸 세상 사람들이 다 알거늘, 이렇듯 홀대를 받아서야 되겠소이까?"

"……."

"기황후 마마께옵서는 고려에 있는 친정이 박살 난 데 대하여 몹시 섭섭해 하고 있어요."

"그런 소리를 들은 바가 있지."

“원나라가 지금은 비록 북쪽으로 밀려나 있는 형편이지만 아직은 고려에 대해서 대국으로서의 면모를 잃지 않고 있소이다.”

“…….”

김용은 수긍이 간다는 뜻으로 고개를 끄덕여 주었다.

“홍건적의 침범으로 지금 고려가 지난날의 잘못을 사죄하며 원나라에 구원을 요청하려고 사절단을 보내고자 하고 있소이다.”

“그렇지. 홍건적에게 보내졌던 사절이 돌아오면 곧바로 원나라에 사절을 보내기로 했지. 내가 총병관에서 물러나는 그 자리에서 논해진 일이지.”

“그 사절단에 우리를 추천해주시오. 그러면 우리가 기황후 마마를 만나서 대감의 이야기를 전하고 길을 찾아보도록 하리다.”

김용은 잠시 생각했다. 열두 살 어린 나이로 원나라에 볼모로 잡혀간 왕자 왕기가 자신이 없었으면 오늘날의 왕의 지위를 누릴 수 있었겠느냐고 반문을 해봤다. 자신은 왕기를 왕으로 만들기 위해 온갖 어려움도 마다치 않고 지극 정성으로 모셔왔다. 그래서 공민왕이 등극했을 때는 마치 자신이 왕이 된 것과 같은 기분이었다.

집권 초기에는 왕도 누구보다 자신을 의지했다. 그래서 때로는 자신이 공민왕을 대리하여 권한을 행사할 때도 있었다. 그것이 신하들로부터 월권이라는 진정이 있어도 임금은 너그러이 넘어갔다.

김용 자신도 그것은 ‘왕을 키우다시피 한 자신이 누릴 수 있는 당연한 권리’라고 생각했었다. 그런데 세월이 흘러 공민왕이 집권 기반을 다지게 되면서 자신에게 향하던 믿음과 관심이 점차 멀어지고 있다는 것을 느끼게 되었다.

왕을 가까이서 모시는 그 누구도 자신만 한 공이 없는데도 왕이 다른 신하를 더 가까이하는 것 같았다. 별것도 아닌 공을 세운 김보 같은 자를 총애하며 벼슬을 올려주었을 때는 참을 수가 없었다. 그래서 김보를 제거하기 위해 왕명을 핑계로 그를 죽여 버렸는데 후일 왕이 그 일을 알고 자신을 귀양 보내 버렸던 것이다. 다행히 그때는 왕이 자신에 대한 신망을 거두지 않아 일이 잠잠해지자 풀어주긴 했지만, 그에 대한 섭섭한 앙금조차 없어진 것은 아니었다. 그런데 이번에 또 정세운을 편애하면서 자신을 내치려고 하는 것이 아닌가, 이번에는 그때와 다른 느낌이었다.

정세운이 누구인가? 그는 끊임없이 전쟁의 공포에 시달리고 있는 이 나라 백성들로부터 절대적인 추앙을 받고 있는 명장이 아닌가?

왕도 그를 높이 평가하고 깊이 신뢰하고 있다. 그는 또한 기회가 있을 때마다 김용에 대해서 "공도 없는 자가 임금의 곁에 붙어서 벼슬만 높다"고 트집을 잡고 음해를 해온 자다.

정세운은 언젠가 자신이 죽여야 할 자인데 지금 같은 대세라면 정세운에 의해서 오히려 자신의 목이 달아나지 않을까, 불안하다. 자신에 대한 왕의 신임도 예전 같지가 않다.

생각이 여기까지 미치자 이참에 원나라 세력과 손을 잡아야겠다는 생각이 들었다. 지금 자신과 함께하고 있는 이자들은 아직도 원나라 궁중과 내통하며 권토중래를 꾀하고 있는 자들이다. 원나라 황제의 생모인 기황후와도 은밀히 손이 닿아 있는 자들이다.

김용은 유인우의 뜻을 받아들이기로 했다.

"그러면 어찌하면 좋겠소? 내가 원나라 사절단에 그대들을 넣어만 주면 되겠소이까?"

김용은 긴장해서 또박또박 다짐하듯 물었다.

"한 가지 청이 더 있소이다."

유인우는 예상했던 대로 자신들의 계획에 김용이 동조하자 입가에 빙

그레 미소를 지으며 말했다.
"뭣이오? 그것이?"
"대감의 서찰이 한 통 필요하오이다. 기황후 마마께서 앞으로 고려에서 자신의 뜻을 펼치시는데 김 대감이 믿을 수 있는 인물이라는 것을 보여주는 밀약서 같은 것 말이오."
김용은 서찰을 써달라는 것을 뒷일이 두려워 그 자리에서 동의하지는 않았지만 그들이 사절단으로 떠날 때까지는 써주기로 약조를 하고서 서둘러 돌려보냈다.

• 4

개경의 거리는 연일 사람들로 북적였다. 모두는 등에 궤짝을 짊어지든가 보따리를 들고서 어른은 아이 손을 잡고 남루한 행색 차림으로 길을 나섰다. 사람뿐이 아니었다. 기르던 가축들도 주인 손에 끌려서 행렬 속에 끼었다.
피난 행렬이었다. 사람들은 어디라고 목적지도 정하지 못하고 그저 길을 떠나고 있었다. 황성을 나서는 피난민이 인산인해를 이루어 밟히고 다치는 자가 셀 수조차 없었다. 그래도 사람들은 끊임없이 도성을 떠나고 있었다.
바깥세상이 이렇게 돌아가는 형편을 아는지 모르는지 도전은 집안에 들어앉아 책만 읽고 있었다.
"이보시오. 이렇게 들어앉아만 있으면 어떡하오? 길거리에는 온통 피난 떠난다고 난리들인데."
저잣거리에서 막 돌아온 최씨 부인이 방문을 열어젖히자마자 원망이다.
"어디를 다니다 이렇게 오는 거요? 몸도 불편한데."

도전은 읽던 책을 덮으며 부풀어 올라 있는 부인의 배를 바라보며 말했다. 최씨 부인은 산달이 가까운 만삭의 몸이었다.

"당신이 이렇듯 태평이니 나라도 나다녀야 할 것 아닙니까?"

최씨 부인은 들고 온 바느질감을 방바닥에 흩어놓으며 푸념을 했다.

"재상 부인으로 만들어 호강을 시켜준다는 말은 이제 기대를 하지 않겠소. 그저 편안히 삼시 세끼 밥술이라도 먹을 수 있으면 다행이겠소. 당신이 이렇게 들어앉아 있으니 내라도 품을 팔아야 할 게 아니오? 그나마 모두들 피난 간다고 야단이니 바느질 일감이나 어디 남아 있겠소?"

"미안하오이다. 이렇게 수고를 끼쳐서 근데 이렇게 나다니면 배 속의 아기는 별일이 없으려나?"

도전은 겸연쩍어서 웃으며 농을 걸었다. 부인에게 첫 아이가 태어날 때가 되었으니 말씨와 행동을 조심하라는 뜻을 전하는 말이기도 했다.

"그나저나 당신은 어떻게 할 요량이오? 밖에서는 피난을 간다고 저 난리들인데?"

"글쎄 피난을 어디로 가야 할지……."

도전은 부인의 조급한 마음과는 달리 서두르지 않는 말투로 대답했다.

"오늘 들른 김 대감 댁 식솔들은 모두 피난을 떠난답니다. 주인 대감만 남아서 임금이 떠날 것을 대비하여 혼자 개경에 남아 있고 남은 식구는 모두 경상도로 떠난답니다."

"그 사람들 경상도가 고향이지 않소. 우리도 고향 봉화로 갈까? 어디 마땅히 몸을 의탁할 곳이 있어야지."

도전도 피난 갈 생각을 하지 않은 것은 아니었다. 그러나 마땅히 갈 곳이 없었기에 망설이고 있는 것이었다. 북쪽에서 홍건적이 쳐들어오고 있으니 사람들은 남쪽으로 피난을 가고자 하지만 기실 남쪽이라 해서 안전할 것도 못되었다. 삼남에는 시도 때도 없이 왜구들이 침입하고 있었다. 홍건적이 쳐들어오고 있는 이 마당에도 왜구들은 전라도, 충청도를 침략해서 노략질을 해갔다.

얼마 전에는 개경에서 얼마 떨어지지 않은 황해도 오차포에까지 대규모의 선단을 꾸려 침략했던 것을 최영 장군이 격퇴한 적이 있었다. 그나마 안전한 곳이 임금이 거처하고 있는 개경뿐이라는 생각에서 도전은 떠나는 것을 망설이고 있는 것이었다.

다음 날 아침 일찍 도전은 어디론가 나들이를 나섰다. 부인의 인사를 받는 둥 마는 둥 서둘러 집을 나섰다가 저녁이 늦어서야 돌아왔다. 그는 소 한 마리에 수레까지 끌고서 나타났다.

"어디 갔다 오신 겝니까? 이 소는 또 웬 거고요?"

부인은 고삐를 잡고 느긋하게 서 있는 도전을 보고 의아해하며 물었다.

"피난을 가자면서? 아무리 찢어지는 살림살이지만 그래도 챙겨가야 할 짐짝은 있는 것이 아니오? 그래서 내 수레를 구해왔지. 신세 지는 김에 소까지 한 마리 끼워서 말이오."

"도대체 어디서 이런 것을, 더군다나 이 난리 통에 소까지?"

"왜? 나한테는 이런 변통도 없는 것 같소이까? 허허."

도전은 부인이 놀라는 모습에 자못 흐뭇한 미소를 지으며 말했다.

"뜻밖입니다. 근데 어딜 다녀오신 게요?"

"글쎄, 어딜 갔다 왔겠소?"

도전은 여전히 이죽거리며 말했다.

"아무리 생각해도 갈만한 데가 있어야지, 그래서 생각한 끝에 벽란도로 가기로 했소."

"벽란도요?"

"그렇소. 그곳이 제일 적당할 것 같소. 임금을 따라가자니 우리 같은 빈 것은 가봐야 고생이고, 그래서 벽란도라면 적도들이 쳐들어오더라도 바다를 건너 대륙으로 갈 수도 있겠기에 그곳을 피난처로 택한 것이오.

또 여기서 하룻길이면 도착할 수 있는 가까운 곳이기도 하고."

"벽란도는 지난번에 우리 집에 들렀던 월하라는 기생이 살고 있는 곳이 아닙니까?"

"그렇지. 내 그 애한테 갔다 왔소이다. 당분간 지낼 집도 한번 알아보고, 그랬더니 수레 하고 소까지 한 마리 내주더이다. 허참, 신세를 단단히 졌구먼."

"……."

"그 애 동생 덕이가 대륙을 왕래하는 장사꾼이 되어 있지 않소? 여차하면 대륙으로 건너가 피신했다가 올 수도 있고, 자 오늘은 늦었으니 이만 자고 내일 일찍 피난 짐을 꾸립시다. 먼 길을 단숨에 다녀왔더니만 고단하구려."

도전은 길게 하품을 하면서 방으로 들어갔다.

다음 날 일찍부터 짐을 꾸려서 길을 재촉한 덕분으로 벽란도에는 해가 떨어지기 전에 도착할 수 있었다. 도전이 거처할 곳은 월하의 집에서 얼마 떨어져 있지 않은 곳이었다.

벽란도에는 피난민들이 계속 밀려들고 있어서 집을 구하기가 여간 어려운 것이 아니었는데도 용케도 월하가 인맥을 동원하여 비록 남의 집 곁방살이지만 임시로 거처를 마련할 수 있었다.

짐을 푸는 일은 월하가 일꾼을 보내준 덕분에 비교적 수월하게 끝냈다. 이삿짐을 정리한 도전은 벽란도 거리를 둘러보았다.

벽란도는 원래부터 대륙을 넘나드는 장사꾼들과 그들과 관계를 맺으며 벌어 먹고사는 자들로 북적거리는 곳이었지만, 근래에는 도전과 같이 난리를 피해 온 사람들이 늘어나서 거리 곳곳이 사람들로 북새통을 이루었다.

백성들은 제 나름대로 삶에 대한 걱정과 전쟁이 언제 끝날 것인가에 관심을 두고 있었지만, 한편으로는 임금과 조정에 대한 원망도 대단했다. 사람들이 예사로 하는 소리에서도 임금과 조정에 대한 비난이 그치지 않았다. 이곳까지 적도들이 쳐들어온다면 어떻게 해야 할지, 이번에도 또 임금이 도성을 버리고 달아날지에 온 관심이 쏠려 있었다.

관리들은 조정에서 지시를 받은 듯 "전하께서는 개경을 떠나지 않을 것이고 전쟁에서도 승리하고 있으므로 백성들은 생업에 종사하고 있으라"고 말하고 다니지만, 백성들은 그 말을 전혀 믿지 않았다.

• 5

원나라와의 전쟁 때도 그랬다. 백성에게는 전쟁에 동참할 것을 독려하면서도 정작 임금과 조정은 백성의 눈을 피해 야밤에 강화도 섬으로 피신을 가버렸던 것이다. 그동안에 백성들이 당한 피해는 참으로 이루 형언키가 어려울 지경이었다.

백성의 인육이 적도들의 밥이 되고, 사랑하는 가족이 저들의 노예가 되고 노리개가 되어도 섬으로 들어간 임금과 조정은 꿈쩍도 하지 않았다.

마침내 어쩔 수 없는 형편에 이르게 되자 왕은 적장 앞에 나아가 무릎을 꿇고 엎드려 항복하고서 자신의 목숨은 겨우 부지할 수 있었다. 하지만 그때까지 정권을 잡고 있던 무신들은 진도, 제주도로 쫓겨 다니면서 섬 주민들을 족쳐대며 계속 버텼다. 그로 인해 애꿎은 백성들이 받는 고통은 말이 아니었다.

가족을 끌어다가 성벽 쌓는 일에 노예처럼 부려도, 씨받이 낟알조차 박박 긁듯 훑어가 버려도 원망도 못 하고 지냈다.

'임금은 바뀌어도 백성은 남는 것. 사직이 망하여도 백성은 남는 것인데 임금과 조정은 위급할 때는 백성을 먼저 버리려고 한다. 백성이 없는 군주가 어디 있고 백성 없는 나라가 어디 있으랴?'

도전은 과연 이 나라가 언제까지 온전하게 지탱할 수 있을지 참으로 걱정이 되었다.

도전은 월하를 찾았다. 끓어 오르는 화를 참아내기가 힘든 노릇이었다. 올바른 정신으로 세상을 바라볼 수 없으니 술이라도 실컷 퍼마시고 싶었다.

"어서 오세요. 서방님."

월하는 제 서방이라도 되는 양, 도전을 반갑게 맞이했다.

두 사람은 술상을 앞에 놓고 마주했다. 도전은 술잔을 받으면서 월하의 얼굴을 찬찬히 살피며 잠시 생각했다.

'이 아이와 나는 어떤 인연의 끈이 맺어져서 이렇듯 도움을 주고받는 사이가 되었을까? 배고파 쓰러져 있는 것을 한번 도와주었을 뿐인데 이렇듯 피붙이처럼 살갑게 맞아주는 저 아이의 마음은 과연 어떤 마음일까?'

도전은 문득 마음 한곳으로부터 월하가 여인으로 다가오고 있음을 느꼈다.

"무슨 일이시옵니까? 쇤네 얼굴에 뭐가 묻기라도 하였습니까?"

월하는 술잔을 들다 말고 빤히 쳐다보는 도전의 시선이 무안해서 물었다.

"응? 아니다. 내가 너에게 너무 신세를 지는 것 같아서 고마워서 쳐다보았다."

도전은 마음이 들킨 것 같아서 황망히 표정을 거두었다.

"고맙기는요. 새삼스러운 말씀이십니다. 저희 남매, 서방님께서 돌보아주시지 않았더라면 이미 저세상 사람이 되어 구천을 떠돌고 있을지도 모르는 일인데."

"그러냐? 그때 난 그저 아프고 오갈 데 없는 애들이라 잠깐 도와준다고 생각하고 한 일인데 너희 남매에게 내가 이렇듯 신세를 지게 될 줄은 몰랐구나."

"아닙니다. 서방님 자꾸 신세, 신세 하지 마십시오. 저는 죽을 때까지 은혜를 갚을 것입니다."

월하는 도전의 손을 살며시 잡았다. 잡은 손이 미동으로 떨렸다. 그러고 보니 월하는 도전에게 서방님이라는 호칭을 스스럼없이 쓰고 있는 것이 아닌가.

'이 애가 나를 남자로 생각하고 있는 것은 아닐까?'

도전은 고개를 절래 저었다. 공연히 쓸데없는 생각을 하고 있다고 생각했다.

월하가 내는 한숨 때문인지 두 사람이 내쉬는 숨결 때문인지 촛불이 한번 크게 일렁였다. 촛불로 인한 뚜렷한 윤곽이 두 사람 사이를 애잔한 분위기로 이끌었다.

"저도 술 한 잔 주시지요."

분위기가 어색해짐을 느꼈는지 월하가 잔을 내밀었다.

"어 그래, 한잔하자꾸나."

도전도 어색하게 잔을 권했다. 두 사람은 잠시 말이 없는 채로 몇 잔의 술을 거푸 나누었다.

"서방님 재미있는 이야기 하나 해드릴게요."

어색한 분위기를 깨기 위해 월하가 말을 건넸다.

"그래, 무슨 이야기인데?"

도전도 같은 분위기에서 마음이 풀려나기를 바라던 차였다.

"이곳 벽란도는 경기가 난리 전보다 좋아졌어요."

"……."

"난리가 나니까 사람들이 몰려들어 북새통을 이루니 저희 같이 벌어

먹는 사람들이 지내기가 좋아졌다는 것입니다."

"호 그래, 난리 통을 겪는데도 경기가 좋아졌다니 좋은 징조인가?"

"사람들이 많아진 것도 이유지만 여기로 피난 온 사람들 대부분은 개경에서 한자리하며 떵떵거리던 사람들이에요. 그 사람들이 난리가 나자 재산을 꾸려 이곳으로 달려온 것이죠. 웬만한 사람들은 근처에 배 한 척씩은 다 사놓고 홍건적이 이곳까지 온다면 대륙으로 건너갈 준비를 다 해놓고 있어요."

"호, 그래."

도전은 잔을 들어 홀짝 마셨다.

"그 사람들 다 부자들이에요. 서방님만 빼놓고."

말을 해놓고 도전을 놀리는 것이 재밌다는 듯 웃었다.

"그래, 그렇구나."

"그 사람들 피난 짐에는 금은보화가 가득 차 있대요."

"그렇구나."

도전은 월하의 이야기에 새삼 놀랍다는 듯 웃음소리로 맞장구를 치면서 자작으로 술을 부어 연신 홀짝거렸다.

"얼마 전에 피난 온 어떤 집에 들어온 도둑이 무심코 베개를 하나를 훔쳤는데 무거워서 들지를 못했대요. 속에 보니까 금병, 은병이 가득 들어 있었답니다."

"호, 그래? 그 도둑놈은?"

"가져다 잘 썼겠지요."

"그래, 그랬구나."

"그래서 이곳 부랑배들 사이에서는 개경 사람 집 하나 잘 털면 평생을 걱정 안 하고 지낼 수 있다는 말이 있어요."

"그건 무슨 뜻이냐? 붙잡히면 경을 칠 터인데."

"그 부자는 도둑을 맞고도 소문이 날까 봐 쉬쉬했답니다. 그 집 대감은 임금님을 모신다고 개경에 홀로 남아 있는데 잘못하여 소문이 개경의 임금님 귀에라도 들어가면 큰일이 날까봐서요."

"그렇지 그놈들, 임금 귀에 그 소문이 들어가면 목이 뎅강……. 허허 아니지, 재물은 또 긁어모으면 되지. 그놈들 말 한마디면 금은보화 한 베개가 문제냐. 큰 도둑놈 재물을 작은 도둑놈이 조금 가져갔기로서니 문제가 되나……."

도전은 어느덧 술이 많이 취했다. 월하의 이야기를 들으면서도 자신이 무슨 말을 하는지 가늠조차 하지 못했다. 월하의 깔깔거리는 웃음소리가 귓전에 흘러 지나갔다.

"서방님은 걱정하지 않으셔도 돼요."

도전은 자리에서 일어나다가 몇 번이나 비틀거렸다. 월하가 종자를 붙여주는 바람에 그날 밤 가까스로 집으로 찾아올 수 있었다.

• 6

도전이 벽란도에 머무는 동안 기승을 부리던 홍건적 무리들이 잠잠해졌다. 홍건적은 평안도 일대를 초토화시키고 황해도 땅까지 침범하여 개경까지 넘보았으나 고려군의 필사적인 저항을 견디지 못하고 퇴각했다.

공민왕을 모신 어전회의는 전쟁에 대한 공과를 논하는 자리였다. 이번 전쟁에서 백성들이 입은 피해는 형언할 수 없을 정도였고 군사들 또한 수천 명이 죽었다. 특히 적도들이 갑자기 들이닥쳐 미쳐 피난을 가지 못한 의주, 정주, 인주, 일대의 피해가 컸다.

압록강에 인접해 있는 의주에서는 대규모의 적도들이 야밤에 얼어붙은 강으로 일시에 쳐들어와서 순식간에 성을 함락시키고 부사 주영세와 백성 1,000여 명을 살해했다. 정주를 함락시킨 적도들은 도지휘사 김원봉까지 살해했다.

함성에서 전투를 벌이던 판개성부사 신부(辛富)와 장군 이견(李堅)도 전사했다. 전쟁 대비에 소홀했던 전 찬성사 강윤충, 전 대언 홍개도는 처형하기로 했다.

어사대에서 공을 세운 이들의 공적을 아뢰었다.

"상장군 이방실과 안우는 철주(평안북도 철산군)에 침공한 적들을 격파하여 적병 100여 명을 사살하였고, 또 두 장군은 선주(평안남도 선천군)까지 적도를 추격하여 수백 명을 죽였습니다. 이에 겁을 먹은 잔당 300여 명이 압록강을 건너 도주하였습니다. 판사 김진은 적도들이 서경을 침공하자 부근 고을에 흩어져 있던 백성들을 모아 적병을 150명이나 죽이고 비축해둔 곡식을 빼앗았습니다.

평양성 전투에서는 적병 2만이 생양역(生陽驛)에 숙영하면서 아군의 침공에 대비하며 주민 만여 명을 살해했는데 그 피해가 실로 커서 시체가 산을 이루었다 합니다. 이때 각 부대가 작전을 펼쳐서 서경을 함락하고 적도들 수천 명을 살해했고, 그중에 달아나다 밟혀서 죽은 자가 1,000명이 넘었다 하옵니다. 이 같은 공은 도원수 김득배, 서북면 도순찰사 최영, 도원수 총병관 정세운 장군이 부대를 잘 지휘한 공이라 할 수 있습니다."

"참으로 장한 일을 하였도다. 내 공을 세운 이들을 위하여 잔치를 베풀고 상을 내릴 것이다."

왕은 흡족하여 연신 고개를 끄덕였다.

중요한 공을 세운 사람에게는 공신호와 함께 벼슬이 하사되었다. 안우

(安祐)에게는 추충절의정난공신(推忠節義定亂功臣)이라는 호와 중서평장정사(中書平章政事)의 벼슬을, 김득배(金得培)에게는 수충보절정원공신(輸忠保節定遠功臣)이라는 호와 정당문학(政堂文學) 벼슬을, 이방실(李芳實)에게는 추성협보공신(推誠協輔功臣)이라는 호와 추밀원부사(樞密院副使) 벼슬이 주어졌다. 정세운(鄭世雲) 등 그 밖의 공신들에게도 은그릇과 솜과 비단, 의복 등을 차등을 두어 내려주었다.

공과 상이 하사되는 동안에 줄곧 시기에 찬 시선을 보내고 있는 사람이 있었으니 그는 김용이었다. 그는 특히 정세운에게 질시에 찬 눈길을 보내고 있었다. 정세운에게 총병관의 자리를 뺏긴 데 대한 분풀이라도 하듯 눈에 핏발을 세우고 있었다.

'네 이놈 두고 보자. 네가 나를 밀어내고 그 자리에 앉아서 상을 받다니 그 영광이 어디까지 가나 두고 볼 것이야.'

전쟁의 공과 논의가 끝이 난 후 이색이 나서서 아뢰었다.

"적도들을 물리친 것을 원나라에 알려야 할 것입니다. 사절단을 보내서 적도들이 다시 침범할 수 없게 북방에서 압박을 가하도록 원나라에 협조를 구하여야 할 것입니다. 또한 전쟁으로 말미암아 백성들이 겪은 고통이 컸사옵니다. 이를 헤아려주셔야 할 것입니다. 우선 전쟁에 동원된 병사들이 그 부모 형제와 가족들에게 돌아가서 위로받게 하셔야 할 것입니다."

"그리하도록 하라. 귀향하는 군사들을 위하여 큰 잔치를 베풀어주도록 하라."

"또 시급히 해야 할 일은 인재를 등용하는 일입니다. 그동안 전란으로 많은 인재를 잃었사온데 속히 과거를 시행하여 인재를 발굴하여야 할 것이옵니다."

"그렇도다. 속히 과거를 시행하라. 전국에 널리 알려서 많은 인재들이 응시하여 어려워진 국정 복구에 참여할 수 있게 하라. 그리고 원나라로 보내는 사절단으로 누구를 보내야 하는지도 의논하여 고하도록 하라."

홍건적이 물러감으로써 조정은 전쟁의 혼란에서 벗어나 안정을 되찾아가는 듯했으나 백성들의 실상은 그렇지가 못했다. 남쪽에서는 여전히 왜구의 침략이 계속되었고, 전쟁에서 수복된 평안도 지방도 피폐에서 벗어나지 못하고 있었으며 또 언제 적도들이 다시 쳐들어올지도 몰라서 불안은 계속되었다. 그나마 안정된 곳은 이성계가 관리를 하고 있는 동북면 지역뿐이었다.

가끔은 그곳에서도 여진족이 침략하여 노략질을 하긴 했으나 잘 훈련된 이성계의 군사들이 곧바로 격퇴해서 백성들이 안정된 생활을 할 수 있었다.

원나라에 가는 사절단으로는 전리판서 이자송을 단장으로 삼아 첨의정사 강지연, 찬성사 유인우, 문하평리 황순과 서장관으로 문익점이 임명되었다. 이들 중 유인우, 강지연, 문익점은 종전 총병관에서 물러난 김용을 찾아가 원나라 기황후와 내통해서 공민왕을 내치고자 사절단에 추천해줄 것을 청한 자들이었다.

유인우는 김용으로부터 기황후에게 충성을 약조하는 서찰도 받아 품속에 간직하고서 북원으로 출발했다.

• 7

홍건적이 물러가고 전쟁이 끝났다는 소식은 도전이 머물고 있는 벽란도에도 전해졌다. 그동안 피난 왔던 사람들도 고달픈 생활을 덮고 종전에 살던 곳으로 재빨리 떠났다. 도전도 돌아갈 준비를 하다가 며칠째 가을을 재촉하는 비가 추적추적 내리는 바람에 귀행을 미루었는데, 그때 월하와 덕이가 방문했다.

방 안에서 글을 읽고 있는 도전에게 밖에서 귀에 익은 월하의 밝은 목소리가 들렸다.

"마님, 마님 저 왔어요. 월하예요."

"아이구, 월하야. 어서 오너라."

최씨 부인이 반갑게 맞이하는 인사도 들렸다. 도전은 반가운 마음에 재빨리 방문을 열어 재꼈다.

"어머나 서방님 집에 계셨네요. 그간 강녕하셨어요?"

방 안의 인기척을 듣고 월하가 돌아보며 인사를 했다.

"그래 어서 오너라. 오랜만이구나. 덕이도 왔구나. 들어오너라."

방 안으로 들어온 남매는 도전 부부에게 절을 올렸다. 그러다 구석방에 누워 있는 아기를 보고는 반가워했다.

"어마! 그새 마님, 아기를 낳았네요?"

피난 떠날 때 배어온 아들 진이를 그새 낳았던 것이다.

"응 이제 백일 지났어. 한창 옹알이를 해, 아들이야."

최씨 부인이 부끄러워하면서도 자랑하듯 말했다.

"아기씨 이름은 지으셨어요?"

"진이로 지었네, 벽란도 나루터에서 태어났다고 나루 진(津)으로 지었지."

네 사람은 어린아이와 그동안의 생활을 화젯거리로 한참 담소를 나누었다.

그러다가 월하가 물었다.

"서방님, 과거 시험 날이 정해진 것, 방이 나붙었는데 알고 계세요?"

"내 풍문으로 들어서 알고 있지. 두어 달 남았다고 하더군."

"네. 다가오는 시월에 있다 합니다. 서방님 그때 꼭 급제하셔야 합니다. 그래서 얼른 벼슬길에 나아가셔서 우리 같이 힘없고 억울한 백성들을 위하여 일을 해주셔야 합니다."

월하가 당부하듯 말했다. 도전은 전에부터 월하와 대화하는 중에 아이가 언뜻언뜻 내뱉는 말속에서 언제나 속 깊은 뜻이 담겨 있는 것을 느끼곤 했다.

"암 그래야지, 우선 여기 있는 네 사람을 위해서라도 내 과거에 반드시 급제해야 하지 않겠나."

도전은 꼭 그래야만 할 것 같았다. 선비가 글을 읽는 목적은 널리 지식을 얻고, 바르게 행동하고, 출세하는 등 여러 가지가 있겠으나 도전이 생각하는 바는 달랐다. 글을 배운 이는 지식을 바탕으로 깊이 생각하고 그 이상(理想)을 실천해야 한다는 것이다.

실천하는 방법은 여러 가지가 있겠으나 도전이 생각하는 바는 '벼슬길로 나아가서 나라를 부강하게 만들고 백성을 배불리 먹이며 편히 살 수 있게 하는 것'이었다.

'요순시대의 태평성대는 백성이 누려야 하는 것이지 군주나 벼슬아치가 누리는 것이 아니다. 군주나 벼슬아치가 자신의 안위나 욕심을 차리고 보신하는데 정신을 쏟는다면 백성이 고달파지고 종국에는 나라가 망하게 되는 것이다.'

도전이 과거에 급제하고자 하는 목적도 생각해온 바를 실천하기 위함이었다.

도전이 월하의 말을 듣고 잠시 생각에 잠겨 있는데, 월하가 다짐하듯 말했다.

"서방님, 과거 시험이 끝날 때까지 여기에 머물면서 공부에만 열중하세요. 살림살이는 이 월하가 걱정이 없으시도록 살피겠습니다. 약속해주세요!"

"허허, 월하가 아예 약조를 받아내려 하는구나. 그 이야긴 그만하고 어디 덕이에게 중원의 이야기를 한번 들어보자꾸나."

도전은 말머리를 슬쩍 돌렸다.

"이곳이 이렇게 혼란스러운데 중원은 더 말할 나위가 없을 것 아니냐?"

잠자코 있는 덕이에게 눈길을 주었다.

"중원은 이제 명나라가 지배할 것입니다."

"명나라? 처음 듣는 나라가 아니냐?"

"주원장이 세운 나라입니다. 주원장이 강남에서부터 홍건적들을 제압하고 지금 북쪽으로 진격하고 있다 합니다. 그는 국호를 명이라 하고 황제 등극식을 이미 마쳤습니다."

"홍건적의 다른 세력들은 어떻게 되었느냐?"

"강도에 도읍을 정하고 강서와 호남에서 세력을 떨치던 진우량은 이미 주원장에게 패퇴하여 호북 지방으로 쫓겨났고 방국진은 주원장에게 항복하여 그 밑으로 들어와 있습니다. 장사성은 요동지방으로 쫓겨나서 항전하고 있지만 그 세력이 얼마 가지 못할 것입니다.

요동지방에는 그 외에도 관 선생 등 여러 홍건적 잔당들이 쫓겨 들어가서 서로 연합을 해가며 주원장과 대결을 하고 있습니다만 세에 밀리고 있습니다. 이번에 고려를 침공했던 자들은 그들 중의 일부입니다."

"요동벌에 한바탕 격전이 벌어지겠구나?"

"저들도 만만치 않게 저항을 하고 있으나 결국은 주원장이 이끄는 명나라에 패퇴할 것입니다."

"그렇다면 명나라에 밀린 잔당들이 또다시 고려로 침공해 들어올 수도 있겠구나."

"요동에서 쫓겨난다면 고려로 밀려오든가 아니면 북쪽으로 쫓겨 가며 원나라를 압박하든가 하지 않겠사옵니까?"

"고려가 또 한 번의 적도의 침공을 받게 되겠구나. 아무래도 놈들은 군사력이 약한 쪽을 택하지 않겠느냐? 고려는 아무래도 명이나 원나라에 비해 군사력이 떨어지니까.”

도전은 그렇게 말하면서 이 나라가 다시 전란에 휩싸일 일을 생각하니 한숨이 절로 나왔다.

“이제 곧 명나라가 천하를 제패할 것입니다. 원나라도 명나라에 의해서 패망할 날도 얼마 남지 않았습니다.”

덕이는 전쟁터로 물자를 대고 돌아다니면서 얻어들은 지식을 뽐내고자 도전에게 중원에서 일어나고 있는 일을 보고하듯 상세하게 전해주었다.

“명나라라, 주원장이라…….”

도전은 덕이의 이야기를 들으면서 명나라 황제가 된 주원장이라는 인물에 대해 호기심이 더해졌다. 일찍이 부모 형제를 잃고 떠돌던 부랑아 출신. 원나라의 힘이 빠지고 혼란스러운 중원의 세력판도에 끼어들어 홍건적의 무리가 되어서 무공을 세우고 드디어는 중원의 패자가 된 인물이다. 명문세족도 아니고 군벌도 아닌 천민이 황제의 지위까지 올라 천하를 주무르게 되었다는 사실은 도전에게 무척 흥미로운 일이었다.

‘보잘것없는 출신이라도 기회가 주어진다면 저렇듯 높이도 올라갈 수 있구나.’

도전은 귀행하지 않고 벽란도에 머물면서 과거 준비를 했다. 그리고 1360년 1차 홍건적이 물러나고 시행된 초시 성균시에 합격했다. 그의 나이 19세 때의 일이었다. 그리고 2년 뒤에 복시에 합격해 벼슬길에 나가게 된다.

• 8

홍건적이 물러간 후에 남쪽에서는 여전히 소규모 왜구들의 침탈이 계속 있었으나 북쪽은 한동안 잠잠했다. 그런데 이번에는 독로강(평안북도 강계군)의 만호 박의(朴儀)가 반란을 일으킨 것이다. 전쟁 후 논공행상에서 자신을 홀대한 것에 대한 불만이었다. 장계를 받은 공민왕이 침통하여 탄식했다.

"어이하여 이런 변고가 끊이질 않는고? 영일이 없구나!"

토벌군 대장으로 형부상서 김진이 임명되었다. 그러나 출진한 김진으로부터 패전 소식이 들려왔다. 그의 힘으로는 역부족이었다. 동원된 병사들의 사기가 말이 아니었다.

"이놈의 전쟁 언제나 끝나누?"

"제기랄 홍건적을 몰아내고 상은 높은 놈들만 다 해 처먹고 졸병들에게는 고깃국 한 그릇도 없으니……."

"죽어나는 건 조조 군사야. 이놈의 나라가 망해야 우리가 살아."

"반란군도 우리와 같은 마음일 것이야."

토벌군으로 동원된 군사들은 이미 전쟁터로 끌려다니느라 많이 지쳐 있었고 또한 적을 물리쳐도 자신들과 같은 졸병들에게는 별반 혜택이 없었으므로 불만이 가득했다. 반란군이나 토벌군이나 이심전심으로 왕과 조정에 대해 불만이 컸다.

토벌군 대장 김진으로서는 이러한 군졸로 반란군을 상대한다는 것이 무리였던 것이다. 김진은 조정에 응원군을 요청했다.

"누구를 보내야 하는고?"

왕은 어전회의를 열어 대책을 물었다.

"동북면 지역이 안정되어 있고 그곳 군사들이 훈련이 잘되어 있습니다. 동북면 상만호 이성계에게 명하여 토벌케 하소서."

전쟁 중에 서북면 순문사(巡問使)로 역할을 하고 조정에 들어와 좌산기상시(左散騎常侍)로 있는 최영이 아뢰었다.

"이성계라면 이자춘의 아들이 아닌가?"

"그러하옵니다. 이성계는 동북면 병마사로 있던 그 아비의 밑에서 상만호로 있었는데 본시 기골이 장대하고 용맹무쌍한 자이옵니다. 그 수하의 군졸 또한 훈련이 잘 돼 있고 군율이 엄격하여 일대에 출몰하는 여진족에게는 범과 같이 두려운 존재이옵니다. 이성계를 토벌군으로 하소서."

"그리하여라. 속히 출진하여 반란군을 신속히 토벌하고 공을 세워 대를 이어 충성하도록 하라."

이성계는 아버지 이자춘이 죽자 이어서 동북면 병마사 역할을 하며 지역을 다스리고 있었다. 공민왕은 이성계를 금오위 상장군으로 임명했다.

이성계는 토벌군 대장이 되어 가병 1,500명을 거느리고 반군 진압에 나섰다. 이성계의 군대를 맞이한 반군은 우선 사기 면에서 상대가 되지 못했다. 반군은 잘 훈련되고 군기가 잡힌 이성계의 군대와 제대로 싸워 보지도 못하고 도주하기 바빴다.

이성계는 이들을 강계까지 추격하여 박의를 처형하고 그 일당을 붙잡아서 중앙으로 압송했다. 이 일은 이성계가 변방의 관리로 지내오다가 중앙 무대로 진출하게 되는 계기가 되었다.

9

박의의 난이 평정된 지 얼마 지나지 않아 이번에는 홍건적이 또 한 번 대규모의 병력을 동원해 고려를 침공했다. 2차 홍건적의 침입이었다. 반성, 사유, 관선생 등이 수괴가 되어 대거 침입한 것이었다.

"우리는 100만 대군이다. 우리의 앞에 나서는 자는 죽음뿐이다. 살려고 하는 자는 모두 항복하라. 고려왕이라 해도 우리 앞에 무릎을 꿇으면 살려 줄 것이다."

적도들은 엄청난 수의 병력을 동원했음을 떠벌리면서 고려를 또 한 번의 전란의 공포로 몰아넣었다.

적도들의 기세는 지난번 1차 침범 때보다 더 거칠었다. 우선 병력의 수가 엄청났다. 지난번에는 수천, 수백 명씩이 합세하여 수만이 된 데 비해 이번에는 100만이 넘는다고 공공연히 떠벌리고 있었다. 실제로 올라오는 장계에도 적도의 수가 엄청났다.

안주 쪽에는 10만이 넘는 적도가 일시에 쳐들어와서 상장군 이음과 조천수를 죽이고 병사들을 포로로 잡아갔다는 장계가 올라왔다. 고려의 병사는 다 합쳐도 저들의 수에 절반도 못 미쳤다.

어사대에서 임금께 아뢰는 소식은 연일 패전 소식뿐이었고 처참한 전황뿐이었다.

"안우, 이방실 장군들은 무엇을 하고 있단 말인가?"

공민왕은 승전을 기대했던 장군들의 소식이 없으므로 걱정이 되었다.

"안우는 안주에서 패하였고 이방실은 무주(지금의 평안북도 영변군)에서 패퇴하여 지원군을 요청하고 있습니다."

"또 다른 장수는?"

"도지휘사 김경제가 적도에게 항복을 하였는데 변심을 하여 적도의 원수

(元帥)가 되어서, 되려 고려군을 공격하는 데 앞장을 서고 있다 하옵니다."

"저런 저런, 이 일을 어찌하여야 하나?"

왕은 전장에 내보냈던 장수가 배신했다 하니 억장이 무너지는 심정이었다.

"저런, 쳐 죽일 놈!"

"배신자, 그런 놈의 가족들은 즉시 붙잡아서 능지처참을 해야 합니다."

듣고 있던 신하들도 왕과 같은 분한 마음에 일제히 욕을 하며 보복을 해야 한다고 야단이었다.

전쟁의 소식에 꼭 나쁜 것만 들려오는 것은 아니었다. 오랜만에 들려온 승전 소식도 있었다.

"전하, 여기 좋은 소식이 들어왔습니다. 동북면에서 출정한 이성계 장군이 적군 왕원수 이하 100명을 죽이고 그중 한 명을 사로잡아 바쳤습니다."

"오 그래, 오랜만에 들어온 낭보로구나. 과연 이자춘의 아들이로고. 그 전공을 기억해두어라."

그러나 그 기쁨은 잠시뿐이었다. 이어서 또 들려오는 패전 소식은 더할 수 없이 공포스러웠다.

"절령에 진을 치고 있던 아군이 다시 대패하여 안우, 김득배 장군이 단기로 도망을 쳤다 하옵니다."

"점령지에서는 적도들이 무고한 백성들을 붙잡아다가 저들의 노리개로 삼고, 아녀자의 젖가슴을 잘라내 구워서 술안주로 삼은 일도 있다 합니다."

"총병관 정세운은 어떻게 하고 있는고?"

믿는 것은 전장의 병사를 실질적으로 총지휘하고 있는 총병관인데 그의 소식이 없으니 왕은 더 불안했다.

"총병관 정세운은 지금 황주(지금의 황해도)에다 진을 치고서 패주하는 군졸들을 모아 적의 남하를 저지하고 있다 합니다."

"황주라면 여기서 얼마 되지 않는 곳이 아니냐? 앞으로 어떻게 될 것 같은고?"

"……."

연일 패전을 거듭하는 정세에 뚜렷한 대책이 있을 리가 없었다. 머리를 맞대고 웅성거리고는 있으나 절망적인 소식과 대책뿐이었다.

이색이 아뢰었다.

"전하, 이제는 몽진 떠날 채비를 하셔야 할 때이옵니다. 그 이상 지체하시다가는 봉변을 당하실 수도 있사옵니다."

"……."

이색의 아룀에 더 이상 토를 다는 이는 아무도 없었다. 그만큼 전세가 절망적이었던 것이다.

왕의 피난 행장이 급하게 꾸려졌다. 그래도 왕의 행렬인지라 피난길에도 왕과 왕비인 공주(원나라 출신 노국대장공주)는 연(輦)을 탔으나 다른 사람은 대신이라 해도 왕의 측근 수행원만 빼고는 걸었다.

11월의 날씨는 벌써 추위가 살 속을 파고들었다. 겨울을 재촉하는 비는 진눈깨비로 변했다. 추적추적 내리는 진눈깨비는 피난길의 고생을 예고라도 하듯 점점 더 세차게 뿌려댔다.

왕의 행렬이 궐 밖에 나타나자 많은 사람들이 따라나섰다. 왕의 행선지가 어딘지는 모른다. 남경이 되든 더 멀리 동경이 되든, 하여튼 왕을 따라가야만 목숨을 부지할 수 있다고 믿고 있는 백성들은 등짝에다 짐을 잔뜩 올리고 그 위에 어린 것들을 얹히고서 무작정 따라나섰다.

나이 많은 노인은 지팡이를 들려서 억지로 끌고 갔다. 걸을 수 있는 이는 짐 보퉁이를 하나씩 챙겨 들고서 왕의 행렬에 뒤처지지 않으려고 아우성치며 걸음을 재촉했다. 그들의 입에서 왕과 조정에 대한 원망과 욕이 나오지 않을 수가 없었다.

"임금이 저만 살려고 저렇듯 도망치고 있으니 우리 같은 백성들의 목숨은 어디 가서 보전하누?"

"100년 전에도 이리하였다는구먼. 왕이 야밤에 도주하여 강화도로 들어가고 남은 백성들은 갈 길을 몰라 헤매다가 수많은 고초를 당했지. 붙잡혀 죽기도 하고 아녀자들은 겁탈을 당하고……. 아구, 생각만 해도 끔찍해라."

"이번에 쳐들어오는 홍두(건)적 놈들도 잔학하기가 몽골 놈들 못지않다 하네. 임산부의 배를 갈라서 어린 것을 꺼내 삶아 먹기도 하고 아녀자의 젖을 베어다 구워 먹기도 하고, 아이고 무서워라."

"이놈의 세상 확 뒤집혀버리고 새 세상이 되어야 이 고생을 면하려나? 살아서는 요원하네."

백성들의 원망과 욕설이 임금을 수행하는 대신들의 귀에까지 들렸으나 누구도 이들을 붙잡아 나무라거나 추국을 하려 들지 않았다. 피난길의 고생스러움은 임금을 수행하는 신하나 이들을 따라가고 있는 백성이나 마찬가지이므로 욕을 하는 사람도, 이를 듣는 사람도 아닌 척, 못 들은 척 묵묵히 살기 위한 걸음만 재촉할 뿐이었다.

어가(御駕)가 이천 현에 다다랐을 때 또 급보가 당도했다.

"개경이 함락되었다 하옵니다. 이곳에 머무를 여가가 없습니다. 급히 떠나셔야 하옵니다."

왕은 여기까지 급하게 재촉해왔는데 잠시도 쉴 겨를이 없었다. 왕은 연을 치우라 했다. 행차 길을 서두르기 위해 말로 갈아탔다.

'이번에는 또 어디로 가야 하는고. 이 고생의 끝이 어디인고?'

왕은 당대에 와서 이렇듯 병란이 잇따르고, 거기다가 천재지변까지 겹

치어 혼란을 벗어나지 못하고 있으니 가슴이 미어지고 미칠 지경이었다.

'임금의 자리가 이렇듯 어렵고 힘든 자리인가? 내가 나라와 왕권을 되찾아 다시는 이민족의 지배를 받지 않는 자주국 고려를 만들어 백성을 배불리 먹이고 편안한 나라를 만들려고 그렇게 노력해왔건만 하늘이 도와주지 않는지 이렇듯 힘들게 하는구나!

신하라는 것들은 원나라에 기대어 누리던 타성을 버리지 못하고, 아직도 원나라에 붙어서 임금이 하는 일에 방해만 놓으려 하고, 전쟁은 끝이 없이 이렇듯 계속되고, 내 한목숨 부지하기 위해 도망까지 가야 하는 신세가 되고 보니 이제는 나를 업신여기는 놈들도 있는 듯하구나. 참으로 답답한 노릇이다. 이를 다 내 부덕의 소치로 돌려야 할지, 어디에다 하소연해야 할지 모르겠구나!'

왕의 얼굴에는 뺨을 타고 눈물이 주르르 흘러내렸다. 왕은 이를 누가 볼까 봐 얼른 소매로 닦아냈다. 그러고는 옆에서 말을 타고 힘든 모습으로 따라오는 공주(노국대장공주)를 힐끔 보았다. 마침 공주도 그런 왕의 모습을 보고 있었다.

애가 탄다는 눈길이다. 공주도 고생스럽기는 마찬가지였으나 이렇듯 풀리지 않는 부군인 왕의 모습이 더 안타깝다는 표정이었다.

'불쌍한 공주, 원나라 때부터 수많은 시련을 겪어오면서 곁에서 나를 위로해주었고 버팀목이 되어 주었건만 내 그 은혜 갚음도 못하고 이렇듯 시련만 안겨주고 있구려.'

왕은 공주와 눈이 마주치자 멋쩍은 듯 씨익 웃었다. 공주도 그런 왕의 마음을 알고 위로하듯 같이 웃어주었다.

이틀 밤낮을 재촉하여 왕의 일행이 음죽현(지금의 충청북도 음성군)에 다다랐다. 현청에 다다랐을 때 왕의 일행을 맞이한 것은 고을 사람 배원경 등 10여 명뿐이었다. 벼슬아치들과 주민들이 모두 도주해 버렸던 것이다.

왕은 배가 고프고 지쳐 있었다. 그런데 쉴 곳은 고사하고 변변히 요기를 때울 것도 없었다. 마을 사람들이 가까스로 구해온 쌀 두 말로 왕과 일행은 급한 요기를 마쳤다.

"만생이 있느냐?"

곤드레밥 한 그릇을 김치 조각과 간장으로 뚝딱 해치운 왕이 내시 최만생을 불렀다.

문밖에서 서서 급하게 밥을 먹다가 부름을 받은 최만생이 쫓아 들어왔다.

"너도 밥을 먹었느냐?"

왕의 음성은 신하의 고생을 위로하는 부드러운 것이 아니었다. 노기를 띤 음성이었다.

"송구하옵니다. 음식과 찬이 마땅치 않아서……."

"됐다. 음식과 자리를 탓하려는 것이 아니다. 이 지방을 규찰하는 안렴사와 안무사가 누구인가?"

안렴사(安廉使), 안무사(按撫使)는 도나 중앙에서 파견되어 관할 지방을 순시하며 백성의 형편과 벼슬아치의 잘잘못을 살피는 임시 관직이다.

"안렴사는 안종원이라는 자이옵고, 안무사는 허강이라는 자이옵니다."

"그놈들을 묶어라. 아예 쇠사슬로 묶어서 데리고 피난길에 끌고 가라. 어떻게 지방 관속과 백성들을 관리했기에 임금이 왔는데도 다 달아나버리도록 내버려두고……. 고얀 놈들."

왕은 도망쳐다니는 자신을 신하와 백성들이 업신여기고 있다고 생각했다. 요즘 들어서 빈번하게 울컥거리며 치밀어 오르는 성정을 가까스로 참아왔는데 드디어 폭발한 것이었다.

간단한 요기를 한 왕과 일행은 그 밤으로 충주로 향했다. 안렴사 안종원과 안무사 허강은 쇠사슬로 꽁꽁 묶어서 포로처럼 끌고 갔다. 그 상황을 본 신하들은 잔뜩 긴장하여 행장 내내 자세를 한껏 낮추었다.

"잘 모셔야 할 것 같으이. 상께서 화가 쉽게 풀릴 것 같지 않아 보이네 그려."

이인임이 시종하는 내시 최만생에게 다가가서 소리를 낮춰 말했다.

"전하의 심기가 요즘 여간 불편하신 것이 아닙니다. 벌컥벌컥 화를 자주 내시다가 때로는 눈물을 지으시는 경우도 종종 있고, 공주마마가 곁에 있을 때는 그나마 편하게 보이시기는 하는데, 다른 사람에게는 짜증을 낼 때가 많으십니다."

"여러 가지로 국정이 어려워서 그런 것 아닌가. 잘 해드리게. 전하의 심기를 편하게 해드리는 것이 자네의 소임 아닌가. 전하의 곁에서 무슨 일이 일어나는지 나에게도 신속히 알려주게나."

이인임은 친하려는 표시로 최만생의 엉덩이를 한 번 툭 치고는 의미 있는 웃음을 한 번 씨익 웃어주었다.

• 10

임금의 몽진 길은 복주(지금의 경상북도 안동)에서 멈추었다. 복주에 머무르는 동안 총병관 정세운의 지휘로 안우, 이방실, 최영, 김득배 장군들이 20만 대군을 모아 개경을 포위하고 총공세를 취하고 있다는 보고가 들어왔다. 개경 탈환 작전에는 동북면 상만호 이성계도 친병 2,000명을 거느리고 참전을 했다.

"최영 장군께서는 북문을 치시오. 이방실 상원수는 동문을 치고, 이성계 장군은 남문을 치고, 김득배, 안우 장군은 성의 외곽에 잠복했다가 적의 저항을 봐서 원군으로 지원하든가 도주하는 적도를 추격하는 임무를 맡으시오."

개경 도성 외곽에 진을 치고 막사에 예하 장수들을 불러 모은 총병관 정세운은 엄숙하게 세부 작전 계획을 명했다. 장수들은 오래도록 전쟁터를 돌아다닌 탓으로 얼굴은 수척했으나 눈은 빛이 났다.

모두의 얼굴에는 수도 개경을 적도에게 빼앗긴 데 대한 분함과 이 기회에 어떡하든지 기어코 실지를 수복하고야 말겠다는 굳은 의지가 결연했다.

을축일(1362년 정월) 새벽, 아직 어둠이 가시기 전을 택해 일제히 공격을 개시했다. 고려군은 빼앗긴 도성을 다시 찾아야겠다는 악착같은 의지로 덤벼드는 데 비해 적은 점령군으로서 승리감에 취해 긴장감이 해이해져 있었다.

도성 곳곳은 침공 당시의 격렬했던 전투에서 입은 피해가 복구되지 않았고 여러 곳이 폐허가 된 채로 방치되어 있었다.

고려군은 도성에 머무르고 있는 내통자의 협조를 받아서 적의 약점을 사전에 알아내어 일제히 공격을 퍼부었다.

제일 먼저 성문을 격파한 것은 이성계의 군사들이었다. 이성계 군사들의 용맹함은 타군에 비할 바가 아니었다. 그들은 훌륭한 지휘관 밑에서 오랫동안 체계적인 훈련을 받은 잘 조직된 군대였다. 또한 군율이 엄했고 사기도 높았다.

선봉에 선 이성계가 적을 향해 날리는 화살은 백발백중이었다. 이성계는 먼저 성루에서 망을 보는 초병부터 쏘아 맞혔다. 적의 머리는 내미는 족족 이성계의 화살을 맞고 나가떨어졌다. 그 틈을 이용해 선봉대는 미리 파악해둔 허물어진 성벽 쪽으로 일제히 습격하여 성내로 들어가 남문을 열고 진격로를 개척했다. 남문이 열리자 적은 우왕좌왕하며 갈피를 못 잡았고 동문 서문도 동시에 공격을 받았다. 적은 도망치기 바빴다.

이성계는 도주하는 적의 수괴 관선생을 화살 한 대로 목덜미를 쏘아 맞혀 죽였다. 또 다른 수괴를 자처하던 사유도 죽었다.

도주로를 찾지 못하던 적도들은 서로 엉켜서 밀치다가 밟혀서 죽는 자들도 수없이 많았다.

이 전투에서 고려군은 대승을 거두었다. 10만이 넘는 적이 목숨을 잃었고 잔당 파두반(破頭潘)은 그동안 노획했던 원나라 황제의 옥새와 금은보화, 무기 등도 그대로 남겨둔 채 불과 수천의 무리만 데리고 압록강 쪽으로 달아났다.

전승 보고가 급보로 복주에 머무르고 있는 임금에게 전해졌다. 장계가 행재소(行在所)에 도착하기 전에 이미 소문을 들어 알고 있던 신하들은 기쁨에 들떠서 일제히 함성을 질러댔다.

"천세!"

"고려군 천세"

"주상 전하 천, 천세!"

장계를 받아본 임금도 기쁨을 감추지 못했다.

"기쁜 일이로다. 참으로 기쁜 일이로다. 내 생에 이렇듯 기쁜 일은 별로 없었도다."

"그동안에 고생하였던 일 들이 한꺼번에 싹 가시는구나."

"이 기쁨을 가져온 정세운 총병관 이하 수하 장수와 병사들에게 의복과 술을 내려주도록 하여라. 그리고 공과를 논하여 공이 있는 자는 차등하여 상을 주고 과가 있는 자는 밝혀내어 일벌백계로 다스리도록 하라."

오랜만에 행재소에서 소를 잡아 잔치하면서 군신 간에 웃음꽃을 피웠다. 그러나 이렇듯 임금과 신하가 같이 기뻐하는 가운데에도 오직 김용만은 예외였다.

김용은 얼마 전까지 총병관으로 있다가 대처를 잘못했다고 정세운과 교체된 데 대해 임금에게 불만을 가져왔는데 이제는 총병관이 된 정세운이 저렇듯 공적을 세우고 있으니 더 불안했다. 목숨조차도 부지하기 어렵겠다는 생각이 들었다.

정세운과 김용은 꽤 오래전부터 앙숙이었다. 조일신이 난을 일으켰을 때 김용이 숙직을 하고 있으면서도 피신을 했는데, 뒤에 임금이 이 사실을 알고 "임금의 신변에 이상이 생겼는데도 저만 살려고 했다."며 노하여 장형을 쳐서 섬으로 유배를 보내버렸다. 그때 벌을 받게 주도한 인물이 정세운이었다.

다행히 임금이 몽골에서의 옛정을 잊지 않아 얼마 뒤 유배에서 풀어주고 또 벼슬에 복귀시켜주어 오늘에 이르러 있지만, 김용으로서는 평생 잊지 못할 원한이었다. 언젠가 기회가 닿으면 꼭 되갚음을 해주겠다고 이를 갈고 있었는데 정세운이 전쟁에서 공을 세워 저렇듯 임금이 칭찬하고 있으니 복수는 고사하고 오히려 그로부터 화를 당하게 생긴 것이었다.

김용은 목덜미에 손을 대봤다. 서늘해져 옴을 느꼈다. 무슨 방도를 취해야겠다고 마음먹었다.

며칠 전에 있었던 일이다. 김용에게 은밀히 사람이 찾아왔다. 바로 원나라에 주청사 사절단으로 떠났던 유인우, 강지연이 보내온 사람이었다.

"대감 여기 강지연 대감으로부터 보내온 서찰입니다."

사나이는 어둠 속에서 가슴에 품고 있던 서찰을 꺼내서 김용에게 전해주고는 쏜살같이 달아났다.

서찰의 내용은 원나라에서 기황후 마마를 만나 고려의 사정을 전했는데 "기황후가 공민왕이 친정 식구를 도륙해낸 데 대해 깊은 원한을 가지고 있다는 내용과 함께 심양왕으로 있는 덕흥군을 고려왕으로 바꾸겠다는 언질이 있었으니 미리 준비해놓으라"는 것이었다.

김용은 숙소로 돌아와 숨겨두었던 서찰을 꺼내어 몇 번이고 읽고 또 생각했다. 그리고는 정세운을 죽여야겠다고 마음먹었다. 김용은 은밀하게 계책을 꾸몄다.

11

개경이 수복되었다는 소식은 정도전이 피난살이하고 있는 벽란도에도 빨리 알려졌다. 피난을 왔던 사람들이 서둘러 귀행을 하느라 분주했다. 한길은 귀행하는 인파로 주야로 북새통을 이루었다.

이곳 벽란도로 피난 온 사람들은 대개 개경에 본가를 둔 사람들이었다. 그들은 피난 올 때 데리고 왔던 종자에게 올 때 짐 그대로를 지워서 서둘러 길을 재촉했다. 정도전도 내일이면 떠나기로 했다. 금방 되돌아갈 것같이 떠났던 집이었는데 2년도 넘는 세월을 보냈다.

그동안의 생활은 월하 남매가 도와주어서 어렵지 않게 지내왔다. 비록 피난살이였지만 공부에 집중하도록 도와주어 성균시에도 합격했고, 월하의 동생 덕이가 간간이 대륙의 소식을 전해주어 천하가 돌아가는 형색도 알 수 있었다. 무엇보다도 구하기 어려운 서책들을 중원 대륙에서 구해다 줘서 많은 공부를 할 수 있었다.

도전은 월하와 작별인사를 나누고 돌아오는 길에 지난 2년간 감회가 깊었던 벽란도 나루터를 둘러보았다.

'언제 또다시 여기를 찾게 될는지……. 월하와는 또 언제 다시 만날 수 있을는지. 인연이나 이어갈 수 있을까? 참 좋은 아이인데. 모진 세파 속

에서 저렇듯 꿋꿋이 살아가는 것이 대견스럽기도 하고, 또 앞으로 잘살아갈 수 있을지 염려스럽기도 하고……'

도전은 세차게 굽이쳐 내려오던 예성강 강물이 벽란도 포구 앞을 휘돌다가 서해 바닷속으로 잠기는 모습을 보면서 하염없는 생각을 하다가 시 한 수를 지었다.

> 굽이굽이 휘몰아쳐 흘러오던 예성강물 벽란도에서 끊기고
> 석양은 핏빛같이 붉다가 서해로 떨어지누나.

개경 거리는 전쟁의 참혹했던 상황을 그대로 드러내었다. 한길 가에는 가옥들이 온통 불에 타서 그을려 있었고, 누구도 거두어주지 않은, 피난 가지 못한 백성의 주검들이 곳곳에 널려 있었다.

성벽에는 선혈이 낭자한 모습 그대로 남아 있어서 전투가 치열했음을 말해주었다. 성 안팎 곳곳에도 아직 못다 치운 적도와 고려군사의 시체들이 즐비했다.

도전이 피난 가기 전 기거하던 송악산 기슭의 본가는 외진 곳에 있어서 전쟁으로 직접 손상은 당하지 않았으나 2년간이나 비워둔 터라 벽과 초가지붕이 허물어져서 당장 들어가 살 수 없었다. 도전은 아내 최씨와 종 칠석이를 채근하며 며칠을 공사에 매달려서 집을 다시 꾸렸다.

피난 갔던 사람들도 돌아오고 아무렇게나 방치되어 있던 시체들도 수습되고, 불타고 허물어졌던 가옥과 관청들도 수리하는 등 개경은 전쟁 이전의 모습을 찾아가려고 노력하였다. 나라에서는 전쟁 뒷일을 수습하기 위해 관리의 손길이 절실했는데 전쟁으로 많은 인재를 잃었으므로 과거를 서둘러 시행했다.

개경이 수복된 그해 가을에 시행된 과거 시험에서 도전은 진사과에 급

제했다. 이미 2년 전 초시인 성균시에 합격한 도전은 이제 벼슬길을 튼 것이다. 1362년(공민왕 11년), 정도전의 나이 21세였다.

• 12

그러나 안정을 되찾아가던 이때 고려의 정세를 뒤흔드는 큰 정변이 일어났다. 전쟁에서 나라를 구해낸 데 지대한 공을 세우고, 수도 개경을 수복하여 백성들에게서 영웅으로 불리든 이 나라 최고의 장수들 사이에서 변란이 일어난 것이다.

바로 상원수 안우, 이방실, 김득배가 모의하여 상관인 총병관 정세운을 살해하는 일이 벌어졌다. 이 사건은 뒷날 김용이 기획한 것이 밝혀져서 상원수들의 억울함이 밝혀지긴 했지만, 이는 실로 또 한 번 고려의 정국을 뒤흔드는 크나큰 시국 사건이었다.

김용은 개경 수복 소식을 듣고 임금과 대신들이 행재소에 모여 승리를 자축하던 날 이후부터 정적인 정세운이 전쟁에서 세운 공으로 임금의 총애를 받는 것을 시기해서 그를 제거할 계획을 세웠던 것인데, 여기에 정세운 못지않게 공을 세운 안우, 이방실, 김득배 상원수들을 이용하고자 했다.

김용은 왕명을 출납하는 밀직부사의 직을 이용해서 임금의 교지를 교묘하게 위조하고 조카인 전 공부상서 김림을 불러서 은밀히 상의했다.

"지금 임금은 상국인 원나라로부터 배척을 당하고 있다. 원나라 기황후 마마는 임금이 자신의 오빠를 죽이고 친정을 도륙 낸 것에 깊은 원한을 가지고 있으며, 원나라 조정 또한 고려가 배원 정책을 펴는 데 왕의 책임이 크다 하여 왕을 바꾸려 하고 있다.

나는 원나라에 사신으로 간 유인우, 강지연 등을 통해서 원나라와 연을 맺고 있다. 조만간 원나라에서는 왕을 폐하고 새로운 왕을 봉해서 고려로 보낼 것이다."

김용은 그간의 사정과 원나라에서 일어나고 있는 일, 그리고 자신은 새로이 옹립되는 왕을 위해 고려 내에서 은밀히 일을 추진하고 있다는 사실을 조카에게 설명했다.

"그럼 숙부께서는 어떻게 할 요량이십니까?"

"안우, 이방실, 김득배 장군에게 이 밀서를 전하거라."

김용은 장롱 속에 감추어둔 문서를 꺼내서 조카에게 보여주었다.

"아니, 이건 전하께서 장군들에게 보내는 교지가 아닙니까?"

"그렇지 임금이 그들에게 총병관 정세운을 주살하라는 교지네."

"그럼 정말로 전하께서 정세운을 죽이라고……?"

"아닐세. 이 사람아, 이 교지는 거짓으로 만든 것일세. 정세운이 원나라와 내통을 하고 있다고 거짓으로 꾸민 것이야. 그래서 전하로부터 미움을 받고 있으니 세 상원수가 합심하여 정세운을 죽이라는 것이지."

김림은 놀라서 눈을 똥그랗게 뜨면서 물었다.

"그럼 이 밀지는 위조한 것입니까?"

"쉿, 이 사람 언성을 낮추게. 그런 셈이야. 이 일을 함께할 사람은 피붙이인 자네밖에 없네. 은밀히 진행해 주어야 하네."

김용의 말을 들은 김림은 숙부가 엄청난 일을 꾸미고 있어 속으로 놀랐으나 이내 숙부의 뜻에 동조하기로 마음먹었다.

숙부와 정세운이 앙숙지간인 것은 다 알려진 사실이었다. 지금 정세운이 승승장구하는 데 비해 숙부는 신변의 위협을 느낄 정도로 불안해하고 있다.

숙부가 힘을 잃게 되자 김림에게도 곧바로 영향을 미쳤다. 김림도 공부상서의 직에서 밀려난 것이었다. 김림은 마침 숙부가 원나라 조정과 손이 닿고 있다 하니 이 기회에 숙부를 적극적으로 도와서 권토중래하기로 마음을 다졌다.

"잘해내야 하네. 이것은 이제 시작이야. 기회를 봐서 임금까지도 없애버릴 것이야."

김용은 욕심이 가득한 음흉한 미소를 띠며 조카의 귀를 잡아당겨 속삭이듯 말했다.

"예?"

김림은 놀라서 주저앉을 듯 버티고 섰던 다리를 비틀거렸다.

'정말 큰일을 벌이는구나.'

김림은 더 묻지 않았다. 그리고 서둘러 김용과 헤어졌다.

김림을 만난 안우와 이방실은 임금의 교지에 적힌 내용이 너무나 엄청나서 긴가민가했다. 지금까지 전투에서 생사를 같이한 동료이자 상사인 총병관을 죽이라니, 도무지 믿기지 않는 내용이었다.

정세운이 욕심이 과해서 위세를 떠는 점은 있으나 명장임은 틀림없는 사실이었다. 그런 그가 원나라와 내통하여 임금을 제거하기로 일을 꾸미고 있다니 참으로 놀랄 일이었다.

그러면서도 임금의 총애를 받기 위해서 부하 장수인 자신들의 공까지 가로채어 제 것인 양 부풀려 장계를 올려 임금을 속이고 있었다 하니 한편으로는 가증스럽기도 했다.

"이 안의 내용을 다 믿어야 할지?"

안우는 미심쩍은 표정으로 이방실에게 물었다.

"전하의 교지인데 안 믿을 수가 있겠소? 밀직부사가 보내온 것이니 믿어야지요."

이방실도 내용이 의심이 가나 교지를 보낸 사람으로 보아 믿을 수밖에 없다는 듯 말했다.

"김득배 상원수를 만나봅시다. 세 사람에게만 은밀히 내려보냈다는데."

안우와 이방실은 김득배의 군막으로 찾아갔다. 김득배도 교지를 받아 들고 어디에 의논할 데가 없어서 전전긍긍하던 차에 두 사람의 방문을 받았다.

세 사람은 머리를 맞대고 의논을 했으나 너무나 큰일을 벌여야겠기에 쉽게 결정할 수 없었다.

"이제 겨우 난을 평정했는데, 우리끼리 서로 베어 죽여서야 되겠는가. 정히, 부득이 하다면 체포한 후에 전하의 직접 처결을 기다리는 것이 옳은 일이 아니겠는가?"

김득배는 신중히 하자는 의견을 내놓았다.

"그러나 이것은 주상의 명입니다. 자칫 우리가 우물쭈물하다가는 왕명을 거절했다는 오해를 받을 수가 있어요."

이방실이 걱정스레 말했다.

"그렇지요. 왕명을 거절하고서 우리가 살아남기를 바라겠소? 또 자칫 총병관이 눈치를 채기라도 한다면 오히려 우리의 목숨이 위태로울 수 있어요. 밀직부사의 손을 거쳐 온 것이 확실하니 왕명이 틀림없다고 보아집니다. 속히 손을 써야 한다고 보오."

세 사람은 어명대로 총병관 정세운을 즉결처분하기로 의견을 모았다. 그날 밤 세 사람은 전승을 위로한다는 구실로 술자리를 마련하고 정세운을 초대했다. 정세운이 도착하여 술이 몇 순배 돌고 나서 안우가 군막 밖으로 신호를 보내자 힘센 장수 다섯 명이 들이닥쳐 정세운을 철퇴로 내리치고 칼로 목을 베었다.

총병관이 살해되었다는 소식은 급보로 임금에게 전해졌다. 그보다도 김용에게 먼저 전해졌다.

김용은 계획대로 정세운을 제거하는 데는 성공했으나 그것이 임금의 교지를 위조한 밀지에 의해 도모된 일이라는 게 밝혀지면 자신에게 닥칠 화가 너무 크기에, 이 일에 가담한 자들의 목숨을 거두어 영원한 비밀에 부쳐두는 것이 급선무였다.

"주상전하, 저들이 무도하여 상관을 살해했는데, 더하여 무슨 일을 저지를지 모르는 일이옵니다. 우선 저들을 경계하여 행재소(行在所)[15]에 오는 것을 막아야 하옵니다. 속히 저들을 추포하도록 명하여 주소서."

김용은 임금의 명으로 사건에 연루된 자들을 붙잡아 죽일 작정이었다. 그보다도 현장에서 척살하여 아예 발설을 막을 간계를 꾸민 것이었다.

처음 변고를 받은 임금은 전쟁에서 큰 공을 세운 명장들이 서로 공을 다투다가 일어난 일로 보고를 받고 애통해 했다.

'저들은 풍전등화와 같았던 고려의 운명을 지켜낸 충신들이 아닌가.'

그러나 김용의 말을 들어보니 저들이 역모의 꾀한 것이 아닌가 하는 의심이 확 들었다. 그렇지 않아도 임금에 대한 불만과 원나라의 사주를 받고 있는 뿌리 깊은 부원배들이 농간을 부려서 여러 차례 목숨을 위협받아오지 않았던가? 그러던 차에 또 김용의 보고를 들어보니 여지없이 역모라는 의심이 들었다.

임금은 대로했다.

"안우 등이 한때의 공을 믿고 교만이 지나쳐 총병관 정세운과 다투다가 살해한 일까지 벌어졌다. 총병관은 짐을 대신해서 전쟁에서 모든 권한을 행사하여왔는데 조그마한 불만으로 상관을 살해하였다면 이는 짐

15) 임금의 거처.

을 욕보이는 일이다. 이 일에 연루된 안우, 이방실, 김득배를 속히 잡아 들이도록 하라."

이 소식을 들은 안우, 이방실, 김득배는 망연자실했다. 자신들은 임금의 명에 따라 충실히 일을 수행했을 따름인데 역모죄로 다스리려 한다니 참으로 어이가 없는 노릇이었다.

'그렇다면 밀지가 위조되었다는 말인가? 아니면 임금이 어떤 정략에 의해서 정세운을 죽이고 우리를 팽(烹)하는 것인가?'

안우는 분하고 억울한 마음에 김용으로부터 받았던 교지를 품속에 넣고서 즉시 수하 장수 몇 명을 이끌고 임금이 머무르고 있는 행궁으로 달려갔다. 안우가 행궁으로 달려온다는 정보는 곧 김용에게 전해졌다. 김용은 심복 목인길(睦仁吉)을 시켜서 미리 대비하게 했다.

목인길은 중문에서 기다리고 있다가 안우가 데리고 온 장수들을 문밖에서 기다리라 하고 안우만을 문 안으로 불러들여 철퇴로 머리를 쳐서 죽였다. 그의 품속에 있던 위조된 밀지는 김용에게 바쳐졌고 김용은 이를 불살라 버렸다.

안우의 죽음을 전해 들은 이방실과 김득배는 도주를 해버렸다. 김용은 임금의 명을 빌려 이들의 추포에 기세를 더했다.

"안우 등이 불충한 마음을 먹고 총병관 정세운을 제멋대로 살해했다. 안우는 그 죄로 이미 처형되었다. 이에 이방실과 김득배는 도주하였으나 그 죄가 백일하에 드러났으므로 추포 즉시 참수하라. 공이 있는 자는 세 등급까지 벼슬을 올려주겠노라."

이방실은 대장군 오인택(吳仁澤)의 칼에 맞아 죽었다. 김득배는 선영이 있는 산양현(지금의 경상북도 문경시 산양면)으로 도주해서 숨어 지내다가 김유, 박춘 등 체포조에게 주살되었다. 그리고 목이 상주 시중에 걸렸다.

『고려사』에는 세 사람의 죽음을 전해 들은 세상 사람들이 "지금 우리가 편안히 먹고 자는 것은 세 원수(元帥) 덕분이다"라고 애통해 하며 눈물지었다고 하고, 세 사람의 죽음을 '삼원수(三元帥) 살해사건'으로 기록하여 후세 사람들로 하여금 그 억울함을 기억하게 하고 있다.

삼원수 살해사건은 정적인 정세운을 제거하기 위한 김용의 간계에서 비롯된 일이긴 했지만 이에 따른 정치적 파장은 매우 컸다. 즉, 정세운과 삼원수로 대표되던 원로 군벌들이 제거된 것은 동시에 전쟁에서 승리를 거둔 최영, 이성계와 같은 신흥 군벌이 중앙 정치무대에 등장하는 계기를 만들었다.

한편 악인(惡人) 김용에게는 가장 큰 장애물인 정세운이 제거되었으므로 이는 원나라와 손을 잡고 공민왕을 제거하고자 한 계획을 본격적으로 실행에 옮길 수 있는 기회가 되기도 했다. 그것은 곧 흥왕사에서 기도한 공민왕 시해 미수 사건으로 이어진다.

• 13

두 차례에 걸쳐서 홍건적의 대규모 침입으로 홍역을 치른 고려는 그동안 추진해왔던 배원 정책을 재고하고 다시 친원 정책으로 회귀하려 했다. 그것은 전쟁을 치르면서 국력이 쇠약해진 탓도 있지만 요동벌로 쫓겨 간 홍건적의 잔당들이 언제 또다시 고려를 침범할지 모르는 일이기에 원나라의 도움을 받지 않으면 안 될 어려운 형편에 처해 있었기 때문이었다.

여기에 편승하여 그동안 배원 정책에 불만을 품어오던 세력들이 은밀하게 공민왕 축출 운동을 벌였다. 그들은 공민왕에게 원한을 품고 있는 기황후를 움직여서 왕을 폐하는 대신 심양에 있는 덕흥군을 새로운 고려왕으로 옹립하고자 했던 것이다.

이 일의 중심에는 김용이 있었고 그는 고려국 내에서 공민왕을 제거하는 일을 꾸몄다.

원나라의 조짐이 심상치 않음을 눈치챈 공민왕은 국정의 안정을 되찾고자 환도를 서둘렀다. 그러나 개경 궁궐이 불타버리는 등 전쟁으로 폐허가 되어 왕이 거처할 형편이 되지 못했다. 어쩔 수 없이 왕은 개경 가는 길목, 개풍군에 있는 흥왕사에다 임시 행궁을 차렸다. 이곳이면 개경과는 거리도 가깝고, 근방에 왕이 머물만한 장소치고 이만한 곳도 없었기 때문이었다.

흥왕사는 고려 문종 때 10년에 걸친 역사(役事)로 지어진 장엄하고 사치스러운 사찰이었다. 2,800여 칸이나 되는 건물 크기에 계행(戒行)하는 승려 수만 해도 1,000명이 넘었다.

문종의 아들인 의천대사가 초대 주지를 지냈으며 대대로 왕과 조정의 실권자들이 금은보화를 봉납하면서 위세가 자못 궁중에 못지않았다.

김용은 지금이야말로 계획을 실현할 때라고 생각했다.

궁중으로 들어가면 여러 대신과 내관 등 궁내 종사자들의 눈을 피하기가 어렵고 또 경비도 삼엄할 것이다. 개경은 수복되었다지만 아직도 전쟁 마무리가 덜 되어서 많은 장수와 군사들이 아직도 전쟁터에 남아 있고 또 지금은 외궁에 머무는지라 경비 또한 허술하다.

'지금이 임금을 죽일 절호의 기회다!'

김용은 심복 김수를 은밀히 불러서 오늘 밤 거사할 것을 지시했다. 김수는 평소에 뜻을 나누고 결속해 두었던 병사 50명을 이끌고 흥왕사 뒤 덕적산으로 들어가 숲 속에서 매복하며 대기했다.

내관 안도치는 임금께서 전쟁을 치르면서 잠자리를 비롯해 먹는 것,

입는 것, 모든 것에 대해서 불편해하시기에, 황송하기 그지없었다. 이제 궁으로 들어가서 조금 편안케 해드리나 싶었는데 바로 성 앞에서 또 머무르게 되니 여간 마음이 아프지가 않았다.

임금의 침소를 챙기는 것도 그렇고 종사관들의 숙소를 배치하고 숙위서는 군병의 점고도 그가 신경 써서 할 일이었다. 낯선 곳인지라 임금의 주위에서 얼쩡거리는 인사들을 살펴봐 두는 것도 그의 일이었다.

오늘따라 밀직부사 김용이 평소와 달리 임금의 침전 주위를 배회하며 쓸데없는 것을 간섭하면서 이곳저곳을 살피고 다니는 것이 눈에 거슬렸다. 잠시 잠깐 밖으로 나가서 낯모르는 인사와 만나서 무엇인가 밀담을 나누고는 다시 들어와서 주변을 살피는 것이 수상하기 짝이 없었다. 무엇보다도 김용이 밖에서 만나고 있는 인사가 신경이 쓰였다.

얼굴이 험상궂었고 체격도 우람하여 기분 나쁜 인상이라 여겼는데 주위의 눈치를 보면서 족제비처럼 사라졌다 나타났다 하는 그 행동이 여간 마음이 쓰이지 않았다. 그는 벌써 몇 번이나 안도치의 눈에 띄었으나 임금의 측근인 김용과 접촉하는 인사이니 함부로 대하지 못해서 눈여겨 보고만 있었다.

날이 어두워졌다. 그믐밤이다.

안도치는 낮에 있었던 일과 함께 뒷산에서 풍기는 스산한 느낌으로 인하여 불안한 마음을 가누지 못했다. 그는 당번을 서는 내시 이강달에게 말했다.

"오늘 밤은 기분이 참 이상하네."

"자리가 바뀌어서 그런 거 아닌가?"

이강달은 물색을 모르고 물었다.

"뭔가 자꾸 불길한 느낌이 들어서 견딜 수 없네. 자네는 별다른 느낌이 없는가?"

"별……?"
"나는 오늘 전하의 곁을 지킬 것이네. 자네도 곁방을 단단히 지키게."
"별일이야 있겠냐 마는 그렇게 함세."

밤이 한참 깊었다. 간간이 들리던 산짐승의 울음소리도 그치고 사방이 고요했다. 안도치는 그때까지 뜬눈을 새고 있었는데 갑자기 밖이 소란스러웠다.
"웬 놈들이냐?"
"황제의 명을 받고 왔다."
"한밤에 웬 황제의 명이냐? 수상한 놈들이다!"
"쳐라!"
우당탕거리며 칼 부딪치는 소리가 들렸다.
'습격이구나. 전하의 목숨을 노리는 무리들의 난입이구나!'
안도치는 직감적으로 위험을 느꼈다. 그는 당번을 서고 있는 내시 이강달을 급히 찾았다.
"변고가 생겼다. 역적들이 전하를 시해하려고 몰려오고 있다."
두 사람은 임금의 침소로 급히 뛰어들었다.
"전하, 역도들이 침입했습니다. 급히 피하소서!"
공민왕은 잠결에 깨어나 사태 파악이 안 되었다. 안도치는 자신이 입고 있는 내관복을 벗어서 임금에게 입혔다.
"전하, 황공하옵니다. 몸을 피신하기에는 소신의 의복으로 변복하시는 것이 낫겠기에……."
"알았다. 알았노라. 웬 놈들이라더냐? 몇 놈이라더냐?"
임금은 시키는 대로 하고 있지만 궁금하여 물었다.
"사태는 나중에 아뢸 것이옵니다. 우선은 몸부터 피하소서."
밖에서 들려오는 소란스러운 소리가 점차 가깝게 들렸다. 왕은 이강달에게 끌려서 옆방으로 피했다. 안도치는 왕의 침소에 있는 불을 죄다 꺼버렸다.

방 안의 사물들은 어스름이 형태만 보일 뿐이었다. 그리고는 임금인 양하고 이부자리에 누웠다. 조금 있으니 괴한 몇 놈이 쫓아 들어왔다.

"저기 왕이 누워 있소."

한 놈이 누워 있는 안도치를 가리켰다.

"웬 놈들이냐. 감히 여기가 어딘 줄 알고!"

안도치는 당황하지 않고 위엄을 갖춰 왕처럼 행동했다.

"밖에 내관이 없느냐? 웬 놈들이냐?"

"우리는 연경에서 황제의 명을 받고 온 밀사들이오."

"웬 밀사가 밤에 불시에 쳐들어와서 난동들이냐? 밀사는 예의가 없느냐?"

"그대는 이제 더 이상 고려의 왕이 아니오. 고려왕은 덕흥군으로 정해졌소이다."

한 사나이가 칼을 높이 들어 올렸다. 바람을 가르는 소리가 일었다.

"욱."

안도치는 나무토막 쓰러지듯 맥없이 쓰러졌다.

'좀 더 시간을 끌어야 하는데……. 전하께서 한 발짝이라도 멀리 달아나야 하는데……'

안도치는 말을 이어갈 수가 없었다. 쓰러진 안도치의 몸 위로 몇 번에 걸쳐서 칼질이 더해졌다. 베고, 찌르고, 목에 칼이 박히자 안도치는 최후로 부르르 떠는 것으로 몸부림을 그쳤다.

그사이 내시 이강달은 공민왕을 업고서 어둠 속을 달렸다.

"어디로 가느냐?"

등에 업힌 왕이 나지막이 물었다.

"어디로 모실까요?"

허겁지겁 도망을 치는지라 어디로 가야 할지도 몰랐다. 그저 무작정 달아나는 것이었다.

"공주에게로 가자."

왕이 갈 곳을 정해주었다. 기왕에 죽는 것이라면 공주와 함께하는 것이 최선이라는 생각이 들어서였다. 한밤중에 변고를 맞은 공주는 의외로 침착했다. 숙위대장을 직접 불러서 지시를 내렸다.

"어둠이 풀릴 때까지 신원이 불명한 자가 접근할 때는 가차 없이 베도록 하라."

공주는 왕을 침실 뒤에 딸린 밀실로 안내했다. 그리고 이불을 푹 씌워서 짐짝처럼 숨겼다.

"전하 불편하시더라도 조금만 이렇게 견뎌내시옵소서. 소첩이 목숨을 바쳐 전하를 지켜드리겠나이다."

공주는 이렇게 당부한 뒤 자신은 내실 입구에서 위엄을 갖추고 앉아서 밤을 새웠다.

• 14

왕을 살해했다는 보고를 받은 김용은 임금의 침소로 급히 쫓아왔다.

"황제의 명을 받들었나이다."

적도들은 거사를 치른 것을 원나라 황제의 명이었음을 내세웠다. 김용이 그리하도록 지시했던 것이다. 김용은 현장을 확인했다. 방 안은 온통 피범벅이었다.

죽은 자의 몸에서 뿜어져 나온 피가 방바닥을 흥건히 적셨고 조청처럼 엉겨 붙어서 진득거렸다. 피비린내가 온 방 안에 진동했다. 김용은 피로 얼룩진 죽은 자의 얼굴을 확인하고자 했다. 죽어 있는 임금의 얼굴을 바로 눕혔다. 불을 밝혀 죽은 자의 얼굴을 확인한 순간 그는 깜짝 놀랐다. 죽어 있는 자는 왕이 아닌 내시 안도치였다.

김용은 임금을 측근에서 모시고 있었으므로 왕과 측근 인사들의 얼굴을 잘 알고 있었다. 죽은 자는 임금과 용모가 비슷하다는 말을 들어온 내시 안도치가 분명했다.

"전하가 아니다."

김용은 일부러 침착하려 애쓰며 낮은 목소리로 말했다.

"예? 무슨 소리인지요?"

더욱 놀란 것은 암살 현장을 직접 지휘한 곁에 서 있는 김수였다.

"전하는 용모가 비슷한 안도치를 침소에 뉘어놓고 소란한 틈을 타서 변복하고 이곳을 빠져나갔다."

"어떡하지요? 어디로 갔을까요?"

김수와 곁에 있는 부하들이 당황하여 허둥댔다.

"아직 이곳을 빠져나가지 못했을지 모르니 우선 이곳부터 샅샅이 뒤져라! 그리고 이곳의 경비를 튼튼히 하고 전하를 배알하러 오는 누구도 이곳에 출입을 금하여야 한다. 나는 전하의 행방을 찾아볼 테니."

김용은 왕비의 처소로 달려갔다.

'도주하였다면 공주의 처소에 숨어 있거나 아니면 함께 몸을 숨겼을 것이다.'

벌써 날이 훤하게 밝아오고 있었다. 김용은 걸음을 뛰다시피 빨리했다.

왕비의 처소에는 이미 경비가 삼엄하여 누구도 함부로 접근할 수 없었다.

'이곳에 임금이 숨어 있는 것이 분명하다!'

김용은 이제 거사가 성공할 수 없음을 느꼈다. 밝는 날에 신하들이 행소로 들어오면 간밤의 사태를 알 수 있을 것이고 그러면 모든 전모가 드

러날 것이고, 그러면……, 그러면……?'

김용은 머리가 복잡하게 돌아갔다. 그는 계획을 바꾸기로 했다. 일단 자신의 살길부터 우선 찾아야 했다. 김용은 숙위에게 측근임을 밝히고 겨우 왕비를 배알하고는 간밤에 있었던 일을 고했다.

"마마 이런 망극한 일이 또 어디 있겠습니까? 소신이 소식을 접하고 전하의 침소를 들렀다 오는 길입니다. 어찌 그곳의 형편을 말로 다 고해 바치오리까? 다행히 전하께서는 몸을 피하신 듯하온데 아직은 행방을 알 수가 없사옵니다. 혹시 마마의 신변에도 이상이 있으신지 염려되어 신이 이렇게 달려왔나이다."

김용은 허리를 숙여 머리가 마룻바닥에 닿을 듯이 굽신하면서 공주의 기색을 살폈다.

"경은 가 계시오. 내 신료들이 등청하면 그때 함께 그곳으로 가보겠소."

침소의 기색은 아무 일이 없는 듯이 조용했으나 왕비는 간밤의 일을 알고 있는 듯했다. 왕은 살아 있고 그 행방도 알고 있는 것 같았다.

"소신은 일을 뒷사람에게 맡기고 이 길로 개경으로 달려가 대소 신료들에게 이 일을 알리고 대책을 세우겠나이다. 참으로 망극한 일을 당하여 소신 몸 둘 바를 모르겠나이다."

김용의 머리는 간교하게 돌아갔다. 이제 왕의 목숨을 거두는 일은 틀린 일이고 우선 자신의 목숨을 보전하는 일이 급했다. 그는 그동안의 모든 일을 자신과는 무관한 일로 꾸미고자 했다.

'아직은 일의 전모를 아는 놈들은 김수를 포함하여 몇몇뿐이다. 그놈들의 입만 막으면 나는 살 수 있다. 개경으로 달려가서 이 사실을 대소 신료들에게 알리고 놈들을 토벌하자고 해야 한다. 놈들을 모조리 죽인다면 비밀이 붙여질 것이다.'

김용은 지난번 총병관 정세운 살해사건 때에도 자신이 임금의 교지를 위조해서 일을 꾸몄음에도 안우, 이방실, 김득배 삼원수에게 죄를 뒤집어씌우고 그들을 즉살함으로써 위기를 모면하고 살아났던 것이다. 김용은 또다시 그때와 같이 간계를 부리며 시간을 끌면서 원나라에 도움을 청하기로 했다.

김용은 개경으로 달려가서 우선 순군부를 장악했다. 신료들에게는 임금에게 변고가 있었음을 알리고 대책을 마련한다는 구실로 순군부로 모이게 해서 이들의 동태를 감시했다. 적도들을 토벌한다는 구실로 토벌군도 꾸렸다.

"적도들은 흉악한 놈들이니 한 놈도 남겨놓아서는 안 된다. 살려놓아서는 후환이 두려우니 보이는 족족 모조리 죽여야 한다."

순군대장에게도 엄하게 지시를 내렸다.

좌시중 유탁은 임금을 오랫동안 곁에서 모셔온 충성심이 강하고 노련한 사람이다. 그는 임금의 주위에서 어른거리는 자 중에 "누구는 어떻고"하는 장단(長短)을 가려서 임금께 곧잘 간하는 꼿꼿한 사람이었다. 그는 김용의 평소 성품에 대해서 잘 알고 있었다.

김용은 다른 사람의 공은 감추면서 자신의 공을 과장하기를 서슴지 않는 사람이라는 것, 자신을 내세우기 위해 다른 사람을 이용하거나 음해하기를 주저치 않는 간교한 사람이라는 것을 익히 잘 알고 있었다. 그는 다른 대신들과 마찬가지로 김용으로부터 "전하께서 변고를 당하였다. 대신들은 순군부로 급히 모이라"는 내용의 전갈을 받았지만 그대로 믿지 않았다.

전하께서 하룻밤 사이에 갑자기 변고를 당했다는 말도 그렇고, 자세한 내용도 알 수가 없었다. 전하께서 변고를 당했다는 사실을 알고 있는 사람도 오직 말을 전한 김용뿐이었다.

유탁은 핑계를 대고 순군부로 가지 않고서 시간을 끌다가 최영을 만났다.

"아무래도 김용의 말을 믿을 수가 없소이다."

"소신도 급히 전갈을 받고 가는 중인데 대감의 말을 듣고 보니 그렇군요."

최영도 유탁의 말에 동조했다.

"우선은 전하의 용태를 알아야 할 것이외다. 하여서 장군을 먼저 만나고자 한 것이오."

유탁은 일찍부터 전하에 대한 최영의 충성심을 잘 알고 있는 터였다.

"그럼 내가 이 길로 전하께 달려가야겠소. 무슨 일이 있는지 알아보고 내가 목숨을 바쳐서라도 전하를 지켜드려야겠소."

"전하의 신변에 이미 무슨 일이 생겼을지도 모르는 일이니 신중하시오. 그리고 서두르시오."

최영은 상장군 김장수를 시켜서 급하게 군사들의 출동 지시를 내렸다.

"한시가 급한 일이다. 전하의 안위가 걱정스러운 일이다. 서둘러라."

최영은 말고삐를 단단히 말아 쥐었다. 발로 옆구리를 걷어차면서 재촉했다. 흙먼지를 날리며 몇 기의 기병들이 먼저 달려나갔다. 그 뒤를 병사들이 쫓았다.

"한시가 급하다! 전하의 신변에 관한 일이다."

일은 최영이 출동함으로써 단숨에 수습되었다. 임금은 최영이 도착했다는 보고를 받고서야 비로소 왕비의 침소에서 나왔다. 최영은 역도들을 현장에서 붙잡아서 개경으로 압송했다. 역도들을 제압하는 과정에서 상장군 김장수가 적도의 칼에 맞아 숨을 거두었다.

임금은 이어(移御)를 서둘렀다. 최영은 임금을 개경까지 호종(護從)했다.

붙잡힌 역도들이 90여 명에 이르렀다. 이들은 모두 순군부로 압송되었다. 순군부는 김용이 장악하고 있었는데, 김용은 스스로 순군부 제조가 되어서 이들을 심문하는 일을 맡았다. 그는 이 일의 전모가 밝혀지는 것이 두려워 철저히 감추고자 했다. 모든 일을 역도들이 스스로 작당하여 저지른 일로 꾸미고자 했다.

"저놈들의 입에서 무슨 말이 튀어나올지 모른다. 시간을 끌면 어디선가 숨어 있는 자들이 나타나서 또 무슨 일을 저지를 모른다. 모조리 주살하라."

김용은 죄인들을 제대로 심문도 않고서 죽여 버리도록 지시를 내렸다. 김용의 이러한 간계는 일단은 성공하는 듯 보였다.

난이 진압되고 공신을 논할 때 김용은 이러한 공로가 인정되어 일등 공신에 책록되었다. 그러나 이 일은 그냥 묻혀 지나갈 일이 아니었다.

김용의 행동에 제일 의심을 품은 사람은 좌시중 유탁이었다. 김용이 개경으로 홀로 달려와 임금에게 변고가 있었음을 알리고 대신들을 순군부로 모이게 할 때부터 그는 김용의 행동에서 뭔가 석연치 않은 점이 있다는 것을 느꼈다.

그가 스스로 순군부 제조가 되어 역도들을 심문하겠다고 나서서 붙잡혀온 역도들을 또 다른 우환을 없앤다는 명분으로 제대로 심문도 않고 모조리 참살해버린 것도 또한 의심스러운 일이었다.

"전하, 김용의 공은 천부당만부당한 일이 옵니다. 그의 공적을 논하기 전에 우선 그의 행적에 대해서 추국을 하시옵소서. 그에 대해서는 여러모로 밝혀야 할 점이 많사옵니다."

유탁은 단순히 의심만으로 김용을 탄핵한 것이 아니었다. 붙잡혀서 목숨을 잃은 역도들의 가족과 아직 도망을 다니는 자들이 김용에게 이용당했음을 탄원하는 소를 넣었던 것이다.

"과인도 김용이 한 행동에 이해가 가지 않는 점이 많다. 그를 국문해 보라."

임금의 명이 떨어졌다. 김용은 즉시 체포되었고 주리 틀리는 고문을 받았다. 초주검이 된 김용은 모든 것을 자백했다. 이 일은 그가 처음부터 관여했음이 백일하에 드러났다. 그는 밀성 땅으로 귀양을 갔다가 이내 개경으로 압송되어 참수되었다. 그의 머리는 개경의 저잣거리에 한동안 효수되었다.

이 일의 파장은 원나라에까지 미쳤다. 이 일은 공민왕 집권 이후 원나라로 일시 피신해서 부흥을 도모했던 세력들이 공민왕에게 친정이 멸문당한 데 대한 원한을 품고 있는 기황후와 결탁해서 벌였던 일이었는데, 일이 실패로 끝나자 그들은 최후의 일전을 벌이기로 하고 직접 심양왕 덕흥군을 고려왕으로 옹립하고 장수 최유를 앞세워 군사 1만 명을 동원해서 고려를 침공했다.

그러나 이들의 침공은 평북 정주(定州), 달천(達川)에 이르렀을 때 최영, 이성계의 군대를 만나 대패했고 불과 수백 명만이 살아서 도망을 쳤다.

유인우, 강지연, 안종복 등 덕흥군에게 붙어서 재기를 도모했던 친원 인사들 다수는 전장에서 붙잡혀서 척살되었고 군사를 이끌고 온 최유는 연경까지 살아서 도망치긴 했지만, 후에 고려로 압송되어서 처형이 되었다. 덕흥군은 원나라 영흥부로 유배되어 그곳에서 최후를 마쳤다.

이때의 원나라는 홍건적과 전투를 거듭해온 데다가 정변까지 겪고 있어서 국력이 많이 쇠잔해져 있는 형편이었다. 이에 고려에 친원파 정권을 세워 그 힘을 빌려 권토중래를 꾀하려던 것이었는데 이마저도 무산되자 중원의 패자로서의 힘을 잃게 되었고 마침내는 주원장이 세운 명나라에 쫓겨서 북쪽으로 달아나 겨우 명맥만 유지하는 신세로 전락해 버렸던 것이다.

이로써 고려는 비로소 100년 동안 이어진 원나라의 속박에서 벗어나서 자주적으로 국가를 경영할 기회를 맞았고 공민왕은 개혁 정책에 더욱 박차를 가할 수 있게 되었다.

4장

동북에 뜨는 별

• 1

함경도 지방을 포함한 동북면 지역은 산세가 험하고 사람들의 성격이 거칠었다. 또한 반골 기질이 강해 툭하면 반란을 일으키고 여진 지역으로 도주를 해버리는 등 중앙에서 다루기가 힘이 들었다.

그리하여 고려는 예로부터 이 지방의 토족 세력에게 천호 벼슬을 세습시켜면서 지역을 다스리게 했던 것인데, 원나라는 고려를 정복하고 나서 이 지역을 고려에서 분리하여 직할 지배 지역, 즉 원나라가 직접 통치하는 지역으로 만들어버렸다.

원나라는 이곳에 쌍성총관부를 설치해서 철령 이북 지역(강원도 이북 함경도 지역과 만주 지역 일부)을 직접 다스렸다. 그러나 원나라 역시 험한 산세 속에 사는 거칠면서 민족적 기질이 강하고, 배타적인 이곳 주민을 포함하여 여진족과 유민들을 직접 다스리기가 어려웠기에 여전히 지역 토호를 다루가치로 임명했던 것이다.

이성계의 4대조 이안사는 전주 지역에서 향리로 지내다가 유민 집단을 이끌고 함경도 지역으로 이주를 와서 살게 되었는데, 몽골의 침입이 있자 이주민 1,000여 호를 이끌고 투항했다. 이안사는 원나라 조정으로부터 그 공로를 인정받아서 쌍성총관부 지역의 관리로 임명되었고, 그 직은 대대로 세습되었다. 또한 쌍성총관부 다루가치인 조씨 집안과 통혼을 하기도 했다.

그러나 이성계의 부친 이자춘 대에 와서 다루가치 세습 문제를 두고 조씨 집안과 불화를 겪게 되었고, 이자춘은 조씨 집안과의 싸움에서 승리를 거두어 다루가치 직을 차지하게 되는데 이것이 원나라 조정에 책이 잡혀서 신변의 위협을 받게 되었던 것이다. 그러나 마침 원나라의 힘이 약해진 틈을 타 공민왕이 반원 정책을 펴는 때여서 이자춘은 이 기회를 이용 했다.

그는 공민왕이 유인우를 시켜 쌍성총관부를 공략할 때 내응을 하여 고려가 쌍성총관부를 수복하는데 크게 기여했다. 이자춘은 이 공으로 공민왕으로부터 종3품 벼슬인 대중대부사복경(大中大夫司僕卿)을 제수받고 개경에 살 수 있도록 허락을 받았다.

이후 홍건적의 침입이 있자 동북면 삭방도 만호겸 병마사로 부임하게 되었는데 얼마 뒤 그는 노환으로 죽어서 그 아들 이성계가 아버지가 다스리던 지역을 세습하여 다스리게 되었다.

이성계의 탄생에는 다음과 같은 설화가 있다. 이자춘이 어느 가을날 잠을 자는데 꿈속에서 선녀를 보았다. 선녀는 이자춘에게 다가와 사뿐히 절을 하고 소매 속에서 침척[16]을 꺼내주면서 "이것은 천계에서 그대에게 주는 것이니 장차 동쪽 나라를 측량할 때 쓰시오"라고 했다.

이자춘이 꿈을 꾼 뒤 부인 최씨가 임신을 했고 13개월 만에 태어난 아이가 이성계였다. 이성계는 자라면서 남다른 걸출한 면모를 보였다. 또

16) 바느질할 때 쓰는 자.

대대로 무장인 집안 내력은 그를 훌륭한 무인으로 길러 냈다. 그는 어릴 때부터 말을 잘 탔고 특히 활 솜씨가 대단하여 사냥을 나가서 "활시위를 한번 당기면 하늘에서 매가 한 마리씩 뚝뚝 떨어지곤 했다"고 할 정도로 신궁이었다.

동북면 일대는 중앙 조정의 영향력이 떨어지고 지방 세력가의 힘으로 다스려지는 지역이므로, 수시로 문제를 일으키는 북방의 이민족과 대적하기 위해 이성계의 가문은 대대로 사병을 길렀는데 중앙의 군대와도 대적할 만큼 병력이 대단했다.

이성계는 이 병사들을 잘 다스리고 있었다. 엄격한 군율로서 위계를 튼튼히 했고 험준한 산악을 오르내리며 쌓은 조직적인 훈련은 병사들을 용맹스럽게 만들었다. 지역에서 나는 생산물을 병사들에게 골고루 나누어 주었고, 상벌을 공평히 해서 병사들의 사기가 드높았다.

이자춘의 부음 소식을 들은 공민왕은 "동북면에 큰 인재가 사라졌다"고 크게 애도하면서 홍건적과의 전쟁 중임에도 정몽주를 사자로 삼아 제주(祭酒)를 들려서 조문했다. 또한 아들 이성계에게 금오위상장군 동북면 상만호 벼슬을 내려서 아비가 다스리던 함길도 일대를 대를 이어서 다스리게 했다. 정몽주가 함길도에 다다랐을 때는 일대의 주민들이 모두 애도하여 거의 국상을 방불케 했다. 상가에 도착했을 때는 사병들은 줄지어 도열해서 문상객을 맞고 있었고, 그들의 아비가 죽은 것처럼 슬퍼했다.

이성계는 임금의 사자로 조문을 온 정몽주를 별도로 모시어 극진히 대접했다. 이성계는 상주들을 일일이 소개했는데, 그중에 이성계의 다섯째 아들이 유난히 인상에 남았다.

"이름이 무엇이냐?"

정몽주는 어른들 틈 사이에서 조그만 어린애가 이리저리 두량을 하며 어른들의 바쁜 손을 돕고 있는 것을 보고 매우 영특하다는 생각이 들어서 물었다.

"방원이라 하옵니다. 원로에 오셨는데 잘 모시지 못하여 죄송하옵니다."

아이는 예의 바르게 또렷한 말투로 인사를 했다.

"아니다. 인사는 무슨……. 조부께서 돌아가셔서 슬픔이 크겠구나."

"예, 조부님은 제게 큰 가르침을 주셨는데 그만 떠나셔서 여간 슬픈 일이 아닙니다."

방원은 어린 나이임에도 상제인 아버지를 대신해서 개경에서 오신 손님에게 예를 다했다. 이를 보고 이성계가 다가왔다.

"어린아이를 상대로 대접하게 해서 송구하나이다."

이성계는 임금을 대신하여 조문을 온 중앙의 관리를 자신은 바빠서 소홀히 하고 어린아이가 대접하는 것이 미안했다.

"아니올시다. 아이가 영특하여 소홀함이 없소이다."

"허허 그리 생각해주시다니 다행입니다. 그래 인사는 잘 드렸느냐?"

방원은 어른들이 나누는 인사를 아비의 곁에서 눈을 깜박이며 듣고 있었다.

"예."

방원은 공손히 말했다.

"앞으로 훌륭한 장군감이 되겠습니다. 손님 대접도 그렇고, 여간 민첩하지 않습니다."

"허허 자식 자랑하기가 부끄럽습니다. 이 아이가 아직 어린데도 체격도 크고 성격도 강하여 제 형들이 꼼짝을 못하는 것 같소이다."

"장차 큰 인물이 되려나 봅니다. 잘 키우십시오."

"무장으로 키우기는 손색이 없는데, 이런 시골이라 마땅한 스승이 없어 글이 부족합니다. 포은 선생 같은 분을 만나야 하는 건데……."

"아닙니다. 제가 뭘……. 이곳에서도 좋은 선생을 찾아보시고, 초시를 보게 하여 개경에 올라오면 그때 또 좋은 스승을 만나면 되지 않겠습니까?"

정몽주는 이방원과 목숨을 내놓고 다투어야 할 운명은 까마득히 모른 채 이성계와 아이의 장래에 대해서 한가하게 이야기를 나누고 있는 것이었다. 이방원 역시 자신의 철퇴를 맞고 목숨이 끊길 정몽주와 숙명적인 맞닥뜨림이 있을 것이라는 것을 모르기는 마찬가지였다.

어린 방원은 호기심에 찬 눈길로 막연히 두 어른이 자신의 장래를 화제 삼아 한담을 나누고 있는 것이라 생각하며 곁에서 조용히 귀담아듣고 있었다.

인간사, 한 치 앞일이 어떻게 될지 예측도 못 하면서 눈앞의 세월을 그렇게 여유로이 보내는 것이다.

• 2

이성계가 동북면 지역의 변방을 지키는 장수로 지내다가 조정에서 인정받게 된 것은, 공민왕 10년(1361년) 9월 독로강 지역 만호 박의가 홍건적을 물리친 데 대한 공신 책록에 불만을 품고 난을 일으켰을 때, 중앙의 부름을 받고 사병 1,500명을 이끌고 이를 신속히 제압하면서부터였다.

당시 고려군은 거듭되는 전쟁에 지쳐 있었고 중앙으로부터 병장기와 보급품도 제대로 지급받지 못해서 전쟁을 치를 능력을 상실해서 반란군에 밀리고 있었는데, 동북면 변방에서 지원된 병사들은 사병이었음에도 지휘 장수 이성계를 중심으로 똘똘 뭉쳐서 일사불란하게 움직이면서 반란군을 신속히 제압했던 것이다.

이 사실을 보고받은 공민왕은 크게 기뻐하면서 병사들을 배불리 먹이도록 쌀과 고기를 내려주었다.

이어서 홍건적이 대규모로 2차 침입을 했을 때, 맹장 안우, 이방실, 김득배 장군이 이끄는 고려군이 연전연패하며 패주하는 중에도 이성계는 사병 2,000명을 데리고 출정하여 적병 100여 명을 죽이는 등 대승을 거두었다. 이 승리는 개전 이후의 최초의 승전보로 역시 공민왕은 크게 기뻐해 마지않았다.

이성계의 활약상은 수도 개경을 수복할 때에도 빛이 났다. 당시 이성계의 군사들이 선봉에 섰고 이성계는 직접 활을 쏴서 수괴 관선생을 죽였다. 이로 인해 사기를 잃은 수많은 적도들의 수급을 베어 이름을 떨쳤다.

홍건적이 물러간 후 이번에는 원나라 승상 나하추가 조소생과 탁도경의 꼬임에 빠져 군사 수만 명을 이끌고 함경도 일대를 침범했다.

조소생과 탁도경은 옛 쌍성총관부 다루가치와 천호를 지내다가 이성계의 부 이자춘에게 쫓겨난 자로 원나라 땅 요동으로 도망쳐서 그곳 승상 나하추에게 의탁하며 살면서 고려에 빼앗긴 쌍성총관부를 회복하고자 나하추를 꼬드겨 침범했던 것이다. 이들은 함경도 홍원에 진을 치고 있었는데 이성계는 이를 알아차리고 습격하여 패퇴시켰다.

나하추는 요동으로 쫓겨가서 이성계의 상대가 되지 못함을 알고 고려조정에 많은 선물을 보내어 화친을 제의했고 이성계에게는 별도로 준마 한 필을 보내며 "옛날 이자춘의 아들 중에 재주 있는 자가 있다는 말을 들었는데 이제 보니 정말로 명장이로구나"라고 칭찬했다.

나하추를 꾀어서 옛 쌍성총관부의 땅을 회복하여 영화를 되찾고자 했던 조소생과 탁도경도 붙잡아 죽임으로써 비로소 동북면 지역은 이성계의 장악하에 안정을 찾게 되었다.

이성계는 또한 북원에서 덕흥군을 고려왕으로 내세워 최유가 1만의 군사를 이끌고 압록강을 넘어왔을 때도 이들을 섬멸하는 데 공을 세워 불안했던 왕권을 공공이 하는데도 크게 기여했다. 공민왕은 이러한 공로를 인정하여 이성계에게 밀직부사직을 제수했다.

이성계는 이 여세를 몰아 동북면 지역을 넘어 요동 지역까지 진출하여 그때까지 요동 땅에서 영향력을 행사하고 있던 원나라의 잔재 동녕부를 쳐부수었고, 남쪽으로 진출하여 삼남(양광도와 전라도, 경상도) 곳곳에 침입하여 노략질하는 왜구들을 쫓아내는 등 혁혁한 공을 세우며 종횡무진으로 활약했다.

그가 출진하는 곳에서는 항상 승전고를 울렸으므로 상대하는 적들은 이성계의 이름만 들어도 벌벌 떨었고 희망 없는 백성들 사이에서는 그런 그가 영웅으로 떠올랐다.

• 3

왕이 개경으로 환도한 지 1년여가 지났다. 그동안 피난 갔던 백성들도 돌아오고 어지러웠던 거리는 치워졌다. 궁궐도 개수하는 등 전화(戰禍)가 점차 복구되었다.

지배국으로서 행패를 부려왔던 원나라는 북쪽으로 쫓겨 가서 이제는 더 이상 상전으로 행세할 수 없게 되었고, 대륙의 신흥국 명나라는 아직 위세가 약해서 고려에 큰 영향력을 행사하지 못했다. 국정은 차츰 안정을 되찾아 가고 있었다. 하지만 돌이켜보면 공민왕에게 있어서 지난 세월은 고난과 위기의 연속이었다.

공민왕은 즉위 초부터 원나라의 지배를 벗어나기 위해 강력한 개혁 정책을 폈었다. 왕 스스로가 그때까지 왕가의 의례로 행했던 변발을 자르는 등 원나라 풍습을 배격하고 고려의 옛 풍습과 전통을 되찾고자 했다. 또 전쟁을 불사하면서까지 원나라와 대결해 100년 동안 이 땅을 지배해왔던 쌍성총관부의 옛 땅도 되찾았다.

고려 조정을 좌지우지하며 내정간섭을 해오던 정동행중서성도 폐지하고, 황실의 측근임을 내세워 부원파의 중심에 서서 국정을 농단해오던 기철 일당도 척살해 고려를 자주국으로 바로 세우고자 혼신의 노력을 기울여왔다.

그런데 공민왕은 이 모든 일을 겪는 동안 목숨까지도 위협받는 섬뜩한 순간을 한두 번 넘긴 것이 아니었다.

두 차례에 걸친 홍건적의 대규모 침략과 끊임없는 왜구의 내습으로 온 국토와 백성은 절단이 나버렸고 왕 자신도 2년여 동안이나 피난살이를 해야 하는 수모를 겪었다. 그 과정에서 원나라와 내통한 김용이 간계를 부려서 전쟁영웅 안우, 이방실, 김득배 등이 공모하여 총병관 정세운을 살해한 사건과 그로 인해 김용의 간계에 이용당한 김득배 등 삼원수도 결국 역모죄를 씌워서 죽게 만들었으며, 이어서 흥왕사에서 일어난 반란, 친원 무리들에 의한 덕흥군 옹립 사건 등, 왕은 이 많은 시련과 고초를 겪어오면서 몸과 마음이 많이 지쳤고 약해졌다.

근래에 들어서 왕은 국정에 대한 의욕을 점차 잃어가고 있었다. 국정토론장에서 신하들의 격론도 모른 척하며 내버려두었고, 편전으로 따로 총신을 불러서 의논하는 일도 없어졌다. 신하들을 불신하는 마음도 부쩍 들었다. 가슴도 답답하고 신경질도 자주 냈다. 하여서 아예 신하들을 상대하지 않으려 했다.

오늘도 어전에서 갑론을박이 계속됐다. 이색은 전쟁으로 잃어버린 인재들의 자리를 채우기 위해 성균관을 복원하는 일이 시급하다고 주청했다.

"국학은 바로 풍속과 교화의 근원이고, 국가의 인재는 이를 정치에 실천하는 자이옵니다. 천하에 명성을 떨친 이는 반드시 교육을 통하여 인재를 양성해 왔사온데, 우리나라는 불행하게도 근간에 나라가 어지러워져 교육제도가 무너지고 전쟁으로 많은 인재를 잃었습니다. 조속히 성균관을 중수하고 유가(儒家)를 배운 이들을 배출하여 국가의 인재로 쓰시옵소서."

이색은 기회가 있을 때마다 아뢰었으나 전쟁으로 국가의 재정이 말라버렸다는 이유로 번번이 미루어졌다.

"전하, 이보다 더 시급한 일은 말라버린 재정을 채우는 일이 옵니다. 염철별감(鹽鐵別監)[17]을 파견하여 염포세를 거두는 일이 시급합니다."

정승 염제신이 재정 문제를 들어 이색의 주청에 반대를 하고 오히려 세금을 더 거두자고 건의했다.

"지금 염철별감을 파견하는 것은 문제가 있사옵니다."

재상 전녹생이 염제신의 의견에 반대하고 나섰다.

"지금 전국에 별감을 파견하여 세금을 독촉하는 것은 백성들의 형편을 더욱 어렵게 하는 것입니다. 전쟁으로 백성이 곤궁한 이 때에 염천별감 제도를 다시 도입한다면 관리들은 반드시 이를 빌미로 농간을 부려 백성들에게 피해를 줄 것인데, 이를 중지하여야 하옵니다."

대간 정추가 전녹생을 편들고 나섰다. 이색도 전녹생, 정추의 입장에 서서 염철별감 제도를 폐지하는 쪽의 편을 들었다.

양편은 서로 양보 없이 시끄러웠다. 이 문제를 두고 벌써 몇 날째 임금 앞에서 격론을 벌였다.

"자, 자, 이제 그만들 하라."

왕이 짜증을 냈다.

---

17) 소금 전매를 위해 국가에서 전국에 임시로 파견한 관리. 관리의 농간이 심하여 백성들의 원성이 높았다.

"무엇들을 하는 게요! 이 문제를 가지고 한 치의 양보도 없이 모이기만 하면 이렇듯 싸우고들 있으니……. 쯧쯧, 성균관을 중수해야 한다면서 세금 걷는 것을 반대하고, 세금을 더 걷자 하니 백성의 형편이 어렵다고 하고 어느 장단에 춤을 추어야 하누. 그만들 두시오. 나는 머리가 아파 내전에 들어갈 터이니 알아서들 하시오."

임금은 신경질을 내면서 자리를 박차고 일어나 버렸다.

"여보게, 최 내관."

임금을 모시고 내전에서 나오는 내관 최만생을 이인임이 불렀다.

"예. 좌부승선 대감께서 어인 일로……?"

"나 좀 보세."

이인임은 최만생을 사람의 이목이 닿지 않는 구석진 곳으로 데리고 갔다.

"물어볼 말이 있네……. 요즘 전하의 심기가 어떠신가?"

"왜 그걸 물으시는지요?"

"전하께서 요즘 국정에는 통 관심이 없으시고 어쩌다 국론이 길어지면 벌컥벌컥 화를 내거나 짜증을 내는 일이 많아서 신변에 무슨 변화가 있나 해서 묻는 것이네."

"예. 그래서 우리 내시부에서도 걱정이랍니다. 전하께서 내전에 들어 계실 때도 그런 일이 자주 있습니다. 또 어떤 때는 가슴이 아프다고 두드리기도 하고 한참을 우울하게 말도 없이 있으시기도 하고……. 어떤 날은 답답하신지 평복차림으로 말을 타고 나가셨다가 돌아오시기도 한답니다. 답답하셔서 그런 것 같습니다. 여간 걱정이 되는 것이 아닙니다."

"마마와는 사이가 좋으신가?"

"예. 공주마마와 금슬은 변함이 없습니다. 마마께서 잉태하고 계시니 전하께옵서는 그 곁을 떠나지 않으시려 하십니다."

"정비(定妃) 마마를 비롯하여 여러 후궁 마마가 계신 데 찾지는 않으시는가?"

"후궁 마마분들은 생불이 되어 지내신 지가 꽤 오래되었습니다. 가례를 치른 후 한 번도 전하를 모시지 못한 분도 계시지요. 공주마마 외에는 여자로 보이지가 않으신 모양입니다."

최만생은 임금의 내밀한 이야기를 입 밖으로 뱉으며 재미있다는 듯 '쿡' 하고 웃었다.

"전쟁으로 너무 힘든 일을 많이 겪으셔서 그런가?"

이인임도 같이 웃어주며 말했다.

"그런 것 같습니다. 가끔은 공주님과 대화 중에 죽은 조일신과 김용을 욕하면서 '그놈들이 원나라에 있을 때부터 측근에다 두고 보살펴주었는데 감히 나의 목숨을 노렸다'고 화를 내시기도 하고……. '신하 놈들을 믿을 수가 없다'고 말씀하시는 것을 듣기도 했습니다."

"음, 조일신, 김용 그놈들한테 기대도 많았기에 배신감도 커서 그럴 것이야. 전하의 입장에서 어디 그놈들이 전하의 목숨을 노릴 줄이야 꿈엔들 생각하셨겠나? 별도로 편전으로 불러들여서 은밀한 이야기를 나누시는 사람은 없던가?"

"편전으로 불러들이는 사람은 없고, 밤에 말을 타고 나가실 때 누구를 만나고 들어오시는 것 같습니다."

"누구?"

임금이 밖으로 나가서 은밀히 만나는 사람이 있다는 말에 이인임은 관심을 기울였다.

"밀직 김원명 대감 댁으로 가시는 것 같습니다."

"김원명……? 그자는 자기 공은 부풀리고 남을 비방하기를 좋아하는 자이데, 처신이 가벼워 지난날 감찰집의(監察執義)[18]로 부임했을 때에 규

18) 관리에 대한 감찰, 풍속의 교정, 탄핵 등을 담당하는 직위.

정(糾正)[19]들이 모여서 비방을 하고 영접을 하지 않아 소란이 났던 자가 아닌가?"

"그런 적이 있었지요. 그의 사악함은 소문이 나 있지요."

"그런 자의 집으로 전하께서 평복으로 납시어 누구를 만난단 말인가?"

이인임은 평판이 올바르지 못한 인사를 임금이 궐 밖에서 은밀히 만난다는 것이 못마땅하면서도 한편으로는 무슨 일이 있는지 궁금했다.

"어떤 스님을 만난답니다. 경상도 옥천사에서 수도했다는 편조라는 스님인데 행색도 초라하고……. 그런데 그 행색에 비하여 큰 도를 깨우쳤다 하여 김원명이 밀직 김란의 집에다 모셔다 놓고 전하의 알현을 주선하고 있다 합니다."

"그래서? 전하께서는 좋아하시든가?"

"예. 밤중에 나가셔서 한참을 지나 새벽에 돌아오시는 때가 있는데 그때마다 기분이 좋아 보이십니다. 전하를 기쁘시게 하는 신통한 수를 부리는가 봅니다. 아니면 정말 높은 도를 깨우쳐서 감동시켜서 그러는 것인지……."

이인임은 최 내관의 말을 들으면서 뭔가 골똘히 생각했다. 그리고는 잠시 후 품속에서 주머니를 하나 꺼내서 최만생에게 건네주었다.

"고맙네, 이거 받아두게. 큰 것은 아니지만, 금 보석과 노리개를 좀 쌌네."

"아니, 뭘 이런 걸."

최만생은 짐짓 사양하는 체하면서도 받아서 품속에다 날름 숨겼다.

"다음에도 전하의 주변에 무슨 일이 있거들랑 전해주게."

이인임은 당부를 하고 발길을 옮겼다.

19) 종6품으로 감찰집의 아래 벼슬.

• 4

도전이 초시(初試)인 성균시에 합격하고 이어서 진사시에 합격한 것은 공민왕 11년(1362년)이었다. 그런데 해를 넘겼는데도 벼슬길로 나아가지 못하고 있었다.

정월도 다 지나갔다. 예성강둑 개나리는 봄의 전령을 전하려는 듯 꽃망울을 뭉치고 있었다. 도전은 자신에게도 봄과 같은 소식이 오기를 기다렸으나 그 소식은 종체 없었다.

보통은 과거에 급제한 후 한두 달이면 벼슬을 제수받는데 도전은 아무런 소식이 없으니 갑갑했다. 처음에는 전쟁을 치르고 난 후 조정에서 여러 가지로 경황이 없어서 늦어지나 했는데, 꼭 그런 것만이 아닌 것 같았다. 요즘 들어 도전은 문밖에 인기척만 나도 조정에서 어명을 받들고 온 것이 아닌가 하여 대문가로 눈길이 자주 갔다.

오늘도 하루 종일 대문 쪽만 바라보며 해를 보냈다.

어둠이 질 때쯤에 하륜이 찾아왔다. 술에 취해 걸음을 비틀거리며 대문을 들어섰다. 도전은 반가움에 얼른 나가 그를 맞았다.

"이 사람 어디서 이렇게 술을 많이 했나?"

"형님, 삼봉 형님. 오늘 내가 술을 좀 많이 했소이다. 이놈의 세상, 이 더런 놈의 세상 콱 엎어버리고 싶소이다. 아주 갈아엎어 버리고 새 세상이 돼야지, 우리 같은 놈들도 기 펴고 살아보지. 에이, 더러운 놈의 세상. 내 이자를 가만두나 봐라."

하륜은 몹시 술에 취해 횡설수설했다. 그러면서 그는 간간이 뼈가 있는 말을 내뱉었다.

"형님, 삼봉 형님 들어보시오. 아 글쎄, 오늘 낮에 차원부란 작자가 느닷없이 집에 찾아왔지 않겠소? 나 참, 그놈이 언제부터 우리와 아는 척을 했다고……. 그 작자가 왜 갑자기 나를 찾아왔는지 아시오?"

"왜 무슨 일이 있었는가? 차원부 대감이라면 학문이 우리 목은(이색) 스승님과 견줄만한 분이 아니신가."

도전은 느닷없이 하륜의 입에서 일찍이 급제해서 여러 벼슬을 지내면서 명성을 떨쳐온 차원부 대감의 함자가 나오자 웬일인가 하고 물었다.

"흥, 학문이 깊다고? 그런 소리 마시오. 형님, 그자가 학문은 깊을 줄 몰라도 사람은 그렇지 않더이다. 제 잘난 멋에만 취해서 사람을 무시하고……."

"왜 무슨 일이 있었는가?"

"글쎄 그자가 느닷없이 찾아와서 한다는 말이 이번에 연안 차씨 문중 족보를 증보한다는 것이오."

"연안 차씨 족보를 증보하는데 그게 자네와 무슨 연관이 있는가?"

"죽일 놈."

하륜은 욕을 한마디 더 뱉어내고는 말을 이었다.

"내 이런 말 하기가, 내 흉을 보이는 것 같아서 망설여지지만 어쩔 수 없이 형님께 말씀드리는 것이오."

"말해 보게, 들어나 보세."

"내 외조모가 차원부 집안과 조금 연고가 있지요. 차원부의 조부 되는 차포은 대감과 조금 관계가 있는 것, 형님도 아시지 않소?"

'아, 그 이야기!'

도전은 하륜이 이야기하려는 뜻을 퍼뜩 알아채었다.

'이 사람도 나처럼 떳떳하지 못한 외가 혈통을 이어받은 것에 대해서 상처를 갖고 있었지!'

도전은 하륜이 언젠가 동문수학하는 동기들로부터 모멸을 당했다며 분함을 이기지 못하고 신세 한탄하던 이야기를 기억해냈다. 그때도 하륜은 주먹을 불끈불끈 쥐면서 외가의 이야기를 피처럼 토해냈다.

하륜은 "외조모가 어느 대감의 첩이었다"는 말을 했다.

하륜은 그것을 감추려 했으나 어느샌가 그것이 동기들 사이에 알려져서 하륜 자신에게 자긍심을 가질만한 어떤 일이 있을 때나, 동료로부터 부러움을 살만한 대견한 일을 이루었을 때마다 흉으로 잡혀서, "시기하는 자들로부터 뒤에서 이러쿵저러쿵 비방을 듣게 하는 근원이 되곤 한다"고 한탄을 한 적이 있었다.

하륜이 도전에게 이렇듯 흉금을 털어놓는 이유는 도전도 모(母)가 종의 여식이었다는 동병상련의 아픔을 갖고 있기 때문이었다.

"내 외조모가 차포은 대감의 측실이 된 것은 그 나름의 어려운 사정이 있었을 터인데 그것을 어찌 족보에 올려놓고서 후손들에게까지 보이게 한단 말이오? 이것은 다분히 나에게 망신을 주려는 의도인 것이외다. 연안 차씨 족보에 올려놓고서, 내게, 더 나아가서 내 후손들에게까지 상처를 내어서 자신들의 자손들에게 기를 못 펴게끔 하기 위한 옹졸한 짓이 아니고 무엇이겠소이까? 못된 놈 같으니라고!"

하륜은 방바닥을 치면서 흥분했다.

"……."

도전은 그런 하륜에게 뭐라고 위로를 해주어야 할지 몰랐다. 같이 차원부를 욕해주어야 할지 아니면 참으라고 도닥거려야 할지…….

도전은 하륜의 손을 살며시 잡았다. 손을 잡고 있는 도전의 손등 위로 하륜의 굵은 눈물방울이 뚝뚝 떨어졌다.

"여보게 윤이, 나도 자네가 느끼는 감정 이상의 아픔을 느끼며 살고 있다네. 나도 우현보라는 놈 집안에서 이러쿵저러쿵 비방을 들었을 때 쳐 죽이고 싶은 심정이었다네."

"그렇지요. 형님의 심정도 그러했었지요, 아! 참, 차원부가 이런 이야기도 하더이다. 형님께 들려주어야 할 이야기라면서."

하륜은 잠시 자신의 감정을 추스르고 말머리를 돌렸다.

"무슨?"

"형님이 과거에 급제했으나 등용이 미루어지는 이유가 고신을 못 받고 있기 때문이라고 합디다."

고신(告身)은 조정에서 관리에게 내려주는 임명장이다.

"그래? 왜 고신을 내려주지 않는다던가?"

도전은 귀가 퍼뜩 띄었다.

"우현보 대감과 그 아들 홍수가 형님의 출신이 비천하다고 비방하면서 고신을 못 받게 방해를 해서랍니다."

"뭣이, 우현보가? 그놈이 또 그런 소리를 하여 남의 앞길을 가로막는다고?"

도전은 그 말을 듣는 순간 감정이 치밀어 올랐다.

"차원부가 그것을 형님께 알려주라고 하는 이유는 형님 또한 외가의 혈통이 떳떳하지 못하다고 지적하여 기를 꺾어 놓으려는 심산이 아니고 무엇이겠소이까? 어디 형님에 대해서만 말한 줄 아시오?"

"듣고 보니 그러네그려. 우현보 이놈, 이 원수 같은 놈이 또 나의 발목을 잡고 있구나.

내 이놈을 기어이 물고를 내야 분이 풀리지. 또 누구에게 무슨 말을 했는가?"

"무장으로 있는 조영규에 관해서도 이야기합디다."

"조영규는 왜?"

정도전은 그에 대해서 생소했으나 하륜은 아는 듯했다. 조영규는 후일 이방원의 최측근으로 활동하면서 '선죽교의 충신'으로 추앙받는 정몽주를 철퇴로 쳐 죽이고 조선개국의 일등 공신이 되었고, 이방원이 1차 왕자의 난을 일으킬 때도 합세하여 정도전, 남은 등을 참살한 인물이다.

차원부가 조영규를 이야기한 것도 연안 차씨의 적통이 아닌 가문에 대해 차별을 두려는 의도, 즉 외가나 처가의 혈통이 떳떳하지 못한 곁가지 혈통들도 족보에 함께 올려놓았으니 알아서들 하라는 경고를 하기 위한 것이었다. 조영규를 연안 차씨 문중 족보에 올린 연유는 조영규의 장모가 차원부의 이복동생인 차견질의 첩이었기 때문이었다.

"형님, 우리도 어디 씨가 제 놈들보다 못한 양반인가요? 제 놈들 집안에서 여자를 함부로 끌어다가 첩으로 삼아놓고 이제 와서 외가 혈통이 어떠니 하면서 차별을 하려고 들다니, 에이 퉤, 나쁜 놈들."

하륜은 하륜대로 차원부에게 욕을 끌어 부었고 정도전도 그 나름대로 우현보의 집안에 대해 분노를 느꼈다.

"그런 놈들이 행세하고 있는 세상에서 우리 같은 곁가지 출신들은 개밥에 도토리 신세를 면하기가 어렵소이다. 내 차가 놈을 언젠가는 내 앞에 무릎 꿇려서 살려달라고 비는 꼴을 꼭 봐야겠소. 그렇게 만들기 위해서 꼭 출세를 하여 그놈들 머리 꼭대기에 앉을 것입니다."

하륜은 분풀이를 위해서라도 꼭 출세해야겠다고 몇 번이고 외쳤다. 정도전은 그런 하륜의 곁에서 그 나름대로 우현보 집안에게 꼭 복수를 해서 이 수모를 갚아주리라고 다짐했다.

하륜은 몇 마디 더 알아들을 수 없는 말을 주절거리다가 방 한구석에 자리를 잡고 눕더니 이내 코를 골며 잠에 곯아떨어졌다.

• 5

정도전이 벼슬길에 오른 때는 공민왕 12년(1363년)이었다. 하륜이 도전의 집을 방문하고 돌아간 지 한참 지난, 봄이 완연한 때였다. 그의 첫 벼슬살이는 충주목 사록(司錄), 정8품직이었다.

말안장에 걸터앉아 건들거리면서 임지로 가고 있는 도전의 모습은 외형상으로는 제법 여유롭고 멋스러워 보였지만 실상 그의 마음은 편치 않았다. 학수고대했던 벼슬길이었건만 이곳까지 오면서 보았던 풍광들은 그의 벼슬살이 첫걸음을 여간 무겁게 하는 것이 아니었다.

이맘때는 논밭에 파종하느라 들녘에 사람들이 분주해야 하는데도 사람의 씨가 말랐다. 밭고랑은 허물어져서 메워지고 논에는 잡초만이 무성한 채 방치되어 있었다.

길가의 집들은 문짝이 뜯겨나가고 기둥이 내려앉은 채 거미줄만 두텁게 처져 있는 것이 폐가가 된 지 오래된 듯했다. 모두 전화(戰禍)가 남겨놓은 모습들이었다. 사람들은 다들 피난을 떠나고 들짐승만이 집 주위를 어슬렁거렸다.

도전의 속마음을 모르는 종자 칠석이 만이 상전의 첫 벼슬길이 마치 자신의 영화인 양 혼자 신이 났다. 말고삐를 채며 앞장서서 껑충껑충 뛰면서 길을 재촉했다.

도전의 입에서 한숨 소리가 절로 나왔다. 강둑에 휘늘어진 수양버들을 벗 삼아 유유히 흐르는 남한강의 여유로운 풍경 따위는 눈에 들어오지 않았다.

'백성들의 이 지옥 같은 삶이 언제나 끝이 날꼬……?'

그는 관리로서 첫발을 내디디면서 무거운 책임감을 느꼈다. 그는 말등에 앉아 소백산 자락 뒤편으로 짙은 산 그림자를 드리우며 넘어가는 해를 바라보며 한숨에 섞어서 시 한 수[20]를 읊었다.

창송생도방(蒼松生道傍)	해묵은 솔이 길가에 자라니
미면근부상(未免斤斧傷)	도끼의 상함에서 벗어나지 못하리
상장견정질(尙將堅貞質)	아직도 굳고 곧은 바탕을 지녀

20) 정도전의 자작시 「고의(古意)」 중에서.

조차작화광(助此爝火光)	횃불의 빛을 도와줄 수 있다네
안득무양재(安得無恙在)	어쩌면 병 없이 조용히 있어
직간릉운장(直幹凌雲長)	똑바로 구름을 뚫고 자라
시래수랑묘(時來竪廊廟)	때가 와서 큰 집을 지을 적이면
흘립충동량(屹立充棟樑)	우람한 저 대들보에 충당할 것인가
부수지차의(夫誰知此意)	누가 이 뜻을 미리 알아
이종최고강(移種最高岡)	가장 높은 산에 옮기어 심어줄 것인가

시에는 정도전이 자신을 길가에 서 있는 한 그루 소나무에 비유해서 곧게 자라서 나라를 위해 장차 큰일을 도모할 재목으로 쓰일 날을 기다리며 누군가 그 뜻을 알아주기를 바라는 마음을 담고 있다.

소백산 자락 그림자가 짙게 드리운 남한강 변은 어둠이 빨리 찾아왔다. 도전과 칠석은 길을 재촉했으나 얼마 못 가서 주위가 컴컴해졌다.

어딘가 하룻밤 묵을 곳을 찾아야 하는데……. 지나오면서 몇 군데 민가를 보았으나 모두가 주인이 떠난 집들뿐이었다.

"서방님 어떡하지요. 어두워졌는데?"

칠석이는 난감한 표정으로 물었다.

"별수 있겠느냐, 이대로 가던 길이나 재촉할 수밖에."

도전도 난감하기는 마찬가지였다.

"다행히 보름이 가까우니, 좀 있다가 달이 뜨면 지척은 분간할 수 있을 것이다. 말고삐나 잘 잡고 가자꾸나."

달은 떴으나 밤길에 가야 할 방향을 찾아내기는 쉬운 일이 아니었다. 도전은 말에서 내렸다. 그리고 말이 이끄는 대로 그냥 끌려서 산속으로 난 골짝 길로 들어섰다. 칠석이는 나뭇가지를 꺾어 횃불을 만들어 비췄다.

얼마간 걸었을까? 지쳐서 발걸음도 제대로 떼지 못하고 있을 즈음에 갑자기 근처에서 인기척이 들려왔다. 꽤 여러 사람인 것 같았다.

'뭣 하는 자들일까?'

두 사람은 순간 긴장이 되었다.

'간간이 들려오는 것은 산짐승의 울음소리뿐이었는데 갑자기 인기척이라니?'

낯선 곳에서 사람을 만나면 반갑기보다는 겁부터 나는 법이다. 밤에 저렇듯 산길을 몰려다니는 자들이라면 화적떼일지도 모른다.

전쟁 통에 가족을 이끌고, 혹은 가족과 흩어져서 정든 고향을 떠나 떠돌이 생활을 하는 자들은 대부분 비렁뱅이가 되든지 아니면 화적질을 하며 생활한다고 들었다.

또 화적 패거리 중에는 군에서 도망쳐 나온 자들도 있고, 법이 물러져서 기강이 흐트러져 있는 틈을 타 못할 짓을 하고 도망을 다니는 자들도 있다고 했다. 그들은 필요한 재물만 빼앗는 것이 아니라 사람의 목숨도 짐승 취급을 하여 함부로 상하게 한다고 들었다. 두 사람은 바위 뒤로 몸을 숨겼으나 그들은 이내 닥쳐왔다.

"이놈들아! 숨는다고 모를 줄 아느냐?"

"이리 나와라. 이놈들!"

그들은 이미 도전을 보고 쫓아온 것이었다. 그들은 도전이 생각한 대로 화적떼들이었다. 도전과 칠석은 꼼짝 못 하고 앞으로 끌려 나왔다.

"행색이 초라한 것을 보니 가진 것도 별로인 것 같은데?"

놈들은 도전의 등짐을 풀어헤쳤다.

"이거 재물 될 만한 것은 하나도 없고 웬 서책들이 이리 많누?"

"서생인가?"

"말을 타고 종자를 딸리고……. 벼슬살이 가는 자인가?"

그들은 자기들끼리 수군거리더니 의견이 모아졌는지 도전과 칠석이의 등을 밀어 앞세우고 그들만이 알고 있는 산길로 끌고 갔다.

• 6

한참을 어둠 속을 걸으니 이윽고 사람이 사는 듯 인기척이 나는 산채가 몇 채 나타났다.

밖으로 불빛이 새나가는 것을 막기 위해 장막으로 가리개를 쳐놓았으나 완전하지는 못했다. 언뜻언뜻 장막 사이로 불빛이 내비치고 있고, 그러한 산채가 여럿 있는 것으로 보아 꽤 여러 사람이 모여 살고 있는 것처럼 보였다.

도전은 그들의 우두머리가 머무르는 막사로 끌려갔다.

"이놈 꿇어라, 우리 두령님이시니라."

도전과 칠석은 방 가운데 버티고 앉아 있는 자의 앞으로 밀쳐졌다.

"이것이 이자들의 짐 전부입니다요."

도둑 중의 한 놈이 엎어져 있는 도전의 옆으로 보퉁이를 던졌다.

"안에 무엇이 들었더냐?"

두령이 물었다.

"쓸 만한 것은 아무것도 없습니다. 서책만 가득하고……. 가만있자, 무슨 서류 같기도 하고 글씨를 쓴 종이가 있던데……. 당최 글을 알아야 읽어보지."

말을 건네던 그놈이 보퉁이를 이리저리 뒤적이더니 서류를 꺼내 두령에게 건네주었다. 두령은 글을 아는 듯 서류를 펼쳐 들었다. 그것은 도전을 충주목사록으로 임명한다는 고신장이었다.

"뭣입니까요? 까만 것은 먹물이고 하얀 것은 종이인 것은 맞는데, 벌겋게 도장이 찍혀 있는 것은 무슨 뜻입니까요?"

고신장을 건넨 놈이 계속 궁금해서 물었다.

"어디 불을 대봐라. 낯짝이나 보게."

서류를 읽고 난 뒤 우두머리가 말했다. 그는 의자에서 일어나 도전에게로 가까이 다가왔다. 부하 놈이 횃불을 도전의 얼굴 근처로 가져다 대었다.

"아직 나이가 어린데 소년 급제하셨나?"

불길이 얼굴에 와 닿자 도전은 데일 것 같은 뜨거움과 함께 절박한 위기감을 느꼈다.

도전은 이곳으로 끌려오면서 여러 가지로 많은 생각을 했다. 자칫 잘못하면 산속에서 화적 놈들 손에 붙잡혀서 쥐도 새도 모르게 죽게 될지도 모르는 일이다.

'벼슬살이 첫걸음에 사모관대도 제대로 못 써보고 개죽음을 당해야 한다니…….'

죽음이 바로 목전에 와 있다고 생각하니 여태껏 살아왔던 기억들이 주마등같이 지나갔다.

아내와 이제 태어난 지 얼마 되지 않은 자식 놈들, 그리고 고향에 계시는 부모님, 도전은 사랑하는 가족들을 남겨두고서 이름도 모르는 낯선 산골짜기에서 화적떼에게 잡혀서 흔적도 없이 죽임을 당해야 한다고 생각하니 억울하기 그지없었다. 그중에서도 가장 억울한 것은 가슴에 품고 있던 청운의 꿈을 펼치기도 전에 개죽음을 당해야 한다는 것이었다.

'얼마나 기다려온 벼슬길인데……. 여태껏 품어온 나라와 백성을 위하여 펼쳐보고자 한 뜻이 이렇듯 허무하게 무너져버려서야……'

도전은 어떡하든지 이 위기를 벗어나야 한다고 다부지게 마음을 먹었다. 다행히 우두머리란 놈은 글을 아는 자이니 설득을 잘하면 먹혀들지도 모른다는 한 가닥 희망이 들기도 했다.

"여보시오. 어떤 사연이 있어 이런 산속에까지 들어와 생사람을 잡고서 이런 일을 벌이는지는 모르오만, 이는 사람이 할 짓이 아니오. 나는 이제 막 충주목사록으로 첫 벼슬살이를 가는 정도전이라는 사람이외다."

도전은 어떡하든 우두머리를 설득해볼 요량이었다.

"흥, 벼슬아치? 이놈을 아예 이 자리에서 물고를 내버립시다."

우두머리의 옆에 있는 놈이 도전이 벼슬살이를 가는 중이라는 말을 듣고 불같이 화를 내며 머리 위로 손을 번쩍 쳐들었다. 내리칠 기세였다.

"아서라!"

우두머리가 제지했다. 다행히 우두머리는 도전에 대해서 적개심을 갖고 있지는 않은 것 같았다.

"나는 벼슬길이 초행인지라 가진 재물이 없소이다. 타고 가던 말 한 필과 서책이 전부이니 부디 목숨은 보전해주시오. 부탁이오."

"살고 싶으냐?"

"그렇소. 내게는 지금 죽는 이 내 목숨보다 더 아까운 것이 있어서 그렇소이다."

"목숨보다 더 아까운 것? 그것이 무엇이냐?"

우두머리가 피식 웃으며 말했다.

"이놈이 죽을 것 같으니까 별 이상한 소리를 다 지껄이는구나! 네가 지금 목숨보다 더 아까운 것이 뭣이 있느냐? 머릿속에 먹물께나 들었다고 우리를 우습게 보고 우롱하는 것이냐?"

"내 말 좀 찬찬히 들어보시오. 그대들도 산속으로 들어와 이런 생활을 하는 연유가 있을 것이오. 내가 볼 때는 다 이 나라 형편이 말이 아니어서 그대들도 본디 선량한 백성으로 지내다가 이 지경까지 이르게 된 것이라고 보오."

"……."

"나는 지금 벼슬길 초행을 가는 사람이오만 내 가슴에는 이 나라가 안고 있는 모순을 고치고 백성이 잘살 수 있는 세상, 외적들이 침범할 수 없도록 부강한 나라를 만들어서 백성들이 안심하고 생업에 종사할 수 있는 나라를 만들고자 하는 꿈이 있소이다."

"그놈 먹물께나 먹었다고 터진 입으로 말은 잘 지껄이는구나. 네놈 같은 벼슬아치들이 우리 천것들의 사정을 아느냐? 네놈들이 우리 같은 천것들에게 하는 짓거리가 왜구나 홍건적이 한 짓과 무슨 차이가 있다고 주둥아리를 놀리느냐? 두령님! 이놈의 주둥아리를 아예 짓이겨버립시다요."

우두머리 옆에 있는 부하 놈은 도무지 말의 씨알이 먹히지 않았다. 그러나 우두머리는 도전이 하는 말을 잠자코 들어주었다.

"아서라, 말을 계속 들어보자."

부하 놈은 씩씩거리며 물러났다.

"그대들이 벼슬아치에 대해서 가지고 있는 서운한 감정은 이해가 되오. 내 반드시 힘을 얻었을 때 여러분들이 품고 있는 한을 풀어주도록 하겠소이다. 내가 아까 이 자리에서 죽임을 당한다면 목숨보다도 더 아까운 것이 있다고 한 것은 바로 내가 품었던, 외적이 감히 넘볼 수 없도록 이 나라를 부강하게 만드는 것, 백성들이 안심하고 내 땅에서 편안하게 생업에 종사하며 살 수 있는 나라를 만들겠다는 뜻을 펼치지 못하는 것이오."

도전은 차분하게 설득을 계속했다. 상대는 도전의 이야기가 길어질수록 설득이 되어가는 듯했다. 도전의 말끝마다 화를 불같이 내면서 빈정거리던 부하 놈도 한결 진정이 된 듯했다.

• 7

우두머리는 도전을 편히 앉도록 배려해주었다. 산속을 헤매노라 시장할 것이라며 고구마랑 옥수수 삶은 것을 갖다 주기도 했다. 그러면서 우두머리는 도전에게 자신들이 이렇게 된 사정을 들려주었다.

두목의 이름은 어량대라 했다. 그는 양광도 해안가를 지키던 하급 군관이었는데, 어느 날 그가 지키던 진지가 왜구의 습격을 받아 소속된 군대가 풍비박산이 나고 그 자신을 포함한 몇몇 수하 장졸만 겨우 목숨을 건져 도망을 쳤다고 했다. 그는 도망친 김에 가족들이 사는 고향에 잠시 들렀는데, 그사이에 그에게 도망병이라는 멍에가 씌워져서, 그는 더는 고향 땅에서 살 수 없게 되어서 식솔들을 이끌고 산으로 들어오게 되었다 했다. 그를 따르던 장졸들도 사정이 그와 다를 바가 없었기에 동행을 하게 되었다는 것이다.

"왜 자수를 하지 않았소. 나라에서는 도망친 자들을 모아 다시 복귀할 기회를 주고 있는데?"

이야기 도중에 도전이 물었다.

"왜 그런 생각을 하지 않았겠소. 그런데 사또 놈이 우리를 받아들이지 않으니 어쩌겠소."

두목의 말투는 어느새 '해라'에서 높임말로 바뀌었다.

"그건 왜지요?"

"그 속셈이야 뻔하지 않소. 우리를 도망자로 몰아서 살던 땅에서 쫓아내고 농사 지어먹던 땅뙈기를 뺏을 요량으로 그런 것이지."

'아하!'

도전은 생각나는 바가 있었다. 왜구의 침범이 잦은 지역에서는 토지전적이 불타 없어지는 경우가 많았는데 지방 사또가 이를 다시 작성하면서 토지 경계를 제 마음대로 정해서 좋은 곳과 나쁜 곳을 바꿔치기도 하고 또 소유가 불분명한 것은 몰수하여 사복을 채운다는 이야기였다. 두목 어량대 또한 그와 같은 피해를 본 자였다.

"여기 이 사람……."

어량대는 자신의 옆에 있는, 조금 전 도전에게 주먹질하려던 자를 가리켰다.

"이 사람의 경우는 또 다르오."

"또 다른, 어떤 사정이 있는 것이오?"

"이 사람은 우리와 같은 병졸이 아니었고, 본디 청주 지방에 살던 농부였소."

농부가 살던 동네는 왕이 피난 가는 길목에 있었다. 그곳은 병화를 직접 경험한 적이 없는 곳이어서 다른 곳보다는 비교적 온전한 곳이라 했다. 그러던 곳에 어느 날 갑자기 임금의 피난길 행차가 얼마간 머물게 되면서 동네가 쑥대밭이 되어 버렸다는 것이다.

임금이 머무르면서 호위하고 온 관리들이 민가를 차지하게 되었고 그들은 동네 가가호호를 찾아다니면서 술과 음식을 차려 내오라고 패악을 저질렀고 심지어는 기르던 소, 돼지, 닭 가축들도 마음대로 잡아먹었다는 것이다. 이에 항의하는 자가 있으면 무조건 잡아다가 매질을 하곤 했다는 것이다. 농부의 집에 머무른 자는 농부의 아낙까지 겁탈했다는 것이었다. 동네 사람들은 쉬쉬했지만 그렇게 당한 집이 여러 곳 있다는 소문이 떠돌았다. 농부는 패악을 저지른 관리 놈을 흠씬 패주고 집을 불살라 버리고 산으로 도주했다가 어량대 일행을 만났다고 했다.

이야기를 듣고 난 뒤 도전은 그자가 벼슬살이 간다는 자신을 더욱 미워하는 이유를 알 수 있을 것 같았다.

"이곳은 이 나라에서 더 이상 기댈 것이 없는 사람들이 모인 곳이오."

사정 이야기를 마칠 즈음에 어량대가 말했다.

"그대들의 사정을 들어보니 이해는 가오. 그렇지만 마냥 이렇게 지낼 수는 없는 일 아니오? 이런 일이 알려지면 관에서는 토벌하러 군사를 보낼 것이 아니오? 그러면 죗값을 치러야 하고……."

"언젠가 그런 날이 올지도 모르지요. 그러나 지금 우리에게는 이렇게 사는 수밖에 달리 길이 보이지가 않으니 어쩌겠소. 아니 이렇게 사는 것이 차라리 속이 편하오. 이 나라 어디를 가도 외적의 침입에 성한 곳이 없고, 또 지난 세월 동안 고려는 원나라의 지배를 받으며 나라가 없는 거나 마찬가지로 지내왔지 않소."

"그래도 우리는 고려의 백성으로 살아온 것이 아니오?"

"흥. 고려 백성이오? 그 고려가 대체 무엇이오? 편하게 살도록 지켜주지도 못하면서 툭하면 갖은 명목을 내세워 백성들의 허리띠를 쥐어짜듯 빼앗고, 그 뺏긴 자는 어디에도 억울함을 하소연할 데도 없고……. 우리에게는 차라리 이대로 나라가 없는 듯이 사는 것이 더 낫소이다."

어량대의 말은 체념인지 푸념인지 구분되지 않았다.

"우리에게는 나라도, 임금도 차라리 없는 것이 낫소이다. 비록 짐승같이 산속에 틀어박혀 사냥질하며 움막을 짓고 살더라도 이곳까지는 왜구놈들도, 홍건적도 쳐들어오지 않을 것이고 또 무엇보다도 핑계만 있으면 시시때때로 찾아와서 시비를 걸며 괴롭히는 관헌 놈들이 보이지 않아서 차라리 마음이 편하오."

"그래도 언제까지나 이런 곳에서 이런 짓으로 살아갈 수는 없는 노릇이 아니오? 세상천지에 나라와 임금이 없는 곳은 어디에도 없소. 자고로 백성은 그에 의지하여 세상을 살아가기 마련인데 나라와 임금이 필요치 않다는 것은 당치도 않는 말이오."

"이놈의 고려에서 백성으로 살아가기가 너무 힘이 들어서 그런 말을 하는 것이외다. 지금 이 나라는 차라리 없어지는 게 백성에게는 더 좋은 일이오. 임금도 확 뒤져서 바뀌든가 해야지 제 한 몸 살겠다고 이리저리 쫓겨 다니고 그를 따르는 조정의 벼슬아치 또한 기회만 있으면 백성을 닦달하려고 드니 백성이 어디 곤궁해서 살 수가 있겠소이까?"

도전은 우두머리의 이야기를 들으면서 민심이 나라와 조정으로부터 멀리 떠나 있음을 느꼈다. 자신은 벼슬살이하면서 꼭 백성이 우선이 되는 세상, 임금이 백성의 뜻을 헤아리고 조정 대신이 그 뜻에 따라 사심 없이 나라를 경영해가는 나라를 만들고자 하는데, 지금 백성의 생각은 임금과 조정으로부터 너무 멀리 떨어져 있다는 생각이 들었다. 그것은 모두 임금과 그를 둘러싸고 있는 조정중신, 그리고 지방의 말단 벼슬아치들까지 백성의 안위는 안중에 없고 노예 취급하면서 제 사복만 채우려 했기에 그들의 책임이 크다고 생각했다.

도전은 그들에게 자신의 포부를 설명하면서 언젠가 자신이 기회를 만들어 꼭 백성이 희망을 가지는 나라를 만들겠다고 설득했다.

그들은 도전과 칠석을 골방에 가두어놓고 의논을 했다. 도전은 그들의 결정이 날 때까지 기다리는 수밖에 없었다.

도전과 칠석은 골방에서 거의 뜬눈으로 밤을 새웠다. 다음 날 늦은 아침, 두 사람은 두목 앞으로 다시 붙들려 나갔다. 다행히 의논이 잘 되었는지 분위기는 어젯밤과는 달리 한결 부드러웠다.

"우리는 그대를 살려 보내주기로 했소."

"고맙소이다. 내 반드시 세상을 바꾸는 힘이 있는 자리로 올라가서 사욕을 버리고 그대들의 기대에 어긋나지 않는 세상을 만들기에 온몸을 바칠 것이오. 두고 보시오."

"부디 그렇게 세상을 바꾸는 훌륭한 재상이 되어주시오. 백성이 희망을 갖는 나라로 만들어주시오."

그리고는 덧붙였다.

"이것은 어쩔 수 없는 일이오만, 말은 우리도 필요한 것이니 놔두고 가시오. 이곳 소백산 일대에는 우리와 비슷한 처지로 지내는 패거리가 많소이다. 우리에게 걸려들었던 것을 다행으로 생각하시오. 대신 우리가 충주목 가는 길목까지 안내를 해주겠소."

어량대는 선심 쓰듯이 인사를 했다.

도전은 그들이 싸주는 감자와 옥수수 요깃거리까지 받아서 산채를 나섰다. 도전은 저들이 비록 화적질을 하고 어쩔 수 없이 국법을 어기고 도망을 다니고 있지마는 그들 사이에도 여전히 사람 사는 따뜻한 인정이 살아 있음을 느꼈다. 그러나 다른 한편으로 임금과 나라에 대한 절망과 분노가 진흙덩이처럼 엉겨 붙어서 쌓여 있다고 생각하니 이 또한 안타까운 일이 아닐 수가 없었다.

도전은 산에서 내려오는 내내 그들이 한 말을 머릿속에 떠올리며 생각했다.

'정녕 지금의 고려는 저들의 말대로 필요 없는 나라란 말인가……? 나라와 임금이 있어서 백성의 살림살이가 오히려 더 곤궁하다면 어찌해야 한다는 말인가? 임금과 벼슬아치는 제 살길만 찾고 있고 백성의 마음은 차라리 그 나라와 임금이 망하고 바뀌기를 바란다면 그 나라가 어떻게 유지가 될 수 있겠는가……?'

도전은 평소에 조정에 들어가면 백성이 희망을 가지는 나라, 임금이 백성의 어려움을 알고 정사를 펼치는 나라를 만들어보겠다는 생각을 품어왔다. 하지만 저들의 사정을 듣고 보니 문제를 어디에서부터 풀어야 할지, 과연 자신이 그 일을 해나갈 수 있을지 자신이 없었다. 그러나 그 일은 도전이 꼭 해내야 하는 절대적인 과제이기도 했다. 도전은 무거운 사명감을 느끼면서 산길을 내려왔다.

• 8

충주목을 둘러싸고 있는 월악산 줄기는 산세가 험하기로 알아주는 곳이다. 경상도 땅에서 넘어오는 문경새재는 그 산이 험하고 높아서 새들도 쉬어 넘는다는 곳이다. 충주목 관할에는 그런 험한 산세에 기대어 세간의 눈을 피해가며 화적질을 하며 사는 자들이 많았다.

관아에는 봉변을 당했다는 발고가 들어오는 경우가 적지 않았으나 그들을 붙잡았다는 소식은 없었다. 관에서는 아무런 반응이 없었다. 붙잡을 엄두도 내지 않고 아예 병졸을 풀 생각조차 하지 않았다.

'과연 어량대의 말대로구나……. 저들의 사연이야 어찌 되었든 죄를 짓고 관의 눈을 피하여 숨어 살면서 또 다른 죄를 짓고 있는데도……'

그들의 노략질은 화적질에 그치지 않을 것이다. 많은 인명이 이름도 모르는 곳에서 해를 당하고 억울하게 불귀의 객이 됐을지도 모르는 일이다. 도전 자신도 그런 일을 당할 뻔하지 않았던가.

"도적 떼가 저렇듯 들끓고 있는데 목사 영감은 어찌 저들을 잡을 생각을 하지 않으시오."

도전은 목사에게 따지듯 물었다.

"저들을 잡으라고?"

목사는 도전의 말을 듣고 물정 모르는 소리 말라는 듯 콧방귀를 뀌며 대꾸했다.

"저들을 어떻게 잡을 수 있겠소? 저 험악한 산속에 숨어 지내면서 일을 저지르는데 아무리 관군이라 한들 산세도 익숙지 못하고 병사도 부족한데 그들이 어디에 숨어 있을지 알고 추적을 하겠소이까?"

"그렇다고 이렇게 손을 놓고 있어서야 되겠소이까? 피해가 빈번한데……"

"그저 모른 척할 수밖에요. 섣불리 출동하였다가는 산세에 익숙한 저들에게 오히려 봉변을 당할 수도 있으니 그저 조용히 있을 뿐이오. 그렇다고 나라에서 병력을 더 지원해줄 수 있는 처지는 더욱 아니지 않소."

목사의 말은 괜히 귀찮은 일을 만들지 않겠다는 것이었다.

"개경 선비."

목사는 도전을 그렇게 불렀다. 그런 호칭을 쓰는 데는 도전이 이곳에서 얼마 지내지 않고 때가 되면 곧 개경으로 떠날 것이라는 의미가 포함되어 있었다.

"개경 선비도 그런 것에 너무 과민해 하지 마시고, 있는 날까지 맘 편히 있다가 가시오."

목사로서는 '물정도 모르고 얼마 있지도 않을 거면서 젊은이가 과거에 급제하여 중앙에서 왔다고 아는 척하며 이리저리 간섭하는 것'이 아니꼽고 귀찮았다.

그는 원래 향리 출신의 벼슬아치였는데 지난 홍건적의 난으로 임금이 몽진을 왔을 때 재산을 털어서 임금을 위시한 대신들을 잘 대접해서 목사로 발탁된 인물이었다. 그는 지금도 자리 유지를 위해 때때로 재물을 꾸려서 중앙으로 보내고 있었다. 도전은 이곳에 머무는 동안 목사의 그런 행동을 보고 실망을 느낀 적이 한두 번이 아니었다.

목사는 '괜히 지방의 문제를 중앙에까지 보고하여 말썽을 만들기보다는 문제를 묻어두고 중앙에 뻗쳐놓은 끈이나 단단히 잡고서 비위를 맞추어가는 것'이 지방 관아 수장으로서 지낼 수 있는 최고의 방법이라고 생각하는 듯했다.

어느 날이었다. 농부 김 서방이 처자식을 데리고 관아로 찾아와서 식구들 모두가 뜰에 엎드려 대성통곡을 하는 일이 있었다.

"나리, 세상에 이런 억울한 일이 어디 있습니까?"

김 서방은 울음을 섞어 주저리주저리 하소연을 읊었다. 사정은 이러했다.

아무리 뼈 빠지게 농사를 지어 봐도 새끼들까지 다섯 식구 입에 풀칠하기도 어려웠다는 것이다. 해마다 늘어나는 조세는 감당을 못할 지경이어서 장리 빚에 또 빚을 내어 버텨오고 있었다는 것이다. 조세를 내야 할 곳도 해마다 늘어나 조세를 갖다 바치면 또 다른 자가 땅 주인이라며 나타나 자신에게 조세를 바치라고 했다는 것이다.

김 서방은 지주와 조세를 거두어 가는 자가 도대체 누구이며 몇인지도 제대로 알지도 못할 지경이라고 했다. 그들이 조세를 바치라 하면 김 서방에게는 그것이 법이었다. 순한 백성 김 서방은 어쩔 수 없이 항의 한 번 못 하고 그들이 요구하는 대로 몇 번이고 소작료와 조세를 갖다 바쳤다고 했다.

그런데 근자에 새로운 지주라는 자가 나타나서 조세를 자신에게 바치라는 것이었다. 참으로 어이없고 억울한 일이라 사정을 하다 못해서 마침내 강력하게 항의를 했는데 지주의 집사되는 자가 김 서방의 사정은 아랑곳하지 않고 사정없이 매질하고 농사짓던 땅을 빼어갔다고 했다.

"아이고 나리 우리는 어떻게 살아야 합니까? 농사꾼이 농사를 지어야지, 고기를 잡겠습니까? 장사를 하겠습니까? 땅을 뺏기고 어떻게 농사를 짓습니까?"

목사는 잠자코 듣고 있다가 더 이상 듣는 것이 무료했는지 말했다.

"그만 됐으니 물러가 있거라."

"물러가 있으면 땅을 찾아주시겠다는 것인지요?"

김 서방은 기대하며 반문을 했다.

"알아서 할 테니 물러가 있거라."

목사는 가타부타 어떻게 하겠다는 대답은 주지 않고 김 서방네 식솔들을 쫓아내듯이 몰아냈다.

"영감, 땅을 찾아주실 수 있겠는지요?"

김 서방네가 돌아간 뒤 도전이 물었다.

"땅을 찾기는 어떻게 찾겠소. 이미 땅 주인이 한 사람 더 생겼는데 어찌 땅을 찾아주겠소?"

"땅 주인이 새로 더 생기다니요?"

"그것도 모르겠소?"

목사는 물색도 모르고 이것저것 챙기려고만 드는 도전에게 한심하다는 듯 힐난을 했다.

"어떻게 한 땅에 임자가 자꾸 더 늘어날 수 있다는 말이오?"

"지금 고려의 토지 제도가 정상은 아니라는 것은 알고 있지요?"

"그럼요. 경작지는 모두 지주의 소유이고 농부는 불어나는 소작료와 조세를 감당하지 못하여 농사짓든 땅을 처분해야 하고……."

"그렇지요. 해마다 조세가 불어나는 데 문제가 있다는 것이오?"

"……."

"농부가 농사를 지으려면 지주로부터 땅을 빌려 소작을 해야 하는데 이때 가을걷이를 할 때 여러 사람이 나타나서 소작료와 조세를 챙겨가는 데 문제가 있다는 말이오."

"글쎄, 그게 어떻게 된 일이오?"

"잘 들어보시오. 가령 토지 한 결에서 나는 수확을 열이라 칩시다. 거기에는 소작료와 관리들이 거둬가는 조세가 포함되어 있지요."

"그렇지요. 농부가 반을 가져가고 나머지 반은 지주가 가져가고, 농부는 자기가 받은 다섯 중 하나를 떼어서 조세로 갖다 바치고."

"그렇지요. 잘 알고 계시오만 중요한 것을 빠뜨리고 있소."

"뭣을?"

"조세를 받아가는 자가 늘어난다는 것이오. 수확기가 되면 어떤 곳은 여러 명이나 되는 자들이 수조권을 내세워 수확을 빼앗아가는 일 생기는 겁니다."

"어찌하여 그러한 일이 있을 수 있소? 또 관에서는 그러한 일을 알고도 넘어가는 이유가 도대체 무엇이오?

"백성이 농사지은 것 10분의 1은 경작지를 관리하는 수조권자의 몫이라는 것은 잘 아시지 않소?"

"그럼요. 그것은 벼슬아치의 생활 보장책으로 나라가 인정해주는 것이지요."

"그런데 그것이 벼슬살이가 끝이 나면 그 땅은 나라에서 회수하고 현직을 맡은 다른 관리가 수조권을 가져가야 하는데, 전직이었던 자가 이를 따르지 않고 계속 수조권을 행사하는 데 문제가 있는 것이오. 그렇게 되면 한 경작지에 두 명의 수조권자 생겨나는 것이고 그런 경우가 여럿 생기면 수조권자가 여럿 생겨서 농부는 농사를 지어봤자 다 털려버리고 결국은 농토까지 뺏겨버리게 된다는 말이오."

목사는 도전이 모르고 있는 중요한 것을 가르쳐주고 있다는 듯 말소리에 힘까지 주었다.

"토지를 관리하는 자들은 모두가 권문세족들이든가 아니면 그들에 붙어서 기고만장하는 자들인데 어느 누가 그에 왈가왈부할 수 있겠소이까? 이에 대해 지방의 벼슬아치가 이를 바로잡는다는 것은 불가능한 일이지요."

목사는 문제를 알고도 눈 감고 넘어가야 하는 어쩔 수 없는 현실의 사정도 덧붙였다. 그것은 힘없이 눈치만 보며 자리를 유지해야 하는 지방의 벼슬아치가 중앙에서 내려온 관리인 도전에게 하는 하소연이기도 했다.

이는 도전이 알지 못했던 또 다른 권문세가들의 악질적인 수탈 방법이었다. 힘 있는 자가 백성의 토지를 수탈하는 방법은 여러 형태였다. 대표적인 것이 장리 빚을 주다가 상대가 감당할 수 없을 때 이를 헐값에 사들이는 것, 부역과 군역을 면해주는 대가로 조세를 올리고 결국은 농토를 수탈하는 것, 이외에도 난리로 전적이 소실된 것을 이용해서 땅을 뺏거나 경계가 모호한 땅을 측량하면서 좋은 땅과 나쁜 땅을 바꿔치기하는 것 등 여러 방법이었는데, 목사가 이야기하는 것은 또 다른 방법인 것이다.

힘 있는 자가 백성의 토지를 수탈하는 방법은 참으로 수단과 방법을 가리지 않았고 끝이 없었다. 도전은 토지에 대한 문제를 생각하면 할수록 그것은 엉킨 실타래와 같은 난맥이었다. 그러나 그는 이 모든 것이 권문세가의 토지 겸병(兼併)에서 비롯된 것이므로 이는 반드시 해결해야 할 문제라고 생각했다. 하지만 지금 당장은 어떻게 해 볼 도리가 없는 노릇이었다.

도전의 첫 벼슬살이는 고려가 안고 있는 가장 큰 부조리를 대하면서도 아무런 힘이 되지 못하고 있는 현실에 대한 절망감을 느끼는 것으로부터 시작했다.

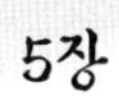

5장

성인과 요승

• 1

넓은 방 안, 한가운데에 가부좌를 틀고 앉아 있는 인물.

그의 뒤를 광배처럼 훤하게 밝히고 있는 촛불은 방 안에 가득 배어 있는 짙은 향내와 더불어 인물을 더욱 신비스럽고 위엄 있게 보이게 했다. 승려 편조(遍照)의 모습이었다. 그의 앞에 공민왕이 평복차림으로 마주하고 앉았다. 승려 편조는 왕 앞에서도 전혀 흐트러진 모습을 보이지 않았다. 공민왕의 자세는 그를 마치 부처님 대하듯 공손했다.

무언가 잘 알아들을 수 없는 주문을 입속으로 중얼거리는 편조의 모습은 마치 선계(仙界)와 통하고 있는 듯한 신묘한 느낌을 주었다. 다른 사람에게는 몰라도 그 앞에 앉은 공민왕에게는 적어도 그렇게 보였다.

"대사의 생각은 어떠시오. 나는 정치를 하는 것이 이제 지쳤소이다. 신하라는 것들도 믿을 것이 못되고……."

왕은 편조에게 수행을 그치고 국정에 참여해 달라고 요청하는 중이었다.

편조는 눈을 지그시 감은 채 짐짓 사양했다. 등 뒤에서 비추는 촛불은 그의 얼굴에 짙게 그림자를 드리워서 표정을 알아볼 수 없게 했다.

편조는 그사이에서 실눈으로 왕을 관찰하면서 말했다.
"소승이 어찌 부처님을 저버리겠나이까?"
"세상 어느 곳 부처님의 자비가 필요치 않은 곳이 있겠소? 부처님의 자비로 조정과 백성을 편안히 하고, 출사하여 나라를 다스림으로써 부처님의 뜻을 이룬다면 그것이 진정 불국토가 되는 것이 아니겠소?"
왕은 설득을 넘어서 간청을 하고 있었다.
"……."
편조는 왕의 말을 듣고 있기나 하는지 계속해서 저 나름대로 입속으로 알아들을 수 없는 주문을 계속 중얼거렸다.
왕은 말을 이어갔다.
"신하 중에는 이제 믿고 맡길 만한 인물이 없어요. 대대로 벼슬을 한 명문거족은 그들끼리 무리를 지어서 저들끼리 철옹성같이 감싸고서 국정을 농단하고 있고, 초야에 명망이 있는 인사를 발탁하여 쓰고자 하였지만, 그들 또한 일단 귀한 신분이 되고 나면 자기 가문이 한미한 것을 수치로 여겨서 명문거족과 혼인을 하고는 애초의 생각과 행동을 죄다 던져버리니 실망스럽고. 유생들은 유약한 데다 문생이니 좌주니 동년이니 당여니 하며 관계를 맺고 당파를 이루어 저들의 세를 불리기에 여념이 없으니 이들에게 어찌 믿고 국사를 맡길 것이오?"
"……."
"대사는 살아 있는 문수보살이라고 백성들로부터 칭찬이 자자하지 않소. 도선비기에 진사년에 성인이 나타난다 하였다는데 바로 대사를 두고 하는 말이 아니겠소."
공민왕이 편조에게 국정을 맡기고자 한 것은 그를 천거한 밀직 김원명으로부터 "편조 대사가 일찍이 득도하여 백성으로부터 칭송을 자자하게 듣고 있다"는 말을 여러 차례 들어온 데다가, 실제로 그를 만나보니 초라한 행색에 비해 부처의 영험이 그를 통해 이루어지는 것처럼 말을 하고 행동을 하고 있기에, 그에 현혹된 때문이었다.

또한 나라와 임금이 어려운 곤궁에 처해 있는 데도 재상이라는 자들은 제 살길과 욕심만을 차리고 책임은 회피하면서 서로 패당을 지어 상대방을 모함하며 싸움질이나 하고 있으니 실망하지 않을 수 없었다.

왕은 더 이상 신하들을 믿을 수 없다는 생각 끝에 국정을 믿고 맡길만한 인물을 찾고자 하던 때에 편조가 나타났던 것이었다. 왕이 간곡히 청하는데도 망설이고 사양하는 편조의 모습은 공민왕에게 더욱 신뢰를 주었다.

"소승이 전하께 한 말씀을 드려도 되겠나이까? 영험하신 부처님께서 이것 한 마디는 일러주시라고 계시를 하더이다."

이윽고 외던 주문을 마친 편조가 임금에게 물었다.

"그래요? 부처님께서 말씀이오?"

"그러하옵니다. 소승이 전하의 말씀을 듣고 부처님의 계시를 기다리느라 즉답을 못 해드렸사옵니다. 이제 저의 주문을 들으시고 답을 내려주셨습니다."

"그래 무엇이오. 들어봅시다."

임금은 편조의 앞으로 다가앉으며 다음 말을 듣고자 했다. 공민왕은 편조에게 완전히 홀려 있었다.

"전하께서는 신하들의 참소와 이간질을 잘 믿으신다 하온데, 소승에게 이런 일이 있어 믿지 못할 경우에는 어찌하올는지요?"

편조는 부처님의 영험을 받았다는 핑계를 대고 벼슬에 나아가기 전에 임금에게서 다짐을 받으려는 속셈이었다.

"대사가 나를 구하고 내가 대사를 구하는 일인데 어찌 다른 사람의 간사한 말에 미혹(迷惑)되겠소, 부처님 앞에 맹세할 수 있는 일이오."

편조는 공민왕이 부처님 앞에 맹세까지 한다니 자신이 뜻한 바대로 되어가므로 입가에 저절로 음흉한 미소가 지어졌다.

"부처님 앞에 맹세한다는 말씀은 그리 간단치 않은 일이옵니다."

"내 그럼 글로써 맹세를 남기겠소."

공민왕은 약속한 내용을 글로 써서 편조에게 주고 다른 한쪽은 자신이 가졌다. 편조는 글을 받아들고 흡족해서 몇 번이나 그것을 읽었다.

• 2

공민왕이 돌아간 시각은 삼경이 훨씬 넘은 한밤중이었다. 편조는 왕으로부터 받은 약조의 문건을 앞에 놓고서 혼자서 웃고 있었다.

"도사님 공양을 드셔야지요. 준비해놨습니다."

문밖에서 젊은 여인의 목소리가 들려왔다. 김전의 집에서는 편조를 도사라고 불렀다.

그는 평범한 스님이 아니라 매일 밤 한밤중에 기도하면서 부처님과 영적으로 통하고 있고, 그래서 신통력을 부려서 임금님을 평복차림으로 찾게까지 만든 도사였던 것이다.

"응 그래, 들여오너라."

문이 열리며 한 상 가득히 차려진 진수성찬이 들어왔다. 임금을 맞이하느라고 편조는 저녁을 걸렀다. 임금과 마주할 때 기름 냄새가 날까 봐 일부러 참고 있었던 것이다. 임금과 같이 있을 때 편조는 일부러 검소한 생활을 하는 체했다. 물만 마시고 사는 것처럼 행세하다가 임금이 돌아가고 난 한밤중에 맘껏 맛있는 음식을 먹었다.

상위에는 온갖 산해진미가 차려져 있었다. 편조는 정력에 좋다는 검은 닭고기와 흰말고기를 좋아해서 거의 매일 빠짐없이 상에 올리게 했다. 편조의 좌우 옆으로 비슷한 또래의 여인 둘이 앉아서 시중을 들었다.

"흐흐, 상을 잘 차렸구나. 검은 닭고기는 어디 있느냐?"
"여기 있사옵니다."
오른편 여인이 잽싸게 푹 고아진 오골계 다리를 뜯어서 편조의 앞으로 놓아주었다.
편조의 양옆에 있는 여인은 모두 집 주인 밀직 김란의 딸들이다. 김란은 부사 김원명으로부터 앞으로 편조가 조정에서 중요한 일을 맡을 것이라는 말을 듣고 대사를 자신의 집에 머물게 해달라고 청을 넣었던 것이다. 편조를 모신 김란은 뒤채 별당에다가 불전을 만들어놓고 숙소를 마련하여 하인을 시켜 시중들게 했다. 그러던 어느 날 편조는 하인을 물리치라고 했다. 그리고는 김란을 불러서 말했다.
"선계(仙界)에 계시는 선인들은 모두 여인들이 봉양하고 있소. 나도 도를 통한 선인으로서 귀히 대접을 받아야 하는데 이 집 종자의 시중을 받아서야 되겠소이까?"
김란은 편조가 무슨 뜻으로 하는 말인지 알아챘다. 편조는 김란의 두 딸을 눈여겨 봐두었다. 시킬 일이나 시중을 들 일이 있으면 일부러 딸을 데려오게 했던 것이다. 김란은 큰딸을 시켜 편조의 시중을 들게 했다. 그런데 임금이 돌아간 뒤 편조는 불당으로 또 김란을 불러들였다.
"김 공."
편조는 심각한 이야기를 하려 할 때면 언제나 촛불을 등 뒤에 지고 말했다. 불빛을 등에 지고 있으면 광배처럼 빛을 발하기에 편조는 자신이 신성한 모습으로 비치도록 일부러 그렇게 꾸몄다.
편조는 그윽한 목소리로 김란을 불렀다.
"오늘 임금님이 나를 찾은 것은 다 부처님의 계시가 있어서요."
"……?"
"내 이 집에 부처님이 내리시는 복을 보았소. 나는 김 공이 그 복을 크게 받도록 부처님께 공을 드릴 것이오."

"도사님께서 제게 어이 그리 과분한 말씀을……."

김란은 감읍하여 어쩔 줄을 몰라 했다. 편조는 쩔쩔매고 있는 김란의 어깨 위로 손을 얹고는 말했다.

"정성을 기울이시오. 부처님의 공덕은 정성을 기울이는 데로 갈 것이니……. 이 집안 식구 중에 정갈한 여인만 시중을 들게 하시오. 그들의 치성으로 김 공의 집안은 대대손손 부처님의 음덕으로 복을 받게 될 것이오."

김란은 편조가 무슨 뜻으로 하는 말인지 알아차렸다. 정갈한 여인이라면 처녀를 말하는 것이다. 바로 김란의 두 딸이 처녀였는데 그중 언니가 먼저 편조의 시중을 들고 있었다. 편조의 말은 동생마저도 자신에게 바치라는 뜻이었다. 김란은 두말도 않고 그날부터 언니에 이어 동생에게도 편조의 시중을 들게 했다.

"오늘은 영계의 상제님으로부터 중요한 계시를 받아서 임금님에게 전해주느라 몹시 피곤하구나. 잠자리는 누가 봐놨느냐?"

편조는 고기를 뜯고 나서 번들거리는 입술을 소매로 쓰윽 문지르면서 양옆의 자매를 번갈아 보았다. 그러면서 동생의 손을 잡았다. 동생은 편조가 만져주는 손길을 느끼면서 가만히 고개를 숙여 언니의 눈치를 살폈다.

"그렇지 않아도 동생이 목욕물을 데워놓았습니다. 진지를 잡숫고 숙소로 납시지요."

언니는 삐진 듯 샐쭉이 입술이 나왔으나 도사님의 말씀이라 그대로 받아들였다. 동생이 대신 도사님의 은혜를 입고 집안에 복을 내려주시겠다는데야 언니로서 잠시 양보할 수 있는 일이었다.

• 3

"내 오늘은 중대한 발표를 해야겠소."

어전회의 내내 침묵을 지키고 있던 공민왕이 말미에 신하들에게 한마디 했다.

신하들은 어리둥절했다. 회의 내내 어떤 일에도 별 반응을 보이지 않던 임금이 지금 무슨 중대한 발표를 하겠다 하니 신하들은 그때까지 하던 논의를 멈추고 긴장했다.

"그 전에 여러 재추들에게 소개할 사람이 있소이다. 대사를 들라 하라."

공민왕은 밖에다 명했다. 기다렸다는 듯이 환관을 앞세우고 승려 한 사람이 나타났다. 몸에 걸치고 있는 승복은 남루하나 부리부리한 눈과 번들거리는 그 얼굴에서는 광채가 났다. 행동거지도 위엄이 있어 보였다.

그는 고개를 흔들어서 어깨까지 늘어져 내린 긴 머리채를 휘저으며 어전으로 성큼성큼 다가갔다. 시중 경천흥 이하 대신들은 갑작스럽게 벌어진 일에 '무슨 일인가?' '웬 인물인가?' 하고 놀라고 의아스러워서 입을 벌린 채 눈만 굴렸다.

편조는 왕이 앉아 있는 옥좌의 바로 밑, 시중 경천흥의 윗자리까지 걸어가서 대신들 앞에 턱 버티고 섰다. 그리고는 마치 대신들에게 군림하려는 듯이 큰 눈을 뜨고 내려다보았다.

"아니 저자가……."

"이게 무슨 해괴한 일이지……?"

신하들 사이에서 별안간 벌어진 일과 무례하기 짝이 없는 편조의 행동에 대해 수군대는 소리가 들렸으나 아직 임금의 의중을 모르는 일이므로 누구도 큰소리로 이를 제지하는 이는 없었다.

편조는 이런 분위기를 이용해서 일시에 대신들을 제압해버리려는 듯 대신들의 맨 앞자리에 서서 마치 왕이 하는 것처럼 휘 하고 아래를 굽어

보는 것이었다.

"여러 재추들은 여기 나와 있는 거사를 주목하시오. 나는 지금부터 거사에게 청한거사(淸閑居士)라고 칭하고 나의 사부(師傅)로 삼아 모든 국정을 거사와 논할 것을 알리는 바이오."

임금의 발표가 있자 대신들 사이 이곳저곳에서 웅성거리는 소리가 높았다.

"아니 이게 무슨 일이야?"

"어디서 근본도 모르는 중을 데려다가 전하의 사부로 모신다니?"

"저 거사는 김란의 집에 머무르는 편조라는 승려인데?"

누군가가 편조를 아는 사람도 있었다.

"국사를 거사와 의논하다니 말이 되는가?"

"전하와는 언제부터 알게 되었지?"

임금의 뜬금없는 말에 불만을 가지는 사람도 있었지만, 편조에게 관심을 가지는 사람도 있었다.

"전하! 어인 일로 이런 갑작스러운 하명을 하시는지요? 신 등은 전하의 어심을 짐작지 못하겠나이다."

이때 갑작스러운 임금의 행태에 놀라서 아무 소리를 못하고 있던 시중 경천흥이 조금 진정이 되자 사태의 심각성을 알아차리고 임금에게 아뢰었다.

"국가에 인물을 쓸 때는 그 사람에 대해서 평을 한 연후에 마땅히 쓸 자리에 앉혀야 하는 법인데, 청한거사에 관한 일은 신들과는 아무런 말씀도 없이 이루어진 일로서 신들은 그 사람됨을 전혀 모르는 일이옵니다. 국사를 논하는 데 있어서 임금과 신하가 한마음이 되어야 하는데 전하께서는 소신들과는 소통은 없으시다가, 갑자기 생소한 인물을 데려와 중요한 일을 맡기신다 함은, 그 사람의 능력이 검증되지 않아서 장차 그로 인하여 국사를 그르치지 않을까 심히 두렵나이다."

"……."

임금은 시중 경천흥이 아뢰는 것을 묵묵히 듣고 있었다. 그러나 그 표정으로 보아 경천흥의 말을 무시하고 있는 듯했다. 입가에는 약간의 비웃음기마저 번지고 있었다.

시중 경천흥의 아룀은 계속되었다.

"소신 등의 생각이 깊지 못하여 전하의 의중을 헤아리지 못한 우둔함은 있사오나, 국사를 처결함에 있어서 갑론을박, 비록 의견을 달리하는 일이 있어도 군신 간에 서로 소통하면서 국론을 정하는 것이 온 데, 전하께옵서 여러 재추들과 어떠한 소통도 없으시다가 갑작스럽게, 전혀 그 근본도 모르는 인사를 데려다 사부로 삼으시고 중용하시고자 하는지라……."

"……그대는 나의 실책을 논하고자 하는가?"

임금은 더 이상 경천흥의 말을 들으려 하지 않았다. 말문을 막았다.

"원래 인재는 하늘이 낳는 것인데 하늘이 인재를 낳을 적에 지체가 높은 가문이라고 해서 풍부한 재질을 주고 미천한 가문 출신이라고 해서 재질을 인색하게 준 것이 아니다. 그대들의 가문도 한때는 한미하다가 어느 한때에 융성함을 맞았던 것이고 그것을 잃지 않고 지켜온 까닭에 오늘날 그대들이 누리는 귀한 가문이 된 것이다.

내가 재위에 오른 지 어언 20여 년이 되는 세월 동안 온갖 고초를 겪으면서 그대들을 보아왔느니라. 명문세가(名門勢家)일수록 국사를 공정히 처리하기보다는 가문의 이익을 도모하려 끼리끼리 뭉쳐서 일을 편리하게 처리하고자 했고 누구도 그것을 허물려 하지 않았다. 백성을 위하여 공정히 해야 할 일들이 종래에는 그대들 가문의 이익 되는 일로 변질이 되어가는 것을 여럿 보아왔느니라."

임금의 말은 심각했다.

"……."

신하들은 조금 전의 웅성거림과는 달리 숨을 죽이고 듣고 있었다. 임금이 저 정도로 말하는 것으로 보아 청한거사를 국사로 채택하고자 하는 것은 한때의 객기로 내린 결단이 아닌 성싶었다.

비록 남루한 승려의 행색이고 엉뚱한 인사이긴 하지만 무언가 그에게는 알려지지 않은, 무시 못 할 재능이 있어 보였고, 그로 인해 국정에 대단한 변혁이 올지도 모른다는 예감이 들었다.

"내가 대사를 천거한 것은 대사의 명망을 듣고서 몇 번 친견을 해보니 과연 듣던 바대로 도가 높고 또 가까운 무리가 없어서 사정(私情)에 얽매이지 않고 공정하게 일을 처리하고 백성의 마음을 살피는데 게을리하지 않을 것이라는 믿음이 갔기 때문이다."

"하오나 신 등은 거사의 능력을 모르는지라……."

"경이 생각하는 능력이 무엇을 말하는지 모르겠으나, 내가 보기에는 그대들이 지금 누리고 있는 영화를 뺏기지 않을까 걱정이 되어서 하는 말 같이 들리는구나. 내 그동안 거사를 친견하는 동안 그 사람됨을 충분히 눈여겨보았느니라. 시중은 거사의 능력을 의심하는데 나는 거사의 능력을 의심하지 않는다. 나는 오히려 시중에게 묻는다. 그동안에 짐을 위하여 무엇을 했는지를.

오랜 전쟁과 원나라의 수탈 그리고 해마다 반복되는 흉년으로 백성들은 땅을 잃고 비렁뱅이가 되어 천지를 떠돌아다니고 국가에 바치는 세금이 줄어들어 재정은 파탄이 날 지경인데도 명문세족들은 권세를 이용하여 곤궁한 백성들로부터 땅을 빼앗고 굶주림에 지친 양민을 노비로 삼으면서 그대들은 가세를 불리는 데만 마음을 쓰지 않았느냐? 이것이 과연 옳은 일이더냐?"

임금의 말을 해나가는 동안 점점 격해지고 있었다. 임금은 조정 대신들의 부조리를 다 알고 있었다.

임금의 말이 이어지는 동안 신하들은 누구도 감히 가타부타 의견을 내지 못하고 잠자코 듣기만 했다. 그것은 임금이 바로 자신들이 저지르고 있는 비위를 꼭 집어서 하는 말이기에 그리할 수밖에 없었다.

임금은 그동안 전쟁과 변란을 겪으면서 경황이 없었고, 그사이 원나라 시절부터 가까이 지냈던 척신들이나 뿌리 깊은 권문세가들이 권력을 함부로 주물러왔기에 문란해진 국정을 편조를 내세워 바로잡으려 하는 것이었다. 신하들은 임금의 그러한 의도를 눈치챌 수 있었다. 그것은 바로 엄청난 개혁을 예고하는 것이었다.

"너희 신하들을 믿지 못하겠기에 내가 외부에서 참신한 인사를 발굴하여 국정을 맡기려는데 써보기도 전에 무슨 불만을 그리하느냐!"

임금의 질책은 문하시중에게 하는 것이었지만, 실상 전체 신하에게 내리는 불호령이었다.

조금 전 편조의 등장으로 이러쿵저러쿵 시장통 같던 조정회의는 일순간 살얼음판으로 변해버렸다.

• 4

공민왕은 편조를 진평후(眞平候)로 봉했다. 또한 영도첨의사사사(領都僉議使司事)[21] 등 여러 벼슬을 내려 그에게 실질적인 힘을 실어 주었다. 이름도 신돈(辛旽)으로 고쳐주었다.

신돈이 먼저 시작한 일은 조정의 인사였다. 조정 대신을 물갈이함으로써 신돈은 자신의 의도대로 국정을 주무르고자 했다. 그는 우선 자신을

21) 종1품의 최고관직. 왕족이나 원로에게 주어지는 명예직이나 때에 따라 막강한 권한을 휘둘렀다.

곁에서 보필했던 인사들과 그들이 천거하는 인사들을 요직에 앉혔다.

일찍부터 두 딸까지 바치면서 자신의 수발을 들어온 김란을 일약 밀직부사로 발탁하여 왕명의 수납을 담당케 함으로써 임금과의 끈을 튼튼하게 했다. 그리고 자신을 공민왕에게 천거했던 김원명은 응양군 상호군으로 봉하여 8위(八衛)와 42도부(四十二都府)[22]를 관장하게 하여 군권을 장악했다.

한편 자신의 등용을 반대하거나 시기하는 자들을 골라내어 무슨 명목이든 죄를 씌워 벼슬에서 쫓아내 버렸다. 서령군 유숙은 성격이 강직한 자인데 그는 신돈을 싫어해서 조회에 나가지 않았다. 신돈은 이에 대해서 원한을 가지고 있다가 임금에게 헐뜯는 참소를 해서 파직시켰다. 찬성사 김보는 신돈에게 중용된 자인데도 신돈을 무시했다는 이유로 파직해서 유배를 보냈다.

신돈이 국정에 참여하여 마음대로 권세를 부린지 30일 만에 근신(近臣)과 훈신(勳臣) 등 명망 있는 이들이 여럿이 쫓겨나고 총재(冢宰)와 대간(臺諫)이 모두 그의 입에서 나왔다.

조정 대신들은 신돈의 파격적인 인사에 전전긍긍했다. 처음에는 왕이 잠시 총애하는 시골 승려 정도로 하찮게 여겼으나 그의 말 한마디가 절대 권력이 되어 하루아침에 벼슬자리에서 쫓겨나기도 하고, 또 때로는 어쭙잖은 일로 그의 비위를 맞추었다고 해서 영전하는 것을 보니 이제 누구도 그의 위상을 폄하할 수 없게 되었다. 그러나 그것은 신돈의 면전에서만 그러했던 것이고 신돈의 눈에서 멀고 귀에 들리지 않는 곳에서는 불평의 소리가 높았다.

도당회의는 열리고 있었지만 국사에 대한 토론은 예전 같지 않았다.

22) 고려의 중앙군 2군 6위와 그 밑에 내려진 42개의 영을 가리킨다.

임금으로부터 호된 질책을 받았던 문하시중 경천흥부터 회의에 별 뜻이 없었다. 예전 같으면 도당에서 논해진 국사를 임금에게 고하고 재가를 받아 시행했는데, 지금은 논해진 결과를 모두 신돈에게 재가를 받아야 했다. 도당이 모두 신돈의 손아귀에 장악된 것이나 진배없어서 재상들은 무기력하기만 했다. 신돈은 이인임을 도당의 주무관으로 정해 서정(庶政)을 맡도록 했다. 이인임은 어느 틈에 신돈과 손을 잡았던 것이다.

그날도 별 활발히 논할 것도 없이 진행되던 회의는 중신들의 신상 잡담으로 끝이 났다. 회의를 마치고 나오던 최영이 앞서 가던 김란을 불러 세웠다.

"밀직부사 영감, 관모가 참 잘 어울리오."

김란이 신돈의 천거로 높은 벼슬에 올랐음을 빗대어 하는 말이었다. 김난은 최영의 인사에 흠칫했다.

'저자가 무슨 시비를 하려고?'

평소 자신을 벌레 보듯 하던 최영이 이렇듯 아는 체하는 것은 듣기 좋은 인사가 분명 아니었다. 최영은 강골인 데다가 직언을 잘하는 사람이다.

"강녕하시온지요. 미처 인사를 못 드렸습니다."

김란은 마지못해 인사를 받았다.

"잘 나가시는 대감이 저와 인사를 나눌 처지가 되겠소이까? 신수가 좋아 보이십니다."

최영은 여전히 이죽거렸다.

김란은 불쾌해서 얼른 그 자리를 피하고 싶었다.

"무슨 볼일이라도 있으신지요?"

"예. 부탁이 있지요. 영공께 줄을 좀 대보려고요."

영공은 신돈을 이르는 말이다.

"나는 낯짝이 간지러워 딸을 둘씩이나 영공의 수발을 들게 할 수는 없고, 벼슬은 높이 올라가야겠는데 다른 방도가 없는가 해서……."

최영은 김란이 두 딸을 신돈에게 바쳐서 출세했다는 것을 비꼬고 있었다. 김란은 얼굴이 화끈 달아올랐다.

'이런 죽일 놈! 누굴 놀리고 있는 게야?'

뭐라고 한 소리 대꾸를 해주어야겠지만 참았다. 사실 딸을 바치고 벼슬을 얻었다는 수군거림은 진작부터 들어왔던 터다. 그도 부끄러움을 느끼고 있었기에 상대하지 않았던 것이다.

그런데 이렇듯 대놓고 놀리다니! 참으로 분한 일이었다. 그러나 맞대꾸해봐야 결국은 자신만 창피를 당하는 일이라 생각하고 얼른 자리를 피했다.

'못된 작자 같으니. 딸을 갖다 바치고 출세한 놈이 어디 나뿐만이더냐? 원나라 관리들에게 딸 갖다 바치고, 누이 갖다 바쳐서 출세한 놈들이 이 세상에서 100년 동안 떵떵거리며 살아왔던 것 아니냐. 심지어는 마누라까지도 갖다 바치고 권세를 누리며 살아온 놈들이 얼마나 많은데. 제 놈 구린 줄 모르는 것들이 남 똥내 난다고 탓할 텐가.'

김란은 그 길로 신돈을 찾아갔다.

"아이고 영공 이런 억울한 일이 어데 있소이까?"

김란은 신돈을 배알하자마자 눈물을 뚝뚝 흘리며 다짜고짜로 억울하다고 호소했다. 신돈은 지금 김란의 집에서 나와 기현이라는 자의 집에 머무르고 있었다.

"왜 무슨 일이 있었소이까? 무슨 일인데 이렇듯 눈물부터 짓누?"

"내 그동안 영공 모시기를 부처님 대하듯 하여 왔고, 그래서 내 두 여식을 부처님 곁에 둔다는 마음으로 모셔왔지 않았습니까?"

"그래, 그것이 어찌 되었는데?"

"그런데 그것을 시기하는 놈이 있습니다. 그자가 오늘 도당회의를 마치고 나오는데 저를 부르더이다."

"그래서 그게 누구인데?"

"최영, 그 작자가 감히 영공께서 하시는 일에 토를 달면서 소인이 두 딸에게 영공을 모시게 하고 출세한 것이라고 비아냥거리는 것이 옵니다."

"상호군 평장사 최영이?"

신돈은 최영의 이름을 올리자 눈에 쌍심지를 켰다.

'이자는 임금의 총애를 믿고 궁내에서 처신을 함부로 하고 다니는 자가 아닌가?'

아무리 임금의 목숨을 두 번씩이나 구해주고 백성들로부터 전쟁 영웅으로 떠받들어지고 있지만 신돈 자신을 대하는 자세를 보면 언제나 거만하기 짝이 없었다. 신돈도 최영을 눈엣가시처럼 여기고 있던 차였다. 자신이 이루려는 세상을 위해서는 반드시 손을 봐놓아야 할 자였다.

그로부터 얼마 후 신돈은 최영을 혼내줄 기회를 잡았다. 강화도에 왜구가 빈번히 침입하므로 임금은 최영을 동서강도지휘사로 임명하여 이를 평정토록 했는데 이때 최영이 실수를 했던 것이다. 시중 경천흥을 초대해서 사냥을 했는데 이때를 틈타 왜구들이 강화도 교동에 침입하여 세조(世祖)[23]의 어진(御眞)을 약탈해 달아난 일이 벌어졌다.

"한 해 농사는 지금이 시작인데 지금 나라가 온통 가뭄과 병충해로 하늘을 원망하고 있사옵니다. 이때 최영이 시중과 함께 사냥 다녔다는 것은 전하를 욕되게 하는 일이옵고 하늘을 노하게 하는 일이 옵니다."

신돈은 최영의 비행을 임금께 고하고 자신의 심복인 간원 안중온에게 명하여 곧장 탄핵도록 했다.

"영공이 고한 일은 모두가 옳은 일이 옵니다. 지금은 지진과 가뭄 그리고 병충해로 백성들이 실로 그 고통을 감내하기가 어려울 지경입니다.

23) 고려 태조 왕건의 아버지. 고려 건국 후 추존되었다.

이때 생명을 가볍게 여기고 놀이로서 사냥을 즐겼다 함은 하늘이 노할 일이 옵니다. 최영과 시중 경천흥이 그 벼슬이 높다 하여 이를 벌하지 않으신다면, 훗날 후회하게 될 일이 있을까 두렵사옵니다."

임금은 최영에 대한 탄핵 소를 듣고 망설였으나 신돈이 벌을 주기를 거듭 재촉하므로 그에 따르기로 했다.

최영이 아무리 자신을 위기에서 구해주었다 하더라도 그 역시 명문권신가로서 세도를 믿고 함부로 처신했으니 그도 또한 국정쇄신의 걸림돌이 된다고 보았다.

"최영을 계림윤(지금 경주의 지방관)으로 보내도록 하라."

임금의 교지가 떨어졌다. 임금이 최영의 벼슬을 떨어뜨리면서도 더 이상 벌하지 않은 것은 그동안 최영이 임금에게 보여준 충성에 대한 보답이었다. 그러나 신돈으로서는 임금의 그러한 처사에 만족할 수는 없었다. 좀 더 추달하여 큰 벌을 내리지 않는 것이 불만이었다.

최영에 대한 신돈의 보복은 이에 그치지 않았다. 결국은 모든 훈작을 삭탈하고 유배를 보내고서야 끝을 맺었다. 이 일은 조정에서도 또다시 인사 태풍을 몰고 오는 계기가 되었다.

시중 경천흥에게도 아예 정사에 참여치 못하도록 금지 조치가 내려졌고 평소 신돈의 등장에 불만을 품어왔던 구신(舊臣) 세력인 이귀수, 박춘, 김수만 등은 파직하거나 유배를 보내고 재산을 적몰했다. 대신 신돈이 편애하는 인사들인 이춘부, 임군보, 박희 등이 새로운 자리를 차지하게 되었다.

이로써 신돈은 자신이 마음먹은 대로 국정을 요리하기가 한층 수월하게 되었다.

• 5

신돈은 그동안 국정을 주물러왔던 구세력을 옥죄는 한편, 국정 개혁을 다음 목표로 삼았다. 우선 백성의 원성을 사고 있는 토지개혁부터 단행했다.

신돈이 추구하는 국정 개혁의 하나는 권문세가들로부터 토지를 강탈당하면서도 어디에 하소연도 못 하고 피눈물로 생활하고 있는 백성들의 억울함을 풀어주는 것이고 또 다른 하나는 이 나라가 부처님의 자비를 받아 다스려지는 불국토로 만드는 일이었다.

그는 그런 나라를 만듦으로써 만백성으로부터 성인으로 추앙을 받고 싶었다. 이는 국왕이라 할지라도 감히 함부로 할 수 없는 위치로서, 그는 왕보다도 더 높은 자리에 앉아서 이 나라를 거두고 싶다는 생각을 하고 있었다.

"이 나라의 땅은 원래 왕토(王土)이거늘, 이를 백성들에게 나누어주어서 임금의 은혜를 알며 편히 살기를 원하였는데 작금에 이르러 권세가들이 무분별하게 백성의 땅을 빼앗아서 정작 세업(世業)으로 삼아온 전민(田民)[24]에게는 한 뼘의 땅도 남아 있지 않았다. 이제 나라에서는 전민변정도감(田民辨整都監)을 설치하여 이를 바로잡고자 하니 개경에서는 보름, 각도에서는 40일을 기한으로 불법으로 수취한 땅은 모두 그 주인에게 돌려주어라. 또한 문서에도 없이 불법으로 양민을 노비로 삼아 부리고 있는 자도 이를 같이 이행하라. 잘못을 알고 스스로 고치는 자는 죄를 묻지 않을 것이나 기한이 지나도 이를 이행치 않는 자에 대해서는 엄벌로 다스릴 것이다."

24) 농사를 생업으로 하는 사람.

신돈은 공민왕과 독대한 뒤 전격적으로 전민변정도감의 설치를 공표했다. 신돈은 스스로 판사가 되어 이틀에 한 번씩 그 이행 여부를 직접 챙겼다. 초기에 불법으로 토지를 챙긴 사실을 숨기며 이런저런 핑계를 대고 있던 자들 몇 명을 시범적으로 골라서 매로써 다스렸다. 그런 다음에는 재산을 적몰하여 유배를 보내기도 했다. 실로 명(命)의 준엄함을 보여주고자 한 것이었다.

신돈의 개혁 작업은 인사제도에서도 이루어졌다. 권문세가의 자제들이 가문의 위세를 등에 업고 빨리 승진을 하는 것을 막기 위해 근무연한을 고려하여 순자격식(循資格式)[25]을 실시했고 현량(賢良)의 등용을 위해 과거제를 정비하고 성균관을 중수했다. 과거제 정비와 성균관의 중수는 이색이 일찍부터 주창해왔던 것으로 그동안 기득권 세력인 권문세가의 반대에 부딪혀서 시행이 미뤄졌는데 신돈이 이를 과감하게 개혁 정책으로 채택한 것이다. 신돈은 사대부 세력을 이끄는 목은 이색을 성균관 대사성 자리에 앉혔다.

신돈은 유교적 소양을 바탕으로 현실을 개혁해서 도덕적, 이상적 정치를 실현하고자 하는 신진사대부들의 정치적 목표와 자신이 추구하는 개혁의 목표가 같다고 생각했다. 그래서 신돈은 그들의 세력을 끌어들여서 자신의 지지를 공고히 하고자 한 것이었다.

• 6

성균관 대사성이 된 이색은 제자인 김구용, 정몽주, 이숭인을 학관으

25) 순환보직 같은 제도.

로 임명하여 강론하게 했다. 충주사록으로 지방관의 임기를 마친 정도전도 개경으로 올라와서 통례문지후를 지내다가 스승의 부름을 받고 이들과 함께 일을 하게 되었다.

임명의 교지를 받은 정도전은 스승 이색에게 문안 인사차 들렀다. 이색의 방에는 손님이 와 계신듯했다. 정몽주가 안내하고 있었다.

정도전은 안에서 들으라고 헛기침을 하며 인기척을 냈다. 정몽주가 문밖으로 나왔다.

"형님 그간 잘 계셨소이까?"

"어서 오게나, 삼봉."

정몽주는 반갑게 맞았다.

"안으로 들지."

"안에 손님이 계신 것 같은데……."

"응. 동북면에서 오신 손님이야. 들어가서 같이 인사를 나누자고."

방 안에는 40대 초반의 중후한 사내가 좌정을 하고 있었다. 그는 이색과 담소를 하고 있다가 도전을 맞았다. 정도전은 우선 스승께 인사를 올렸다.

"어서 오시게나. 여기 계시는 분께도 인사를 올리시게."

이색은 손님을 소개했다.

"동북면 병마사로 계시는 이성계 장군이시라네. 이쪽은 나의 제자 정도전이라고, 통례문지후 벼슬을 지내다가 이번에 성균관에 와서 강론을 맡게 되었지요."

정도전과 이성계는 동시에 목례를 했다. 이성계와 정도전의 첫 만남이었다.

'예의가 바른 사람이구나.'

도전은 동북면 병마사 종3품의 높은 지위에 있는 사람이 자신과 같은 하급 관리에게도 예를 갖추는 것을 보며 생각했다.

"장군께서는 부친 삼년상을 치르고 문상해주신 데 대하여 인사차 들리신 것이라네."

옆에 있던 정몽주가 소개를 거들었다.

"그때 포은 선생께서 주상 전하를 대신해서 문상을 와주셨지요. 목은 선생께서는 조문을 해주시고."

이성계가 덧붙여 말했다.

"장군의 존함은 일찍부터 듣고 있었사옵니다. 전쟁터에서의 용맹함이 관우를 능가한다고 칭찬이 자자합니다."

도전도 이성계에 대해 치사를 했다. 전쟁터를 누비며 동북면의 호랑이로 이름을 떨치고 있는 인사라면 조금은 거칠고 무례하리라는 생각이 들었는데 이성계는 그런 모습이 아니었다. 단정히 차려입은 옷매무새와 나지막한 듯하나 힘 있는 목소리를 가진 그에게서 도전은 첫대면이었지만 호감을 느꼈다.

도전이 들어오기 전까지 세 사람은 시국 돌아가는 이야기를 하고 있었던 듯했다. 그들은 도전도 참여시키고 하던 이야기를 계속했다.

"영도첨의 대감에 대한 전하의 신임이 참으로 대단하십니다."

이성계는 동북면 생활을 쭉 해와서 개경과 조정에서 일어나고 있는 일에 대해서 궁금한 것이 많았다.

"전하의 전폭적인 지지를 등에 업고 여러 가지 일들을 벌여놓았는데 조정 대신들의 반발도 이만저만이 아니랍니다."

이색의 대답이었다.

"그에 붙어서 아부하며 출세하려는 자들 또한 꼴불견입니다."

정몽주가 불평 섞인 목소리로 끼어들었다.

이성계는 최영이 귀양 갔다는 소식은 이미 들어 알고 있었다. 최영과는 홍건적 침입 시 여러 전투에 함께 참여하여 개경을 탈환하는 등 많은 전과를 올렸는데 안타까운 생각이 들어 말했다.

"최영 장군같이 훌륭한 분도 귀양을 보냈다지요? 쉬이 풀릴 것 같지가 않지요?"

"참으로 안 된 일이지요. 빨리 전하의 진노가 풀려야 할 텐데……. 영공이 저렇듯 버티고 있으니 미움을 살까 봐 전하께 진언하는 사람이 없으니……."

"이런 일은 근본이 잘못된 거 아닙니까? 절에 있어야 할 승려가 조정을 거머쥐고 나랏일을 제멋대로 하다니 이게 있을 수 있는 일입니까?"

정몽주는 어느덧 분개하고 있었다.

"그래도 전민변정도감 설치는 잘한 일 아닙니까. 토지를 되찾은 농민들과 종살이에서 풀려난 백성들은 하늘에서 문수보살이 나왔다고 칭송이 대단하던데요?"

듣기만 하던 도전도 끼어들었다.

도전은 얼마 전 집에 찾아온 뜻밖의 인사를 만났다. 그는 다름 아닌 충주목사록으로 발령받아 임지로 가는 도중 산속에서 길을 잃고 헤맬 때 만났던 화적떼의 우두머리 어량대였다.

"아니, 이게 누군가?"

"잘 계셨소이까? 영감님."

어량대는 산속에서와는 달리 깨끗하고 선한 모습으로 변해 있었다. 도전은 어량대가 한때 자신의 목숨까지도 위협했던 자였으나, 어쨌든 그에게 목숨을 구걸해 살아날 수 있었기에 고맙고 반가웠다.

어량대는 신돈을 만나고 오는 길이라고 했다. 신돈의 거처 앞에는 억울함을 호소하러 오는 사람들이 진을 치다시피 하고 있다고 했다. 어량대는 어렵사리 신돈을 대면하고서 억울하게 땅을 빼앗기고 도망병으로 몰려 있는 사정을 토로했더니 그 자리에서 수하를 불러 당장 조사하여 억울함을 풀어주라고 지시했다고 했다.

"억울함을 호소하는 사람이 저뿐 아니라 많은 사람들이 있었는데 첨의 영감은 그것을 즉석에서 모두 조사하여 억울함을 풀어주라고 했습니다. 그 어른의 공덕이 참으로 하늘 높은 데까지 닿아 있었습니다.

은혜를 입은 사람 모두 하늘에서 문수보살을 내려 보내주셨다고 절을 골백번도 더하는 것이었습니다. 평생 살아오면서 그러한 선인을 뵌 적이 없었습니다. 이제사 백성들이 좀 편해지려나 봅니다."

어량대는 그렇게 신돈의 치적과 칭찬을 입이 마르도록 늘어놓다가 이제는 화적질을 그만두고 산에서 내려와 착한 백성으로 살아가겠다는 인사를 하고 돌아갔다.

• 7

도전이 그 말을 전하는 것은, 어량대가 한 말을 그대로 다 믿는 것은 아니었지만 어쨌든 현재의 민심이 그러하므로 이를 전하고자 하는 뜻에서였다.

"아닐세 이 사람아, 그건 백성들이 첨의에 대해서 아직 몰라서 하는 소리일세."

도전의 말에 손사래를 치며 나서는 사람은 정몽주였다.

"신돈이 지금 하는 일들은 모두 자신의 권한을 강화하기 위한 수단에 불과하네. 일시적으로 백성의 환심을 사고 그로 인해 주상 전하의 신임을 얻고자 하는 일에 불과한 것이지 진정으로 나라와 백성을 위한 대계에서 하는 개혁은 아니라고 보네."

신돈에 대한 정몽주의 평가는 단호했다.

"포은 대감이 말씀하시는 대계에 의한 개혁이란 무엇이지요?"

잠자코 듣고만 있던 이성계가 물었다.

"제도를 통한 개혁을 말하는 것이지요. 또 일방적이지 아니하고 공정하게 이루어지는, 천하에 공감을 얻는 개혁을 말하는 것입니다. 지금 첨의가 하고 있는 개혁은 일시적인 방편으로 행하는 즉흥적인 개혁일 뿐입니다. 이는 자칫 독선에 빠질 수 있고 그 혜택이 독이 되어 돌아올 수도 있어서 나중에 크나큰 폐단이 될 수 있다는 것입니다.

세가(勢家)가 힘을 이용해서 힘없는 백성들의 땅을 수탈하는 것은 분명 잘못된 일입니다. 그러나 이를 충분한 논의도 하지 않은 채, 강제로 빼앗아 나누어준다는 것은 또 다른 피해자와 엉뚱하게 수혜를 누리는 자를 만들어서 큰 혼란을 오게 할 수 있습니다. 지금의 개혁은 도당에서 논해지지도 않은 채 첨의 개인의 판단에 의해서만 좌우되는 것으로, 이는 그 개인의 권력 강화를 위한 방편으로 시행하는 것일 뿐입니다. 여기에 반대하는 사람은 그 권위를 부정하는 인사로 찍힐 수밖에 없기에 어쩔 수 없이 당하고 있는 것입니다."

정몽주의 말은 유수와 같아 막힘이 없었다.

"그렇더라도 권문세가에 당한 어진 백성들에게는 지금 하는 일이 그나마 억울함을 풀어주는 일이 아니겠습니까. 그래서 백성들이 첨의 영감을 저토록 칭찬하는 것이 아니겠습니까?"

도전이 정몽주의 열변에 끼어들며 말했다.

"그 방법이 문제라는 것이지. 도당에서 충분히 논해지지 않았고 그래서 잘못과 억울함을 채 가리지도 않은 채 땅부터 빼앗아 나누어주는 것은 잘하는 일이 아니지."

"그래, 나도 몽주의 말에 동의한다."

잠자코 듣고 있던 스승 목은이 정몽주의 의견에 동의하고 나섰다.

"지금 그 폐단이 곳곳에서 드러나고 있다. 일전에 사헌부 규정으로 있는 하륜이가 왔다 갔는데 그 폐단을 탄핵해야겠다 하더구나."

"무슨 일이 있었습니까?"

도전이 물었다.

"전민변정의 일을 맡아 하는 양전부사가 농간을 부리고 있다는 것이야. 그자는 겉으로는 백성의 민원을 처리하는 척하면서 뒤로는 원성의 대상이 되는 지주들의 부탁을 받고서 무마해주는 조건으로 상당한 재물을 받아 챙기고 있다는구나. 그리고 영도첨의를 사가에서 모시고 있는 기현이라는 자는 영공(신돈)이 벼슬길에 오르기 전 한때 모셨던 과부를 후처로 맞아 데리고 산다는구나. 영공에게 부탁을 넣으려면 반드시 남자는 양전부사를 통하여야 하고 여자는 기현의 후처를 통하여야 한다는 것이야."

이색의 말도 이어질수록 열변이었다.

"개혁을 하려는 자는 무릇 자신이 도덕적이어야 하고 모범적이어야 하는데 지금은 구악을 밀어내고 그 자리를 신악이 차지하는 형국이야."

"그러면 우리 유생들이 이렇듯 첨의의 정치에 동참하는 이유는 무엇입니까?"

정도전이 물었다.

"첨의가 우리를 잠시 끌어들인 것이지. 나라의 인재 양성은 국가 백년대계를 위하여 꼭 필요한 일인데 고려는 무인정권을 거쳐 원나라의 지배를 받으면서 이를 소홀히 해왔던 것이야. 세가(勢家)들은 끼리끼리 뭉쳐서 자신들과 뜻을 달리하는 자와는 척을 져서 반드시 찍어내고, 그들만의 안위와 영화를 도모하려고 인재를 양성하고 등용하는 일을 소홀히 하여왔던 것인데 이번에 첨의가 들어서면서 자신들 편에 인재가 빈약함을 알고 우리와 뜻을 같이하려 하는 것이지."

"그럼 우리는 첨의의 정치를 지지하는 것이 아니옵니까?"

"인재를 양성하는 교육은 정치와는 분리되어야 하는 것이야. 나는 첨의와는 정치적 신념은 달리하더라도 훌륭한 인재 양성이라는 목표를 같이하기에 너희를 불러 모아서 이에 동참하고자 하는 것이다."

"첨의와 스승님의 정치적 신념은 어떻게 다르옵니까?"

"나의 정치적 신념은 유학의 가르침에 의한 정치, 성리학에 바탕을 둔 도덕적 이상 정치를 실현하는 것이다. 그런데 첨의가 하는 정치는 겉으로는 개혁을 외치지만 실상 이는 그들 자신의 자리보전을 위한 수단으로 요란을 떨고 있는 것일 뿐이다. 이는 곧 정당성을 잃게 되고, 백성의 지지와 임금의 신뢰를 저버리게 되면 사상누각처럼 무너져 버릴 것이다. 그렇게 되면 저들은 자리에서 쫓겨날 수밖에 없겠지.

첨의가 기껏 내세우는 것은 부처님께 빌어서 복을 받아 세상을 편하게 하고 백성들에게 사후에 극락왕생을 믿게 하는 희망을 주는 것인데 이는 허황한 꿈에 불과한 것이야. 정치는 현실이야. 사람이 하는 것이지. 훌륭하게 교육을 받은 인재들이 임금을 보필하여 백성이 편히 살 수 있는 나라를 만들어가는 것이지."

도전은 스승의 말에 많은 부분 수긍을 하면서도 이 또한 현실과는 동떨어진 이상에 불과한 말 놀음에 불과하다는 생각도 함께 들었다.

'이상 정치를 실현하려면 그것을 구현할 수 있는 자리에 앉아야 할 것이 아닌가. 또 그런 자리에 앉았다 한들 임금이 그 뜻을 알아주고 조정대신들이 따라주겠는가.'

도전은 여러 가지로 의문이 일어났다.

'결국, 그 뜻을 펼치려면 힘이 있는 자리에 앉아서 사리에 연연치 않는 마음으로 대의명분에 따라 정치를 하여야 하는 것이 아닌가. 그러려면 그때 가서 그것을 주저함 없이 실현할 수 있는 능력을 길러두어야 한다.'

한참 이야기하던 이색은 뒤늦게 이성계의 존재를 인식하고 사과 인사를 했다.

"이거 먼 곳에서 인사차 오신 손님을 모시고 이야기가 너무 길어져 결례를 했소이다."

"아닙니다. 저는 뜻하지 않은 곳에서 정말 좋은 말씀을 들어서 여간 기쁜 것이 아닙니다. 이런 이야기는 어디에서도 들어본 바가 없었습니다. 정말 감명이 깊었습니다."

이성계는 황급히 인사를 받았다.

정도전은 이성계의 그런 모습에서 그가 무장이면서도 정치에 민감한 사람이라는 생각을 했다. 무장이라면 보통 자신이 누비던 전쟁터의 무용담을 자랑하거나 아니면 자신이 관리하는 동북면 변방 지역의 애로사항들을 이야기할 텐데 이 사람은 그렇지가 않았다.

정도전은 스승과 또 포은과 대화를 나누면서 이성계를 계속 관찰했다. 이성계는 주로 경청을 하면서 꼭 필요할 때만 한마디씩 하는 것이 여간 과묵한 사람이 아니었다. 그도 시국이 돌아가는 모양을 보고 여러 가지로 들은 바가 있고 할 말이 많을 것인데도 자신의 말은 삼가고 있었다.

'좀 해서 속내를 드러내지 않는 사람이구나.'

정도전은 그런 이성계에 대해서 점점 호감이 갔고 동시에 궁금한 것도 많아졌다.

"장군께서도 이제 개경으로 올라오실 때가 되지 않았습니까?"

도전은 여태까지 시국에 대해서 논하던 말머리를 돌렸다.

"개경에 올라오지 않느냐고요?"

이성계는 갑자기 도전이 자신에게 관심을 가지며 화제를 돌리자 할 말을 생각지 않고 있었던 듯 반문하면서 씩 웃으며 말했다.

"장군께서는 전쟁을 치르면서 백성들로부터 존경을 많이 받고 있고 조정 대신들 사이에서도 좋은 평판을 받고 있습니다. 그런데도 중앙의 벼슬은 마다하고 어째서 동북면만 고집하고 계시는지요?"

"허허, 저 같은 하찮은 무장을 그리 인정해주시니 여간 고마운 일이 아닙니다그려. 아직은 제가 중앙에서 벼슬살이하기가 부족한지라……."
"개경에는 자주 올라오시는지요?"
"장군께서는 개경에 집을 마련해두고 계신다네."
도전의 물음에 정몽주가 답해주었다. 정도전은 이성계가 할 말을 포은이 대신하는 것을 보고 두 사람이 일찍부터 상당한 연이 있었나 보다 생각했다.
"예. 선친께서 동북면 쌍성총관부 일로 공로를 인정받아 전하께서 개경에 거처를 마련해주셨는데 그곳에 가족들이 살고 있습니다."
이성계가 대답을 이었다. 쌍성총관부 일이라 함은 원나라 조정에서 직접 관리해 오던 철령 이북의 땅을 공민왕이 반원 정책을 펴면서 저들을 몰아내고자 했는데, 이때 이성계의 부 이자춘이 토벌군 대장 유인우 장군과 내통해서 쉽게 수복을 할 수 있게 도왔던 것을 말하는 것이다. 공민왕은 이자춘의 그러한 공로를 인정하여 개경에서 살 수 있도록 저택을 마련해주었던 것이다.
"개경에 있는 처가 그곳에 살고 있어서 틈나는 대로 가끔 옵니다."
이성계는 함흥에 본처를 남겨 두고 개경에서 다시 장가를 가서 스무살 연하의 경처 강씨를 따로 두고 있었다.
"아하 그러시군요."
"제가 개경에 따로 살림을 차리고 있는 또 다른 이유가 있습니다."
"……?"
"함흥에 아이들이 있는데, 아무래도 그곳에서 애들 모두를 키우는 것이 어렵습니다. 그래서 개경에서 키워야 하겠기에……."
이성계는 고향의 향처와의 사이에 여섯 명의 아들을 두고 있었다.
"저희 가문은 대대로 무장의 가문이 되다 보니 아이들이 너무 거칠게 자라는 것 같아서 개경에 데려다 놓고 교육을 좀 받게 하려고요. 마침 이색 선생님의 제자 중에 포은 선생을 비롯하여 훌륭한 분들이 많으시니 잘 좀 부탁을 하겠습니다."

"저도 아드님을 본 적이 있습니다. 특히 다섯째 방원이라 했지요? 지난 번 문상을 갔을 때 그 애의 영특함이 눈에 띄더이다."

정몽주가 문상을 갔을 때 이방원이 어린아이면서도 조숙하게 손님맞이를 하고 있던 것을 기억하며 말했다.

"예. 그놈이 형제들 중에 좀 특출나지요. 고집도 세고 담도 보통이 아니고 머리도 영리하여 배우는 데로 깨우치고, 그 애는 문사로 키우고 싶은데 시골에서야 어디 좋은 선생님을 만날 수가 있습니까? 그래서 개경에서 키우면서 과거도 보게 하려고 합니다."

정도전은 이성계의 이야기를 들으면서 이 사람이 개경에 집을 마련하고 자식들을 유학시켜 교육시키고자 하는 뜻이 다른 곳에 있는 것이 아닌지 의문이 들었다.

정도전은 이성계가 지금은 비록 전쟁터를 누비는 장수고 변방을 지키는 관리로 머무르고 있지만 그가 장차 중앙에 진출하고자 하는 뜻을 두고 기반을 닦고 있는 중이라는 생각이 들었다.

'결코, 함경도 변방에만 머무를 사람이 아니다. 지방의 관리로 지내는 것에 한계를 느끼고 장래를 위하여 스승님과 같이 존경받는 학자나 앞날이 촉망되는 포은과 같은 젊고 유능한 관리를 찾는 것이다. 속내는 숨기고 있지만 분명 뭔가 가슴에 큰 뜻이 있는 것이다!'

"언제 틈이 나면 소생이 관리하는 함경도 군막도 한번 찾아주시기 바랍니다. 삼봉 선생도 꼭 한번 찾아와 주시오."

이성계는 돌아가면서 좌중을 초대했다. 도전은 돌아가는 이성계의 뒷모습을 보면서 이름 있는 무장에게서 받는 든든함과 함께 인간적인 매력도 함께 느꼈다.

'내 언젠가 꼭 한번 장군의 군영을 찾아가서 다시 만나보리다.'

정도전은 훗날 특별한 인연을 맺을 수 있을 것이라는 예감을 하면서 이성계와의 첫 대면을 마쳤다.

• 8

잠시 평온을 찾아 있던 공민왕에게 또 다른 불행이 찾아왔다. 왕비가 죽은 것이다. 왕비는 원나라 위왕의 딸로 이름이 보탑실리(寶搭失里)였는데 노국대장공주로 더 알려진 인물이다. 왕비가 난산을 겪은 끝에 결국 죽음을 맞이하게 된 것이다.

공주와의 결혼은 원나라와의 정략에 의한 결혼이었다. 원나라는 고려를 지배하면서 고려를 부마국으로 삼았다. 고려왕이 되는 자는 원나라 황실의 여인을 무조건 아내로 맞이해야 했다.

왕이 될 자가 사랑하는 여인이 있건, 이미 결혼을 했건, 또한 황실의 여인이 병이 있건, 추녀이건 상관이 없었다.

공민왕의 선대왕들인 충렬왕, 충선왕, 충숙왕, 충혜왕, 나이가 어린 충목왕과 충정왕을 빼고는 모두가 황실의 여인과 결혼을 했는데 억지로 한 결혼이었기에 선대왕들 모두 왕비와 사이가 좋지 못했다.

그러나 공민왕은 달랐다. 공민왕은 공주를 지극히 사랑했다. 공주 또한 마찬가지로 공민왕을 사랑했다. 공민왕이 고려여인의 몸에서 태어난 자식이라는 이유로[26] 고려왕의 서열에서 밀려나 있을 때 적극적으로 나선 사람이 노국대장공주였다. 그녀는 황실의 실력자인 친정아버지를 동원해 강릉대군(공민왕)을 적극적으로 밀어서 고려왕으로 앉힌 것이었다.

공민왕은 고려왕으로 등극하여 원의 지배를 벗어나고자 자주 정책을

26) 공민왕은 고려 여인인 명덕태후 홍씨와 충숙왕 사이에서 둘째로 태어났다.

폈는데 이때 공주는 고려의 풍속을 배워 따라 하는가 하면, 친정인 원나라로부터 배신자 소리를 들어가면서까지 공민왕의 배원 정책을 적극적으로 지지하고 나섰다.

김용 등 부원파가 흥왕사에서 공민왕을 시해하려 한 일을 벌였을 때는 임금의 목숨을 구하기도 했다. 공민왕에게 공주는 평생의 반려자일 뿐만 아니라 든든한 정치적 후견자이자 지지자였던 것이다.

한 가지 공주와의 관계에서 부족한 것이 있다면 두 사람 사이에 자식 없다는 것이었다. 그런데 결혼 16년 만에 공주가 임신한 것이었다. 왕비의 임신으로 왕은 세상을 다 얻은 것 같은 기쁨을 느꼈다. 지난 몇 달 동안 그는 참으로 행복해했다.

전쟁과 신하들의 반란 그리고 원나라로부터 끊임없이 보위를 위협 당해 온 일 등 끝없이 이어지던 시련들이 왕비의 잉태 소식으로 일거에 다 걷히는 듯했다. 잉태소식을 전해 듣고 왕은 전국에 대사면령을 내려서 축하를 했다. 그러나 그런 기쁨은 잠시뿐이었다. 갑작스럽게 왕비의 죽음을 맞이한 공민왕은 모든 것을 다 빼앗긴 듯했다. 삶의 의욕마저도 잃어버렸다.

'아…… 하늘은 언제까지나 나에게 시련을 주시려 하는가?'

공민왕은 모든 정사를 미루고 오직 왕비의 진혼에 정성을 쏟았다. 대신 신돈이 모든 정무를 장악하여 국정을 주물렀다. 그는 늘 왕의 곁에 머무르면서 왕과 함께 왕비의 넋을 위로하는 불공을 드렸다. 전국의 사찰에는 죽은 왕비를 위해 불사를 열도록 영을 내렸다.

그는 자신의 집에다가도 여느 큰 사찰 못지않은 불당을 차렸는데 때때로 왕을 모시고 와서 집에서 불공을 드리기도 했다.

"오늘 중요한 분이 오시니 한결 더 정결하게 하여야 할 것이야."

신돈은 입궐하기 위해 채비를 하면서 시중을 들고 있던 시비(侍婢) 반야에게 일렀다.

"……?"

"집 안 구석구석뿐 아니라 자네의 몸도 정갈히 해놓으라는 뜻이야."

신돈은 반야가 가져온 승복을 걸치면서 입가에 알 듯 모를 듯한 야릇한 미소를 지었다.

신돈이 궁궐에 입고 들어가는 가사와 장삼은 낡아서 너덜너덜한 것이었다. 그는 집에서는 비단옷을 입었지만 궁궐에 들어갈 때나 임금을 배알할 때는 남루하게 옷으로 바꿔 입었다. 임금에게 청빈한 모습을 보이려고 일부러 그렇게 하는 것이었다. 그리고 입궐 전에는 그렇게 즐겨 먹던 고기도 삼가고 차만 마시다 들어갔다. 임금 앞에서 말을 할 때 고기 비린내를 풍기지 않기 위해서였다.

신돈은 시종들의 호위를 받으며 가마에 올랐다. 신돈이 타고 가는 가마는 이름만 차이가 있을 뿐이지 임금이 행차 시 이용하는 연(輦)과 다름이 없었다. 가마꾼 외에도 호종이 수십 명이나 따라붙었다.

중복을 지난 날씨는 가만히 앉아 있어도 땀을 주체할 수 없었다.

"쉬이— 물렀거라. 첨의 영감 나가신다."

신돈의 행차가 있을 때는 거리가 사뭇 요란했다. 호종들의 외침에 놀란 매미 소리가 '왱–왱' 시끄럽게 울어댔다.

"어허, 날씨가 덥기도 하다."

신돈은 잘 여며져 있는 가사 장삼을 풀어헤치면서 소매에서 부채를 꺼내 들었다. 풀어헤친 승복 사이로 불룩이 배가 불거져 나왔다. 피둥피둥한 얼굴에는 개기름이 번들거렸다.

신돈은 연신 "덥다덥다" 하면서 부지런히 부채질을 해댔다. 가마꾼들은 신돈의 기분을 맞추느라 걸음을 재촉했다. 가마 위에 올라타고 부채질을 하고 있는 신돈도, 아래에서 뛰듯이 연신 발걸음을 재촉하는 가마꾼들도 모두 땀범벅이었다. 그러나 위와 아래에서 흘리고 있는 땀의 질은 달랐다. 가마 위의 땀은 권세의 땀이고 아래에서 흘리는 땀은 삶의 고단함을 못 견뎌서 흘리는 눈물이었다.

신돈이 편전으로 들었을 때 공민왕은 손수 그린 왕비의 초상 앞에서 낮부터 술을 마시고 있었다.

"전하, 낮부터 하는 술은 해롭사옵니다."

"어서 오시오. 영공. 내가 지금 술을 마시지 않으면 살아가지를 못하겠소. 이리로 와서 영공도 한잔하시구려."

"소승은 불도라서 술을 삼가야 하는지라……."

신돈은 짐짓 사양을 했다. 하지만 실은 그는 두주불사로 술을 마셨다. 그러나 임금의 앞에서는 절대 그런 내색을 하지 않았다.

"그렇지 내가 깜박했구려. 그런데 영공의 의복이 왜 이리 남루하누?"

신돈의 남루한 차림새를 한두 번 보아온 것이 아니었으련만 술에 취한 공민왕의 눈에 새삼스럽게 비친 것이다.

"소승이 검소해야 대소신료들이 본받고 백성이 따르겠기에 한두 벌 의복으로 지내다 보니 그러하옵니다."

"오호, 저런 저런 내 진즉 영공을 알지 못한 것이 잘못이요. 참으로 훌륭하오. 내시부에 명하여 영공의 옷을 한 벌 지으라 하겠소."

"황공하옵니다, 전하."

신돈은 공민왕 앞에서는 일상생활과는 다른, 완전히 꾸며낸 행동을 보였다.

그가 술을 마시지 않는다는 것도, 검소하다며 남루하게 차리고 다니는 것도 다 거짓말이었다. 그는 공민왕의 눈 밖에서는 비단옷을 걸치고 고기와 술과 여자를 늘 가까이하고 있었다. 공민왕 앞에서 거짓 행동을 하는 것은 오로지 신임을 얻기 위함이었다. 임금은 그런 신돈을 전혀 의심하지 않았고 왕을 대신해서 국사를 잘 살피고 백성의 신망을 얻고 있다고 믿고 있었다.

왕은 왕비가 죽어서 마음이 심란하고 모든 것이 귀찮은 이때 신돈이라는 인물이 참으로 잘 나타났다고 생각하고 그에게 모든 일을 믿고 맡겨놓다시피 하고 있었다.

"내 이렇듯 왕후의 그림을 앞에 놓고 술을 하고 있으니 왕후가 살아 돌아와 내 앞에 있는 것 같구려. 자, 왕후도 한 잔 받으시오."

왕은 왕후의 초상 앞으로 술잔을 건네었다. 왕은 술이 많이 취해 있었다. 신돈은 곁에서 그 모습을 물끄러미 보고 있다가 말했다.

"전하, 오늘 저녁 저의 집으로 납시는 것이 어떠신지요?"

"집으로? 영공의 집으로 가자고?"

"예. 소승의 집 불당으로 전하를 모시고자 합니다. 그곳에서 저는 밤새도록 왕후마마의 극락 영생을 위하여 염불하고 전하께옵서는 왕후마마와 술을 같이 하십시오. 소승이 불력의 힘을 빌려 왕후마마의 영혼을 불러드리겠나이다."

"그래? 그거 좋지요. 내 영공의 불력을 믿지요. 왕비의 혼을 부른단 말이지?"

공민왕은 왕후의 혼을 불러준다는 신돈의 말에 혹했다.

"저녁까지 기다릴 것 있나? 가지요. 지금 당장."

공민왕은 술에 취해 비틀거리면서도 마음이 바빴다.

"여봐라! 연을 준비하라! 내 첨의의 사저로 가겠노라."

궐 밖 신돈의 사저에서는 임금의 행차를 맞느라 분주했다. 집 안팎은 깨끗이 치워졌고 집 안의 별채에 차려진 불당에도 향불이 짙었다. 아직 초저녁인데도 불당 안 여러 곳에는 황촛불이 밝혀졌다. 부처님 상 옆에는 왕후의 초상을 그린 걸개그림이 커다랗게 걸렸다. 불당은 왕후의 진혼제를 올리기에 완벽한 모습이었다.

이윽고 신돈이 불상 앞에 좌정했다. 공민왕은 부처님 앞에 공손히 절을 올리고 신돈의 옆에 얌전히 앉았다.

공민왕은 부처님 옆에 걸려 있는 왕후의 초상을 대하자 순간 눈물이 왈칵 쏟아져서 눈앞이 흐릿했다.

'공주! 극락 세상에서 부처님 곁에 부디 잘 계셔주기를 바라오.'

왕비가 자신을 맞이하러 금방이라도 튀어나올 것 같은 느낌이 들었다. 신돈은 왕의 행동에 개의치 않고 계속해서 염불을 읊어댔다. 공민왕은 그 옆에서 하염없이 눈물을 흘렸다.

짙은 향내가 불당 안에 가득했다. 촛불의 일렁임이 불상과 두 사람의 그림자를 묘하게 조화시켜서 불당 안의 분위기를 몽유(夢遊)의 세계로 끌어갔다. 그 속에서 왕은 왕비와 손을 잡고 새가 날고 나비가 춤추는 도원(桃源)을 걸었다.

왕비를 위한 진혼 불공은 거의 새벽녘이 되어서야 끝이 났다. 신돈은 별채에 임금의 침소를 마련했다. 임금이 침소에는 반야가 간단한 야식과 술을 준비해 기다리고 있었다. 침방에 든 임금은 반야가 따라주는 술을 마시면서 여전히 왕후와 함께 도원을 거닐던 기분에서 깨어나지 못하고 있었다.

신돈은 임금의 침소에 불이 꺼지는 것을 확인하고 나서야 잠자리에 들었다.

9

정도전에게 변고가 생겼다. 몇 년 전 지병으로 낙향해 영주에서 요양하던 부친이 돌아가셨다는 비보를 접했다. 정도전은 삼년상을 치르기 위해 고향으로 내려갔다.

'그동안 내 안위에만 몰두하다 보니 부친께 문안도 제대로 못 여쭙는 불효를 저질렀구나. 그사이 병세가 악화되어 돌아가시게 되다니.'

도전은 고향 땅으로 내려가면서 부친에 대한 여러 가지 생각에 잠겼다.

정운경은 충렬왕 말년(1305년)에 봉화현 향리 벼슬을 지내던 집안에서 태어났다. 그가 살던 시대는 지배국 원나라 황실에서 임금을 마음대로 바꾸고 원나라 관리와 그에 아부하는 벼슬아치가 활개를 치던 때였다.

원나라의 핏줄이 섞이고 또 부마(駙馬)의 처지에서 처가인 원나라 황실의 눈치를 살펴야 왕위를 유지하는 할 수 있는 가련한 신세가 왕의 위치였다. 신하들은 왕의 뜻에 따라 움직이는 것이 아니라 원나라 공주인 왕후와 결탁하고, 원나라 황실의 실력자와 내통해서 위세를 부렸다. 그들은 왕이 마음에 들지 않으면 왕의 비행을 원나라 황실에 고해바쳐서 갈아치우기도 했다.

아비와 아들이 왕좌를 두고 서로 다툼을 벌였고, 그사이에서 원나라는 아비를 볼모로 잡아놓고 아들을 왕위에 앉히는가 하면 아들이 마음에 들지 않는다고 다시 아비를 왕에 앉히는 일도 마다하지 않았다.

공민왕의 친형인 충혜왕은 왕비와 사이가 나쁘다는 이유로 원나라로 압송되었다가 귀양 가서 죽었다. 상황이 이러하니 왕은 신하와 왕비의 눈치를 보지 않을 수 없었다.

왕이 할 수 있는 일이라고는 사냥이나 술과 여인에 빠져서 지내는 일뿐이었다. 원나라에 있으면서 즐겼던 매사냥을 하기 위해서 궁중에 응방도감(鷹坊都監)을 설치하기도 했다.

이로 말미암아 인륜의 도는 떨어졌고 원칙을 잃은 정치판에는 권모술수가 판을 쳤다. 조정에는 배경을 내세워 거들먹거리는 자들로 가득했다.

이러한 시대를 살아오면서 정운경은 사욕을 탐하지 않고 원칙과 소신을 지키며 벼슬살이를 해왔었다. 그가 밀성군(지금의 밀양) 부사로 재직할 때 재상 조영휘가 밀성군 사람에게 베를 빌려주었는데 이를 갚지 않자 어향사(御香使) 안우에게 부탁한 일이 있었다.

안우는 공문을 보내어 부탁대로 이를 갚아주도록 지시했는데 정운경이 이를 이행하지 않자 이에 대해서 벌을 주고자 했다.

이에 운경은 "베를 빌려준 사람은 조영휘인데 그가 징수할 일이지 공이 상관할 일이 아니오. 무슨 죄목으로 나를 벌 할 것이오? 그대의 일인 천자의 은혜를 널리 펴는 일이나 하시오"라고 정색을 하고 말했다. 이 말을 듣고 어향사는 운경의 말이 옳은지라 더 이상 문제 삼지 않았다.

또 운경이 복주판관으로 부임했을 당시, 옛날 그와 배움을 같이했던 자가 술자리를 청하자 그는 술자리에서 "지금 내가 자네와 술자리를 하는 것은 옛정을 잊을 수 없어서 하는 것이다. 내일이라도 자네가 죄를 짓는다면 이 일로 용서받지는 못할 것이네!"라고 했다. 이외에도 정운경에 대한 행실은 『고려사』「청백리」 편에 여럿 올려져 있다. 그러나 그는 이러한 강직한 성격 때문에 인맥을 형성하지 못하고, 인정받지 못해서 외직으로만 돌다가 쉰이 넘어서야 홍복도감이라는 한시적 직책을 맡아 개경으로 들어올 수 있었다.

따라서 그의 살림살이는 늘 곤궁했다. 또 그로 인해 서른이 넘은 늦은 나이에 '명색은 양반가의 혈통이지만 종의 딸'이라는 천한 신분의 딱지를 달고 살아야 하는 여인을 맞아 겨우 장가를 갈 수 있었던 것이다.

도전이 상을 치르는 동안 정몽주가 다녀갔다. 정몽주는 정도전에게 "삼년상을 치르려면 바깥출입도 하지 못하고 어려움이 많을 터인데 무료할 때 읽어보라"며 『시경』, 『서경』 등 여러 권의 책자를 챙겨다 주었다. 그 중에 『맹자』가 있었다.

도전은 『맹자』를 탐독했다. 맹자가 살았던 전국시대는 지금 고려가 처한 현실과 많이 닮아 있었다. 제후들이 저마다 힘으로 다른 제후국을 정복하는 약육강식의 시대였다.

수많은 제후국이 흥망성쇠를 거듭하면서 인륜은 무너지고 전쟁과 침략으로 백성들의 불안한 삶은 말이 아니었다. 이에 맹자는 제후국을 돌아다니면서 힘에 의한 패도 정치를 지양하고 인과 덕으로 다스리는 왕도 정치를 주장했다.

측은지심(惻隱之心).

"불쌍한 사람을 보고 이를 느끼지 못하면 금수만도 못하다"고 하는 민본위(民本爲) 사상을 역설하면서 백성을 가볍게 여기는 군주는 일개 필부에 지나지 않으므로 갈아치워도 된다고, 역성혁명을 두둔하기도 했다.

도전은 매일 매일 경전을 외듯이 『맹자』를 읽었다.

'포은 형님이 왜 『맹자』를 내게 가져다준 것일까?'

정도전은 『맹자』를 읽고 또 읽기를 반복하면서 정몽주가 왜 『맹자』를 읽기를 권했는지 의문을 가졌다.

'포은 형님이 내게 『맹자』를 읽어보라는 뜻은, 지금처럼 하늘에 닿아 있는 백성의 원성을 헤아리고 고려의 앞날을 예측해보라는 뜻인가? 그렇다면 포은 형님의 본뜻은 어디 있는가? 고려가 망하지 않게 임금이 민심을 헤아려 정치를 펴도록 신하들이 잘 보필하라는 뜻인가, 아니면 확 엎어버리고 새로운 세상을 만들라는 뜻인가?'

도전이 부친의 삼년상을 치르는 동안에 어머니마저 세상을 떠났다. 도전이 두 분의 상을 함께 치르고 다시 성균관으로 복직했을 때 그의 나이 28세, 공민왕 18년(1369년)이었다.

• 10

정도전이 복직하고 얼마 되지 않아 정몽주, 이숭인과 세 사람이 만나서 한담을 나누는 자리를 가졌다.

"이 자리에 하륜이 없는 것이 섭섭하네요."

정도전이 네 사람의 사우 중에 하륜이 자리를 같이하지 못한 것을 아쉬워하며 말했다.

"그러게 말일세. 그 사람도 빨리 복직이 되어야 할 텐데. 지금으로 봐서는 언제나 될지……."

정몽주도 아쉽기는 마찬가지였다. 하륜은 끝내 양전부사의 비행을 들춰내어 탄핵했던 것이다. 그의 직책이 사헌부 규정인지라 직무를 다 하고자 한 일이었다. 그러나 하륜의 상소문은 임금께 전달되지 못했다. 상사인 감찰대부 손용의 손에 먼저 들어갔다. 손용은 신돈에게 아부할 기회를 찾고 있었는데 마침 이를 손에 넣게 되자 곧바로 신돈을 찾아간 것이었다.

"제가 미련한 죄로 부하가 영험하신 영도첨의 대감께 이런 불충한 일을 저지르고 있는 것을 막지 못하였는지라……."

손용은 죄송하여 감히 신돈을 바로 쳐다보지도 못했다. 상소의 내용을 훑어본 신돈은 대로했다.

그 즉시 하륜을 불러 "증좌도 확실치 않은 일로 함부로 양인을 모함한다"며 크게 꾸짖었다. 그리고는 파직시켜서 강릉 땅으로 유배를 보내버렸다. 그러나 신돈은 이 일을 더 이상 확대하지는 않았다. 자신의 측근이 연루된 일이기에 그 누(累)가 자신에게로 돌아올 수 있다고 생각해서 그것으로 봉합해 버렸다.

"그나저나 저 영락전 공사는 언제 끝이 날지, 백성의 원성이 말도 못한다네."

정몽주가 하는 말이었다.

왕이 돌아가신 왕비의 원혼을 달래고자 짓고 있는 영전 공사에 문제가 많았던 것이다.

"농번기에 전국에서 장정을 데려다가 저렇듯 해를 넘기고 있으니 큰일입니다."

이숭인도 혀를 차며 말했다.

"얼마 전에는 큰 사고가 있었답니다. 토목공사에 쓰일 석재를 운반하다가 수레가 구르는 바람에 죽거나 다친 사람이 부지기수라지요?"

"일을 시키면서 제대로 먹지를 못하니 힘을 쓰지 못하여 사고가 난 것이겠지."

"이제 전하께서는 국사는 아예 첨의 영감에게 맡겨놓고 불공에만 신경을 쓴답니다. 첨의는 전하를 모시고 사찰로 다니면서 불사를 주관하고 있는데, 그로 인한 백성의 불편도 여간 아니라지요."

"이제 첨의의 권세는 하늘에 닿아서 누구도 그가 하는 일을 문제 삼지 못하고 있어요. 나라는 있으나 바른말을 하는 현신(賢臣)은 다 어디 가고 나라 꼴이 말이 아니라네."

"기어이 유숙 대감을 죽였다지요?"

"유배를 보내는 것도 부족하여 목 졸라 죽였다는 소문이 파다하다네. 첨의는 자기의 눈 밖에 나는 사람은 반드시 해코지하고야 마는 성품이라고 모두가 그를 두려워한다네."

정몽주는 말을 하며 그 잔인한 처사에 몸을 부르르 떨었다. 유숙은 공민왕이 원나라에 볼모로 있을 때부터 가까이서 모셨던 측신이었다. 그의 강직한 성품이나 올곧은 자세는 여러 사람에게 많은 칭송을 받고 있었다.

그는 신돈이 왕에게 접근하는 것을 싫어했다. 그래서 신돈과 가까이하지 말도록 왕께 몇 차례 간언을 한 일이 있었는데, 후에 신돈이 이것을 기어이 트집 잡고 나선 것이었다. 왕은 유숙을 총애해서 처음에 신돈의 말을 믿지 않았다. 그러나 신돈이 온갖 말로 계속 모함하므로 유배를 보내게 되었는데 결국 유배지에서 목이 졸려 죽은 것이었다.

이를 두고 신돈이 훗날 유숙이 다시 측근으로 기용될 것을 두려워한 나머지, 유배지인 영광으로 은밀히 사람을 보내어 죽였다는 소문이 있었기에 정몽주가 그렇게 말한 것이었다.

"전하께서 가끔 밤에 첨의의 사저에 홀로 방문을 하신다는 소문도 있습니다."

"웬 여인을 숨겨두고서 찾고 있다는 소문이야."

"승려의 사저에는 재물이 쌓여서 넘쳐나고 아녀자들이 줄을 서서 그와 면담하기 기다린답니다."

이숭인은 신돈을 아예 승려라고 지칭하면서 불편한 심사를 드러냈다.

"반반한 여자는 내당으로 따로 부르고 가져온 재물로는 곳간을 채우고……. 요승이야, 백여우가 나라를 거덜 내고 있어요."

정몽주와 이숭인이 주거니 받거니 하는 말을 정도전은 듣고만 있었다. 두 사람이 서로 이야기를 주고받고 있는 것이지만, 실은 정도전이 삼년상을 치르는 동안 조정을 비우고 있었으므로 그간에 일어났던 여러 일들을 일러주고자 한 것이었다.

'신돈이 개혁을 내세우며 국정을 휘두른 지 수년인데, 이제 개혁의 명분은 어디 가고 저렇듯 원성만 쌓여가고 있구나! 임금이 권문세가로 행세하는 구신들을 믿지 못하겠다고 혁신적으로 발탁한 인사가 오히려 권력에 맛을 들이니 더하는구나. 중이 고기 맛을 보면 절간에 빈대가 남아 있지 않는다더니만, 쯧쯧……. 신악이 구악을 대신하는도다!'

정도전은 그래도 한때는 농민의 땅을 돌려주고 억울한 종살이를 면해주는 등 여태껏 누구도 행하지 못한 개혁을 주도한 신돈에게 희망을 건 적도 있었건만 이만저만 실망스러운 일이 아니었다.

11

공민왕 18년(1369년) 4월, 중국에서 사신이 왔다. '중국'이라 함은 이제 더 이상 원나라를 지칭하는 것이 아니었다. 주원장이 대륙을 장악하고 국호를 대명(大明), 연호를 홍무(洪武)라 정하고 그 스스로가 황제로 등극했다.

사신이 황제의 칙서를 가져왔다.

> "원나라는 북방의 오랑캐로서 원래 우리와 동류가 아닌데도 중화에 들어와 군주 노릇을 한 지 100년이 되었다. 이에 하늘이 그들을 싫어하여 군웅(群雄)으로 하여금 폭병(暴兵)을 일으켜 18년 동안 세상을 어지럽힌바 나라와 백성이 편하지 못하였느니라. 이에 하늘의 영험을 받은 짐이 분연히 일어나 이들을 제압하고 동서남북 옛 강토를 회복하였다. 짐은 올해 정월에 신민의 추대를 받아 국호를 대명, 연호를 홍무라 하고 황제로 등극하였는데 다만 사이(四夷)에 이를 통보하지 않아 오늘날에야 이 국서를 보내노라. 예부터 우리 중화는 고려와는 신하로 혹은 빈객으로 지내왔으니 짐이 어찌 그대가 고려에서 왕 노릇을 하지 않게 하겠는가? 천하의 대세를 거르지 않기를 바란다."

명나라 사신을 맞은 고려의 조정은 잠시 혼란에 빠졌다. 이제 대륙은 새로운 나라 '명'을 세우고 황제로 등극한 주원장에 의해서 통치가 된다 한다. 이를 어떻게 받아들여야 할지, 오랜만에 왕의 임석 하에 열린 어전회의는 이 문제를 두고 토론을 벌였다.

"대륙의 호걸 장사성과 진우량은 어찌 되었는가?"

"진우량은 파양호(鄱陽湖)[27] 전투에서 패하여 주살되었고 장사성은 자살을 하였다는구만."

"원나라는 어떻게 되었지?"

"상도(上都) 개평부(開平府)에서 더 북쪽으로 쫓겨 들어갔다는구먼."

상도 개평부는 원나라 세조 쿠빌라이 칸이 즉위한 곳인데 황제와 귀족들의 피서지로서도 유명하며 수도 북경과 더불어 번창하던 곳이다.

대신들은 자신의 의견을 선뜻 내놓기보다는 대륙의 정세 변화에 더 귀를 곤두세웠다. 대륙의 힘이 어찌 되느냐에 따라 자신들은 처신을 달리해야 하고 그에 따라 장차 그들의 운명이 달라지기 때문이었다. 대신들은 지난 100년간 원나라의 지배를 받으면서 황실의 변화가 자신들의 일상에 얼마나 많은 영향을 끼쳐왔는지를 잘 알고 있었다. 때로는 말 한마디를 잘못해서, 혹은 자칫 편을 잘못 들었다가 패가망신하는 경우를 여럿 보아왔었다.

"중국은 예부터 우리와는 끊을 수 없는 깊은 관계를 맺어왔습니다. 이제 고려는 지난 100년 원나라의 지배를 벗어나야 할 기회를 맞은 것입니다. 저들의 사신을 후하게 대접하고 축하 사절단을 보내야 합니다."

27) 중국 장시성 북부에 있는 호수. 예전에는 넓었으나 지금은 양쯔강의 토사 유입으로 주변에 평야가 생겼다. 주원장의 20만 군과 진우량의 60만 군이 대첩을 벌인 곳으로 유명하다. 주원장은 파양호 대전을 승리로 이끌면서 대륙의 패권자로 확실히 자리를 굳혔고 진우량은 전투에서 사살되었다.

이색이 나서서 건의했다.

"그럼 이 기회에 원나라와의 관계를 끊어야 하는가? 어디 수시중이 말해보시오."

왕은 그때까지 말이 없는 수시중 이인임의 의견을 구했다.

"소신의 생각은 다르옵니다."

"어떻게?"

"대륙이 지금은 명나라에 의해서 통일되었다고는 하나 아직은 안정이 되지 못하고 있는 듯하옵니다. 원나라가 비록 패퇴하여 몽골의 초원지방으로 쫓겨 들어갔다고는 하나 아직은 황제를 지칭하고 있고 권토중래를 꾀하고 있습니다. 원나라는 지난 100년 동안 우리 고려와는 피로써 관계를 맺어왔습니다. 앞으로 대륙의 판세가 어찌 변할지 모르는 일이니 쉬이 판단할 일이 아닌 듯 하옵니다. "

"원나라와 피로써 관계왔다고?"

공민왕은 이인임의 말을 들으며 심사가 틀어졌다. 피로 맺어졌다는 말은 곧 임금 자신의 몸속에 몽골의 피가 흐르고 있다는 뜻으로 들렸다. 공민왕의 할아버지인 충선왕과 아버지인 충숙왕은 모두 원나라 황실 공주의 몸에서 태어났다. 공민왕에게 그것은 고려가 당한 어쩔 수 없는 사정으로 여겨지지만, 한편으로는 고려왕, 고려인으로서 살고자 하는 그의 마음에 상처로 남아있었다.

"다른 사람의 의견은 어떤고?"

임금은 속이 쓰리지만, 내색을 숨기고 이야기를 재촉했다.

"원나라와 피로써 맺은 관계였다는 말은 당치도 안사옵니다. 지금 명나라를 소홀히 할 시에는 이 일로 장차 어떠한 보복이 있을까 두렵사옵니다. 명나라와의 관계를 돈독히 하시옵소서. 원나라는 이미 쇠하여 가는 나라이옵니다."

이색은 주장을 굽히지 않았다. 임금은 이색의 주장을 받아들이기로 했다.

"황제의 사절께 예를 다하여 대접하여라. 그리고 늦었지만, 황제의 즉위를 축하하는 표문을 지어 올리고 사절단으로 누구를 보내야 할지를 정하도록 하라."

도당에서는 예부상서 홍상재와 감문위상호군 이하생을 선발하여 표문을 받들고 황제의 등극을 하례하게 했다.

그러나 이인임은 말을 잘못하는 바람에 임금의 미움을 받아 수시중 자리에서 파직되었다. 수시중 자리에는 재상 염제신이 앉았다.

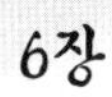

권력의 종말과 새로운 시작

• 1

정도전은 정몽주를 만나서 시를 한 편 건네주었다.

“「원유가(遠遊歌)」라……. 집을 떠나 세상을 이리저리 둘러보고 지었다는 뜻이군.”

“세상을 둘러보고 옛일을 생각해보면 느끼는 바가 크지요.”

“어디 봄세.”

> “어느 것 하나 백성의 힘에서 나오지 않는 것이 있으랴마는
> 그 득실은 향내 나는 풀과 구린내 나는 풀처럼 천양으로
> 다르네.
> 옛날과 이제를 생각하며 이리저리 돌아다니다가 해가 저물
> 어 집에 돌아오니
> 흩어지지 않은 빈객들 술잔을 들며 크게 떠드는 소리 끝이
> 나지 않고 있네.
> 임금을 위하여 눈물을 흘리노라.”

“아니 이것은?”

정몽주는 다 읽고서 흠칫 놀라서 정도전의 얼굴을 쳐다보았다.

"풍자가 좀 심했나요? 임금께서 돌아가신 왕비를 위하여 우매한 백성을 동원하여 저렇듯 호사스런 영전공사를 하고 있는 것을 보니 옛 중국 주나라와 진나라의 이로움과 해로움이 생각나서 지은 것입니다."

정도전은 정몽주를 마주 보고는 입가에 이죽거리는 표정을 지으며 말했다.

"이건 전하에 대한 욕일세."

"동시에 임금의 혜안을 흐리고 있는 첨의에 대한 욕이기도 하고요."

「원유가」는 집 안에 가득 손님이 모여서 술을 나누며 세상 밖으로 돌아다니면서 보고 느낀 것을 이야기했다는 것으로 그 내용은, "태평천하 요순시대를 이룬 하나라 은나라를 상상하면서 주나라의 문왕이 세운 영대(靈臺)를 둘러보니 그곳에서는 한때 평화롭고 상서로운 기운이 가득했는데 후대의 임금이 어리석어서 이를 이어받지 못했고, 진시황은 천하를 평정하고 호화로운 아방궁을 지었음에도 백성의 고통으로 인한 화가 하늘에 닿아 하루아침에 항우와 유방에게 천하를 넘기게 되었다"는 것이다.

이는 공민왕이 죽은 노국대장공주를 위해 짓고 있는 호사스런 영전이 백성의 고통을 동원한 것이기에 나라가 망할 수도 있다는 경고이기도 해서 자칫 큰 화를 불러올 수도 있는 내용이었다.

정몽주는 글의 뜻을 알고는 정도전의 배포에 놀랐고 또 그가 정말로 큰일을 낼 것 같은 염려가 들었다. 공민왕이 하는 영전 공사에 대한 원망은 곧 신돈에 대한 원망이기도 했다.

왕륜사에서 짓던 영전 공사를 마암(馬巖)에 옮겨서 하기로 했다. 신돈이 영전 공사장으로 임금을 모시고 갔을 때 너무 협소하다고 간했기 때문이었다.

"마암은 그 터가 길하여 혼전(魂殿)을 그곳으로 옮겨서 불공을 드린다면 공주마마께서는 필히 극락왕생하실 것이고, 또 새로운 곳에 터를 넓게 잡아서 백성들이 구름같이 몰려들게 한다면 이는 전하께도 축복이 될 것이옵니다."

"그러면 거기에 들어가는 재정이 만만치 않을 터인데 어찌 마련해야 하는고?"

"소승이 마련토록 하겠나이다. 전하께서는 대신들을 데리고 공사장에 자주 납시면 됩니다."

신돈은 대신들로부터 불전을 거둬들일 요량이었다.

"부역하는 자들은 어찌 동원할 것인고?"

"지금은 개경과 인근의 지방에서만 동원하였지만, 전국으로 동원령을 내리겠나이다."

마암으로 옮겨서 하는 공사는 종전의 공사보다 훨씬 규모가 컸다. 당연히 재정과 물자와 부역하는 인원이 늘어날 수밖에 없었다. 그동안 들어갔던 수고와 재정도 만만치 않았는데 또다시 새롭게 공사를 한다니 기가 막힐 노릇이었다.

전국에서 동원된 것은 사람뿐이 아니었다. 금강산을 비롯해 전국의 이름난 명산에서 돌을 캐내고 금강송을 베어서 수레와 뱃길로 날랐다. 여러 곳에서 사람들이 죽고 다쳤다는 장계가 도당으로 빗발쳤다.

"이런, 이런 큰일 났소이다. 이 공사가 언제 끝이 날는지? 이러다간 백성들이 다 죽어 나갈 지경이외다."

"전하께서는 왜 그리 공사장으로 자주 납시는 거요?"

대신들은 겉으로는 백성들의 고초를 내세우고 있지만, 실상은 이 기회를 틈타 자신들의 주머니가 걱정되어 불평하는 것이었다.

임금의 행차에는 많은 대신이 동행했다. 신돈은 그들이 보는 앞에서 임금의 옆에 서서 불사에 관한 이야기를 하다가 으레 재정 타령을 하곤 했다. 이때 사전에 신돈에게 승진과 인사 청탁을 해두었던 자가 나서서 불전으로 거금을 희사하게 되면 신돈은 그것을 그 자리에서 공표를 했는데, 동행한 다른 대신들도 임금이 보는 앞인지라 어쩔 수 없이 동참을 할 수밖에 없었다. 그런데 그 액수가 문제였다. 임금이 보는 앞이라 체면치레로 그칠 수 없고 거금을 내놓아야 하기에 속앓이를 해왔던 것이다. 그들은 임금의 행차에 동행할 때마다 거금의 재물을 털리고, 어디에 하소연도 못 하다가 이렇게 백성을 핑계 삼아 불평을 털어놓는 것이었다.

운암사의 주지가 도당을 찾아와서 손님들을 대접할 쌀이 부족하니 50석을 줄 것을 요구했다. 신돈에게 청탁했더니 도당에 의논을 부치라고 했다는 것이다.

"전수도감에 명하여 쌀을 내주는 것이 어떻겠습니까?"

녹사가 말했다.

"그걸 말이라고 하는 것이오이까? 지난번 연복사 문수회에 전하께서 참석하시어 베 5,000필을 내려주신 지가 몇 달이나 되었다고 또 쌀 50석을 내어준다는 말이오!"

전수도감의 출납을 책임지는 재상 이상서가 반대를 했다.

"요전에도 영전에 납시어서 승려 3,000명을 불러서 밥을 먹이고 베 3,000필을 하사한 적이 있지 않소? 또 정릉(노국공주의 능)이 있는 광암사에는 매달 쌀 30석을 보내고 있으니 이제 국고가 바닥이 날 지경이오."

이상서의 목소리는 격앙되어 있었다.

"내 말은 영도첨의가 내락을 했다 하니 이를 거절하였다가는 전하의 영을 거절하였다는 이유로 또 무슨 해코지를 당할까 봐 걱정되어서……."

"전하가 직접 영을 내린 것이 아니지 않소. 영도첨의의 청을 들어주지 않았다고 해서 전하의 영을 거역한 것이 아니지 않소?"

이상서는 끝내 반대를 했다.

한편, 한쪽에서 이 논쟁을 유심히 보고 있는 이들이 있었다. 도첨의시중 유탁, 첨서밀직 정사도, 동지밀직 안극인이었다. 이 중 안극인은 공민왕의 후궁인 정비의 아버지였다.

"이상서의 말이 맞다. 이태 동안이나 가뭄이 들어서 백성은 초근목피도 구하기가 어려워 근근이 목숨을 유지하고 있는데 승려들은 전하의 말 한마디에 배불리 먹고 선물까지 받아간다는 것이 말이 되는가?"

유탁이 곁에 있는 정사도와 안극인을 번갈아 보며 말했다.

"삼남의 백성들은 아직도 자리를 못 잡고 떠돌아다니며 걸식을 하고 있는데 절간 속의 중들은 전하의 덕분에 얼굴에 기름이 올라 저렇듯 번들거리니 염치가 없는 것이 아니오?"

정사도가 도당의 처분을 기다리고 있는 운암사 주지의 얼굴을 쳐다보면서 말했다.

"나라는 큰 중놈이 망치고 작은 중놈들은 큰 중놈을 빙자해서 백성의 배를 곯리고……. 저 중놈들이 이제는 제 세상 만난 듯이 궁중을 무상으로 출입하고 있으니 나라가 망하면 반드시 저 중놈들 탓을 해야 할 것이외다."

큰 중놈이라 함은 신돈을 말하는 것이고 작은 중놈이라 함은 신돈에게 접근하여 비위를 맞추며 추슬러서 여러 가지 혜택을 누리려는 사찰의 승려들을 일컫는 말이었다. 안극인이 욕을 하듯이 내뱉었다.

"내가 백관의 수장으로서 사직을 걱정하지 않을 수 없다. 내가 차라리 죽을지언정 이러한 사태를 전하께 간하지 않을 수 없구나."

유탁이 각오를 한 듯 눈을 지그시 감으며 말했다.

"시중의 뜻에 따르리오."

"상서를 올립시다. 나도 동참할 것이오."

정사도와 안극인도 동의를 했다.

전하! 지금은 농사철이고 이태 동안 가뭄이 들어 백성들은 초근목피로 근근이 연명하고 있사옵니다. 또한 아직도 왜구의 침략은 삼남의 연안에서 계속되고 있어 그 삶이 불안하기 그지없습니다. 이러한데도 영전 공사는 끝이 나지 않고 오히려 그 규모가 커져서 각지의 백성을 동원하고 있는 바, 고향에 남아 있는 그 식솔들의 생활이 말이 아닙니다. 또한 지방에서는 지방대로 물자를 대느라 백성을 동원하고 있고 석재와 목재를 대느라 도로를 닦고 수로를 내어 감당 못 할 짐을 운반하다가 죽거나 다친 자가 부지기수입니다. 청하옵건대 영전공사를 중지하여 주시옵소서. 또한 사찰에서 하는 불사가 점점 웅대해져서 이제 국고가 바닥이 날 지경이옵니다. 이도 또한 행사를 줄여주실 것을 함께 청하옵니다.

상서를 읽는 공민왕의 얼굴에 분노의 빛이 역력했다.

"이런 괘씸한 놈들, 시중이라는 자가 선동을 하여 재상들의 연명을 받아 상서를 올리다니!"

"시중이 할 일이 아니라고 보옵니다. 시중이 할 일은 재상들을 추슬러서 바닥난 국고를 채우는 대책을 마련해야 하는 일이거늘……. 시중 유탁은 지난번 공주마마께서 승하하였을 때에도 3일 동안 제사를 지내지 않은 불경스러운 죄를 저지른 자이옵니다. 그 죄도 함께 물으셔야 할 것입니다."

공민왕의 기색을 곁에서 보고 있던 신돈이 화를 부추겼다. 공민왕은 신돈의 말을 듣고서 바로 영을 내렸다.

"관련된 세 사람을 즉시 순군옥에 하옥시키고 삼사좌사 이색을 위관으로 삼아 그들을 국문하도록 하라."

• 2

곧 국청이 차려지고 모진 고문이 시작되었다. 그러나 유탁에게는 죄상이라고 뚜렷이 밝힐 만한 내용이 없었다. 이색은 유탁을 심문한 내용을 아뢰고는 하교를 기다렸다.

"시중의 죄는 죽어 마땅한 것이 옵니다."

임금의 분노하는 기색을 엿보고 있던 신돈이 왕보다도 먼저 입을 떼었다.

"이런 죽일 놈들! 유탁은 참수를 하고 그 죄를 효시하라. 정사도는 그 죄가 가벼우니 장형으로 다스려서 방면하라. 그리고 안극인은 정비의 아비인 점을 감안하여 궁중의 출입을 금하고 정비에 대해서도 그 아비의 죄를 물어 사저로 내쳐라."

임금의 음성은 노기를 띠어 떨렸다.

"유독 유탁을 참형으로 다스려야 할 죄명이 무엇이옵니까?"

이색은 유탁을 죽이자는 의견에 동의할 수 없었다.

"네가 국청에서 심문을 하고서도 그 죄를 모르겠느냐?"

임금은 이색에게 짜증을 내었다.

"내가 그 죄를 말하마. 유탁의 죄는 수상의 자리에 앉아 있으면서도 의롭지 못한 일을 하여 하늘의 노여움을 사서 가뭄이 들게 한 일이 첫 번째 죄요, 연복사의 땅을 빼앗은 것이 그 둘째 죄요, 셋째는 공주가 훙(薨)하였을 때에 3일 동안 제사를 지내지 않은 것이요, 네 번째 죄는 공주의 장례를 격을 낮추어 행하자고 주장한 것이니 불충하고 의롭지 못한 죄가 이보다 더한 것이 있겠느냐?"

"시중의 죄는 죽어 마땅한 것이 옵니다."

임금의 분노하는 기색을 유심히 바라보고 있던 신돈이 임금의 기분을 한껏 맞추었다.

"그러함에도 그 죄는 유탁을 죽일 만한 것이 못 되옵니다."

이색이 듣기에 임금이 말하는 유탁의 죄는 얼토당토않은 것이었다. 이색은 물러나지 않았다.

"삼사좌사는 전하의 명을 거역할 참이오? 전하의 분노함을 모르시오?"

신돈이 유탁의 참수를 적극적으로 주장하는 이유는 유탁이 직언을 서슴지 않는 강직한 성격인데다가 신돈이 하는 불사에 대해서 여러 번 반대해왔던 것이다.

신돈은 이 기회를 빌려서 기어이 유탁을 중죄로 다스림으로써 다른 신하들에게 본보기를 보이고자 했다.

"유탁이 상서를 한 것은 모두 백성의 고통을 덜어주기 위해서 한 일입니다. 결코 전하에 대한 불충에서 한 일이 아니옵니다."

"공주에 대한 제례를 소홀히 한 이유는 어찌 물어야 하는가?"

"이는 모두 지나간 일이옵니다. 소신은 국문을 하였던 자로서 유탁의 죄가 죽음을 줄 만큼 중죄는 아니라고 보옵니다. 전하의 하해와 같은 성은으로 죽음만은 면하게 하여 주옵소서."

이색은 뜻을 굽히지 않았다. 임금은 눈물로써 진언하는 이색의 모습을 보고 차츰 마음이 움직이기 시작했다.

'이자는 사심으로 죄인을 감싸고자 하는 것이 아니구나. 짐의 충성스런 신하는 이러한 자가 아닌가!'

"삼사좌사는 그만 물러가라. 내 다시 유탁에 대해서 하교를 할 것이다."

이색은 임금의 마음이 누그러지고 있다고 생각하고 어전을 물러 나왔다.

임금이 유탁을 죽이려 한다는 소문은 일시에 궐내에 퍼졌다. 그것이 모두 신돈의 농간 때문에 벌어진 일이라는 것도 같이 알려졌다. 임금의 생모인 명덕태후도 이 소식을 들었다.

"어디서 근본도 모르는 승려가 들어오더니 사람의 목숨을 파리 목숨처럼 여기려 하는구나. 내 주상을 만날 것이니 어서 채비를 하여라."

명덕태후는 궁인들에게 편전으로 갈 것을 재촉했다. 명덕태후는 신돈에 대해서 좋지 않은 감정을 갖고 있었다. 신돈은 태후에게도 무례한 태도를 보이다가 혼이 난 적이 있었다.

공민왕이 모후를 위해 연회를 베풀었을 때의 일이었다.

왕이 신돈을 대동하고 입장해서 태후의 옆에 앉았고 신돈에게도 옆에 앉으라고 하자, 태후는 이를 불쾌히 여기고 "어딜 감히 아녀자의 옆자리에 승려가 앉으려고 하는가?" 하고 화를 냈던 것이다.

이는 신돈이 승려의 신분인데도 여염집 아낙네들을 희롱하고 다닌다는 소문을 들었기에 무안을 준 것인데, 이때부터 "궁내에서 신돈이 어렵게 대하는 사람은 명덕태후뿐이다"라는 소문이 퍼졌다.

"주상, 이 어미가 어찌하여 이 밤에 달려왔는지 생각을 해보셨소?"

임금과 마주하고 앉은 태후는 아들을 똑바로 쳐다보고 다그치듯 말했다.

"……."

"내 아녀자의 소견으로 국사에 참여할 일은 아니나 더는 참기가 어려워서 이렇듯 한걸음에 달려왔으니 나를 탓하지 마오."

"무슨 일이십니까? 어마마마."

"국문을 하여 또 사람을 죽인다고 하여 이렇게 온 것이오."

"유탁의 일을 말씀하시는군요."

"주상은 하늘이 가뭄을 내리는 까닭을 아셔야 하오! 무고한 신하들이 임금의 부덕으로 죽어 나가니 하늘이 어찌 노하지 아니할 것이오!"

"어마마마 어찌 그런 말씀을……. 소자의 나이가 적지 않은데 어찌 저를 그렇게 나무라시는지요? 또 무고한 신하들을 죽이다니요? 그들은 주상인 나를 능멸하고 어명을 하찮게 여기다가 벌을 받은 자들이 온 데 무고하다니요?"

"지금 궐내에는 바른말을 간하는 신하가 없어졌음을 주상은 알아야 할 것이오. 첨의의 참소와 이간질이 두려워 감히 그의 비위를 거스르려 하는 자가 없으니 실로 첨의가 요승이 아니고 무엇이오?"

"어마마마 말씀이 정도가 심하시옵니다. 첨의는 내가 국정을 개혁하고자 특별히 모신 왕사이십니다. 조정 대신들이란 자들이 자신들의 이해만을 생각하고 패당을 지어서 국사는 등한히 하면서 서로의 이익 되는 일만을 감싸면서 임금의 목숨까지도 노리는 일도 있었기에 대사를 등용한 것입니다. 대사는 비록 행색은 남루하나 그가 말하는 것이 이치에 닿지 않는 것이 없고, 욕심이 없어서 그가 일을 처리하면 공평무사하지 않을 수가 없습니다. 또한 불법이 신통하여 그가 기도를 하면 이루어지지 않는 것이 없습니다. 그런데도 어찌하여 어마마마는 그를 요승이라 하시는지요?"

"그게 다 그 승려의 요설에 주상이 놀아나고 있기 때문이오. 주상이 요사이 승려의 사저로 자주 드나드는 이유가 무엇이오? 그 집에 숨겨둔 여인이 있다는 소문이 있어요. 이 나라에서 주상이 못할 일이 무엇인데 여인네를 숨겨두고 몰래 보는 것이오? 이제는 후사를 보아야 할 때요. 후궁들을 데려다가 생불로 만들 작정이오?

주상 부디 정신을 차리세요. 주상의 나이가 어리지 아니한데 어찌하여 궁중의 현신들과 함께 스스로 국사를 돌보지 않고 출신도 미천한 승려를 데려다가 왕사로 앉히어 국사를 전횡케 하는 것이오? 그로 인해 얼마나 많은 애꿎은 사람이 목숨을 잃었는지, 얼마나 많은 현신들이 유배를 가고 궐 밖으로 쫓겨났는지를 주상은 아셔야 할 것이오. 선대왕 충렬왕이 무도하여 보위에서 물러났을 때 주상이 후계를 잇게 되기를 많은 사람들이 빌었다는 것을 잊지 마시오. 그때에도 이처럼 가뭄이 들어 흉년이 오지는 않았소. 부디 신하를 아끼고 요승을 멀리하기를 어미가 간곡히 부탁하오."

태후는 작정을 한 듯 그동안 가슴에 담아두었던 말들을 다 털어내고

자 했다. 태후의 눈에서는 어느새 주르르 눈물이 흘러내렸다. 임금은 마치 어린아이처럼 고개를 숙이고 태후의 충고를 듣고 있었다.

다음날 유탁과 정사도는 순군옥에서 방면되었다. 얼마 뒤에는 안극인도 궁중 출입이 허락되었다. 사저에 내쳤던 후궁 정비도 궁궐로 돌아왔다.

• 3

신돈과 임금이 오랜만에 마주하고 앉았다. 임금은 태후가 다녀간 이후 신돈의 사저를 방문하지 않았고 신돈도 임금이 자신과 의논도 없이 유탁 등의 죄를 감해준 것이 섭섭해서 궐내에 들어오지를 않았던 것이다.

임금은 그동안 많은 것을 생각했다.

'내가 그동안 왕사를 너무 편애했던 것이 아닌가? 왕사가 임금의 은혜를 빙자하여 함부로 국사를 전횡하고 무고하게 신하들을 벌을 준 것이 아닌가? 유숙은 원나라에 있을 때부터 날 보좌해왔는데 일찍이 그가 사임을 요청했는데도 받아들이지 않고 있다가 끝내는 죽이지 않았던가? 이존오와 정추는 진언을 잘하기로 알려진 사람인데 신돈의 말만을 듣고 처형을 해버렸다. 최영은 어떻게 지내고 있을꼬?'

그러나 임금과 마주하고 앉은 신돈은 임금과는 다른 마음을 먹고 있었다.

'아직도 조정의 무리는 나를 비천한 출생이라고 무시하고 있다. 임금으로부터 권한을 더 받아내야 한다. 저들의 목줄을 더 죄지 않으면 내가 쫓겨나야 할 판이다. 저들을 꿇리려면 힘이 더 있어야 한다.'

신돈은 조정 신하들의 목줄을 더 죄기 위해 지방에 뿌리를 둔 조정

대신들의 지지 기반을 약화시켜야 한다고 생각했다.
"전하, 신에게 오도사심관의 자리를 허락해주소서."
"사심관을 그대가 하겠다고? 그것도 5도에 걸쳐서?"
공민왕은 다소 의외라는 듯 물었다.
"그러하옵니다. 지방의 물자를 원활히 수급하고 지방의 호족들을 두루 아우르려면 사심관를 부활하여야겠기에 올리는 말씀입니다."
"그대는 아직도 벼슬이 부족한가?"
"난리를 겪어오면서 지방의 기강이 말이 아니옵니다. 지방의 호족들이 조정의 대신과 연고를 맺고 제멋대로 행동을 하고 있으니 전하의 추상같은 영이 서도록 사심관 제도를 부활하소서. 소승이 전하를 대리하여 부족한 국고를 채워놓고 반드시 기강을 잡아놓겠나이다."
"사심관은 그 폐단이 심하여 없어진 지 오래된 제도가 아닌가?"
"그러하옵니다. 하오나 비록 그 폐단이 심하긴 하였으나 지방의 호족을 다스리기에는 그만한 제도도 없사옵니다."
사심관 제도는 고려 초 지방의 민심을 안정시키면서 중앙집권의 권력 기반을 공고히 하기 위해 지방과 연고가 있는 관리에게 지방 호족들을 관리하게 한 제도인데, 세월이 지남에 따라 호족과 연계해 부패가 만연했고 그 폐단이 극심하므로 폐지한 제도였다.
"대사는 어찌 큰 도적이 되고자 하는 것이오?"
임금은 신돈이 오도사심관이 되고자 하는 말에 불쾌함을 드러내며 면박을 주었다.
"사심관이 권한을 빙자하여 긁어모은 재물이 큰 도둑과 같았다"는 비유가 있었으므로 이를 빗대어서 한 말이었다.
"……."
신돈은 임금의 갑작스러운 변화에 잠시 혼미했다.
'이럴 수가!'

신돈이 정사에 참여한 이후 임금의 태도가 이렇듯 단호한 때가 없었다. 임금의 다음 말은 신돈에게 한결 더 충격을 주었다.

"장군 최영과 시중 경천흥은 어찌하고 있소?"

"……."

최영과 경천흥은 유배를 보내거나 궁궐 출입을 못 하게 한 지가 5년이나 되었다. 그자들의 안부를 왜 갑자기 묻는 것일까?

신돈은 의아한 눈초리로 임금을 쳐다보았다.

"내 그들을 조만간 속죄해줄 것이오. 어떻게 지내고 있는지 좀 알아봐 주시오."

큰일이었다. 최영과 경천흥은 모두 신돈의 간언 때문에 귀양 가고 벼슬을 파직당한 사람들이다. 그들을 속죄한다는 것은 곧 벼슬길에 다시 올리겠다는 말이었다.

"그들은 중죄를 저질렀나이다. 전하의 영을 어기고……, 영을 어기고서 임지를 벗어나 사냥을 하다가 무…… 무엄하게도…… 불충하게도 왜구들에게 세조의 영정까지도 약탈을 당한 죄를……, 큰 죄를 지은 자들입니다."

신돈은 당황해서 말조차 더듬었다.

"그만했으면 이제 벌을 받을 만큼 받은 것이오. 가만히 생각해보니 내가 그들에게 지나쳤다는 생각도 드오. 최영이 내게 바쳤던 충성을 생각하면 이제는 용서를 해주어야겠다는 마음이 드오."

신돈은 큰 충격을 받았다. 집으로 돌아오는 길에도 임금의 말소리가 온통 귓가를 맴돌았다. 어떻게 집까지 도착했는지 알 수도 없었다. 등골에는 식은땀이 송연했다.

신돈은 집에 도착하자마자 심복들을 불러모았다. 김란과 기현, 이춘부, 최서원은 신돈의 지시가 있자 부리나케 신돈의 집으로 모여들었다.

그들은 신돈의 눈과 귀가 되어 궁중 안팎에서 일어나는 일들을 모두 신돈에게 일러바치고, 또 수족처럼 움직이며 해로운 일을 미리 정리하여 신돈의 신망을 받아서 출세해온 자들이었다. 이춘부는 시중의 자리에까지 올라 있는 사람이었다.

"전하의 마음이 전과 같지 않소."

신돈은 심복들을 모아놓고 한숨을 내쉬며 말했다.

"일시 첨의 영감과 의견을 달리하는 것이 아닌지요?"

이춘부가 신돈의 안색을 살피면서 조심스레 말했다.

"아니요. 내 불력이 신통하여 상대의 마음을 볼 줄 아는데 전하의 마음이 내게서 이미 떠난 것 같소."

모두는 한숨을 크게 내쉬었다. 대책을 마련하기 위해 모여들긴 했으나 갑자기 묘안이 떠오를 리가 없었다.

"더 큰일은 조만간 최영과 경천흥의 죄를 사하고 복직을 시켜 줄 것 같소이다."

"그렇게 되면 그들이 가만히 있을까요? 반드시 복수하고자 할 터인데……."

최영이 복직될 것이라는 말에 김란은 겁이 덜컥 났다. 그는 한 손을 들어 목 언저리를 매만졌다. 최영은 김란을 신돈의 처첩으로 딸 둘을 바치고 출세를 했다고 비난했던 사람이었고, 그 사실을 김란이 신돈에게 고해바쳐서 모진 고초를 겪었다. 그가 복직한다면 그 강직한 성품에 복수할 것은 너무도 불을 보듯 뻔한 일이었다.

"임금의 사면령이 내리기 전에 먼저 죽여 버리지요."

김란은 단호히 말했다.

"그건 안 되오. 귀양지에서 죽었다는 사실을 전하께서 알아채신다면 그 문초가 첨의 영감에게 향해질 것인데."

이춘부가 반대를 했다.

"전하는 뜻을 굽히지 않을 것이오. 전하는 본시 귀가 얇아서 남의 말을 잘 듣는 사람이오. 그간에 신하들의 이간과 모함으로 목숨을 잃고 패가망신한 사람들이 부지기수요. 이제 전하의 마음을 믿기가 어렵게 되었소. 우리들의 장래는 기약할 수 없게 생겼소이다."

신돈이 한참 생각하다가 뭔가 결심한 듯했다. 모두는 신돈의 입을 주시했다.

"이리들 가까이 귀를 모으시오."

그들은 공민왕을 시해하는 것에 대해서 모의를 했다.

• 4

이때 밖에서 이들의 동향을 유심히 살피는 사람이 있었다. 신돈이 허둥대며 집으로 돌아와서는 갑자기 심복들을 불러 모으는가 하면 비밀스럽게 쑥덕공론을 꾸미고…….

뭔가 큰일이 벌어질 조짐이 있다는 것을 눈치채고 이를 유심히 살피고 있었다. 그는 신돈의 집에 하는 일 없이 들락거리며 문객 노릇이나 하면서 벼슬 한자리를 얻어 보려고 기웃거리는 이인이라는 자였다. 이런 자들의 특징은 눈치가 기가 막히게 빠르고, 자신에게 유리한 방향으로 머리를 잘 굴린다는 것이다.

이인은 안채에서 일어나는 일을 엿들으며 출입하는 인사들을 유심히 살폈다. 우락부락하고 힘깨나 쓰는 인사들이 여럿 들락거렸다.

'이놈들을 이용하여 임금을 시해하려 하는구나!'

이인이 이들의 모의를 눈치채고, 그동안 벌어진 일들을 정리하여 감찰대부 김속명을 찾아갔다. 그러나 감찰대부는 함부로 만날 수 없는 높은 벼슬에 있는 사람이기에 이인은 미복 차림을 하고 그의 집에 숨어들어서 한림거사라는 익명으로 글을 놓고 나왔다.

'역모 사건이구나! 임금을 대신해서 무소불위의 권력을 휘두르더니 그것도 모자라 이제 임금까지 시해하려고 드는구나!'

김속명은 즉시 공민왕에게 사실을 고했다.

"누구한테서 고변을 들었는가?"

김속명으로부터 사실을 들은 임금은 언뜻 믿기지 않았다.

'설마?'

첨의를 미워해서 '죽이라'는 간언을 많이 들어왔던 터라 처음엔 믿지 않았다.

"한림거사라는 익명의 인물이 놓고 간 서찰이옵니다."

"그 보오. 사실이라면 익명으로 글을 놓고 가겠소?"

임금은 여전히 신돈을 믿고 싶었다. 아니 그보다도 그를 믿고서 여러 가지 추진해왔던 일들, 그리고 그의 말을 듣고 여러 신하를 죽이거나 귀양 보내고 벼슬에서 쫓아냈던 일들이 자신에게 흉으로 돌아오는 것이 두려워서 억지로라도 신돈에 관한 사실을 부인하고 싶었다.

"전하 실로 중대한 일이옵니다. 신돈은 전하의 목숨까지도 시해하려 하고 있습니다. 당장 저들을 잡아들여 문초를 해야 합니다."

김속명은 간곡히 아뢰었다. 임금은 자신의 목숨을 노리고 있다는 말에 더는 망설일 수 없었다.

그동안 측근이라고 믿어왔던 자들도 수차례나 배신을 하여 자신의 목숨을 노려오지 않았던가? 신돈이라 하여 어찌 그러한 일을 벌이지 않는다고 장담할 수가 있겠는가?

"그리하라. 우선 거명되는 자들부터 붙잡아 문초하라. 신돈에 대해서는 우선 수원부에 유배를 보내고 그 죄상이 밝혀지면 별도의 죄를 물을 것이다."

임금은 잠시 말을 끊고 김속명에게 손짓하여 가까이 오게 한 후, 나지막이 말했다.

"내가 일찍이 궁인과 통음을 하여 아이를 낳아서 신돈의 집에서 기르고 있었는데 이름이 모니노(牟尼奴)라 하느니라. 이 기회에 그 애를 궁 안으로 데리고 와야겠다. 그 애가 궁궐 생활에 익숙지 못하니 각별히 신경을 쓰도록 해라."

임금의 내락을 받자마자 김속명은 즉시 순군부의 군사들을 동원해서 연루자들을 붙잡아 들이고 문초를 시작했다. 신돈에 대해서는 별도의 명이 있을 때까지 수원부로 압송하여 유배시켰다.

김란, 기현, 고인기, 이운목, 최서원, 이춘부 등과 그들의 아들들은 문초를 받고 전모를 순순히 자백했다.

신돈이 주도하고 계획하여 임금을 시해하려 했다는 사실이 밝혀지자 궁궐 안은 시끄러웠다. 그동안 신돈의 위세에 눌려서 눈치만 보던 이들이 저마다 서둘러서 탄핵의 소를 올렸다.

"그동안 신돈이 저지른 죄는 산을 이룬 듯한데 지금에 와서 그 죄를 논하는 것이 만시지탄이옵니다. 그는 상벌을 제멋대로 하여 자기에게 아부하는 자는 벼슬을 높여주고, 싫어하는 자는 원수 대하듯 하여 그로 인해서 대대로 충성을 하여온 명문거족 출신 중 목숨을 잃은 이가 부지기수였고, 유배를 가거나 가산을 적몰 당하고 가솔들이 노비로 전락한 예가 헤아릴 수 없습니다."

"그는 겉으로는 청빈하고 여색을 멀리하는 척하였지만 실상 그것은 모두 거짓이었고 청탁을 하러 온 아녀자가 반반하게 생겼으면 은밀히 내실로 불러들여서 통음을 하고서 벼슬이 필요한 자는 벼슬을 올려주고 죄가 있는 자는 죄를 면하여 주었습니다. 그가 거느린 처첩만 하여도 손으로 꼽기가 어렵사옵니다. 그는 문수회를 비롯한 수많은 법회를 열어서 재물을 긁어모아 성내에 그 집이 일곱 채나 된다 하옵니다. 그것을 처첩들에게 나누어주어 살게 하면서 양기를 돋우는 음식만을 먹으며 음탕함을 즐겼고 주상께서 누리는 이상으로 호사를 누렸다 하옵니다."

"신돈은 경상도 창녕 계성면 옥천사의 여종 몸에서 본시 근본도 모르게 태어났고 세상을 떠돌아다니면서 귀동냥으로 요설을 주워담으며 떠돌이 중 생활을 해온 자입니다. 다행히 전하의 눈에 띄어 국부의 자리에 올라 권력을 움켜쥐고 온갖 영화를 누려왔는데 오늘날 그 은혜를 모르고 감히 전하의 목숨까지도 노리는 역모를 꾀하였다 하니 그 죄는 열두 번 죽어 마땅하옵니다. 즉시 참수하소서."

마침내 임금은 빗발치는 상소에 신돈의 처형을 결심했다.

"그의 죄가 이렇듯 하늘 높은 줄을 몰랐다. 그의 죄상이 이제 낱낱이 밝혀졌으니 내가 아무리 그를 구하려 해도 어쩔 수가 없구나! 신돈의 죽음과 죄상을 전국에 알려서 훗날의 경계로 삼고 이 일에 연루된 자들 그리고 신돈에게 붙어서 과분하게 영화를 누린 자들에 대해서도 모두 죄상을 밝혀 그에 상응하는 벌을 주어라."

임금은 형을 집행하러 떠나는 상장군 임박을 별도로 불렀다.

"신돈에게 가면 그가 또 요상한 말로써 변명하며 짐을 원망할 것이다. 경은 그에 개의치 말라. 여기 맹세문이 있느니라. 이것은 그 옛날 내가 신돈을 등용하면서 그를 함부로 내치지 않겠다고 한 약속이었는데 그의 죄가 이렇듯 크니 이 맹세문이 무슨 소용이 있느냐고 꾸짖어 주어라. 그리고 신돈은 아이의 핑계를 댈 것이다. 그 이유는 들을 것도 없다. 이미 궐 안으로 데려다 키우고 있으니 동행하는 사관(史官)에게 잘 일러서 훗날에 혼란이 없도록 하라."

임금은 신돈의 처형에 따른 뒤처리까지도 세세하게 지시를 했다. 신돈은 처형장으로 끌려와서 온갖 변명을 하며 목숨만을 살려줄 것을 애걸했다. 임박은 임금으로부터 전해 받은 맹세문을 내보였다.

"이것이 무엇인지 아느냐?"

"그것은 일찍이 전하께서 신에게 써주었던 서약이요. 전하께서 소승을 믿고 정사를 맡긴다는 전하의 맹세문이었소. 전하는 그 약속을 지켜야 하오."

"전하께서는 그 말이 나올 줄 알고 이렇게 말씀하셨다. '네가 전에 여자 문제가 있을 때 절대 사통한 것이 아니고 양기를 보하기 위함이라고 말했다. 또 청빈한 척하였는데 성안에 호사스런 집이 일곱 채나 있더구나. 그곳에는 너의 처첩이 살면서 아이까지 낳았더구나. 그런 것들이 맹세문에 쓰여 있더냐?'"

임박은 말을 마치고는 맹세문을 그 자리에서 불살라버렸다.

"내 일찍이 임금의 귀가 얇아 신하들의 이간질에 놀아났다는 말을 듣고 소승에게 정사를 맡길 때 모함과 이간질이 그치지 아니할 것을 예상하고 맹세문을 쓰게 하였는데 임금의 천성이 그러하니 무엇을 믿겠는가. 나 또한 권세가 높아짐을 경계하지 못하고 함부로 권력을 남용하여 임금이 경계할 지경에까지 이르러 이러한 일을 자초하였으니 누구를 원망하겠는가? 권세가 높이 올랐을 때 겸손하지 못하였던 나의 처세에 불찰이 있었던 것이다."

신돈은 눈물을 주르르 흘리며 참회를 했다. 그리고는 마지막 말을 남겼다.

"아이는 내 아이이니라. 훗날 아이로 인해 큰일이 있을 것이다."

신돈의 입에서 아이에 대한 말이 나오자 그는 즉시 목이 베어졌다. 신돈을 참수한 뒤 임박은 동행한 사관을 불러 엄숙히 말했다.

"그대는 방금 저자의 말에 개의치 마라. 전하께서는 본래 가까이하시던 한씨라는 궁인이 있었는데 그녀에게서 아기를 낳아서 신돈에게 기르게 하였느니라. 그 아이 이름은 모니노라 하는데 훗날에 문제가 되지 않도록 잘 써야 할 것이다."

신돈의 사지는 토막을 내어 전국에 조리돌림을 했고 목은 경성 저잣거리에 효시되었다. 신돈이 죽고 난 후 경천흥, 이인임, 최영 등 귀양 가거나 파직되었던 훈신들이 속속 복직했다. 역적모의를 고변한 이인은 승승장구해서 문하시랑(정2품)까지 지냈다. 신돈이 죽은 뒤 시중에는 다음과 같은 괴이한 소문이 나돌았다.

'신돈은 살아 있을 때 사냥개를 두려워하고 사냥을 싫어했다. 그리고 즐겨 먹는 음식은 오골계와 백마였다. 이는 본시 그가 여우의 정기를 타고났기 때문이다.'

5

신돈 일파가 대거 숙청된 뒤 복직한 인사 중에 하륜도 포함되었다. 정몽주와 정도전, 이숭인, 하륜이 오랜만에 자리를 같이했다. 하륜의 복직을 겸하여 동문끼리 모임을 자축하는 자리였다.

"정말 이렇게 만나게 된 것이 얼마 만인지……."

이숭인은 기뻐서 마치 어린아이처럼 말했다.

"자, 이 술 한잔 받으시게. 그동안 참 고생이 많았네."

정도전이 하륜에게 술을 건넸다.

"그나마 이렇게 복직되어 다시 만날 수 있어서 천만다행이네. 그래, 그동안 어떻게 적적한 시간을 보냈는지 한번 들어나 보세."

정몽주가 말했다.

“찾아주는 사람도 없고 딱히 갈 데도 없고 하여 공부를 좀 했습니다.”

하륜이 그동안의 고초는 다 털었다는 듯 여유롭게 웃음을 지어 보이며 말했다.

“그래, 무슨 공부를 그리 열심히 했지? 『공자』? 『논어』? 『맹자』?”

“뭐 그리 골치 아픈 것 말고 관상과 풍수 공부를 좀 했지요.”

“그건 선비가 하는 공부가 아닌데?”

정몽주는 앞에 놓인 술잔을 들어서 컬컬한 목을 축이며 말했다.

“그거 재미있겠는데 어디 우리 관상부터 한번 봐주게나.”

정도전도 같이 술잔을 들면서 말했다.

“어디 삼봉 형님부터 봐 드릴까요?”

“아니, 포은 형님부터 보시고 그다음에 나지.”

하륜은 정몽주의 얼굴을 요모조모 훑어보았다.

“콧대가 높으니 고집이 세고 절대 신념을 안 꺾을 상이구먼요. 형님께서는 좀 유들유들하게 살아야 하는데 남과 타협은 영 안 할 상이요. 다음 삼봉 형님.”

하륜은 도전에게로 고개를 돌렸다.

“어디 봅시다. 눈은 봉황의 눈이고……. 이거, 이거, 형님은 참 좋은 관상을 타고나셨구려. 형님을 가까이서 보았어도 이렇듯 훌륭한 상인 줄을 미처 몰랐소이다.”

하륜은 짐짓 놀라는 체하며 말했다.

“그래 어떤 상이기에 그리 놀라나?”

도전도 싫지 않은 기색이었다.

“재상이 될 귀한 상을 타고났소. 개천에서 용이 나올 상이요. 뜻을 펴면 천하를 쥐락펴락할 수 있는 상인데 잘못하면 역적이 되겠고 몸을 낮추어 남의 밑에 들어가면 반드시 재상의 반열에 오를 상이요.”

"이런, 자네 말대로라면 지금쯤은 성균관 말직에서 벗어나 고관의 반열에 올라 있어야 하는데 나는 포은 형님과는 품계가 한참 떨어져 있으니 당치않은 말씀일세. 개천에서 나온 개구리라면 몰라도."

도전은 하륜이 하는 소리를 농으로 돌렸다. 그러면서도 언젠가 부친이 금강산 어느 암자에 들렀을 때 스님에게서 들었다는 말씀을 기억해냈다.

'10년쯤 뒤에 담양 땅에서 부인을 얻게 되고 거기서 낳은 아들이 장차 재상감'이라고 했다는 말이었다. 그리고 지금의 최씨 부인을 맞으면서 언젠가 재상이 되어 호강을 해주겠다고 호언을 했던 일도 함께 떠올리면서 속으로 웃음을 지었다.

"야, 인제 보니 우리 삼봉 형님 좋은 관상을 지니고 계시는구나!"

이숭인이 끼어들며 좋아했다.

"아닐세. 이 사람아 재상감은 포은 형님일세. 학문의 깊이로 보나 선비들 사이의 신망을 보나 내가 포은 형님을 따라갈 수 있겠는가?"

삼봉은 한편으로 기분이 좋으면서도 포은을 치켜세웠다.

"야, 그럼 우리는 장래에 재상이 될 두 형님을 가까이서 모시고 있는 것이네. 이 얼마나 기쁜 일인가. 형님들 다 같이 한잔 듭시다. 하륜이 자네도 함께 들자고."

술잔을 비우면서 네 사람은 시국에 관한 이야기를 중심으로 이야기를 나누었다.

"앞으로는 전하께서 국정을 직접 챙기시겠지요?"

정도전이 말머리를 정몽주에게로 돌렸다. 역시 조정의 일은 네 사람 중에서 가장 벼슬이 높은 정몽주가 제일 잘 알고 있기 때문이었다.

"이미 고관들의 인사가 있었던 것은 다들 아시지 않나. 문하시중에는 경천흥 대감이 복직되었고 수문하시중은 이인임 대감, 판삼사사에는 귀양에서 풀려난 최영 장군, 우리 목은 스승님은 정당문학을 제수받으셨네. 참 이번 인사에 새로운 것은 동북면의 이성계 장군을 지문하부사로 임명하고서 새로운 인물이라고 칭찬을 하셨다네."

"그럼 이성계 장군이 조정으로 출사를 하게 되는 것입니까?"

이성계와 안면을 터 두었던 정도전이 반가운 마음에서 물었다.

"아직은 아니네. 동북면에 사정이 있어서 동북면 병마사를 겸하여 임명한 것이라네. 아무튼 이번 인사로 이 장군은 조정에 출사할 발판을 마련한 셈이지."

"전하의 친정체제로 그동안 신돈의 전횡으로 문란해진 조정의 기강이 바로 서야 할 텐데……."

술이 한잔 들어가자 말이 없던 이숭인도 거들고 나섰다.

"형님은 신돈의 정책이 실패했던 원인이 어디에 있다고 생각하십니까?"

정도전이 이숭인의 말끝에 이어서 정몽주에게 물었다.

"무엇보다도 신돈 자신이 부패하고 권력에 재미를 붙여 끊임없이 욕심을 낸 데 그 원인이 있고, 그 권세의 근원인 전하의 지지를 잃게 되자 그 은혜를 배반함으로써 목숨까지도 잃게 된 것이 아니겠나?"

"그렇기도 하지만, 보다 근본적인 것은 승려가 정치를 쥐고 흔들었다는 데에 문제가 있는 것 아닙니까? 비록 이 나라가 불교를 숭상하는 나라이긴 하지만 승려가 정치를 좌지우지해서는 안 된다고 봅니다. 불교는 정신세계를 관장하는 종교입니다. 부처님의 자비로 현실의 모든 어려움을 해결한다는 것은 허구일 뿐입니다. 정치는 현실입니다. 현실에서 부딪히는 여러 문제는 도덕적인 교양을 받은 우수한 인재가 정치를 맡아서 나라를 경영하여야 올바로 되는 것입니다."

"음, 나도 삼봉의 말에 동감일세. 원래 불교는 인간의 정신세계를 다스리는 교리인데 어느 사이엔가 발복을 기원하는 도교와 같이 되어 버렸네. 나라는 오랜 경륜과 성현의 교훈에 바탕을 두고 도덕적으로 수양이

된 선비에 의해서 경영되어야 한다고 보네. 이러한 면에서 보면 우리가 배우는 성리학은 바로 정치의 근본을 다룬 학문이라 할 수 있지. 즉흥적으로 일을 처리하고 자기에게 유리한 사람을 끌어다가 일을 맡겨서 국사를 처리하는 것이 아니라 법과 제도를 만들고 수양된 인재를 발탁하여 통치하게 한다면 군주라 하여도 마음대로 국정을 농단할 수가 없을 것일세."

정몽주의 말은 항상 논리가 정연했다. 정도전도 정몽주의 말에 깊은 공감을 했다. 정도전은 정몽주의 말을 들으면서 지난번 부모님의 시묘살이 때 『맹자』를 갖다 주며 읽어보도록 한 뜻을 어느 정도 이해할 수 있을 것 같았다.

'포은 형님도 군주와 특정한 인사에 의하여 독단 되는 폭거를 막고 백성을 위한 정치를 펴고자 하는 마음이 내 마음과 같구나.'

네 사람은 그날 정치 이야기뿐만 아니라 하륜이 수시중 이인임의 조카사위로 장가를 든 이야기를 포함해 여러 이야기를 하면서 오랜만에 술을 흠뻑 마셨다.

• 6

궁중에 문제가 생겼다. 임금이 밖에서 데려온 아들 모니노에 관한 일이었다.

모니노는 태후전에서 보살피고 있었는데 후궁 정비가 밖에서 들은 이야기라며 태후에게 전해서 문제가 되었다.

"태후마마. 반야라는 미친 여인이 임금이 자기의 아들을 빼앗아 갔다고 매일 궐 앞에서 서성이다 돌아간다는 이야기가 있습니다. 들어보셨습니까?"

“금시초문이데? 그 무슨 해괴한 소리인고?”

태후는 영문을 모른 체했지만, 이야기를 듣는 순간 그것이 모니노에 대한 것임을 직감했다.

그에 앞서 임금은 모니노를 데려다 놓고 이름을 우(禑)로 짓고 강녕대군으로 봉했던 것이다. 그리고 태후전에서 “임금이 일찍이 한씨라는 궁인을 접했는데 거기서 아들을 낳아 궐 밖에서 키우다가 어미가 죽고 아이의 나이가 차서 궁 안으로 데리고 와서 키운다”고 발표하게 했다. 그런 후 공민왕은 수시중 이인임을 불렀다.

“그대가 잘 가르쳐서 훌륭한 사람이 되도록 만드시오.”

이인임은 지난번 중국 사신을 영접하는 문제로 눈치 없이 임금의 비위를 건드린 말을 했다가 혼이 난 적이 있었기에 복직이 되어서는 잃어버린 신뢰를 만회하기 위해 임금을 기쁘게 하는 일이라면 매사를 제쳐 두고 앞장서서 챙겼다. 또 요소요소에 심복을 박아놓고 임금의 주변을 살피는 것도 게을리하지 않았다.

임금의 미움을 사서 얼마간 떨어져 있어 보니 권력자의 주변에서 멀어지는 것은 곧 파멸과 같은 것이라는 것을 충분히 느꼈기 때문이었다. 내시 최만생에게 뇌물을 줘 가면서 측근으로 만든 것도 같은 이유에서였다. 이인임은 스스로 강녕대군의 사부가 되어서 측근의 심복에게 보살피도록 했다.

명덕태후는 수시중 이인임을 불렀다.

“수시중도 들어봤을 것 아니오. 반야라는 여자가 도대체 어떤 소리를 하고 다니는지 알고 있소이까?”

태후는 힐난조로 말했다. 이인임도 들어보았던 이야기였다. 그러나 꾸중이 두려워서 모른 척하기로 작정했다.

"무슨 말씀이시온지? 신은 금시초문이옵니다."

"궁궐 중에서도 구중에 박혀 사는 나 같은 노인네한테도 들려오는 소문인데, 조정 대신과 만백성이 우러러보는 수시중이 그런 소리를 여태껏 못 듣고 있다니……."

태후는 답답하다는 듯 혀를 차면서 이인임을 나무랐다.

"미친 여자인 듯하옵니다. 너무 괘념치 마옵소서."

"아무리 미친 여자가 하는 소리라도 그렇지 여러 사람이 알까 두렵소이다. 더 소문이 나기 전에 일을 처리하시오."

이인임은 태후전을 물러 나왔다. 강녕대군에 대해 '임금이 신돈의 집을 잠행으로 출입하면서 반야라는 여인과 접해서 나은 아이'라는 소문이 벌써부터 돌고 있던 터였다.

신돈이 주살된 이후 궁중으로 급히 데려온 것도 그렇고, 한씨라는 궁녀의 아이라고 태후전에서 발표를 한 것도 그렇고……. 만약 궁녀가 낳은 아이라면 궁중에서 길러야 하는 것이 마땅한데 밖에서 키우다가 갑자기 그 어미가 죽었다고 궁중으로 데려다 키우게 되었다니? 믿을 수가 없는 일이었다.

신돈의 집에서 시중을 들던 여인 반야의 소생임은 의심할 여지가 없는 일이었다. 이인임은 궁중의 내밀한 곳에서 그러한 수군거림이 돌고 있다는 사실을 내시 최만생으로부터 일찍이 들어 알고 있었다. 그대로 놓아두어서는 안 되는 일이었다.

누가 낳았던 간에 임금의 씨가 아닌가? 더군다나 임금에게는 지금 후사가 없다. 장차 아이의 일이 어찌 될지도 모를 일이다. 이인임은 임금으로부터 아이를 잘 보살피도록 명을 받고 있는 처지였다. 행여 불순한 소문이라도 난다면 자신에게도 책임을 물을 것은 명백한 일이다. 어쨌든 아직 적통이 없는 임금에게 강녕대군은 유일한 아들로 인정받고 있다.

이인임은 아이를 잘 키운다면 훗날 자신에게 좋은 기회가 올 수도 있을 것이라고 생각했다.

다음 날부터 궁궐 앞에서 미친 소리를 하며 서성이던 여인은 영영 보이지 않았다. 그 며칠 뒤에 예성강에 자루에 싸인 여인의 시체가 한 구 떠올랐다. 관청에 신고가 되었지만 관원 중 누구도 여인의 신원이 누구인지, 왜 자루에 싸인 채로 강에 버려졌는지 알려고 하지 않았다.

• 7

궐내에 임금이 미쳐가고 있다는 소문이 돌고 있었다. 정사는 아예 돌볼 생각도 하지 않고 매일 술에 절어서 지내며, 자신의 신변을 경호케 한다는 핑계로 자제위(子弟衛)를 설치하여 명문가에서 미소년을 뽑아다 놓고 그들과 어울리기를 즐겨 한다는 것이다.

공민왕은 그들에게 연회를 베풀면서 스스로 여자로 분장해서는 그들에게 애교를 떠는가 하면 홍륜과 한안, 홍화, 권신 등 총애하는 몇몇과는 잠자리까지도 같이한다는 것이었다. 이뿐만 아니라 그 자리에 후궁들도 불러서 희롱을 하는 일도 있다는 것이다.

정도전은 이러한 황당한 소문을 전해 듣고 도저히 참을 수가 없었다. 승진해서 예조정랑으로 가 있는 정몽주를 찾아갔다.

"형님 이러한 소문이 진정 사실이오이까? 참으로 듣기가 민망하오이다."

정도전은 차오른 분을 삭이지 못해 씩씩거렸다.

"자네도 들었는가? 참으로 나라의 앞일이 걱정이네."

걱정스럽기는 정몽주도 마찬가지였다.

"국왕으로서 체통은 고사하고라도 인륜을 저버리는 그러한 황음무도

한 행동을 어찌 보고만 있습니까?"

"참으로 개탄스러운 일이네만 어쩌겠는가?"

"본시 지금의 임금께서는 영민하시어 기대를 많이 받으셨던 분이 아니십니까?"

"그러하지. 즉위 초에는 의욕도 넘치시고 추진력도 대단하여 원나라로부터 벗어나려고 누구도 하기 어려운 일들을 참으로 대담하게 처리하신 분인데 말이야."

"그러하시던 전하께서 오늘날 어찌하여 저렇듯 광인처럼 행동을 하시는지요?"

"신하들이 잘못 모시고 있는 탓이지. 권력의 단맛에 물들어 있는 소인배들로 조정이 차 있으니 누가 감히 임금의 비위를 거스른 말을 할 수 있겠는가. 그중에서도 이인임과 그를 따르는 몇몇은 다른 사람의 접근을 막으면서 임금의 비위 맞추기에만 급급해 하고 있으니 참으로 한심한 일이 아니겠나."

"참으로 악의 대물림입니다. 신돈이 제거되고 나니 이인임 같은 능구렁이가 또 득세를 하면서 임금의 눈과 귀를 막고서 국정을 농단하고 있으니. 대체 이런 혼란이 언제까지 계속될는지요?"

"이인임은 신돈처럼 그 처세가 가볍지 않은 인물이야. 가문이 출중하고 대신들 중에서도 가운데 있는 자가 아닌가. 누구도 그에게 함부로 대항할 수 없을 게야. 신돈의 시대에도 그 노련함으로 신돈의 비위를 맞추어 가며 승승장구하였던 자가 아닌가?"

"영악하기로 말하자면 신돈을 찜 쪄 먹을 정도라지요?"

"그 조부와 형제들은 그렇지 않은데 그자는 어찌 그리 사악한지. 전하께서 저토록 국정에 손을 놓고 있는 사이에 벌써 요직에 자신의 심복을 박아놓고서 국정을 농단하고 있다네."

이인임의 조부는 원종과 충렬왕 대를 거쳐 벼슬을 한 이조년인데 그는 성격이 꼿꼿하여 대제학 등 여러 벼슬을 거치면서 옳은 일에 대해서 충언을 마다치 않았고 많은 업적을 남겨서 존경받는 인물이었다. 또한 시문에도 능했는데 「다정가」는 그가 지은 유명한 시다.

이화에 월백하고 은한이 삼경인데
일지춘심이야 자귀야 알랴마는
다정도 병인 양하여 잠 못 들어 하노라

이인임은 든든한 가문을 둔 덕택으로 과거를 보지 않고 음서로 벼슬길에 올랐는데, 형제간인 이인미, 이인복은 학문이 깊은 데다가 성품이 어질고 깨끗하여 사람들로부터 존경을 받는 데 비해 이인임은 탐욕스럽고 간교한 처신을 해서 많은 비난을 받고 있었다.

"그런데 이인임처럼 간교한 자는 그렇다 치고 성리학을 배워서 학문의 정도를 걷고 있는 스승님이나 포은 형님조차도 어찌하여 이를 못 본 척 지나치십니까?"

정도전은 이인임을 비난하다가 이를 두고만 보고 있는 정몽주에게도 못마땅함을 드러냈다.

스승인 목은과 포은은 신진사류를 대표하는 학자이며 사대부들의 존경을 받는 정치가이다. 그런데 나라 꼴이 이처럼 말이 아닌데도 이들조차도 수수방관하고 있는 것에 대한 불만이었다.

"……."

정몽주는 정도전의 말을 듣고 뭐라고 변명도 하지 못했다.

"유생들은 자신들의 학문을 뽐낼 줄은 알아도 행동으로 보일 때는 주저합니다. 왜입니까? 자신에게 닥칠 이해득실을 계산하느라 그런 것입니까? 아니면 나약해서입니까?

"자네의 말이 옳네. 생각이 많고 뒤에서는 이러쿵저러쿵 말은 많아도 정작 앞장을 서서 행동을 보이는 데는 주저하는 것이 학자들이 아니던가?"

두 사람은 광인에 가까운 임금의 행동과 이에 대해서 한마디의 충언도 못 하는 조정 대신들에 대한 불만만 늘어놓다가 뚜렷한 대안도 없이 헤어졌다.

"『맹자』는 읽어 보았는가?"

돌아가는 도전의 등 뒤에다 대고 정몽주가 말했다."

"……?"

"열심히 읽어 보게나. 책 속에 답이 있을지 모르니."

도전은 돌아오는 길 내내 그 소리가 귓가에 왱왱거렸다.

'『맹자』 속에 길이 있을 것이라고?'

포은 형님은 왜 그런 소리를 하는 것일까? 왜 내게 『맹자』를 읽으라고 권했을까? 백성에게 버림받는 군주는 바뀔 수가 있다는 뜻일까? 아니면 군주가 백성으로부터 멀어지면 쫓겨날 수도 있으니 신하된 자가 잘 보필을 하라는 뜻일까?

아무튼 임금은 백성을 위할 때만이 그 존재 가치를 인정받는 것은 불변의 진리이지 않은가!

도전은 돌아오는 길 내내 생각을 정리하려고 애를 썼지만 답이 뚜렷하게 떠오르지 않았다.

• 8

1374년(공민왕 23년) 7월 제주도에서 목호들이 반란을 일으켰다. 목호(牧胡)란 원나라가 고려를 지배하면서 몽골에서 데려온 목부(牧夫)들이다.

이들은 제주도에서 소, 말, 양, 낙타 등을 기르며 살아왔는데 고려인 관리들과 종종 마찰을 일으켰고 때로는 관리를 죽이기도 했다.

이들은 중원에 새로 세워진 명나라가 자신들의 나라인 원나라를 치기 위해 고려에 압력을 행사하여 말 2,000필을 징발하려 하자 대규모로 반란을 일으켰던 것이다.

명나라에서는 사신으로 보내어 독촉을 해댔다. 고려는 이들을 토벌하기 위해 문하찬성사 최영을 원수로 하고 임견미를 부원수로 삼아 군사 2만 6,000명을 동원했다.

임금은 마음이 편치 않았다. 겨우 원나라의 영향에서 벗어나고자 하는데 명나라가 새로운 중원의 패자가 되어 여전히 영향력을 행사하려 하다니……. 이제는 저들의 요구를 거부하면서 새로운 전쟁을 일으킬 힘도 없었다.

그런 싹을 아는지 사신으로 온 채빈이라는 자의 행위가 방자하기 이를 데가 없었다. 그는 심통이 나면 동행하는 관리들에게 예사로 손찌검했고, 툭하면 황제의 특명을 내세워 고려 조정을 괴롭혔다.

거기에다가 또다시 제주도에 반란이라니, 왕은 이제 지쳤다. 이럴 때 공주라도 살아 있었으면 위안이 될 텐데 이제는 그 사람마저도 떠나가 버렸으니 왕은 술에 취해 매사를 잊고 싶었다. 매일 같이 자제위 미소년들과 어울려서 주연을 베풀고 놀이에 빠져 지냈다.

'사랑놀이가 남녀 사이에서만 이루어지는 일로 여겼는데 저렇듯 잘생긴 놈들을 모아 놀면서 그들의 살 내음을 맡아보니 이도 또한 다른 맛이 있구나.'

임금은 그들 중 몇몇을 총애하여 동침하기도 했다. 그뿐만 아니라 혼자만 즐겨야 할 후궁들을 이들이 희롱하게 했다. 공민왕 자신은 이를 은밀히 구경할 수 있으니 이 또한 즐거움 중의 하나였다.

정비, 혜비는 왕의 명령이라 해도 수치심을 견디지 못하고 화를 내면서 연회장을 뛰쳐 나가버렸다. 다음 연회에는 목숨이 끊기는 한이 있어도 참석하지 않는다고 앙탈을 부렸다. 그러나 익비는 달랐다. 끼가 있었다.

'저년은 남자 살 내음을 맡기 원하는구나. 하긴 네가 이 궁중 안에서 임금인 내게서 살 내음을 맡지 못한다면 어찌 남자 맛을 보겠느냐? 내가 너의 음탕한 소원을 들어주마.'

임금은 음흉한 미소를 지으며 연회가 파한 뒤에 자제위 소년 홍륜을 남도록 했다.

"너는 오늘 밤 익비의 방에서 나와 함께 지내야겠다."

"네? 전하의 침전이 아니고 익비마마의 방에서 전하와 함께 말이옵니까?"

홍륜은 임금이 또 무슨 엉뚱한 일을 저지르는가 싶어 물었다.

"그렇다. 내가 익비의 방에 잠시 들어갔다 나오면 네가 나 대신 들어가서 익비와 동침을 하는 거다."

임금은 참으로 기가 막히는 말을 해놓고 재미있다는 듯 히죽이 웃었다.

"전하, 어찌 제가 감히 그런 무도한 일을 저지를 수 있사옵니까? 제발, 명을 거두어주소서!"

홍륜은 임금의 말을 듣고는 사지가 오싹 떨렸다.

"왜 못하겠다는 것이냐? 오늘 보니까 익비가 너를 마음에 들어 하는 눈치더구나."

"전하 어이하여 그런 말씀을…… 소인 죽을죄를 지었습니다."

홍륜은 벌벌 떨었다.

"아니다. 네가 죽을 것까지야 없지 않으냐? 너는 내 명만 따르면 된다."

그날 밤 공민왕은 익비의 방으로 갔다. 홍륜은 왕의 침전 경호를 핑계로 옆방에 자리를 잡았다. 얼마 있으니 임금이 옆방으로 건너왔다.

"내가 익비에게도 다 말해놨느니라. 네가 처음이라 내가 옷도 다 벗겨 놨으니 너는 행위만 치르면 된다."

임금은 홍륜의 손목을 끌어 익비의 침소 안으로 밀어넣었다. 그리고는 옆방에서 그들이 하는 짓거리를 구경했다. 두 사람은 처음에는 서먹하고 예의를 차리는 분위기였으나 이내 바뀌었다.

일렁이는 황초 불빛에 익비의 하얀 살결이 빛났다. 홍륜의 근육질 등에서도 땀이 배어 나와 송골송골 빛이 났다. 술에 찌든 공민왕은 두 남녀의 괴성을 듣다가 어느 틈에 스스르 잠에 빠져들었다.

왕은 익비와 홍륜이 통음하고 있는 현장을 옆방에서 훔쳐보는 것에 재미를 느꼈다. 익비와 홍륜 또한 임금이 자신들의 행위를 엿보고 있다는 사실을 알면서도 둘은 임금의 변태에 흥미를 돋워주기라도 하듯 온갖 교태스러운 몸짓을 연출하면서 열심히 사랑을 나누었다.

이제는 임금이 일부러 익비의 침소로 들어갔다 나올 필요도 없었다. 전갈이 있으면 익비 스스로 몸을 정갈히 닦고 옷을 벗고 홍륜을 기다렸다. 홍륜 또한 임금의 눈치를 보지 않고 거침없이 익비에게로 향했다. 임금은 이 모습을 구경하면서 때로는 자제위의 또 다른 미소년 권진, 한안, 홍관, 노선을 익비의 옆방으로 불러들였다. 왕은 이들과 함께 어울려서 익비와 홍륜의 거침없는 사랑을 훔쳐보면서 또 다른 사랑놀음을 즐겼다.

그러나 익비와 홍륜의 사랑놀음은 오래가지 못했다. 가을비가 부슬부슬 내리는 밤, 술에 취해 걸음도 가누지 못하는 공민왕을 내시 최만생이 부축했다. 임금은 오늘도 홍륜 등 자제위 소년들과 연회를 즐기다가 만취가 되어서 먼저 침소로 가는 중이었다.

임금은 연일 계속해서 술을 마시고 방탕한 생활을 해왔기에 몸이 많이 약해졌다. 최만생은 임금의 몸이 예전 같지 않고 종잇장같이 가벼워져 있음을 느꼈다. 공주가 죽은 이후 마음고생을 많이 한 탓도 있으리라고 최만생은 생각했다.

"전하."

최만생은 자신의 어깨에 기대고 있는 공민왕을 나지막하게 불렀다.

"음, 왜 그러느냐?"

왕은 취한 목소리로 반응했다.

"익비마마 말씀이옵니다. 드릴 말씀이 있기에……."

"말해보거라."

"익비마마께서 잉태를 하셨습니다."

"뭐라고? 익비가 잉태를 하였다고?"

임금은 정신이 퍼뜩 들어왔다. 그리고 정신을 가다듬고서 말했다.

"얼마나 되었다더냐?"

"다섯 달은 되었다 하옵니다."

"너는 그것을 어떻게 알게 됐느냐?"

"익비 마마께오서 은밀히 제게 하신 말씀인지라……."

"그래 너는 애비가 누구라는 생각이 드느냐?"

"감히 말씀을 드리기가 민망하여……."

최만생은 주저주저했다.

"얼른 말해보거라. 너는 알고 있지 않으냐?"

측근으로서 임금의 일거수일투족을 들여다보듯이 알고 있는 내시인지라 그동안 임금의 음행을 모를 리 없었다.

"홍륜의 아이인 것으로 생각되옵니다."

"……."

임금은 가던 길을 멈추었다. 잠시 받치고 있던 우산을 물리치고 비를 맞은 채로 섰다. 좀 더 정신을 차리기 위해서였다.

그리고는 정색을 하고서 물었다.

"이런 사실을 누가 알고 있느냐?"

"아직은 당사자 두 사람뿐인 듯하옵니다."

"너도 알고 있지 않으냐?"

임금은 눈을 치뜨면서 다그치듯 물었다.

"예. 그러하옵니다."

최만생은 마치 죄인처럼 기어들어가는 목소리를 냈다.

"내 아들을 죽이리라. 그래야 비밀이 새어나가지 않을 것이 아니냐? 왕비의 몸에서 났다면 의당 왕의 씨라고 여겨야 할 텐데, 홍가의 씨라는 사실이 밝혀진다면 왕실이 온전하겠느냐?"

"……."

"내일 창릉에서 연회를 베풀어 내가 술 취한 척하면서 그동안의 일을 아는 자들 모두의 목을 벨 것이다."

임금의 말은 오싹할 정도로 엄숙했다.

"그리고 만생이 너, 너도 이 사실을 알고 있으렷다. 너도 비밀을 유지하기 위하여 죽어줘야 하느니라."

"네? 전하? 소인에게 무슨 죄가? 저는 죽는 날까지 입을 다물겠나이다."

최만생은 청천벽력과도 같은 임금의 말에 가슴이 철렁 내려앉고 다리가 벌벌 떨렸다.

"아니야. 어찌 인간의 입을 믿겠느냐 죽어야 비밀이 지켜지지. 내 너를 죽이고 난 후에 가족들은 평생 호의호식하며 살 수 있도록 보장을 해주마."

임금은 뭔 소리인지 알아들을 수 없는 말들을 미친 듯이 주절거리면서 침전으로 걸음을 옮겼다.

최만생은 비틀거리는 임금을 부축하는 것도 잊고 망연자실하여 혼이 빠진 모습을 하고 그 자리에 붙은 듯이 서버렸다.

• 9

최만생은 그 길로 홍륜을 찾아갔다. 왕이 떠났어도 연회는 아직 끝나지 않았다. 홍륜과 자제위들은 궁녀들과 어울려서 여전히 흥청거리고 있었다.

"이보게, 홍륜이."

최만생은 홍륜을 구석진 곳으로 불러냈다. 그리고 임금과 있었던 이야기의 자초지종을 들려주었다.

"뭐라고요? 전하께서 저를 죽이신다고요?"

홍륜은 펄쩍 뛰었다. 술이 확 깨고 머릿속이 하얘지는 느낌이었다.

"자네뿐만이 아니고 이 사실을 알고 있는 나까지도 죽이신다는 게야. 내일 창릉을 배알 할 때 술에 취한 척하며 죽이겠다는 것이야."

"또 다른 사람은요?"

홍륜은 온몸을 사시나무 떨듯이 떨어댔다.

"이 사실을 알고 있는 자 모두 무사하지 못할 것이네. 홍관, 한안, 권신, 노선도 같이 어울렸으니 죽음을 면치 못할 것일세."

최만생은 홍륜에게 이야기를 전해주면서 처음 임금에게서 죽이겠다는 말을 들었을 때보다는 점차 안정되어 갔다. 그는 기왕에 임금으로부터 죽이겠다는 말을 들었던 터였다. 살아날 방도가 없는 것이었다.

'그렇다면……?'

최만생은 임금을 먼저 죽여야겠다고 생각했다. 그것을 의논하기 위해 홍륜을 찾아온 것이었다. 또 안정을 찾으면서 임금을 죽인 이후의 일도 머릿속에 그렸다.

'이인임 대감을 찾아가는 거야! 임금의 신변에 무슨 일이 있으면 찾아오라고 하지 않았나!'

최만생은 이인임 대감이 이 사실을 알면 뭔가 새로운 돌파구를 마련해 줄 것 같았다. 최만생은 홍륜에게 자신의 생각을 이야기하면서 오늘 밤 안으로 임금을 죽이자고 설득했다.

홍륜도 달리 방도가 없었다. 날이 새면 죽은 목숨이나 다름없는 일이었다. 그는 홍관과 한안, 노선, 권진을 불러냈다. 그리고 자초지종을 이야기했다. 그들도 놀라기는 마찬가지였다. 처음에는 자신들은 익비의 임신에 관여치 않았으니 목숨은 부지할 수 있을 거라고 발뺌을 했으나 이 사실을 알고 있는 자는 모두 죽이겠다는 임금의 말이 있었다는 것을 알고 동참하기로 했다. 또 이인임 대감이 동참을 할 것이라는 말을 듣고 일말의 희망을 걸어보기도 했다.

이인임 대감은 현재 조정의 실세이고 또 무엇보다도 전하의 유일한 혈육인 강녕대군의 사부가 아닌가? 만약에 이 일로 인해서 강녕대군이 보위를 차지하게 된다면 이인임 대감은 크나큰 행운을 얻는 것이고 일을 도모했던 자신들은 어쩌면 공을 인정받게 될지도 모를 일이었다. 최만생과 그들은 오늘 밤 행할 일을 숙의했다.

최만생이 먼저 임금의 처소로 들어가서 동태를 살폈다. 임금은 술에 취해 세상모르고 곯아떨어져 있었다. 최만생은 왕의 침전에서 번(番)을 서고 있던 금오위 병사들부터 물렸다.

"자네들. 오늘 밤은 전하 침전의 숙위(宿衛)는 자제위들이 설 것이니 지금부터 편히들 쉬게."

보초들이 물러난 것을 확인한 후 홍륜 등은 손에 칼을 들고 내전에 침입했다. 최만생은 다시 한 번 동태를 확인했다.

임금은 코까지 드렁거리면서 바로 코앞에서 벌어지고 있는 일을 꿈에도 모른 채 마치 이 세상과 이미 작별 인사를 해놓은 것처럼 편안한 얼굴이었다.

최만생은 홍륜 등에게 눈짓을 했다. 모두는 칼을 단단히 거머쥐었다. 최만생의 손에도 칼이 들려 있었다. 모두 침전 안으로 스며들 듯 들어갔다. 그리고 최만생이 칼을 높이 들어 임금의 가슴에 내리꽂았다. 이어서 홍륜과 권신도 달려들어서 임금의 목을 향해 칼을 내리쳤다.

"우—윽."

임금은 단말마의 외마디 비명을 지르면서 몸을 한 번 솟구치는가 싶더니 이내 밑동 잘린 나무처럼 풀썩 고꾸라졌다. 뒤이어서 홍관과 노선이 달려들어 임금의 몸을 난자했다. 임금의 몸 사방에서 피가 콸콸 쏟아졌다. 홍륜과 홍관, 권신, 한안과 노선은 서로의 얼굴을 쳐다보았다. 이마에는 땀방울이 송송 맺히고 그 위로 핏자국이 튀어서 흉측한 몰골이었다.

최만생은 다음 해야 할 일을 서둘렀다. 최만생은 이들에게 빨리 도망하라고 눈짓을 주었다. 홍륜 등은 신속히 자리를 빠져나왔다. 뒤처리는 모두 최만생이 하기로 되어 있었다.

공민왕 생애 44년, 재위 23년의 일생은 1374년 9월 가을이 물들어가던 그날 밤, 그렇게 비참하게 마감되었다.

공민왕은 1330년 충숙왕과 덕비 홍씨(훗날 명덕태후)와의 사이에서 둘째로 태어났다. 열두 살에 원나라에 볼모로 잡혀가서 유소년 시절을 보내다가 원나라 위왕의 딸 보탑실리(寶塔實理, 노국대장공주)와 결혼했고 21세에 고려왕이 되어 환국했다.

그는 동복형 충혜왕이 아버지 충숙왕의 여인을 능욕하는 등 패륜과 방탕한 생활을 일삼으면서 신하와 갈등을 빚다가 폐위되자 두 번에 걸쳐 어린 조카들과 왕위 경쟁을 벌인 끝에 왕이 되었다. 그가 왕위에 오르게 된 것은 무엇보다도 원나라 공주인 부인 노국대장공주의 공이 컸던 것이다.

공민왕 즉위 시 원나라는 여러 차례에 걸친 반란과 내분으로 국력이 많이 쇠약해진 상태였다. 공민왕은 10년간 원나라에 볼모로 잡혀 살아오면서 피지배국으로서 당해야 하는 비애를 절실히 느꼈고, 또 원나라의 통제력이 약해져 있다는 것을 알고 있었기에 즉위 초부터 원나라의 영향력을 벗어나고자 여러 가지 배원 정책을 펴왔다.

먼저 원나라 황실과 인척 관계를 맺고 고려 내에서 안하무인으로 행세하는 기철을 비롯한 친원파에 대해 숙청을 단행했고, 고려내정을 간섭하던 정동행중서성을 폐지하고 철령 이북의 실지 회복을 위해 쌍성총관부를 쫓아내는 등 자주 정책을 강력히 펼쳤다.

그러나 이 과정에서 여러 차례에 걸쳐서 왕위 찬탈과 목숨을 노리는 변고를 겪게 되었고 왜구와 홍건적 등의 외침으로 여러 차례 전쟁을 치르면서 몽진까지 가야 하는 수모를 겪었다. 이런 일들을 겪는 동안 왕은 정치에 염증을 느낄 정도로 피로해져 있었다. 이때 자신을 대신해 뜻을 펴줄 것 같은 벽안의 거사 신돈을 천거 받고 모든 정사를 그에게 맡기다시피 했는데 그마저 온갖 타락과 부정을 저질러서 주살해 버렸던 것이다. 이러한 이들을 겪으면서 주변 사람들에 대한 왕의 혐오와 의심증은 한층 더 깊어갔던 것이다.

신돈의 집에서 반야라는 여인을 접하고 낳은 아들 모니노에 대해서도 자신의 자식이라는 확신이 서지 않았다. 공주에게서 십수 년간 임신이 없었던 것도, 겨우 임신한 아이를 사산한 것도 그렇고 자신은 어쩌면 아이를 가질 수 없는 몸인지도 모른다는 생각도 들었다.

신돈을 주살한 후에 모니노를 궁궐로 데려와서 본인의 자식으로 공표하게 한 것은 왕의 권위를 위해, 또 남자로서 자존심을 세우기 위해 그렇게 한 것이었다.

비록 말하는 이가 없어서 듣지는 못했지만, 궐내에서는 모니노를 과연 '왕이 낳아온 자식일까?' 의심하는 사람들이 여럿 있다는 것을 눈치로 알 수 있었다.

모후인 명덕태후부터 의심하는 눈치를 보였다. 그러는 사이 마음의 병은 점점 깊어져 갔다. 광인이 되어가고 있었던 것이다. 아니 광인으로 살아가는 것이 모든 번뇌와 고통에서 벗어날 수 있는 유일한 길이라고 여겼기에 광인처럼 살기로 한 것인지도 모른다.

자제위를 만들어 미소년을 데려다 남색을 즐기고 그들에게 후궁과 궁녀를 범하게 했다. 이때 익비가 잉태를 했다 하니 그 씨가 비록 자신의 씨가 아닌 홍륜의 씨라 하더라도, 그 비밀만 지켜진다면 왕 자신은 아이를 낳는데 이상이 없는 것이 증명된 셈이고, 따라서 모니노가 왕의 아들임이 인정되는 것이었다. 그러면 핏줄을 의심받는 모니노에 대해 최소한의 변명은 해준 셈이 되는 것이다.

왕은 그것이 자신을 아비로 여기고 믿고 살아가야 하는 운명을 지닌 아이에 대한 최소한의 배려라고 생각했다. 그리하여 비밀을 알고 있는 자 모두를 죽이려 한 것이었다. 그러나 왕의 광기에 놀아나던 당사자들이 위협을 느낀 나머지 오히려 먼저 선수를 쳐서 왕을 살해했으니, 참으로 허무하게 생을 마감한 왕이라 아니할 수 없다.

• 10

"전하의 침실에 괴한이 침입하였다! 뭣들 하느냐!"

홍륜 일당이 어둠 속으로 사라진 것을 확인한 후에 최만생이 왕의 침실에서 뛰쳐나오면서 밖에다 대고 고함을 질렀다. 맨 먼저 달려온 사람은 내전 내시 이강달이었다.

"이게, 이게, 무슨 일이요?"

왕의 침소로 뛰어들어온 이강달은 피범벅으로 쓰러져 있는 왕을 보고 소스라치게 놀라면서 곁에 서 있는 최만생에게 물었다. 이강달은 전에 흥왕사에서 김용 일파가 왕을 시해하려 했을 때 침소에서 왕을 업고 나와 봉변을 면하게 한 적이 있었다. 다행히 그때는 왕의 목숨을 살릴 수 있었는데, 지금은 왕이 죽어 있는 것이 아닌가! 진정 눈앞에 벌어져 있는 일이 믿기지 않았다.

"괴한이 침입하였소이다. 침전에서 소리가 나서 뛰쳐 들어와 보니 이 지경이었소."

숙위병들이 우르르 몰려 들어왔다.

"뭣들 하는가? 어서 괴한을 쫓지 않고서."

최만생은 병사들을 밖으로 내몰았다.

"병사 일부는 이곳을 단단히 지키거라. 누구도 내전에 들여보내서는 안 된다."

최만생은 병사에게 지시를 하는가 하면 이강달에게도 내전을 단단히 지키도록 당부를 했다.

"사태 수습이 우선 급합니다. 내 수시중 이인임 대감에게 사실을 알려서 모시고 올 테니 그때까지 누구에도 이 사실이 알려지게 해서는 아니 되오."

급보를 전해 들은 이인임이 한걸음에 달려왔다. 이인임은 최만생으로부터 자초지종을 들었으나 의심스러움이 적지 않았다. 즉시 순군부령에게 명하여 진상 조사를 실시했다. 그리고 금오위 대장에게도 지시했다.

"성내 경비를 철저히 해야 한다. 우선 궁궐 문을 잠가 내외의 출입을 통제하라. 그리고 태후전에도 군사를 보내라. 그곳은 태후마마와 강녕대군이 계시는 곳이니 더욱 경계를 철저히 해야 한다. 내 허락 없이 누구도 출입을 시켜서는 절대 안 된다."

이인임은 사후 벌어질 일에 대해서도 대비를 철저히 했다.

진상 조사는 당초 내전 출입이 잦았던 중 신조(神照)의 소행일 것이라는 의심이 있어서 그를 먼저 붙잡아 문초했다. 신조는 "완력이 세고 꾀가 간사한 자였는데 그가 아직도 원나라에 잔재해 있는 심양왕 세력과 손을 잡고 있다"는 소문이 있으니 그가 역모를 꾀해 왕을 시해했을 것이라는 추측이었다. 그러나 이는 무고였다.

이인임은 최만생이 보고를 할 때 옷에 피가 묻어 있는 것을 눈여겨봤었다. 이인임은 최만생도 붙잡아다 문초할 것을 지시했다.

최만생은 순군에 끌려가면서 뭔가 이인임에게 할 말 있다는 듯 애절한 눈빛을 보였으나, 그는 이를 모른 채 외면했다. 이인임은 진상 조사부터 궁궐 장악까지 신속히 처리했다.

밤새 소동이 이어지는 동안에 어느새 동녘 하늘이 불그스레 밝아오고 있었다. 이인임은 태후전으로 달려가 밤사이에 일어난 사태를 알렸다.

"아이고, 이 일을 어찌하누?"

태후는 사태의 전말을 다 듣기도 전에 통곡부터 했다.

"태후마마 고정하시옵소서. 이렇게 슬퍼만 하실 때가 아니옵니다. 사태를 수습하시옵소서."

태후 앞에 엎드려 있던 이인임은 어느 정도 시간을 두었다가 아뢰었다.

"신과 함께 전하가 모셔져 있는 곳으로 납시지요. 신이 마마를 모시겠나이다. 뭣들 하는가? 마마를 모시지 않고서."

이인임은 태후를 따라서 같이 통곡하고 있는 궁녀들에게 명했다. 궁녀들이 태후를 곁에서 부액했다. 태후는 겨우 몸을 지탱해서 일어섰다.

"내가 경황이 없어서 할 일을 놓고 있던 듯하오. 어서 가봅시다."

"강녕대군 마마도 동행하시지요."

태후가 혼자 가겠다고 나서는 것을 보고 이인임이 말했다.

"강녕대군을?"

"예. 전하의 유일한 핏줄이시온데 같이 가셔야지요."

"아직 대군의 나이가 어린데 같이 가는 것이 꺼려지는구려."

태후는 강녕대군을 대동하고 싶지 않았다. 태후가 강녕대군과 함께 임금의 죽음에 임장한다는 것은 그 자체로서 임금의 후사로 인정한다는 추측을 불러일으킬 수 있기 때문에 이를 피하고 싶었던 것이다. 태후는 강녕대군으로 하여금 죽은 임금의 다음 대를 잇게 하고 싶은 마음이 없었다.

태후는 임금이 강녕대군을 밖에서 낳았다고 하면서 궐 안으로 데리고 왔다는 사실 자체부터가 못마땅했다.

'세상에 일곱 살이 되도록 할미가 모르고 있는 손자가 어디 있던고?'

태후는 강녕대군이 임금의 핏줄이라는 데에 강한 의문을 가지고 있었다. 더군다나 아이가 요승 신돈의 집에서 길러졌다 하니 더 더욱 그러한 의심이 클 수밖에 없었다.

"아니 되옵니다. 예가 그렇지 않사옵니다."

이인임은 태후가 강녕대군을 싫어하는 것을 잘 알고 있었다. 그러나 그것을 알고 있었기에 더욱 강녕대군을 인정받게 하고 싶었다. 이인임은 강녕대군의 후견인(師傅)으로서, 그를 다음 보위에 올리기로 이미 작정을 하고 있었던 것이다. 태후는 몇 차례 '혼자 가겠다'고 고집했으나 결국 강권하다시피 하는 이인임의 주청에 못 이겨서 강녕대군을 대동했다.

순군부에서는 연루자들에 대한 가혹한 문초가 시작되었다. 내전을 경비했던 금오위 병사들과 내시 이강달도 추달을 받았다. 사건의 전모가 드러나면서 연루가 된 자 모두를 잡아들였다. 모든 일이 최만생과 홍륜이 주도했고 자제위의 홍관, 한안, 권신, 노선이 가담하여 벌어진 일이라는 것이 백일하에 밝혀졌다.

대궐로 들어가는 궁문, 즉 닫힌 광화문 앞에서 사람들이 웅성거리고 있었다.

"무슨 일인가?"

"밤사이에 무슨 변고가 생겼는가?"

평소에 이상 없이 제시간에 열리던 궁문이 시간이 지나도 닫힌 채 꿈적도 않는 것을 보고 서로서로 궁금증을 나누고 있었다. 혹자는 무슨 소리를 들을 수 있을까 싶어서 궁문 보초에게 묻기도 했으나 그들도 알리가 없었다. "갑자기 궁문을 열지 말고 별도의 지시가 있을 때까지 사람들을 들이지 말라"는 지시만 있었다는 것이다. 궁문 앞에는 '출입금지'에 대한 벽보도 커다랗게 붙여져 있었다.

정몽주와 정도전도 궁으로 들어가려다 길이 막혔다.

"형님 무슨 일이지요? 짐작 가는 일이 없습니까?"

정도전이 정몽주에게 물었다.

"전하께 무슨 변고가 생긴 것일까?"

"전하에게 변고라니 혹시 역모라도?"

"역모라면 병사들이 출병하며 난리를 칠 텐데 안에서는 조용한 것 같고……."

도무지 짐작이 가지 않았다.

"아무튼 여기서 좀 더 기다려 보기로 하세. 소식을 듣기에 여기만 한 곳이 없을 테니까."

두 사람은 그곳에서 궁 안의 소식이 들려오기를 기다렸다.

• 11

그렇게 하루가 지났다. 밤사이에 임금의 부음이 알려졌다. 도성문과 궐문에도 제한된 사람의 출입이 허락되었다. 아침이 되어 중신들에게 도당회의를 개최한다는 통문이 돌았다. 도당 주위에는 금오위 병사가 배치되어 분위기가 살벌했다.

이인임은 회의 개최 전에 심복인 왕안덕과 안사기를 별도로 불렀다.

"무엇보다도 임금의 후사를 정하는 일이 급한 것이니 대감들이 앞장을 서야겠소."

"어떻게 해야 할지? 태후전에서 뜻을 전해오기 전에는 함부로 말을 꺼내기가 어려울 텐데."

안사기가 두려움 가득한 얼굴로 말했다. 왕위 계승 문제를 함부로 거론했다가 뜻을 관철시키지 못하는 날에는 훗날 역적죄를 뒤집어쓰고 멸문지화를 당할지도 모를 일이었다.

"왜 두려운가? 훗날 만고 충신이 되어 영화를 누리고 싶은 생각은 없는가?"

이인임은 날카롭게 눈을 치뜨고 쭈뼛거리는 안사기를 쏘아붙였다. 안사기는 움찔하며 이인임의 눈길을 피했다.

"소신이 강녕대군을 추천하겠사옵니다."

눈치를 보던 왕안덕이 나섰다.

"태후전에서는 강녕대군에 대하여 부정적이오만 뒷일은 내게 맡겨두시고 도당에서는 두 대감들이 앞장을 서시오."

이인임은 명령하듯 단호히 말하고 어디론가 가버렸다.

밤사이에 태후전에서도 대행왕(大行王)[28]의 후계를 잇는 일로 부산했다. 태후는 문하시중 경천흥을 불러들였다. 경천흥은 태후의 외척이다. 아들인 왕이 졸지에 변을 당했으니 궁중에서 기중에 믿을 수 있는 사람이 피붙이로 문하시중을 지내고 있는 경천흥이었다.

"대행왕의 후사로 왕요를 생각하고 있는데 경의 생각은 어떠하오?"

태후는 끝내 왕가의 핏줄이 의심되는 강녕대군을 보위에 앉히고 싶지

28) 죽은 왕을 일컫는 말.

않았다. 그래서 제일 가까운 근친 중에서 왕통을 이어받을 인물을 택하기로 했다. 왕요는 신종의 7대손이고 나이도 찰 만큼 찼다. 무엇보다도 천성이 순하고 왕실의 종친 중 난잡한 소문이 없는 사람이었다.

"지당한 선택이시옵니다. 소인도 태후마마와 생각이 같사옵니다."

"그럼 도당에서 논의를 하여 올리시오."

경천흥은 그리하겠노라고 대답하고 가벼운 걸음으로 태후전을 나왔다. 그리고는 지지자인 재상 이수산에게 태후의 뜻을 전했다.

경천흥이 빠져나간 태후전을 이번에는 이인임이 찾았다.

"태후마마, 대행왕의 후사를 정하는 일이 급하옵니다. 보위는 한시도 비워둘 수 없는 일이옵니다."

이인임이 큰소리로 아뢰었다.

"후사 문제는 먼저 도당에서 논의를 거치시오."

"강녕대군으로 하여금 대행왕의 뒤를 잇게 하소서. 대행왕께서 남기신 유일한 후손이십니다."

"강녕대군은 보위를 잇기에 너무 어린 나이요. 왕실의 종친 중에서 정하는 것이 나을 것 같소."

태후의 목소리는 또렷하고 힘이 실려 있었다. 생각한 바를 관철시키겠다는 의지가 엿보였다.

"엄연히 후사가 있는데 종친 중에서 정하신다 함은 부당한 일이 옵니다."

이인임도 고집을 꺾지 않았다.

"지난날 충목왕과 충정왕을 돌이켜보면 알 수 있듯이 임금이 너무 어린 나이에 보위에 올라서 국정이 얼마나 혼란스러웠소. 이를 보다 못하여 신하들이 원나라 황실에 대행왕을 고려왕으로 삼아주도록 표문(表

文)[29]을 올렸던 것이 아니오."

태후는 절대로 양보할 기세가 아니었다. 이인임은 말로는 태후의 양보를 받아내지 못한다는 것을 이미 알고 있었다. 이인임은 품속에서 준비해온 서면을 꺼냈다.

"마마. 이 서면을 한번 봐 주시옵소서. 이번 대행왕 시해 사건과 관련된 자들의 가계와 벌을 받아야 할 대상들이 옵니다."

"그게 무엇이오?"

태후는 서류를 건네받아서 읽어보다가 깜짝 놀랐다. 시해 사건의 주범 중에 홍륜과 홍관 두 명은 남양 홍씨로서 모두 홍언박의 손자들이었다. 이인임은 역적을 두 명이나 나게 한 가계는 모두 멸족을 해야 한다고 적어 놓았다.

태후의 두 손은 부들부들 떨렸다. 명덕태후 홍씨는 바로 역적들의 할아비로 지목되고 있는 홍언박의 고모였다. 지적한 대로 치죄를 한다면 친정은 쑥대밭이 될 것이다. 대역죄는 3대에 걸쳐 씨를 말린다는 것이 불문율이다. 홍씨 가문의 대를 끊어놓겠다는 것이었다.

"정, 정말 이렇게까지 할 참이오?"

태후는 말까지 더듬었다.

"대역 죄인을 둘이나 배출하였사옵니다. 가문을 남겨둔다는 것은 후세에 좋지 않은 선례를 남기는 것이 됩니다."

"그래도 직접 가담을 하지 않은 가족까지 몰살한다는 것은 너무 심한 처사가 아니오? 꼭 벌을 받아야 할 자 외에는 경중을 가려야 하는 것이 아니오?"

"그것은 태후마마의 결심 여하에 따른 일이옵니다."

29) 아래에서 위로 올리는 외교 문서.

이인임은 입가에 비열한 웃음을 지으면서 말했다. 맞은편의 태후는 진땀을 흘리고 있었다.

'저자가 나의 결심 여하에 따라 일을 처리하겠다고 하는 것은 강녕대군을 보위에 앉히지 않으면 친정의 가문을 몰살하겠다고 겁박을 하는 것이다. 이 일을 어찌해야 하나?'

두 사람 사이에는 잠시 침묵이 흘렀다. 팽팽한 긴장감이 흐르고 있었다.

긴장의 끈을 먼저 놓은 것은 태후였다. 태후는 숨을 한번 깊게 들이마시고 말했다.

"한 가지 약속을 해주오."

이인임을 처음 맞았을 때와는 딴판으로 목소리에 힘이 빠져버린 허탈한 목소리였다. 태후는 충격으로 몸도 제대로 주체하지 못했다.

"하교하여 주시옵소서."

"친정에 대한 처벌을 너무 가혹하게 하지 말아주오."

"최대한 태후마마의 뜻을 존중하겠나이다. 지금 도당에서는 대행왕에 대한 장례 절차와 후사를 정하는 일로 논의가 활발합니다. 속히 거동하시어 마마의 뜻을 공표해 주시옵소서."

이인임은 태후 앞을 당당한 걸음으로 걸어 나왔다. 자신은 장차 임금이 될 강녕대군의 사부이자 후견인이다. 태후의 기를 저렇게 꺾어놓았으니 앞으로의 정국은 자신이 주도할 수 있겠다고 생각하면서 바쁘게 걸음을 도당으로 옮겼다.

• 12

도당에서는 조금 전에 태후전에서 대세가 결정된 것도 모르고 문하시중 경복흥 일파와 이인임 일파 간에 설전이 한창이었다.

"이거 볼일을 보다 보니 좀 늦었소이다."

이인임은 회의가 한참 진행되는 도중에 자리를 같이했다. 맞은편에는 경복흥이 자리를 하고 있었다.

"대행왕의 후사를 정하는 일은 종실(宗室)의 법도에 의해야 하거늘 이는 마땅히 태후마마의 의중에 따라야 할 것이오."

재상 이수산은 문하시중 경복흥이 시킨 대로 태후의 의중이 따로 있다는 뜻으로 주장을 폈다. 그러나 이인임 일파는 이와는 반대였다.

"대행왕께서 살아생전에 강녕대군을 아드님이라 공표를 하시고 궁궐로 모셔오셨소. 이를 버리고 어찌 후사를 논하겠소?"

왕안덕과 안사기는 이인임이 시키는 대로 강녕대군에게 보위가 이어져야 한다는 주장을 폈다.

경복흥과 이인임이 서로 눈길을 마주쳤다. 불꽃이 튈 것 같은 날카로운 눈빛을 주고받았다. 편을 들지 않은 신하 중에는 선뜻 나서는 사람이 없었다. 훗날에 닥칠 화가 두려운 나머지 모두 입조심을 하고 있는 것이었다.

"포은 형님. 일이 되어가는 꼴을 보니 이인임 저 능구렁이가 정해 놓은 대로 밀어붙이겠다는 속셈이 아니오?"

말석에 앉은 정도전이 정몽주에게 낮은 목소리로 말을 건넸다.

"되어가는 모양새가 그렇네만 태후마마의 의중은 다른 데에 있는 것 같으이."

정몽주도 낮게 말했다.

"강녕대군이 보위에 오른다면 이인임에게 날개를 달아주는 셈인데 그 전횡을 어찌 감당할지……. 막아야 하는 것 아닙니까? 태후마마의 전교에 따라야 한다고."

"쉿, 이 사람아. 선불리 나설 자리가 아닐세. 좀 기다려 보자고."

정몽주는 나서려는 정도전의 소매를 잡아 제지했다.

결말이 나지 않은 채 양측은 팽팽한 공방을 계속했다. 그때 태후가 회의에 참석한다는 전갈이 왔다.

"태후마마 납시오."

태후가 이 일의 결말을 지어줄 것이라고 기대하면서 모두 긴장했다. 그런데 태후는 강녕대군을 대동하고 회의장에 들어오는 것이 아닌가! 영문을 모르는 이들은 의아해했다. 경복흥과 그를 따르던 무리들은 깜짝 놀라는 표정들이었다. 반면 이인임을 따르던 무리들은 의기양양했다.

태후가 좌정하고 옆에는 강녕대군을 앉혔다.

"내가 대행왕을 잃은 슬픔 중에도 임금의 보위는 한시도 비워둘 수 없기에 여러 대신들의 논란 중에도 이렇게 자리를 같이했소. 본래 아녀자가 정사를 논하는 자리에 나서는 것은 아니나, 임금의 후사를 정하는 일은 종실의 문제이므로 종친 중에 제일 어른인 내가 나서서 뜻을 확실히 밝히는 것이 옳은 일이라 생각하고 이렇듯 도당회의에 참석한 것이오."

태후는 여러 대신을 둘러보았다. 그러나 문하시중 경복흥에게는 일부러 눈길을 주지 않았다.

"이제 나는 여기에 앉은 강녕대군으로 하여금 대행왕의 뒤를 잇게 하기로 결심했소. 따라서 여러 대신들은 새 임금을 열과 성을 다하여 성심껏 모셔주기를 바라오. 이제 그 절차를 성대히 해서 대관식을 한 치의 착오도 없이 치르도록 해주시오."

태후는 엄숙히 선언했다. 이를 듣고 있던 경복흥과 그를 따르던 무리들은 당황해서 망연자실 말을 잇지 못했다. 아니 말을 할 수가 없었다. 새 임금이 정해진 순간부터 그에 대해 가타부타하는 것은 바로 역적죄에 해당되는 일이므로 그때까지의 모든 논의를 접을 수밖에 없는 노릇이었다.

그중에서 경복흥이 받은 충격이 제일 컸다. 불과 얼마 전까지만 해도 자신을 불러서 왕요를 새 임금에 앉히겠다고 하고 도당에서 의견을 모아 달라고 했는데 어찌하여 그사이 태후의 마음이 저렇듯 변했을까? 경복흥은 태후로부터 둔기로 뒤통수를 세게 얻어맞은 느낌이었다.

이때 누군가 앞으로 나섰다.

"새 임금님 천세!"

"고려국 천천세!"

신하들은 소리에 맞추어 일제히 축하의 함성을 질렀다.

"전하, 감축 드리옵니다."

70대의 문하시중 경복흥부터 모든 신하가 허리를 굽혀 축하 인사를 올렸다. 마침내 우(禑)가 고려조 32대 왕으로 등극했다.[30] 그의 나이 불과 열 살이었다.

30) 『고려사』에는 '우'의 성을 신(辛)씨로 기록하고 있다. 그것은 폐가입진(廢假立眞)을 내세워 이성계의 권한을 공고히 하면서 장차 조선 건국의 명분으로 내세우고자 정도전을 비롯한 조선의 신하들이 『고려사』를 편찬하면서 조작한 것이라고 후세의 학자 중 말하는 이가 있다. 이 주장 또한 부인할 수 없는 견해이긴 하다.
하지만 공민왕은 어떠한 자식도 생산하지 못했다. 노국대장공주가 임신했지만 사산되었다. 이것은 공민왕의 신체에 아이를 가질 수 없는 어떤 병리적인 요인이 있었던 것이 아닌지, 현대의 의학적인 관점에서 한번 흥미를 가져볼 만한 일이다.
공민왕은 자신의 신체적 약점을 알고 있었기에 상대적으로 후손을 얻고자 하는 바람이 더 강했을 것이다. 남자로서 당당히 구실할 수 있다는 것을 인정받고 싶은 욕망은 자신을 대신할 씨를 빌려서라도 자식을 만들고 싶었을 것이다. 이러한 측면에서 볼 때 공민왕은 자신이 관계했던 반야가 모니노를 낳았을 때 누구의 자식인지를 굳이 가리려고 하지 않았을 것이다. 따라서 우왕의 성이 신씨라는 것은 전혀 조작된 사실이라고만 볼 수 없을 것이다.

• 13

이인임은 강녕대군을 용상에 앉혀 흡족했다. 그는 많은 사람들에게 축하의 인사를 받았다.

왕은 아직 어리다. 자신은 일찍부터 대군의 사부로서 후견인 역할을 해왔다. 비록 태후가 섭정을 하는 형식을 취하긴 하지만 태후는 친정이 역모죄를 뒤집어쓰고 있는 까닭에 힘을 쓰지 못한다. 이제 모든 권력을 자신이 거머쥐고 있다고 생각하니 그 자부심은 스스로 왕이 된 것과 마찬가지였다. 이로써 이인임의 시대가 새롭게 열린 것이다.

이인임은 권력을 누리는 영광을 얻긴 했지만 해결해야 할 문제도 만만치 않았다. 무엇보다도 우선 처리해야 하는 일은 왕의 죽음을 황제에게 알리고 새 왕의 책봉을 인정받는 것이었다.

그런데 현재 대륙의 질서는 불안정한 상태다. 중원의 패자였던 원나라는 북으로 쫓겨 갔고 새로운 세력으로 명나라가 자리를 잡아가고 있으나, 명나라는 신흥국이므로 변화무쌍한 대륙의 기상으로 보아 앞날을 기약할 수 없다. 새로 세워진 명나라와 구세력인 원나라가 치열하게 싸우고 있는 와중이다.

'어느 쪽을 택해야 할 것인가?'

이인임은 고민하지 않을 수 없었다. 고려의 왕은 100년 동안 누대에 걸쳐서 원나라에 의해 책봉되어 오지 않았던가? 기로에선 이인임은 결국 구세력인 원나라를 택하기로 했다. 이것은 당시 명나라에서 온 사신 채빈의 작태에서도 영향을 받은 것이기도 했다.

채빈은 원나라와 전쟁 중인 명나라가 고려의 친원 정책에 제동을 걸고자 보낸 사신이었다. 그는 고려 조정에 황제의 명이라며 말 2,000필을 바치라고 요구했다. 그러나 이러한 주문은 고려의 형편으로 응하기 어려운 것이었고, 더군다나 제주도에서 말을 사육하는 목호는 몽골인들이어서 이들이 이를 수용할 리 만무했다.

염려하던 목호들이 마침내 반란을 일으켰다. 공민왕이 아직 살아 있을 때 일이었다. 공민왕은 최영을 원수로 임명하고 병력 2만을 동원하여 반란을 제압하고자 제주도로 출정시켰다. 전쟁 중임에도 말 300필을 간신히 마련했으나 채빈은 2,000필을 주지 않는다고 떼를 쓰고 행패를 부렸다.

채빈은 원래 성격이 포악하고 무도한 자였다. 그는 자신을 잘못 대접한다고 왕에게 고자질하여 재상 염제신을 파직시켜서 유배를 보내기도 했다. 재상들은 채빈 보기를 미친개 피하듯이 하면서도 어쩔 수 없이 비위를 맞추려 연일 연회를 베풀어주어야 했다. 채빈은 특히 술을 마시면 그 행동이 개차반이었다. 나라의 재정이 어려워 재상들이 순번을 정해 연회를 베풀었는데 이인임의 차례가 왔다.

그날도 채빈은 술이 만취가 되도록 마셨다. 그의 곁에서 시중을 드는 기생은 비위를 맞추느라 애를 먹고 있었다. 채빈은 기생이 못 견뎌 할 정도로 몸을 더듬으며 짓궂은 짓을 하더니 마침내는 자신의 고의춤을 내리고 양물을 꺼내어 곁에 앉은 기생의 손을 끌어다가 그것을 주무르게 했다.

"아이참."

기생은 주위의 눈치를 살피면서 거부했다. 주위의 재상들은 하도 어처구니가 없고 추한 꼴이라 모두 눈길을 돌렸다.

채빈은 기생과 몇 번 실랑이하다가 뜻대로 되지 않자 돌연 벌떡 일어났다. 그는 화가 난 얼굴로 좌중을 향해 고함을 쳐댔다. 그러더니 기생이 걸치고 있는 옷을 확 벗겼다. 기생은 벗지 않으려고 놀란 얼굴을 하며 몸을 움츠렸으나 채빈은 이에 아랑곳하지 않았다. 기생의 뺨을 사정없이 올려붙였다. 여자는 그 자리에 털썩 주저앉았다. 채빈은 기어이 여자를 발가벗겨서 머리채를 쥐고 좌중을 한 바퀴 돌았다. 기생은 무서워서 소리도 못 지르고 하얗게 질려서 꼼짝없이 끌려다녀야 했다.

"저, 저런."

재상들은 그 꼴이 하도 망측해서 바로 쳐다보지도 못했다. 불한당이나 하는 못된 짓을 서슴없이 하고 있는 채빈의 행동에 분노하지 않는 이가 없었다. 이때 더 이상 참지 못한 재상 하나가 채빈에게 다가가서 말렸으나 말을 들을 리가 없었다. 오히려 화풀이 대상을 재상으로 바꾸었다. 채빈은 재상의 멱살을 쥐고서 땅바닥에 패대기를 쳤다. 그리고는 발로 짓밟았다. 연회장은 일시에 아수라장이 되어 버렸다. 이인임은 이 광경을 쭉 지켜보며 생각했다.

'중원의 세력이 아무리 원나라에서 명나라로 바뀌었다고 하지만 대국이 약소국을 대하는 태도는 조금도 변함이 없구나. 저놈이 저토록 행패를 부려도 어쩌지를 못하고 무리한 요구를 해도 들어주어야 하는 것이 약소국의 숙명이거늘 누구를 탓하겠는가! 차라리 원나라라면 황후가 고려 여인이고(기황후) 원의 조정에 고려 사람으로서 벼슬을 하는 사람이 적지 않으니 그들에게 하소연이라도 해볼 텐데…….'

이인임은 차라리 원나라 천하가 그리웠다.

이 일이 있고 얼마 안 있어 공민왕이 시해된 것이었다. 뜻하지 않게 권력을 잡게 된 이인임은 전왕이 시행했던 배원 정책을 바꾸기로 했다. 모든 절차를 원나라를 사대하던 그때로 돌려놓기로 한 것이다.

채빈도 갑작스럽게 공민왕이 시해됐다는 소식을 듣고 깜짝 놀랐다. 공민왕의 죽음은, 비록 북쪽으로 쫓겨 가서 세력이 많이 약해진 원나라이기는 하지만 아직도 그들과 전쟁을 벌이고 있는 명나라로서는 여간 예민한 문제가 아니었기 때문이었다.

'공민왕은 친명정책을 펴왔는데 새로 옹립된 왕은 어떨는지?'

새 왕은 아직 세상 물정을 구별할 수 없을 정도의 어린 나이이니 보나마나고, 채빈은 왕의 후견인으로서 실권을 쥐고 있는 이인임의 성향을 알아보았다. 그런데 실권자인 이인임이 친원 정책을 편다고 하지 않는가!

왕의 부음을 원나라 조정에 알리고 종전의 사대를 부활시키는 것은 물론이고, 또 전왕이 시해된 배후에 이인임이 있다는 소문도 있었다. 채빈은 이러한 사실을 빨리 황제에게 알리고자 했다. 그는 궁궐에 인사를 하는 둥 마는 둥 하고 급히 짐을 꾸려서 도주하듯이 귀국길에 올랐다. 이러한 움직임은 이인임이 채빈에 대한 경호와 동향 파악을 위해 배치해 둔 호종 무사 김의에 의해서 모두 보고되었다.

이인임으로서는 채빈이 귀국하면 황제에게 자신이 벌이고 있는 일을 모두 좋지 않게 보고할 것이 너무도 뻔했다. 특히 전왕의 시해 사건에 자신이 깊숙이 연루되어 정권을 획득했다고 고자질한다면 이는 큰일이었다. 어쩌면 황제는 자신을 잡아들이라고 군사를 일으킬지도 모르는 일이었다. 이인임은 신변의 위협까지도 느끼게 되었다.

이인임은 은밀히 김의를 불렀다.

"채빈이 벽란도를 벗어나기 전에 주살하여야 한다. 너는 본래 몽골인이니 채빈에게 원한을 가질 수도 있을 것이고 또 원나라로 도망을 친다면 책임 추궁을 못 할 것이다. 이곳에서의 일은 내가 돌보아줄 것이다."

이인임은 엄중히 말하고 준비해 둔 재물 상자를 건네주었다.

"이것이라면 그곳에서 평생 어렵지 않게 지낼 수 있을 것이다."

이인임은 귀국길에 오른 채빈을 주살해버리고 본격적으로 원나라에 사대하는 절차에 들어갔다. 우선 선왕의 부음을 전하고 새로운 왕이 보위에 올랐으니 윤허를 해달라는 사절을 보냈다. 그러나 이는 또 다른 난관이었다.

정도전, 정몽주를 비롯한 사대부와 유생들이 선왕의 유지를 내세우며 자신의 친원 정책을 거세게 반대하고 나선 것이었다. 그렇다고 노회한 이인임이 이들의 주장을 받아들일 리가 없었다. 이인임으로서는 이미 친원하는 배를 탄 것이나 마찬가지였다. 이를 확고히 하기 위해 명나라에서 온 사신도 죽이지 않았던가? 사대부들이 아무리 떠든다 해도 저들의 세는 아직은 찻잔 속의 태풍에 불과했다.

이인임은 저들을 이끄는 주동세력을 제거하기로 했다. 전의부령 정도전이라는 자가 나서서 극렬 반대를 하니 그자부터 제거하고자 했다. 이인임은 정도전을 제거하기 위해 술책을 썼다. 바로 원나라 사신단 영접사로 정도전을 임명했던 것이다.

예상대로 정도전은 "영접사로 가느니 원나라 사신의 목을 베어 오겠다"며 거칠게 항의했다. 이는 어명을 거역하는 대역죄에 해당하는 것이다. 이는 이인임이 바라던 바였다. 이를 빌미로 이인임은 친원을 반대하는 사대부 세력에 대해 대대적인 숙청을 가했다.

정도전을 위시하여 정몽주, 김구용, 이첨, 전백용, 박상충 등 연루된 자들을 모조리 검거해서 매로 다스려 귀양을 보내버렸다. 이제 더 이상 자신을 반대하는 세력은 없다. 이인임의 권력은 이제 반석 위에 놓인 것이나 다름이 없었다.

이인임은 내당에 앉아서 부슬부슬 내리는 봄비를 바라보면서 잠시 지난날을 되새겼다.

귀양을 보냈던 자 중에서 물정을 알고 사리분별을 한다고 생각되는 정몽주를 비롯한 몇몇은 일찍이 유배를 풀어주었는데, 박상충은 매를 맞고 유배지에서 장독으로 죽었다 하고, 죽어라고 머리를 곧추세우고 대들던 정도전이라는 놈은 유배지 나주 땅이 왜구들의 침략으로 초토화되어서 생사조차도 알 수 없다.

'정도전 그놈 어디에서 살아 있더라도 죽은 거와 진배없이 고생하고 있을 것이야. 재주는 있는 놈이데, 그놈의 불같은 성정 때문에……. 고생을 해봐야 사람이 두려운 줄 알지.' 이인임은 찻잔을 들어 목을 적셨다. 이 봄에 경상도 하동지방에서 갓 따서 바친 우전으로 우려낸 차 한 모금은 그의 마음을 한결 정화시켜 주었다.

[2권에서 계속]

정도전의 야망 1권

초판 1쇄 2016년 8월 10일

지은이 윤만보
발행인 김재홍
편집장 김옥경
디자인 박상아, 이슬기
마케팅 이연실

발행처 도서출판 지식공감
등록번호 제396-2012-000018호
주소 경기도 고양시 일산동구 견달산로225번길 112
전화 02-3141-2700
팩스 02-322-3089
홈페이지 www.bookdaum.com

가격 13,000원
ISBN 979-11-5622-203-3 04810
SET ISBN 979-11-5622-191-3 04810

CIP제어번호 CIP2016017995
이 도서의 국립중앙도서관 출판예정도서목록(CIP)은 서지정보유통지원시스템 홈페이지(http://seoji.nl.go.kr)와 국가자료공동목록시스템(http://www.nl.go.kr/kolisnet)에서 이용하실 수 있습니다.

문학공감은 도서출판 지식공감의 인문교양 단행본 브랜드입니다.